历代咏荷诗词选评

李志宏　编著

蘭州大學出版社

图书在版编目(CIP)数据

历代咏荷诗词选评/李志宏编著. —兰州:兰州大学出版社,2010.11

ISBN 978-7-311-03622-5

Ⅰ.①历… Ⅱ.①李… Ⅲ.①诗词—文学欣赏—中国 Ⅳ.①I207.22

中国版本图书馆 CIP 数据核字(2010)第 215046 号

策划编辑　李　晖
责任编辑　锁晓梅　钟　静
封面设计　管军伟

书　　名　历代咏荷诗词选评
作　　者　李志宏　编著
出版发行　兰州大学出版社　(地址:兰州市天水南路 222 号　730000)
电　　话　0931-8912613(总编办公室)　0931-8617156(营销中心)
　　　　　0931-8914298(读者服务部)
网　　址　http://www.onbook.com.cn
电子信箱　press@lzu.edu.cn
印　　刷　兰州人民印刷厂
开　　本　787×1092　1/16
印　　张　28.25　(插页 4)
字　　数　546 千
版　　次　2010 年 11 月第 1 版
印　　次　2010 年 11 月第 1 次印刷
书　　号　ISBN 978-7-311-03622-5
定　　价　39.00 元

庚寅夏月

畢竟西湖六月中
風光不与四時同
接天蓮葉無窮碧
映日荷花別样紅

楊萬里詩 中州炳午

刘炳午 题

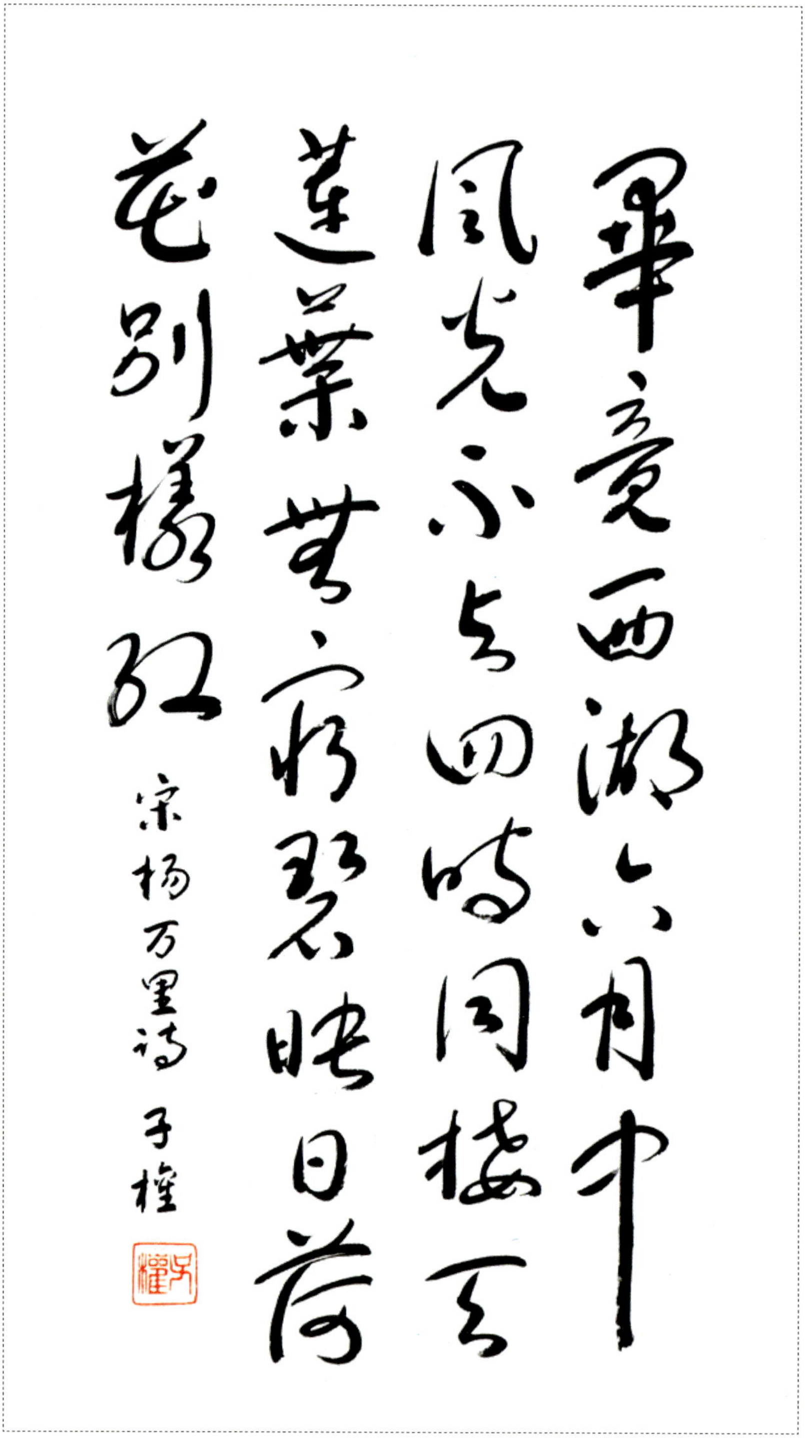
毕竟西湖六月中
风光不与四时同
接天莲叶无穷碧
映日荷花别样红
宋杨万里诗
子权

金衡　题

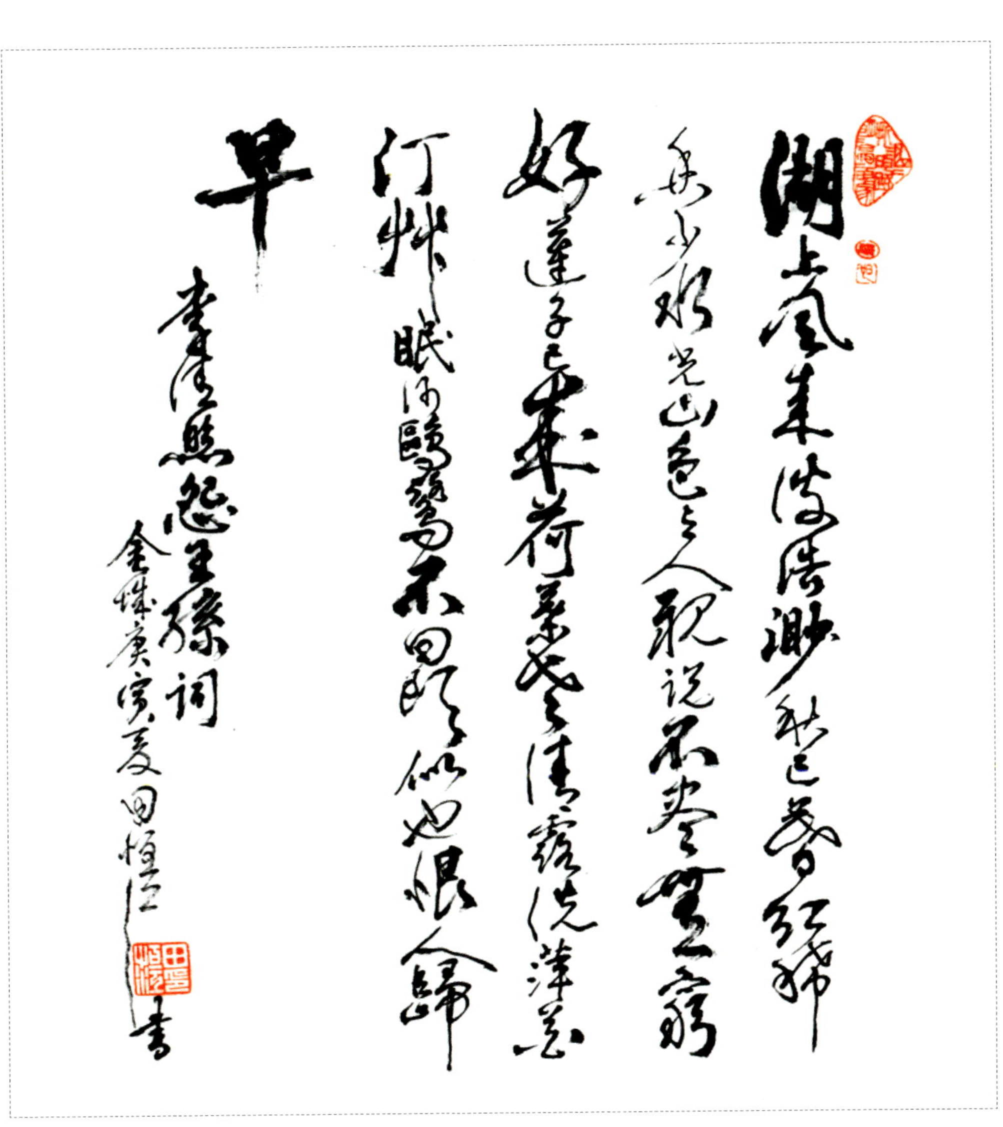
湖上风来波浩渺，秋已暮，红稀香少。水光山色与人亲，说不尽，无穷好。莲子已成荷叶老，清露洗，蘋花汀草。眠沙鸥鹭不回头，似也恨，人归早。
李清照怨王孙词
金缕庚寅夏田恒江书

田恒江　题

李志宏 题

宋之濂溪先生之莲花之君子者也其出淤泥而不染之
实美也综而其影响尤远至一尊以物喻人借物性以比德者至
古已之前者孔子赞松柏之后凋屈原颂橘树之高洁陶
令之爱秋菊之傲霜东坡喜那竹之怀情濂溪咏莲花之
拒污高洁风范之久彰遂集文人雅士咏物抒怀之情结而
其实质乃为寓于其中移情之心理现象而以中国古代
为甚焉

庚寅夏月凌霄书

蓮花之君子者也出於泥而不染濯清漣而不妖中通外直不蔓不枝亭亭淨植香遠益清可遠觀而不可褻玩焉

愛蓮說摘錄

庚寅夏子凌[illegible]书

李志宏　题

周密

周密（1232—1298），南宋词人，字公谨，号草窗，原籍济南，后移居吴兴（今属浙江）。宋末曾任义乌令等职，宋亡不仕。其词讲求格律，与吴文英（号梦窗）并称“二窗”。也曾写过一些慨叹宋室覆亡之作。并能诗，也能书画。著有《草窗词》等诸多著作，编有《绝妙好词》。

绿盖舞风轻 白莲赋

玉立照新妆，翠盖亭亭，凌波步秋绮。真色生香，明珰摇淡月，舞袖斜倚。耿耿芳心，奈千缕、情丝萦系。恨开迟、不嫁东风，颦怨娇蕊。花底谩卜幽期，素手采珠房，粉艳初退。雨湿铅腮，碧云深、暗聚软绡清泪。访藕寻莲，楚江远、相思谁寄。棹歌回，衣露满身花气。

注释：

[1]玉立：比喻体态修美。（海p1718）

[2]翠盖：指荷叶。

[3]亭亭：耸立的样子；高的样子。（海p339）

[4]凌波：形容女子步履轻盈。（海词科p167）

[5]珰（dāng）：古时女子的耳饰。（海p1291）

[6]倚（yǐ）：靠着。（海p227）

10

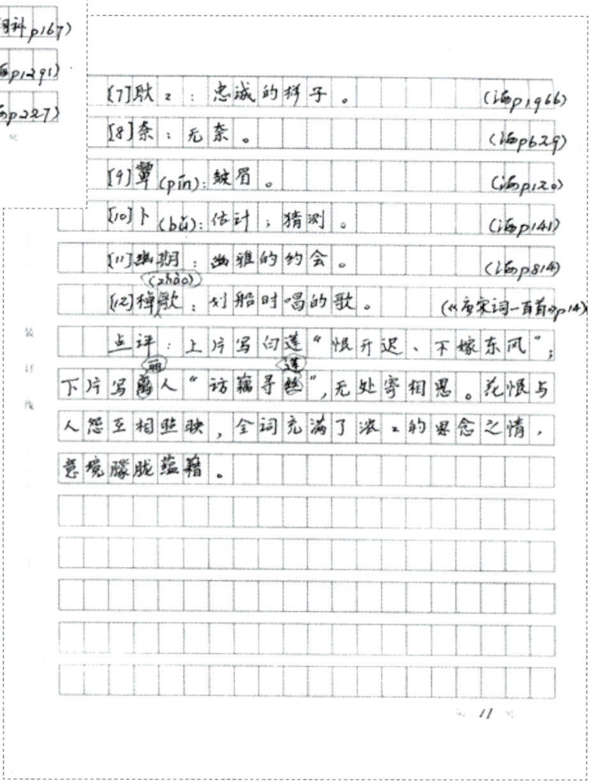

[7]耿耿：忠诚的样子。（海p1966）

[8]奈：无奈。（海p629）

[9]颦（pín）：皱眉。（海p120）

[10]卜（bǔ）：估计；猜测。（海p141）

[11]幽期：幽雅的约会。（海p814）

[12]棹（zhào）歌：划船时唱的歌。（《唐宋词一百首》p14）

点评：上片写白莲“恨开迟、不嫁东风”；下片写丽人“访藕寻莲”，无处寄相思。花恨与人怨互相映衬，全词充满了浓浓的思念之情，意境朦胧蕴藉。

11

作者手稿

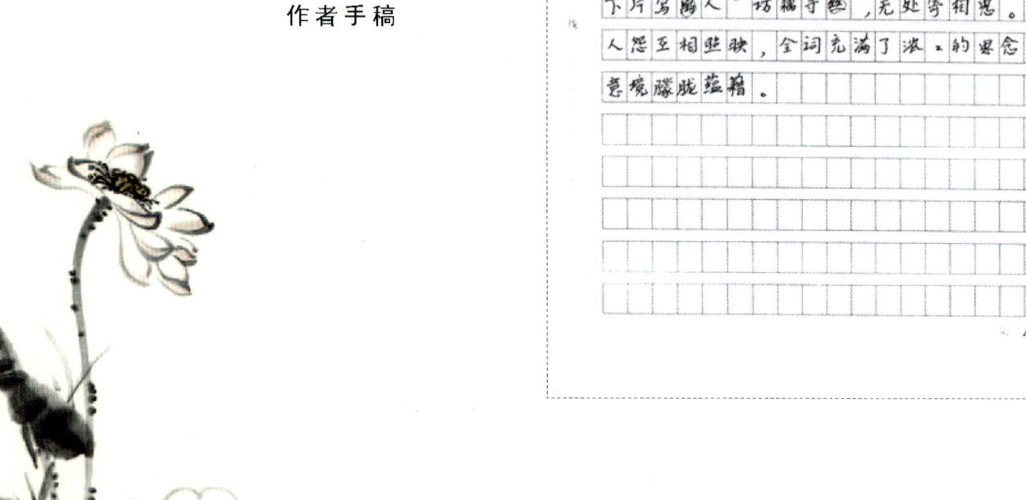

弁　言

莲,多年生草本植物,生于浅水中,地下茎肥大修长,有节,名曰藕;叶呈圆形,高出水面;花冠硕大,色淡红或洁白;其实称莲子,可食。

宋之濂溪先生云:"莲,花之君子者也。"其"出淤泥而不染"之寓意也深,而其影响尤远矣。

盖以物喻人,借物性以比德者,亘古有之。昔者孔子赞松柏之后凋,屈原颂橘树之高洁,陶潜爱秋菊之傲霜,东坡喜绿竹之怡情,濂溪咏荷花之拒污,其流风之久渐,遂成文人雅士咏物抒怀之情结。其实则为审美中移情之心理现象,而以中国古代为甚焉。

欣逢盛世,国学勃兴。刘君炳午于泛览群书之余,分类采撷《四库全书》及相关资料中古人吟咏花卉之诗词佳作,且倩人笺注评点以付梓,亦可谓具真知灼见之士也。

编写伊始,适逢盛夏,室外骄阳炎炎似火,室内气温节节攀升,然伏案挥笔,不知暑气之逼人。盖古人咏荷之诗词意境优美、辞藻典雅、声韵铿锵,读来如见芙蓉出水,如闻清香扑鼻,故暑气不驱而自退矣。自夏至秋,历时四月,书稿乃成。此亦一生中之乐事也。

是书所收咏荷诗词,上自汉代乐府,下迄近人之作,凡五百有零。观其内容,虽同为咏荷,然其作者各具慧眼,各逞其才,各抒真情,予人美感,而一无雷同焉。吁!是作也,得无天机云锦而非刀尺可成者乎?斯亦中国特色审美情趣之大观也。喜而识之。

评注者识

己丑梅月

目　录

咏荷诗

咏荷词

附录

咏荷诗
毕竟西湖六月
中风光不与四
时同接天莲叶
无穷碧映日荷
花别样红

汉代无名氏

涉[1]江采芙蓉[2]

涉江采芙蓉，兰泽[3]多芳草。
采之欲遗[4]谁，所思在远道。
还顾[5]望旧乡[6]，长路漫浩浩[7]。
同心而离居，忧伤以终老[8]。

【注释】

[1]涉：徒步渡水。后泛指渡水。

[2]芙蓉：荷花的别称。

[3]兰泽：兰草多生在沼泽地。

[4]遗(wèi)：赠予；致送。

[5]还顾：回头看。

[6]旧乡：故乡。

[7]漫浩浩："漫"和"浩"，都是无边无际的意思。

[8]终老：终生到老。

【点评】

这首诗表达了远方游子对妻子深切的思念之情。先是满怀喜悦之情，渡江采来了莲花，终因道路漫漫无法送达，又陷入无尽的忧伤之中。

相和曲

江南可采莲，莲叶[1]何田田[2]。
鱼戏莲叶东，鱼戏莲叶西。
鱼戏莲叶南，鱼戏莲叶北。

【注释】

[1]何：副词。多么。

[2]田田：荷叶相连的样子。

【点评】

这首乐府民歌写法别致,它运用了《诗经》中复沓(即反复)的修辞手法。后面四句,每句中只有一个方位词不同。这样写法,既引导读者在想象中环顾四周,看到游鱼轻捷活泼的动态,也间接地表达了采莲姑娘的愉快心情。

陆云

陆云(262—303),西晋文学家,字士龙,吴郡吴县华亭(今上海市松江)人。曾任清河内史等职。以文才与其兄陆机齐名,时称"二陆"。其诗多写士族文人的日常生活,颇重藻饰。原有集,已散佚。后人辑有《陆士龙集》。

芙蕖[1]

绿房含青实,金条县[2]白璆[3]。
俯仰随风倾,炜[4]晔[5]照清流。

【注释】

[1]芙蕖(qú):荷花的别称。
[2]县(xuán):同"悬"。
[3]璆(qiú):同"球"。美玉。
[4]炜(wěi):鲜明有光。
[5]晔(yè):光辉灿烂。

【点评】

从色彩、动态和光泽几方面生动地描写了荷花的风韵。

沈约

沈约(441—513),南朝梁文学家,字休文,吴兴武康(今浙江德清)人。历仕宋、齐、梁三代。他是齐、梁文坛领袖,提倡"四声八病"之说。其诗注重声律、对仗。他与谢朓等人共创"永明体",对古体诗向律诗的发展起了重要作用,开了韵文创作之新境界。

咏新荷应诏[1]

勿言草卉贱，幸宅[2]天池中。
微根才出浪，短干未摇风。
宁[3]知寸心里，蓄紫复[4]含红。

【注释】

[1]诏(zhào)：皇帝颁发的命令、文告；诏书。

[2]宅：居住。

[3]宁：岂；难道。

[4]复：又；更。

【点评】

应诏之前，以新荷自比，托物言志，可谓应对得体。

萧　衍

萧衍(464—549)，即梁武帝，南朝梁的建立者，字叔达，南兰陵(今江苏常州西北)人。能诗文，并能书法。亦通乐律，曾创制准音器四具，名"通"；又制长短不同的笛十二支以应十二律。原有集，已佚。明人辑有《梁武帝御制集》。

夏　歌

江南莲花开，红光覆碧水。
色同心复同，藕异心无异。

【点评】

从色彩入手，写出了江南夏日莲叶接天、荷花映日的秀丽风光。语言平易、清新。

吴 均

吴均(469—520),南朝梁文学家,吴兴故鄣(今浙江安吉)人。其文工于写景,文辞清拔;时人争仿效之,称为"吴均体"。亦能诗。

采莲曲

江风当夏清,桂棹[1]逐流萦[2]。
初疑京兆剑,复似汉冠名。
荷香带风远,莲影向根生。
叶卷珠难溜,花舒红易倾。
日暮凫舟满[3],归来度锦城。

【注释】

[1]棹(zhào):摇船的用具,也指船。
[2]萦(yíng):缠绕,绕。
[3]凫(fú):凫形的船。凫,泛指野鸭。

【点评】

第五、六两句从观赏者的嗅觉、视觉写荷花;第七、八两句,写卷着的荷叶上水珠难以滚动,舒展的花瓣上红色似乎可以倾泻下来,可谓妙笔。诗人观察细致,体物生动。

刘孝威

刘孝威(490—549),南朝梁文学家,彭城(今江苏徐州)人,以写五言诗见长。今存诗数十首,除个别篇章外,皆为五言。原有集,已散佚,明人集有《刘庶子集》。

采莲曲

金桨木兰船,戏采江南莲。

莲香隔浦[1]渡，荷叶满江鲜。
房[2]垂易入手，柄曲自临盘。
露花时湿钏[3]，风茎乍拂钿[4]。

【注释】

[1]浦(pǔ)：水边，岸边。

[2]房：指莲房。

[3]钏(chuàn)：手镯。

[4]钿(tián)：用金翠珠宝等制成的花朵形的首饰。

【点评】

莲房入手，曲柄临盘，露水打湿了手镯，荷茎轻拂着金钿，具体、生动地描写出江南采莲的情景。

萧　纲

萧纲(503—551)，即梁简文帝，字世缵，南兰陵(今江苏常州西北)人。为太子时，常与徐摛等以轻靡绮艳的文字，描写上层贵族的荒淫生活，时称“宫体”。原有集，已散佚。后人辑有《梁简文帝集》。

采莲曲

晚日照空矶[1]，采莲承晚晖[2]。
风起湖难度，莲多摘未稀。
棹[3]动芙蓉[4]落，船移白鹭飞。
荷丝傍[5]绕腕，菱角远牵衣。

【注释】

[1]矶(jī)：水边突出的岩石。

[2]晖(huī)：日光。

[3]棹(zhào)：摇船的用具，也指船。

[4]芙蓉：荷花的别称。

[5]傍(páng)：通“旁”。

【点评】

桨板撞落荷花，莲舟惊飞白鹭，藕丝绕腕，菱角牵衣，一幅生动的采莲晚照图。

采莲曲

桂楫[1]兰桡[2]浮碧水，江花玉面[3]两相似。
莲疏藕折香风起，香风起，白日低。
采莲曲，使君迷。

【注释】

[1]楫(jí)：划船的短桨。
[2]桡(ráo)：桨。
[3]玉面：指容颜美好。

【点评】

“江花玉面两相似”，映日的荷花与采莲姑娘的娇容两相媲美，与“人面桃花相映红”有异曲同工之妙。

刘　缓

刘缓，南朝诗人，生平不详。

江南可采莲

春初北岸涸[1]，夏月南湖通。
卷荷舒欲倚，芙蓉[2]生即红。
楫[3]小宜回迳[4]，船轻好入丛。
钗[5]光逐影乱，衣香随逆风。
江南少许[6]地，年年情不穷。

【注释】

[1]涸(hé)：水干；枯竭。
[2]芙蓉：荷花的别称。

[3]楫(jí):划船的短桨。此处指船。

[4]迳(jìng):“径”的异体字,指小路。

[5]钗(chāi):妇女的首饰,由两股合成。

[6]少许:一些;一点点。

【点评】

采莲中充满着欢乐。莲舟轻快地出没荷丛,金钗在荷影中闪光,衣褶中带着荷香,此情此景惹起人们的多少情思。

沈君攸

沈君攸,南朝诗人,生平不详。

采莲曲

平川[1]映晚霞,莲舟泛浪华。
衣香随岸远,荷影向流斜。
度手牵长柄,转楫[2]避疏花。
还船不畏满,归路讵[3]嫌赊[4]。

【注释】

[1]川:水道;河流。

[2]楫(jí):划船的短桨。

[3]讵(jù):难道;哪里。

[4]赊(shā):长;远。

【点评】

丰收总是给人们带来欢乐。在晚霞映照下,采莲人回家,不怕船儿载得满,不怕归途多遥远。三、四两句可谓精彩一联。

弘执恭

弘执恭,南朝诗人,生平不详。

秋池一株莲

秋至皆空落[1]，凌波[2]独吐红。
托[3]根方得所[4]，未肯即从风。

【注释】

[1]空落：空旷而冷冷清清。

[2]凌波：形容女子步履轻盈。

[3]托：寄托。

[4]所：处所。

【点评】

众芳零落，秋池中一株荷花凌波独放，艳红夺目。诗人触景生情，托物咏怀，表现了不肯随俗浮沉的品德。

朱 超

朱超，南朝诗人，生平不详。

咏同心芙蓉

青山丽[1]朝景，玄[2]峰朗夜光。
未及清池上，红蕖[3]并出房。
日分双蒂影，风合两花香。
鱼惊畏莲折，龟上碍荷长。
云雨留轻润，草木隐嘉[4]祥。
徒歌涉江曲，谁见缉[5]为裳。

【注释】

[1]丽：附着。

[2]玄：黑中带红。

[3]蕖(qú)：即荷花。

[4]嘉：善；美。

[5]缉(jī):缝衣边。

【点评】

五、六两句,写日光下并蒂莲的影子成双地落在水面上;清风吹来,两朵荷花的香气融合在一起,描绘出同心莲特有的风韵,可谓传神之笔。

陈叔宝

陈叔宝(553—604),南朝陈后主,字元秀,吴兴长城(今浙江长兴)人。在位七年,为隋所灭。著有《陈后主集》。

采莲曲

相催暗中起,妆前日已光。
随宜巧注口,薄落点花黄[1]。
风住疑衫密,船小畏裾长[2]。
波文散动楫[3],茭[4]花拂度航。
抵荷乱翠影,采袖新莲香。
归时会被唤,且试入兰房。

【注释】

[1]花黄:古代女子的面饰。
[2]裾(jū):衣服的前襟。
[3]楫(jí):划船的短桨。
[4]茭(jiāo):一种水生植物,即茭白。

【点评】

天刚亮,采莲女就精心打扮,然后荡舟去采莲的过程,以及由于衣袖带香想着回去后或许会进入兰房的心理活动,全都生动细致地写出,一个爱美、勤劳、活泼的采莲姑娘的形象,跃然纸上。

李世民

李世民(599—649),唐第二代君主,祖籍陇西成纪(今甘肃秦安)。在位期间,政治修明,经济发展,社会安定,史称“贞观之治”。先后开设文学馆、弘文馆,招延文士,讨论典籍,编纂类书,吟咏唱和,对唐代三百年风雅之盛,有启迪倡导之功。

采芙蓉

结伴戏方塘,携手上雕航[1]。
船移分细浪,风散动浮香。
游莺无定曲,惊凫[2]有乱行。
莲稀钏[3]声断,水广棹[4]歌长。
栖[5]乌还密树,泛流归建章[6]。

【注释】

[1]航:船。
[2]凫(fú):泛指野鸭。
[3]钏(chuàn):手镯。
[4]棹(zhào):摇船的用具,也指船。
[5]栖(qī):鸟类停留、歇宿。
[6]建章:汉宫名。

【点评】

用了乐府“采芙蓉”的诗题,写的却是帝王出游寻乐的情景,与采莲的劳动场面形成鲜明对照。中间两联从视觉、嗅觉、听觉的角度描写荷塘景色,较具体生动,全诗惜无佳句。结尾平淡无力,没有很好地收束全文,留下回味余地。

卢照邻

卢照邻(约635—约689),唐代诗人,字昇之,号幽忧子,幽州范阳(今河北涿县涿州镇)人。曾任新都尉。为初唐四杰之一。其诗多愁苦之音,也有反映封建贵族骄奢淫逸之作。原有集,已散佚。后人集有《幽忧子集》。

曲池荷

浮香绕曲岸,圆影覆[1]华池。
常恐秋风早,飘零[2]君不知。

【注释】

[1]覆:遮盖;掩蔽。

[2]飘零:坠落。

【点评】

正是翠盖满池、荷香袭人的美好季节,诗人却预想秋风早至、荷花零落的萧索情景。这既反映出人们在审美中的差异,也表现了卢照邻诗作“多愁苦之音”的风格特点。

王 勃

王勃(650—676),唐代文学家,字子安,绛州龙门(今山西河津)人。高宗麟德初应举及第,曾任虢州参军。后往海南探父,因溺水,受惊而死。少时即显露才华,与杨炯、卢照邻、骆宾王以文辞齐名,并称“初唐四杰”。其诗风格较为清新,但有些诗篇仍流于华艳。其文以《滕王阁序》较为有名。原有集,已散佚。明人辑有《王子安集》。

采莲曲

采莲归,绿水芙蓉衣。
秋风起浪凫[1]雁飞。
桂棹[2]兰桡[3]下长浦[4],罗裙玉腕轻摇橹[5]。
叶屿花潭极望平,江讴越吹相思苦。
相思苦,佳期不可驻[6]。
塞外征夫犹[7]未还,江南采莲今已暮。
今已暮,采莲花,渠[8]今那必尽娼家。

官道城南把桑叶，何如江上采莲花。
莲花复莲花，花叶何稠叠。
叶翠本羞眉，花红强如颊。
佳人不在兹[9]，怅望别离时。
牵花怜共蒂，折藕爱连丝。
故情无处所，新物从华滋[10]。
不惜西津交佩解[11]，还羞北海雁书迟。
采莲歌有节，采莲夜未歇。
正逢浩荡江上风，又值裴回[12]江上月。
裴回莲浦夜相逢，吴姬越女何丰茸[13]。
共问寒江千里外，征客关山路几重。

【注释】

[1]凫(fú)：泛指野鸭。

[2]棹(zhào)：摇船的用具，也指船。

[3]桡(ráo)：桨。

[4]浦(pǔ)：水边，岸边。

[5]橹(lǔ)：一种用人力推进船的工具。

[6]驻：停留。

[7]犹：仍；还。

[8]渠：他。

[9]兹：此。

[10]滋：培植。

[11]佩解：即"解佩"，解下佩戴物。

[12]裴回：同"徘徊"。

[13]丰茸：茂密的样子。此处言人很多。

【点评】

委婉低回的江南采莲曲，既描写了采莲季节溢红滴翠的湖上风光，表达了采莲女子的欢乐，又寄托着她们对征夫的思念和期盼，可谓歌声袅袅，情思绵绵。

郭 震

郭震(656—713)，字元振，魏州贵乡(今河北省大名县附近)人。十八岁举进士，授梓州通泉县尉。武后时为凉州都督。郭震在朝遇事敢争，杜甫有诗称赞他

"直气森喷薄","磊落见异人"。他的诗《古剑篇》被武后所称赏,因而被重用。

莲花

脸腻香薰似有情,世间何物比轻盈[1]。
湘妃雨后来池看,碧玉盘[2]中弄水晶。

【注释】

[1]轻盈:形容动作、姿态的轻巧、优美。

[2]湘妃:相传为舜之二妃娥皇、女英。妃:配偶;妻。后世专指皇帝的妾,太子、王侯的妻。

[3]碧玉盘:指荷叶。

【点评】

开头用拟人方法描写荷花的情态。最后巧用传说故事作比喻,传神地写出雨后水珠在荷叶上滚动的情景。

贺知章

贺知章(659—744),唐代诗人,字季真,自号四明狂客,越州永兴(今浙江萧山)人。证圣进士,官至秘书监。工书法,尤擅草隶。其诗今存二十首,多祭神乐章和应制诗;写景之作,较清新通俗。《回乡偶书》传颂颇广。

采莲

稽山罢雾郁嵯峨[1],镜水无风也自波。
莫言春度芳菲[2]尽,别有中流采芰荷[3]。

【注释】

[1]嵯(cuó)峨:山势高峻的样子。

[2]芳菲:花草美盛芬芳,也指花草。

[3]芰(jì)荷:出水的荷。这里指荷叶或荷花。

【点评】

题目是采莲,实则另寓他意,即不随流俗,独辟蹊径。

徐彦伯

徐彦伯，唐代诗人，生平不详。

采莲曲

妾[1]家越水边，摇艇[2]入江烟。
既觅同心侣，复采同心莲。
折藕丝能脆，开花叶正圆。
春歌弄明月，归棹[3]落花前。

【注释】

[1]妾(qiè)：旧时妇女自称的谦词。

[2]艇：小型的船。原意为轻快的小船。

[3]棹(zhào)：摇船的工具，也指船。

【点评】

用第一人称采莲女的口吻写出，读来亲切。同心莲语意双关，表达了采莲女对美好爱情的渴望。语言清新、活泼。

孔德绍

孔德绍，唐代诗人，生平不详。

赋得涉江采芙蓉

莲舟泛锦碛[1]，极目眺江干。
沿流渡楫[2]易，逆浪取花难。
有雾疑川广，无风见水宽。
朝来采摘倦，讵[3]得久盘桓[4]。

【注释】

[1]碛(qì):浅水中的沙石,也指沙石上的急湍。

[2]楫(jí):划船的短桨。

[3]讵(jù):难道;哪里。

[4]盘桓:徘徊;逗留。

【点评】

莲舟破雾,逐浪取花,从早到晚,心劳体倦,写出了采莲劳动的艰辛。

王昌龄

王昌龄(约698—756),唐代诗人,字少伯,京兆长安(今陕西西安)人。开元进士。其诗擅长七绝,多写当时边塞军旅生活,气势雄浑,格调高昂。《从军行》七首、《出塞》二首皆甚有名。也有愤慨时政及刻画宫怨之作。原有集,已散佚。明人辑有《王昌龄集》。

越女 (又作采莲曲)

越女作桂舟,还将桂为楫[1]。
湖上水渺漫[2],清江不可涉。
摘取芙蓉[3]花,莫摘芙蓉叶。
将归问夫婿,颜色何如妾[4]。

【注释】

[1]楫(jí):划船的短桨。

[2]渺漫:形容水面宽广、辽远。

[3]芙蓉:荷花的别称。

[4]妾(qiè):旧时妇女自称的谦词。

【点评】

特意摘取莲花,在夫婿面前和自己的容貌对照,表现出越女的活泼、柔情和自信。

王　维

王维(701—761,一说698—759),唐代诗人、画家,字摩诘,原籍祁(今属山西),其父迁居蒲州(今山西永济西),遂为河东人。开元进士,累官至给事中。后官至尚书右丞。晚年居蓝田辋川,过着亦官亦隐的优游生活。前期曾写过一些以边塞为题材的诗篇,但其作品主要的则是山水诗,体物精细,状写传神,有独特成就。兼通音乐、工书画。苏轼称他诗中有画,画中有诗。有《王右丞集》。

莲花坞[1]

日日采莲去,洲[2]长多暮归。
弄篙[3]莫溅水,畏湿红莲衣。

【注释】

[1]坞(wù):四面高而挡风的建筑物。

[2]洲:水中的陆地。

[3]篙(gāo):撑船用的竹竿或木杆。

【点评】

篙头轻点,怕溅起水花,打湿了红莲衣(指红藕),写得风趣生动,表现了诗人的一种独特的审美感受。

采莲曲

荷叶罗裙一色裁,芙蓉[1]向脸两边开。
乱入池中看不见,闻歌始[2]觉有人来。

【注释】

[1]芙蓉:荷花的别称。

[2]始:才,方才。

【点评】

三、四两句写出了"接天莲叶无穷碧"的动人景象,身着绿色罗裙的采莲女隐蔽在荷叶里，只能凭着歌声才能判断出她们在哪里。

李　白

李白(701—762)，唐代大诗人，字太白，号青莲居士。祖籍陇西成纪(今甘肃秦安东)，隋末其先人流寓碎叶(今巴尔喀什湖南面的楚河流域)，李白即于此出生。李白少年即显露才华，吟诗作赋，博学广览。其诗对当时腐朽的统治集团表示强烈不满，作了尖锐的批判；对人民疾苦也有反映；又善于描绘壮丽的自然景色，表达对祖国山河的热爱。诗风雄奇豪放，想象丰富，语言流转自然，音律和谐多变。他善于从民歌、神话中吸取素材，构成其诗歌特有的瑰玮绚烂的色彩和积极浪漫主义精神，对后世影响很大。但有些作品中也流露出纵酒放诞、求仙出世的消极情绪。有《李太白集》。

渌水曲　采莲

渌[1]水明秋日，南湖采白蘋。
荷花娇[2]欲语[3]，愁杀荡舟人。

【注释】

[1]渌(lù)：清澈。
[2]娇：妩媚可爱。
[3]语：说话。

【点评】

三、四两句用拟人方法，写出了荷花姣美动人的神态。它仿佛要和人说话，使舟子应接不暇，因而有了“愁杀”的感觉。全诗语言清新、流畅、生动、风趣。

子夜吴歌

镜湖[1]三百里，菡萏[2]发荷花。
五月西施采，人看隘[3]若耶[4]。
回舟不待月，归去越王家。

【注释】

[1]镜湖:又名鉴湖,在今浙江绍兴市绍兴县南。

[2]菡萏(hàn dàn):即荷花。

[3]隘(ài):狭窄;狭小。这里是使动用法,使……狭小。

[4]若耶:溪水名,传说中西施浣纱处,在今浙江绍兴市绍兴县东南。

【点评】

诗人想象一千多年前的情景:越国美女西施在若耶溪中采莲。她那绝艳动人的风采,吸引了无数的人来争看,以至若耶溪畔顿时显得狭小起来。想象奇妙,夸张合理。

刘方平

刘方平,唐代诗人,生平不详。

采莲曲

落日晴江里,荆[1]歌艳楚腰[2]。
采莲从小惯,十五即乘潮。

【注释】

[1]荆:古代楚国的别称。

[2]楚腰:古代称女子的细腰为楚腰。

【点评】

夕阳照耀下的江面上,歌声荡漾。采莲女不仅风姿绰约、楚楚动人,而且从小练就了弄潮的本领。这是美与力的巧妙结合。

韦应物

韦应物(737—792),唐代诗人,京兆长安(今陕西西安)人。少年时,以三卫郎事玄宗。后为滁州、江州、苏州刺史。其诗以写田园风物著名,语言简淡。涉及时政和民生疾苦之作,亦颇有佳篇。有《韦苏州集》。

咏露珠

秋荷一滴露,清夜坠玄[1]天。

将[2]来玉盘上,不定始[3]知圆。

【注释】

[1]玄:高空的深青色。

[2]将:拿。

[3]始:才,方才。

【点评】

露珠在荷叶的碧玉盘上滚动,才会显示出它的浑圆来。想象新奇、生动。

戎 昱

戎昱,荆州荆门(今湖北荆门市)人。少举进士。乾元年间在浙西节度使颜真卿幕。大历四年前后,入湖南观察使崔瓘幕中。建中三年,任殿中侍御史,次年谪辰州刺史。

采莲曲

涔阳[1]女儿花满头,毵毵[2]同泛木兰舟。

秋风日暮南湖里,争唱菱歌未肯休。

【注释】

[1]涔(cén)阳:地名。涔,连续下雨,积水成潦。

[2]毵毵(sān):毛发细长的样子。

【点评】

湖上菱歌不断,头上戴花的采莲女儿沉浸在劳动和丰收的喜悦中。

张 潮

张潮，唐代诗人，生平不详。

采莲词

朝[1]出沙头日正红，晚来云起半江中。
赖[2]逢[3]邻女曾相识，并着莲舟不畏风。

【注释】

[1]朝(zhāo)：早晨。

[2]赖：依赖，依靠。

[3]逢：遇见。

【点评】

天有不测风云，患难中方见真情。

刘 商

刘商，唐代诗人，字子夏，彭城(今江苏徐州)人。大历进士，官检校礼部郎中等。能文善画。诗以乐府见长，所作《胡笳十八拍》与相传为蔡琰所作的并传于世。

咏双开莲花

菡萏[1]新花晓并开，浓妆美笑面相偎[2]。
西方采画迦陵鸟，早晚双飞池上来。

【注释】

[1]菡萏(hàn dàn)：即荷花。

[2]偎：紧贴；挨着。

【点评】

用双飞鸟映衬并蒂莲，更显出并蒂莲花的娇媚动人。

羊士谔

羊士谔，字谏卿，洛阳人。贞元元年登进士第，授义兴尉。宪宗即位，福建观察使闫济美表为大理评事。不久征为监察御使。元和三年，因诬论宰相李吉甫，贬资州刺史，途改巴州。四五年后，入为户部郎中。

南池荷花

蝉噪[1]城沟水，芙蓉忽已繁。
红花迷越艳，芳意过湘沅。
湛露[2]直清暑，披[3]香正满轩。
朝[4]朝只自赏，秾[5]李亦何言。

【注释】

[1]噪：群鸣。
[2]湛露：重露。
[3]披：散开。
[4]朝(zhāo)：早晨。
[5]秾(nóng)：花木繁盛。

【点评】

南池地僻，人迹罕至，荷花却依然绽蕾怒放，清香四溢。全诗有“桃李无言，下自成蹊”之意，是一种人格的寄托。

杨衡

杨衡，唐凤翔陈仓人，字中师。早年随父客蜀，曾隐青城山。后与符载等四人同隐庐山，结草堂于五老峰下，号为“山中四友”。德宗贞元中登进士第。贞元七年随桂管观察使齐映至桂州，后又入广州岭南节度使薛珏幕。贞元十六年，任桂阳郡从事，杜仓曹参军。官至大理评事。

采 莲

凝鲜雾渚[1]夕，阳艳绿波风。
鱼游乍[2]散藻，露重稍欹[3]红。
楚客伤暮节，吴娃[4]泣败丛。
促令芳本固，宁望雪霜中。

【注释】

[1]渚(zhǔ)：水中的小洲。
[2]乍：忽然。
[3]欹(qī)：倾斜。
[4]娃：美女。

【点评】

白露凝重，霜期将至，荷摇残红，他乡游子不禁触景伤情。

孟 郊

孟郊(751—814)，唐代诗人，字东野，湖州武康(今浙江德清)人。少年隐居嵩山。其诗感伤自己的遭遇，多寒苦之音。用字造句力避平庸浅率，追求瘦硬。与贾岛齐名，有“郊寒岛瘦”之评。

戏赠陆大夫十二丈 三首

莲子不可得，荷花生水中。
犹胜道傍[1]柳，无事荡[2]春风。

渌[3]萍与荷叶，同此一水中。
风吹荷叶在，渌萍西复东。

莲叶未开时，苦心终日卷。
春水徒[4]荡漾[5]，荷花未开展。

【注释】

[1]傍:通“旁”。

[2]荡:来回摆动。

[3]渌(lù):清澈。

[4]徒:徒然,白白地。

[5]荡漾(yàng):水微动的样子。

【点评】

将荷花与柳、浮萍对比,用象征的方法显示出两种人格:一种固守节操,一种随俗浮沉。

张 籍

张籍(约767—约830),唐代诗人,字文昌,原籍吴郡(今江苏苏州),少时侨寓和州乌江(今安徽和县乌江镇)。贞元进士,历任太常寺太祝等职。其乐府诗颇多反映当时社会矛盾和民生疾苦的篇什,也有反映封建制度压迫下妇女的悲惨处境者。有《张司业集》。

采莲曲

秋江岸边莲子多,采莲女儿凭船歌。
青房圆实齐戢戢[1],争前竞折漾微波。
试牵绿茎下寻藕,断处丝多刺伤手。
白练[2]束腰袖半卷,不插玉钗[3]妆梳浅。
船中未满度前洲,借问阿谁家住远。
归时共待暮潮上,自弄芙蓉[4]还荡桨。

【注释】

[1]戢戢(jí):象声词。

[2]练:洁白的熟绢。

[3]钗(chāi):古代妇女的首饰,由两股合成。

[4]芙蓉:荷花的别称。

【点评】

对采莲女的装束和采莲的动作写得细致生动,洋溢着对劳动者的赞美之情。

语言平易、清新、流畅，体现了白居易倡导的新乐府的特点。

韩　愈

韩愈(768—824)，唐代文学家、哲学家，字退之，河南河阳(今河南孟县西)人。早孤，刻苦自学。贞元进士。曾任国子博士、刑部侍郎等职，后官至吏部侍郎。为反六朝以来的骈偶文风，提倡散体，与柳宗元同为古文运动的倡导者。其散文在继承先秦两汉古文的基础上，加以创新和发展，气势雄健，旧时列为“唐宋八大家”之首。其诗力求新奇，有时流于险怪，对宋诗影响颇大。

奉酬卢给事云夫四兄曲江荷花行见寄

曲江千顷秋波净，平铺红云盖明镜。
大明宫中给事[1]归，走马来看立不正。
遗[2]我明珠九十六，寒光映骨睡骊目[3]。
我今官闲得婆娑[4]，问言何处芙蓉[5]多。
撑舟昆明度云锦，脚敲两舷叫吴歌。
太白山高三百里，负雪崔嵬[6]插花里。
玉山前却不复来，曲江汀滢[7]水平杯。
我时相思不觉一回首，天门九扇相当开。
上界真人足官府，岂如散仙鞭笞[8]鸾凤终日相追陪。

【注释】

[1]给事：即“给事中”。唐代官职名。

[2]遗(wèi)：给予；赠送。

[3]骊(lí)：纯黑色的马。。

[4]婆娑(suō)：盘旋；徘徊。

[5]芙蓉：荷花的别称。

[6]崔嵬(wéi)：山势高峻。

[7]滢(yíng)：清澈。

[8]笞(chī)：鞭打。

【点评】

厌弃封建官场的繁冗事务，渴慕“散仙”式的自由生活。描写太白山雄伟气势的语句,体现了诗人力求“新奇”的特点。

盆池

莫道[1]盆池作不成,藕稍初种已齐生。
从今有雨君须记,来听萧萧[2]打叶声。

【注释】

[1]莫道:不要说。
[2]萧萧:风声;草木摇落声。

【点评】

盆栽荷花,不仅是为了观赏,也是为了听到雨打荷叶的声音,何等雅致的生活情趣。

刘禹锡

刘禹锡(772—842),唐代文学家、哲学家,字梦得,洛阳(今属河南)人。贞元年间擢进士第,登博学宏辞科。和柳宗元交谊很深,与白居易唱和甚多。其诗通俗清新,善用比兴手法,寄托政治内容。《竹枝词》、《柳枝词》等组诗,富有民歌特色,为唐诗中别开生面之作。

乐天池馆夏景方妍白莲初开彩舟空泊唯邀缁[1]侣因以戏之

池馆今正好,主人何[2]寂然。
白莲方出水,碧树未鸣蝉。
静室宵闻磬[3],斋厨晚绝烟。
蕃[4]僧如共载,应不是神仙。

【注释】

[1]缁(zī):黑色。
[2]何:为什么。
[3]磬(qìng):古代石制乐器。

[4]蕃：通“番”。少数民族。

【点评】

有池当有莲。白莲成为白氏池馆的重要点缀，表现了诗人的一种精神寄托。

白居易

白居易(772—846)，唐代大诗人，字乐天，晚年号香山居士。其先太原(今属山西)人，后迁居下邽(今陕西渭南东北)。青年时期家境贫困，对社会生活及人民疾苦有较多的接触和了解。贞元进士，授秘书省校书郎。在文学上，白居易主张“文章合为时而著，诗歌合为事而作”，反对“嘲风雪，弄花草”而别无寄托的作品，是新乐府运动的倡导者。其诗语言通俗，相传连老妪(yù)也能听懂。有《白氏长庆集》。

东林寺白莲

东林北塘水，湛湛[1]见底清。
中生白芙蓉[2]，菡萏[3]三百茎。
白日发光彩，清飙[4]散芳馨[5]。
泄香银囊破，泻露玉盘倾。
我惭尘垢眼，见此琼瑶英。
乃知红莲华，虚得清净名。
夏萼敷[6]未歇，秋房[7]结才成。
夜深众僧寝，独起绕池行。
欲收一颗子，寄向长安城。
但[8]恐出山去，人间种不生。

【注释】

[1]湛(zhàn)湛：水深的样子。
[2]芙蓉：荷花的别称。
[3]菡萏(hàn dàn)：即荷花。
[4]飙(biāo)：疾风；暴风。
[5]馨(xīn)：香气。特指散布很远的香气。
[6]敷(fū)：铺陈。
[7]房：指莲房。
[8]但：只；仅。

【点评】

孔子咏松，屈原颂橘，形成了中国文人借物咏怀的传统。诗人在红莲与白莲之间选择了后者，是在追慕一种超尘拔俗、高洁不染的品格。语言通俗、清新，是白诗风格特点。

草堂前新开一池，养鱼种荷，日有幽趣

淙淙三峡水[1]，浩浩万顷陂[2]。
未如新塘上，微风动涟漪[3]。
小萍加泛泛[4]，初蒲正离离[5]。
红鲤二三寸，白莲八九枝。
绕水欲成径，护堤方插篱。
已被山中客，呼作白家池。

【注释】

[1]淙(cóng)淙：水流声。
[2]陂(bēi)：池塘。
[3]涟漪(yī)：波纹；细小的水波。
[4]泛泛：飘浮的样子。
[5]离离：繁茂的样子。

【点评】

人造池景，巧夺天工。诗人偏爱白莲的情趣，于此可见一斑。

莲　石

青石一两片，白莲三四枝。
寄将东洛去，心与物相随。
石倚[1]风前树，莲栽月下池。
遥知安置处，预想发荣[2]时。
领郡来何远，还乡去已迟。
莫言千里别，岁晚有心期[3]。

【注释】

[1]倚(yǐ)：靠着。
[2]荣：草类开花。
[3]期：约会。

【点评】

心随白莲寄去东洛，还联想到白莲在异地开花时的情景，既表现了真挚友情，也说明了对白莲情有独钟。

感白莲花

白白芙蓉[1]花，本生吴江濆[2]。
不与红者杂，色类自区分。
谁移尔至此，姑苏白使君。
初来苦憔悴[3]，久乃芳氛氲[4]。
月月叶换叶，年年根生根。
陈根与故叶，销化成泥尘。
化者日已远，来者日复新。
一为池中物，永别江南春。
忽想西凉州，中有天宝民。
埋殁[5]汉父祖，孳[6]生胡子孙。
已忘乡土恋，岂念君亲恩。
生人尚复尔[7]，草木何足云。

【注释】

[1]芙蓉：荷花的别称。
[2]濆(fén)：沿河的高地。
[3]憔悴(qiáo cuì)：脸色黄瘦。
[4]氛氲(yūn)：盛大的样子。
[5]殁(mò)：死。
[6]孳(zī)：繁殖。
[7]尔：这样，如此。

【点评】

由白莲因适应环境而发生变化，联想到天宝年间流落到西凉州的百姓的景况，不禁感慨系之。其实这是历史上民族间自然融合的一种进步现象。

西街渠中种莲叠石，颇有幽致，偶题小楼

朱槛[1]低墙上，清流小阁前。
雇人栽菡萏[2]，买石造潺湲[3]。

影落江心月，声移谷口泉。
闲看卷帘坐，醉听掩窗眠。
路笑淘官水，家愁费料钱。
是非君莫问，一对一翛然[4]。

【注释】

[1]槛(jiàn)：窗户下或长廊旁的栏杆。

[2]菡萏(hàn dàn)：即荷花。

[3]潺湲(chán yuán)：水缓流的样子。

[4]翛(xiāo)然：无拘束、超脱的样子。

【点评】

引水栽莲，美化环境，怡情悦性，自得其乐。

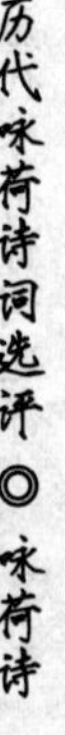

京兆府新栽莲

污沟贮浊水，水上叶田田[1]。
我来一长叹，知是东溪莲。
下有清泥污，馨[2]香无复全。
上有红尘[3]扑，颜色不得鲜。
物性犹如此，人事亦宜然。
托根非其所，不如遭弃捐[4]。
昔在溪中日，花叶媚清涟[5]。
今年不得地，憔悴[6]府门前。

【注释】

[1]田田：荷叶相连的样子。

[2]馨(xīn)：芳香。特指散布很远的香气。

[3]红尘：闹市的飞尘。

[4]捐：舍弃。

[5]涟：风吹水面形成的波纹。

[6]憔悴(qiáo cuì)：脸色黄瘦。

【点评】

由污沟浊水中的莲花不得其所、难显其美，联想到人不逢时、难展其才，从而发出对世事的感叹。

秋　池

前池秋始半，卉[1]物多摧坏。
欲暮槿[2]先萎，未霜荷已败。
默然有所感，可以从兹[3]诫[4]。
本不种松筠[5]，早凋何足怪。

【注释】

[1]卉(huì)：草的总称。

[2]槿(jǐn)：即木槿，一种落叶灌木，夏秋开花，花冠紫红或白色。

[3]兹：此，这里。

[4]诫(jiè)：警戒。

[5]筠(yún)：竹子的青皮。引申为竹子的别称。

【点评】

由荷花畏霜联想到松柏后凋，告诫人们做事应有先见之明。

龙昌寺荷池

冷碧[1]新秋水，残红半破莲。
从来寥落[2]意，不似此池边。

【注释】

[1]碧：青绿色。

[2]寥落：空虚；寂寞。

【点评】

面对残红衰荷，触景生情，一种落寞的感觉袭上心头。

池上二绝　之一

小娃撑[1]小艇，偷采白莲回。
不解[2]藏踪迹，浮萍一道开。

【注释】

[1]撑(chēng)：抵住；支持。

[2]解：明白；知道。

【点评】

小孩偷采了池上的白莲，以为大人不知，可是，小船冲开浮萍留下的一道痕迹却向大人告了密。“不解藏踪迹”，表现出一种天真的童趣。

阶下莲

叶展影翻当砌[1]月，花开香散入帘风。
不如种在天池上，犹[2]胜生于野水中。

【注释】

[1]砌(qì)：台阶。
[2]犹：还；仍。

【点评】

首联对仗工稳，描写出月下荷花的倩影。

种白莲

吴中白藕洛中栽，莫[1]恋江南花懒开。
万里携归尔[2]知否，红蕉朱槿[3]不将[4]来。

【注释】

[1]莫：勿，不要。
[2]尔：你。
[3]槿(jǐn)：木槿，一种落叶灌木，夏季开花，花冠紫红或白色。
[4]将：拿。

【点评】

用第二人称(你)和拟人的方法描写白莲，读来亲切、生动；同时，用红蕉、朱槿对照，表达了对白莲的钟爱。

白莲池泛舟

白藕新花照水开，红窗小舫[1]信风[2]回。
谁教一片江南兴，逐[3]我殷勤万里来。

【注释】

[1]舫(fǎng):船。一般指小船。

[2]信风:定期而来的风。

[3]逐:追随。

【点评】

白莲池泛舟,仿佛身入江南。联想自然,意境优美。最后两句妙笔生花,富有诗意。

看采莲

小桃[1]闲上小莲船,半采红莲半白莲。
不似江南恶风浪,芙蓉[2]池在卧床前。

【注释】

[1]小桃:人名。

[2]芙蓉:荷花的别称。

【点评】

小池荡莲舟,既享受了采莲的欢乐,又无江南采莲的风浪之险,可谓富有诗意的生活情趣。

衰　荷

白露[1]凋花花不残,凉风吹叶叶初干。
无人解[2]爱萧条[3]境,更绕衰丛一匝[4]看。

【注释】

[1]白露:二十四节气之一。

[2]解:明白;知道。

[3]萧条:寂寞;冷落;凋零。

[4]匝(zā):周围。

【点评】

白露降临,荷花欲凋,荷叶初干,一片衰败景象,可是诗人却兴致勃勃地绕丛观赏,可谓别是一种审美情趣。盖景亦由心造也。

箬[1]岘东池

箬岘[2]亭东有小池，早荷新荇[3]绿参差[4]。
中宵[5]把[6]火行人发，惊起双栖白鹭鸶。

【注释】

[1]箬(ruò)：箬竹。

[2]岘(xiàn)：小而高的山。

[3]荇(xìng)：荇菜，一种多年生水生草本植物。

[4]参差(cēn cī)：长短、高低不齐。

[5]中宵：夜半。

[6]把(bǎ)：执；持。

【点评】

漆黑的夜幕中，火光惊飞荷池中的一对白鹭，黑、红、白三种颜色互相映衬，是足以入诗的美景。

采莲曲

菱叶萦[1]波荷飐[2]风，荷花深处小船通。
逢郎[3]欲[4]语低头笑，碧玉搔头[5]□水中。

【注释】

[1]萦(yíng)：缠绕。

[2]飐(zhǎn)：风吹物体使之颤动。

[3]郎：旧时妇女对丈夫或所爱男子的称呼。

[4]欲：想要。

[5]搔头：首饰，簪的别名。

【点评】

撑船进入荷花深处的青年男女，不期而遇；采莲女欲言又止，低头而笑，以致簪子落入水中。诗人善于捕捉生活中富有美感情趣的镜头，化而为诗。

六年秋重题白莲

素房[1]含露玉冠鲜，绀[2]叶摇风钿[3]扇圆。

本是吴州供进藕，今为伊水□生莲。
移根到此三千里，结子经今六七年。
不独池中花故旧，兼□旧日采花船。

【注释】

[1]素房：指白莲莲房。
[2]绀(gàn)：深青带红的颜色。
[3]钿(tián)：用金翠珠宝等制成的花形的首饰。

【点评】

六年前曾题诗赞美白莲；六年后，风物依然，再次题赞，足见诗人对白莲的一往情深。

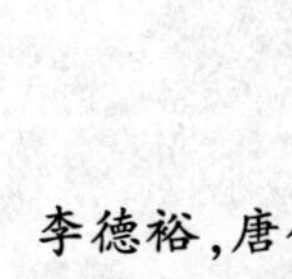

从谂

从谂，唐代诗人，生平不详。

因莲花有颂

奇异根苗带雪鲜，不知何[1]代别西天。
淤泥深浅人不识，出水方[2]知是白莲。

【注释】

[1]何：什么。
[2]方：始。

【点评】

赞美白莲出淤泥而不染，暗寓有才能者开始时往往不为人知。

李德裕

李德裕，唐代诗人，生平不详。

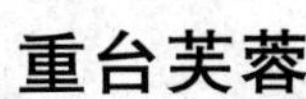

重台芙蓉

芙蓉[1]含露时，秀色波中溢。
玉女袭[2]朱裳，重重映皓[3]质。
晨霞耀丹景，片片明秋日。
兰泽多众芳，妍[4]姿不相匹[5]。

【注释】

[1]芙蓉：荷花的别称。

[2]袭：衣上加衣。

[3]皓(hào)：白。

[4]妍(yán)：美。

[5]匹：力量相当，相等。

【点评】

用拟人手法写出莲花在兰泽中妍压群芳。

李　绅

李绅(772—846)，唐代诗人，字公垂，无锡(今属江苏)人。元和进士。与元稹、白居易交游很密，为新乐府运动的参与者。

重台莲

绿荷舒卷凉风晓，红萼[1]开萦紫菂[2]重。
游女汉皋[3]争笑脸，二妃[4]湘浦[5]并愁容。
自含秋露贞姿结，不竞春妖冶态秾[6]。
终恐玉京仙子识，却将归种碧池峰。

【注释】

[1]萼(è)：花萼，位于花的外轮，一般呈绿色，有保护花草的作用。

[2]菂(dì)：莲子。

[3]皋(gāo)：岸；近水处的高地。

[4]二妃(fēi)：传说中舜之二妃娥皇、女英。

[5]浦：水滨。

[6]秾(nóng)：花木繁盛的样子。

【点评】

荷花不与春花争妍斗艳，在秋高露重时保持着高洁的姿态。

贾 謩

贾謩，唐代诗人，生平不详。

赋得[1]芙蓉出水

的皪[2]舒芳艳，红姿映绿蘋。
摇风开细浪，出沼媚清晨。
翻影初迎日，流香暗袭人。
独披[3]千叶浅，不竞百花春。
鱼戏参差[4]动，黾[5]游次第新。
涉江如可采，从此免迷津[6]。

【注释】

[1]赋得：凡指定、限定的诗题，照例在题前加"赋得"二字，如《赋得古草原送别》。

[2]的皪(lì)：明亮、鲜明的样子。

[3]披：散开。

[4]参差(cēn cī)：长短、高低不齐。

[5]黾(měng)：蛙的一种。

[6]津：渡江。

【点评】

从色彩、动态、气味等方面写出荷花出水时的妖娆风姿，赞美荷花不与百花争春的标格。

顾非熊

顾非熊(795—约854)，唐代诗人，苏州人，少俊悟，一览辄能成诵，工吟，扬誉

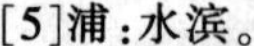

远近。性滑稽、好辩，颇杂笑言。武宗会昌五年及第，累左使府。宣宗大中间授盱眙主簿，厌拜迎鞭挞，因弃官归隐，不知所终。或传住茅山十余年，有诗一卷。

采莲词

纤[1]手折芙蓉[2]，花洒罗[3]衫湿。
女伴唤回船，前溪风浪急。

【注释】

[1]纤(xiān)：细小。

[2]芙蓉：荷花的别称。

[3]罗：丝织物类名。质地较薄，手感滑爽，兼透气。

【点评】

罗衫纤手，乘舟采莲，似乎悠闲雅致，其实平静中往往孕育着风浪。

姚　合

姚合(约782—约846)，唐代诗人，吴兴(今浙江湖州)人。元和进士，授武功主簿，其诗也称作"武功体"。所作诗篇多写个人日常生活和自然景色。喜为五律，刻意求工，颇类贾岛，故"姚贾"并称。其诗为南宋江湖派诗人所师法。有《姚少监诗集》。

咏南池嘉莲

芙蓉[1]池里叶田田[2]，一本双花出碧泉。
浓淡共妍[3]香各散，东西分艳蒂[4]相连。
自知政术无他异，纵是祯[5]祥亦偶然。
四野人闻皆尽喜，争来入郭[6]看嘉[7]莲。

【注释】

[1]芙蓉：荷花的别称。

[2]田田：荷叶相连的样子。

[3]妍(yán)：美。

[4]蒂(dì)：花或瓜果跟枝、茎相连的部分。

[5]祯(zhēn):吉祥。

[6]郭:外城。

[7]嘉:善;美。

【点评】

首联破题。颔联属(zhǔ)对工稳,生动地写出了嘉莲"一本双花"的奇异风姿。四野之人进城争看奇花,以之可预兆吉祥;诗人坚持唯物观点,认为"一本双花"虽然奇特,但并不预兆吉凶。

和李补阙曲江看莲花

露荷迎曙发,灼灼[1]夏田田[2]。
乍见神应骇,频来眼尚顺。
光凝珠有蒂[3],焰起火无烟。
粉腻黄丝蕊,心重碧玉钱。
日浮秋转丽,雨洒晚弥[4]鲜。
醉艳酣千朵,愁红思一川。
绿茎扶萼[5]正,翠药[6]满房圆。
淡晕还殊众,繁英得其然。
高名犹不厌,上客去争先。
景逸倾芳酒,怀浓习采笺。
海霞宁有态,蜀锦不成妍。
客至应消病,僧来欲破禅。
晓多临水立,夜只傍堤眠。
金似明沙渚,灯疑宿浦船。
风惊丛乍密,鱼戏影微偏。
秾[7]彩烧晴雾,殷姿缬[8]碧泉。
画工投粉笔,宫女弃花钿。
鸟恋惊难起,蜂偷困不前。
绕行香烂漫[9],折赠意缠绵[10]。
谁计江南曲,风流合管弦。

【注释】

[1]灼灼(zhuó):鲜明的样子。

[2]田田:荷叶相连的样子。

[3]蒂(dì):花或瓜果跟枝、茎相连的部分。

[4]弥：更加。

[5]萼(è)：花萼，位于花的外轮，一般呈绿色，有保护花芽的作用。

[6]菂(dì)：莲子。

[7]秾(nóng)：花木繁盛的样子。

[8]缬(xié)：有花纹的丝织品。

[9]烂漫：色彩鲜丽。

[10]缠绵：情意深厚。

【点评】

这是一首出自名家笔下的排律，也是绘声绘色地描写荷花神态的逸品。诗人既正面从色彩、形状、动态等方面描写荷花的风姿，也侧面从游人争睹、画工投笔、宫女弃钿，以至鸟恋难起、蜂困不前等方面来映衬，使曲江莲花图画一般地呈现在读者面前。

鲍 溶

鲍溶，唐代诗人，生平不详。

采莲曲 二首

弄舟朅来[1]南塘水，荷叶映身摘莲子。
暑衣清净鸳鸯喜，作浪舞花□不起。
殷勤护惜纤纤[2]指，水菱初熟多新刺。

【注释】

[1]朅(qiè)来：如同说“去来”。常有侧重，或重在“来”，或重在“去”。

[2]纤纤(xiān)：指双手美好的样子。

【点评】

五、六两句生动地写出了采莲姑娘采莲子时的专注神态和熟练动作。

采莲朅来[1]水无风，莲潭如镜松如龙。
夏衫短袖交斜红，艳歌笑斗□芙蓉[2]。
戏鱼往听莲叶东。

【注释】

[1]揭来:见前诗。

[2]芙蓉:荷花的别称。

【点评】

从色彩、声音、动态等方面写出了采莲时的欢乐情景。

裴夷直

裴夷直,唐代诗人,生平不详。

病中知皇子陂[1]荷花盛发寄王缋

十里莲塘路不赊[2],病来帘外是天涯。
烦君四句遥相寄,应得诗中便看花。

【注释】

[1]陂(bēi):池。

[2]赊(shē,读音shā):长;远。

【点评】

因病卧床,十里即成天涯,不能出门去看荷花,只能从朋友寄来的诗中去想象荷花盛开的景象,既表现出对荷花的钟爱,也表现出朋友之间的深情厚谊。

朱庆馀

朱庆馀,唐代诗人,名可久,越州(今浙江绍兴)人。宝历进士,官秘书省校书郎。其诗词意清新,描写细致,为张籍所赏识。有《朱庆馀诗集》一卷。

采 莲

隔烟花草远濛濛[1],恨个[2]来时路不同。

正是停桡[3]相遇处，鸳鸯飞去急流中。

【注释】

[1]濛濛：微雨的样子。

[2]个：意同“的”。

[3]桡(ráo)：桨。

【点评】

采莲途中青年男女不期而遇时，一对鸳鸯正从急流中飞去，暗示他们不能久留。三、四两句以写景结尾，景语即情语，显得含蓄、生动。

朱景玄

朱景玄，唐代诗人，生平不详。

望莲台

秋台好登望，菡萏[1]发清池。
半似红颜醉，凌波[2]欲[3]暮时。

【注释】

[1]菡萏(hàn dàn)：即荷花。

[2]凌波：形容女子步履轻盈。

[3]欲：将要。

【点评】

用拟人手法写出莲池夕照的生动景象。

何希尧

何希尧，唐代诗人，生平不详。

采莲曲

锦[1]莲浮处水粼粼[2],风外香生抹底尘。
荷叶荷裙相映色,闻歌不见采莲人。

【注释】

[1]锦:比喻鲜艳华美。

[2]粼粼(lín):清澈。

【点评】

荷叶的颜色与采莲姑娘的绿裙相映,因而不见人影,但闻歌声。三、四两句巧妙地写出了荷花的茂盛和采莲姑娘愉快劳动的景象。

许　浑

许浑,唐代诗人,字鹄举,润州丹阳(今属江苏)人。太和进士,官国子博士。著有《南方异物志》等。

秋晚云阳驿[1]西亭莲池

心忆莲池秉[2]烛游,叶残花败尚维[3]舟。
烟开翠扇清风晓,水泥红衣白露秋。
神女暂来云易散,仙娥初去月难留。
空怀远道难持赠,醉倚阑干尽日愁。

【注释】

[1]驿(yì):古时供应递送公文的人或来往官员暂住、换马的场所。

[2]秉(bǐng):拿着,持着。

[3]维:连续;系。

【点评】

把荷花同自己思念的人联系在一起,因而入夜后仍然秉烛赏莲。即使叶残花败,依旧对荷花寄托着深情。想折荷花寄给所思念的人,终因路远难赠,只好借酒浇愁。

雍 陶

雍陶，唐代诗人，生平不详。

永乐殷尧藩明府县池嘉莲咏

青蘋白石匝[1]莲塘，水里莲开带瑞[2]光。
露湿红芳双朵重，风飘绿蒂[3]一枝长。
同心栀[4]子徒夸艳，台穗嘉[5]禾岂解香。
不独丰祥先有应，更宜花县对潘郎。

【注释】

[1]匝(zā)：周遍；环绕一周。
[2]瑞：吉祥。
[3]蒂(dì)：花或瓜果跟枝、茎相连的部分。
[4]栀(zhī)：木名。常绿灌木，夏季开花，白色，味香。
[5]嘉：美；善。

【点评】

颔联对仗严谨，从触觉、视觉的角度生动地写出了嘉莲一茎双花的独特风姿。颈联又把它和栀子、嘉禾相比较，更显出了嘉莲的艳丽色彩和清香气味。

李群玉

李群玉，唐代诗人，字文山，澧洲(今湖南澧县)人。善吹笙，工书法。其诗善写羁旅之情。有《李群玉集》。

莲 叶

根是泥中玉，心承[1]露下珠。
在君塘下种，埋没任春蒲[2]。

【注释】

[1]承:受。

[2]蒲(pú):水生植物名,可以制席。

【点评】

一、二句比喻新奇。三、四句感叹初生的莲叶被茂盛的蒲草埋没,表现出爱花惜花之情。似另有寄托。

新荷

田田[1]八九叶,散点绿池初。
嫩碧才平水,圆阴已蔽鱼。
浮萍遮不合,弱荇[2]绕犹疏。
半在春波底,芳心卷未舒。

【注释】

[1]田田:荷叶相连的样子。

[2]荇(xìng):即荇菜,一种多年生水生草本。

【点评】

诗人善于观察,全诗紧扣一个"新"字,通过和周围事物水、鱼、浮萍、荇菜的联系,生动地写出了新荷圆、嫩、小的特点。

晚莲

露冷芳意尽,稀疏空碧荷。
残香随暮雨,枯蕊堕[1]寒波。
楚客罢奇服,吴姬停棹[2]歌。
涉江无可寄,幽恨竟如何。

【注释】

[1]堕:落下。

[2]棹(zhào):摇船的用具,也指船。

【点评】

深秋季节,荷花香残蕊落,一片凋零景象。游子怀远,愁绪无可寄托,陷入怅惘之中。

北亭

斜雨飞丝织晓空，疏[1]帘半卷野亭风。
荷花向尽秋光晚，零落[2]残红绿沼[3]中。

【注释】

[1]疏：稀；不密。
[2]零落：凋谢；脱落。
[3]沼：小池。

【点评】

秋光已老。在斜风冷雨中，荷花残红凋落池中。诗人伤荷惜花之情自然流露出来。

温庭筠

温庭筠（约812—866），唐代诗人、词人，字飞卿，太原（今属山西）人。仕途不得意，官止国子助教。其诗辞藻华丽。词多写闺情，风格秾艳。

莲花

绿塘摇滟[1]接星津[2]，轧轧[3]兰桡[4]入白蘋。
应为洛神[5]波上袜，至今莲蕊有香尘。

【注释】

[1]滟（yàn）："潋滟"，水满的样子。
[2]津：渡口。
[3]轧轧（zhá）：象声词。
[4]桡（ráo）：桨。
[5]洛神：传说中的洛水之神。

【点评】

诗中展开想象，把莲花和神话故事联系起来描写，将莲花想象为洛神凌波之袜，构思别具一格。

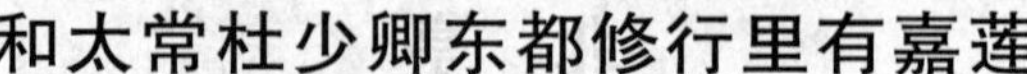

和太常杜少卿东都修行里有嘉莲

春秋罢注直[1]铜龙[2]，旧宅嘉莲照水红。
两处黾[3]巢清露里，一时鱼跃翠茎东。
同心表瑞[4]荀池上，半面分妆乐镜中。
应为临川多丽句，故持重艳向西风。

【注释】

[1]直：通"值"。当值。

[2]铜龙：太子宫门名。

[3]黾(měng)：蛙的一种。

[4]瑞：吉祥。

【点评】

首联破题，总写嘉莲盛开，映红水面；中间两联细致描写嘉莲"一茎双花"的奇特景观。诗人认为嘉莲"重艳"，预示着临川将多优秀诗作，表达了对文学事业发展的良好愿望。

张静婉采莲歌

兰膏坠发红玉春，燕钗[1]拖颈抛盘云。
城西杨柳向娇晚，门前沟水波粼粼[2]。
麒麟公子朝天客，珂[3]马珰珰度春陌。
掌中无力舞衣轻，翦断鲛绡[4]破春碧。
抱月飘烟一尺腰，麝脐龙髓怜娇娆[5]。
秋罗拂水碎光动，露重花多香不销。
鸂鶒[6]交交[7]塘水满，绿萍金粟莲茎短。
一夜西风送雨来，粉痕零落[8]愁红浅。
船头折藕丝暗牵，藕根莲子相留连。
郎心似月月未缺，十五十六清光圆。

【注释】

[1]钗(chāi)：妇女的首饰，两股合成。

[2]粼粼(lín)：清澈的样子。

[3]珂：似玉的美石。

[4]鲛绡(jiāo xiāo):传说中鲛人所织的绡。亦泛指薄纱。

[5]妖娆(ráo):娇媚。

[6]鸂鶒(xī chì):水鸟名,毛分五色。

[7]交交:鸟鸣声。

[8]零落:凋谢;脱落。

【点评】

诗人把女性美与荷花美结合起来描写,使荷花与人面相映,显得更加妩媚。结尾用双关语表达了采莲女对美满爱情的渴望。全诗显示出辞藻华丽的风格特点。

李商隐

李商隐(约813—约858),唐代诗人,字义山,号玉谿生,怀州河内(今河南沁阳)人。开成进士,曾任县尉、秘书郎等职。因受牛李党争影响,被人排挤,潦倒终身。常以诗歌揭露时政,所作咏史诗也多托古以讽。擅长律、绝,富于文采,具有独特风格,然有用典太多,意旨隐晦之病。

赠荷花

世间花叶不相伦[1],花入金盆叶作尘。
惟有绿荷红菡萏[2],卷舒开合任天真。
此花此叶常相映,翠减红衰愁杀人。

【注释】

[1]伦:伦比,匹敌。

[2]菡萏(hàn dàn):即荷花。

【点评】

荷花的绿叶与红花总是相映不离。西风频摧,翠减红衰,诗人触景伤情。

暮[1]秋独游曲江

荷叶生时春恨生,荷叶枯时秋恨成。
深知身在情常在,怅[2]望江头江水声。

【注释】

[1]暮:晚;将尽。

[2]怅(chàng):失意,不称心。

【点评】

时序更替,草木枯荣,总是牵动着诗人的情思。"身在情常在",多情善感,这正是诗人独特气质的表现。

方干

方干(? —888),唐代诗人,字雄飞,新定(今浙江建德)人。举进士不第,隐居会稽镜湖。咸通至中和间,以诗著名江南,多应酬之作,也有诗篇抒写羁旅之思。

采莲

采莲女儿避残热,隔夜相期侵早[1]发。
指剥春葱腕似雪,画桡[2]轻拨蒲根月。
兰舟迟速有输赢,先到河湾赌何物。
才到河湾分首去,散在花间不知处。

【注释】

[1]侵早:破晓;天刚亮。

[2]桡(ráo):桨。

【点评】

莲舟竞发,争先恐后,热火朝天;进入荷塘后,仿佛黄蝶飞入菜花中,采莲女儿不见踪影,热闹顷刻复归平静。诗人敏锐地捕捉到这一由动入静的审美瞬间,通过生动描绘给读者以美的感受。

崔橹

崔橹,唐晋南人。僖宗广明间登进士第,仕为棣州司马。慕杜牧诗,才情丽而近荡，尤善咏物。有集，已佚。

残莲花　二首

倚风无力减香时，涵[1]露如啼卧翠池。
金谷楼前马嵬[2]下，世间殊色一般悲。

不耐高风怕冷烟，瘦红欹[3]委[4]倒青莲。
无人解[5]把无尘袖，盛取残香尽日怜。

【注释】

[1]涵：包含；包容。
[2]马嵬（wéi）：地名，即马嵬坡。
[3]欹（qí）：倾斜。
[4]委：堆积。
[5]解：明白；知道。

【点评】

在诗人眼中，秋深霜重时，荷花红衰翠减，芳颜凋落，就如同石崇的爱妾绿珠从金谷楼坠落、唐玄宗的爱妃杨玉环在马嵬坡前自缢一样可悲。诗人用干净的衣袖盛起落花，表现出对美的事物易逝的惋惜感叹。

岳阳云梦亭看莲花

似醉如慵[1]一水心，斜阳欲暝[2]彩云深。
清明月照羞无语，凉冷风吹势不禁。
曾向楚台和雨看，只于吴苑[3]弄船寻。
当时为汝题诗遍，此地依前泥[4]苦吟。

【注释】

[1]慵（yōng）：懒。
[2]暝（míng）：日落，天黑。
[3]苑（yuàn）：养禽兽植树木的地方。后来多指帝王游乐打猎的地方。
[4]泥：拘泥。

【点评】

由傍晚到月夜，随着时间的推移，用拟人的方法写出荷花娇羞无语、似醉如

慵的神态。月圆花好牵动了诗人的情思，于是苦吟题诗，抒发感慨。

皮日休

皮日休(约894—883)，唐代文学家，字逸少，襄阳(今属湖北)人。咸通进士，曾任太帝博士。其诗文与陆龟蒙齐名，人称“皮陆”。他的部分诗篇继承了白居易新乐府的传统。

赤门堰白莲花

缟[1]带与纶巾[2]，轻舟漾[3]赤门。
千回紫萍岸，万顷白莲村。
荷露倾衣袖，松风入髻[4]根。
潇疏今若此，争[5]不尽馀尊[6]。

【注释】

[1]缟(gǎo)：未经染色的绢。

[2]纶(guān)巾：古代用丝带做的头巾。

[3]漾(yàng)：泛舟。

[4]髻(jì)：挽束在头顶的头发。

[5]争：通“怎”。怎么。

[6]尊：古代的酒器。

【点评】

荡舟赤门，心与白莲相近，不染世俗，怎能不乐得尽余杯呢！

白　莲

但恐醍醐[1]难并洁，只应薝[2]卜[3]可齐香。
半垂金粉知何似，静婉[4]临溪照额黄[5]。

【注释】

[1]醍醐(tí hú)：酥酪上凝聚的油。

[2]薝(zhān)：薝卜，花名。花味很香。

[3]卜(bo)：即萝卜。

[4]静婉：人名，即张静婉。

[5]额黄：六朝时妇女头上的涂饰。

【点评】

一、二句从颜色、气味写白莲的纯净清香；三、四句以美人临溪照面比喻荷花的妩媚姿态。

咏白莲　二首

腻于琼[1]粉白于脂，京兆[2]夫人未画眉。
静婉[3]舞偷将动处，西施颦[4]效半开时。
通宵带露妆难洗，尽日凌波步不移。
愿作水仙无别意，年年图与此花期。

细嗅深看暗断肠，从今无意爱红芳。
折来只合琼为客，把种应须玉甃[5]塘。
向日但疑酥滴水，含风浑[6]讶雪生香。
吴王台下开多少，遥似西施上素妆。

【注释】

[1]琼(qióng)：赤色的玉。也泛指美玉。

[2]京兆：京兆尹(古代官名)的简称。

[3]静婉：人名，即张静婉。

[4]颦(pín)：皱眉。

[5]甃(zhòu)：井壁。

[6]浑(hún)：简直。

【点评】

用美女作比，以拟人的方法细致传神地描绘出白莲的婀娜风姿，表现了对美的事物的钟情。两首诗的颈联皆为传神之笔。

陆龟蒙

陆龟蒙(？—约881)，唐代文学家，字鲁望，姑苏(今江苏苏州)人。曾任苏、湖二郡从事，后隐居甫里。与皮日休齐名，人称“皮陆”。诗以写景咏物为多。

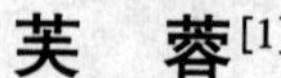

芙　蓉[1]

闲吟鲍照[2]赋，更起屈平[3]愁。
莫引西风动，红衣不耐秋。

【注释】

[1]芙蓉：荷花的别称。

[2]鲍照：南朝宋文学家。

[3]屈平：即屈原。

【点评】

怕西风吹起，荷花红衰翠减，表现了对美好事物的珍惜。

白　莲

素葩[1]多蒙[2]别艳[3]欺，此花真合在瑶池。
还应有恨无人觉，月晓风清欲堕时。

【注释】

[1]葩："花"的异体字。

[2]蒙：受，遭受。

[3]别艳：其他艳丽的花。

【点评】

在争奇斗艳的众芳中，独爱白莲，对它在月晓风清时的零落，更是深表惋惜。这首诗表现出诗人不随"依红偎翠"的流俗。

白芙蓉

澹然[1]相对却成劳，月染风裁个个高。
似说玉皇亲谪[2]堕[3]，至今犹着□霜袍。

【注释】

[1]澹(dàn)：安静。

[2]谪(zhé)：被罚流放或贬职。

[3]堕(duò)：落下。

【点评】

说白莲是月光染就、风刀裁成的，写得新巧。说白莲是被玉皇贬落人间的，想象奇特、优美。

重台莲花

水国烟乡足芰荷[1]，就中芳瑞此难过。
风情为与吴王近，红萼[2]常教□倍多。

【注释】

[1]芰(jì)荷：出水的荷花。

[2]萼(è)：花萼，由若干萼片组成，位于花的外轮，一般呈绿色，有保护花芽的作用。

【点评】

在南国水乡，荷花艳压群芳，迷人风姿堪与西子相比（"为与吴王近"）。

韦　庄

韦庄(836—910)，五代前蜀诗人、词人，字端己，长安杜陵（今陕西西安市东南）人。乾宁进士，后仕蜀，官至吏部侍郎同平章事。早年颇有诗名。其词语言清丽，多用白描手法，写闺情离愁和游乐生活。

合欢莲花

虞舜[1]南巡去不归，二妃相誓死江湄[2]。
空留万古香魂在，结作双葩[3]合一枝。

【注释】

[1]虞舜：传说中远古部落有虞氏的领袖。

[2]湄(méi)：岸边水草相接处。

[3]葩(pā)：花。

【点评】

将合欢莲花联想为虞舜二妃的香魂所化，想象新奇、瑰丽，令读者思绪飞扬。

唐彦谦

唐彦谦(生卒年不详),唐代诗人,字茂业,并州晋阳(今山西太原)人,自号鹿门先生。咸通二年(861年)中进士。僖宗中和年间,河中节度使王重荣辟为从事,累至节度副使。博学多艺,诗文、音乐、书画无所不能。初师事温庭筠,诗风纤丽;后学杜甫,格调淳雅。有《鹿门集》。

黄子陂[1]荷花

十顷狂风撼[2]曲尘[3],缘[4]堤照水露红新。
世间花气皆愁绝,恰是莲香更恼[5]人。

【注释】

[1]陂(bēi):池。
[2]撼(hàn):摇动。
[3]曲(qū)尘:淡黄色。
[4]缘:沿着,顺着。
[5]恼:撩拨;使人烦恼。

【点评】

人总是带着一定的情感去赏花的。诗人觉得莲花的香气更能撩拨人,这是他在特定情景下的审美感受。

齐　己

齐己(863—937),原名胡得生,潭州益阳(今属湖南)人。五代诗僧,自号衡岳沙门。一生交游极广,与郑谷、贯休等为诗友。《全唐诗》存其诗十卷。

题东林白莲

大士生兜率,空池满白莲。

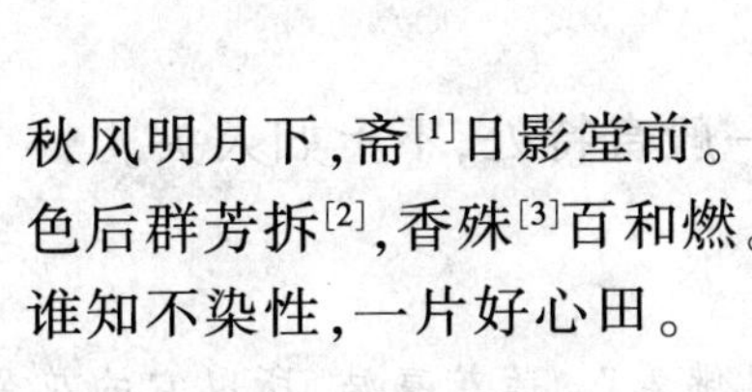

秋风明月下,斋[1]日影堂前。
色后群芳拆[2],香殊[3]百和燃。
谁知不染性,一片好心田。

【注释】

[1]斋(zhāi):古人在祭祀前或典礼前清心洁身,以示庄重。

[2]拆:拆开。此处指花开。

[3]殊:不同。

【点评】

白莲在群芳凋谢之后开放,其香更是无与伦比,这是它独具的风韵。白莲一尘不染的本性,就像人们具有纯洁善良的心灵。

郑谷

郑谷,唐代诗人,字守愚,宜春(今属江西)人。僖宗时进士,官都官郎中。其诗多写景咏物之作,风格清新通俗。

莲叶

移舟水溅差差[1]绿,倚槛[2]风摇柄柄香。
多谢浣[3]溪人不折,雨中留得盖鸳鸯。

【注释】

[1]差差(cī):不齐的样子。

[2]槛(jiàn):窗户下或长廊旁的栏杆。

[3]浣(huàn):洗涤。

【点评】

一、二两句从色彩、动态、气味方面写荷叶的风韵;三、四两句写荷叶为鸳鸯遮雨,别是一番情趣。

荷花

佛爱我亦爱,清香蝶不偷。

一般奇特处,不上妇人头。

【点评】

佛的宝座是莲花,故曰"佛爱"。莲花高洁,所以它的花朵不做一般的装饰品。

王贞白

王贞白(生卒年不详),字有道,永丰(今江西省永丰县)人。唐乾宁二年(895年)进士,任校书郎。有《灵溪集》。

独芙蓉

方塘清晓镜,独照玉容[1]秋。
蠹芰[2]不相采[3],敛蘋[4]空自愁。
日斜还顾影,风起强垂头。
芳意羡何物,双双鸂鶒[5]游。

【注释】

[1]玉容:指女子的容貌。此处指荷花。
[2]芰(jì):即菱角。
[3]采:通"睬"。理睬。
[4]蘋:通"萍"。浮萍,别指青萍。
[5]鸂鶒(xī chì):水鸟名,毛有五色。

【点评】

以拟人手法描写池中的独莲,在同类中有顾影自怜之态,唯与有五色羽毛的水鸟相亲。诗人似有所寄托。

吴　融

吴融,唐代诗人,生平不详。

高侍御话及皮博士池中白莲因成一章寄博士兼呈侍御

白玉花开绿锦池，风流御史[1]报人知。
看来应是云中堕[2]，偷去须从月下移。
已被乱蝉催晼晚[3]，更惊凉雨动褵褷[4]。
习家秋色堪图画，只欠山公倒接䍦[5]。

【注释】

[1]御史：官名。秦以前本为史官。汉以后随事立名，名称各异。

[2]堕(duò)：落下。

[3]晼(wǎn)晚：太阳将下山的光景，比喻年老。

[4]褵褷(lí shī)：羽毛濡湿黏合的样子。

[5]接䍦(lí)：古代的一种头巾。

【点评】

在想象中描绘出友人池中白莲"云中堕，月下移"的动人风采，也写出友人潇洒狂放的神态——倒戴头巾，表达了深厚真挚的友情。

韩偓

韩偓(844—约914)，唐末诗人，字致尧，京兆万年(今陕西西安市东南)人。龙纪进士，官翰林学士，中书舍人。其诗多写艳情，辞藻华丽，有"香奁体"之称。

荷　花

纨[1]扇相欹[2]绿，香囊独立红。
浸淫[3]因重露，狂暴是秋风。
逸[4]调无人唱，秋塘每夜空。
何繇[5]见周昉[6]，移入画屏中。

【注释】

[1]纨(wán)：细绢；细致洁白的薄绸。

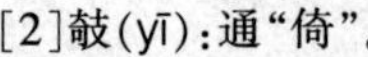

[2]攲(yī):通“倚”。

[3]浸淫(qīn yín):积渐而扩及;渐进。

[4]逸(yì):超迈。

[5]繇(yóu):通“由”。

[6]周昉(fǎng):古代画家名。

【点评】

荷花溢红滴翠,带露迎风。一尘不染的高标逸调,应入名家画中。

野　塘

侵晓[1]乘凉偶独来,不因鱼跃见萍[2]开。
卷荷忽被微风触,泻下清香露一杯。

【注释】

[1]侵晓:清晨。

[2]萍:浮萍,别称青萍。

【点评】

清香本是无法收集的。写清香露一杯,转虚为实,显得别致生动。

李建勋

李建勋(?—952),字致尧,广陵(今江苏扬州)人,南唐赵王李德诚之子。初为金陵巡官。南唐建国,为中书侍郎、同平章事。中主李璟即位后,他为抚州节度使,保大四年(946)召为右仆射兼门下侍郎、同平章事。《宋史·艺文志》著录《李建勋集》二十卷,已散佚。

重台莲

斜倚秋风绝比伦[1],千英和露染难匀。
自为祥瑞生南国,谁把丹青[2]寄北人。
明月几宵[3]同绿水,牡丹无路出红尘[4]。
怜[5]伊[6]不算多时立,赢得馨香暗上身。

【注释】

[1]比伦:即伦比,匹敌。

[2]丹青:泛指绘画艺术。

[3]宵:夜。

[4]红尘:闹市的飞尘,形容繁华。

[5]怜:怜爱,爱惜。

[6]伊:彼,他。

【点评】

荷花香气本是无形的东西,写它暗上身来,是化虚为实,别有风趣。

孙光宪

孙光宪(约895—968),字孟文,陵州贵平(今四川仁寿)人。唐时为陵州判官。天成初(926年前后)避难江陵,后事平三世。累官检校秘书少监兼御史中丞。归宋后,授黄州刺史。性嗜经籍,聚书凡数千卷,校勤抄写,老而不辍。著有笔记《北梦琐言》。词存八十四首。

采　莲

菡萏[1]香连十顷陂[2],小姑贪戏采莲迟。
晚来弄水船头湿,更脱红裙裹鸭儿。

【注释】

[1]菡萏(hàn dàn):即荷花。

[2]陂(bēi):池塘。

【点评】

采莲贪玩迟归,弄水溅湿船头,脱下红裙裹鸭,一个活泼风趣的小村姑形象跃然纸上。

刘 兼

刘兼，长安(今陕西西安)人。由五代入宋，宋初任荣州刺史。宋太祖开宗六七年预修《五代史》，为盐铁判官。今存诗卷，均为在宋所作。

莲塘霁[1]望

新秋菡萏[2]发红英[3]，向晚风飘满郡馨[4]。
万叠水纹罗乍展，一双鸂鶒[5]绣初成。
采莲女散吴歌阕[6]，拾翠人归楚雨晴。
远岸牧童吹短笛，蓼[7]花深处信[8]牛行。

【注释】

[1]霁(jì)：本指雨停，引申为风雪停，云雾散，天气放晴。
[2]菡萏(hàn dàn)：即荷花。
[3]英：花。
[4]馨(xīn)：芳香，特指散布很远的香气。
[5]鸂鶒(xī chì)：水鸟名，毛有五色。
[6]阕(què)：乐终。
[7]蓼(liǎo)：植物名。种类很多，味辛辣。
[8]信：听凭；随意。

【点评】

有形、有色、有味、有声，一幅色彩斑斓的晚晴夕照图。

郭 恭

郭恭，晚唐五代诗人，生平不详。

秋池一枝莲

秋至皆零落[1]，凌[2]波独吐红。

托根方得所，未肯即随风。

【注释】

[1]零落：凋谢；脱落。

[2]凌波：形容女子步履轻盈。

【点评】

众芳入秋凋零，莲花池中一枝凌波独放。诗人托物言志，暗喻不随俗浮沉。

张　咏

张咏，宋代诗人，生平不详。

朝日莲

少得方为贵，根茎岂异莲。
高低全赖水，舒卷自知天。
已任群芳妒，难妨后笑偏。
向明终有待，呈艳不争先。
爱重频移席，徽求苦费钱。
兰荪[1]饶[2]酷烈[3]，桃杏愧奢[4]妍[5]。
应瑞[6]花中绝，标[7]名世上传。
须栽禁池内，用表太平年。

【注释】

[1]荪(sūn)：香草名。

[2]饶：富裕；丰富。

[3]酷烈：指香味浓烈。

[4]奢：过分；过多。

[5]妍(yán)：美。

[6]瑞：吉祥。

[7]标：出色。

【点评】

与兰荪、桃杏对比，赞美朝日莲不与众花争艳，而且应瑞示祥。这首诗表达了人们希求和平安定的愿望。

王禹偁

王禹偁(954—1001),北宋文学家,字元之,巨野(今属山东)人。太宗时进士。他反对宋初浮靡文风,提倡平易朴素之风,于诗推崇杜甫、白居易,于文推崇韩愈、柳宗元。著作有《小畜集》。

咏白莲

昨夜三更后,姮娥[1]堕[2]玉簪[3]。
冯夷[4]不敢受,捧出碧波心。

【注释】

[1]姮(héng)娥:即嫦娥。

[2]堕(duò):落下。

[3]簪(zān):古代男女用来绾住头发或是把帽子别在头发上的一种首饰。

[4]冯夷:传说中的水神名。

【点评】

诗贵创新。莲花瓣的形状像簪子,诗人由此把白莲想象为嫦娥的玉簪坠落;又因为莲花长在水中,诗人想象它是水神冯夷从碧波中捧出的。这里的想象和神话故事巧妙结合,使整首诗富有张力;同时也扩展了读者的审美空间,使之有了充分的再创造的自由。

瑞[1]莲歌　并序

宴设都头宋承武,其先尝为黄州刺史,有别墅在关城东南,池生瑞莲。承武来告,因与从事曾校书泛小舟以验之,退而作歌,以纪其事。

江城五月江雨晴,荷花到处红交横。
宋家池上瑞莲生,袅袅[2]出丛抽一茎。
茎端菡萏[3]开两朵,忽似娥皇将女英[4]。
九嶷[5]望断苍梧[6]暮,低头并照湘波清。

花落莲成碧于卵，瑟瑟[7]尘轻熨[8]人眼。
萧郎[9]弄玉合卺[10]时，一齐复下瑠璃[11]盏。
草本效灵载图史，守臣尽可闻[12]天子。
吾君有诏[13]抑祥瑞，异兽珍禽不为贵。
瑞莲无路达冕旒[14]，也随众卉老池头。
吏民归美贺郡守，敢贪天功为己有。
古来善政数杜诗，桑无附枝麦两岐[15]。
瑞莲信[16]美产兹[17]土，起予谩[18]作闲歌辞。
年年更愿再熟稻，仓箱免使吾民饥。

【注释】

[1]瑞：吉祥。

[2]袅袅：纤长柔美的样子。

[3]菡萏(hàn dàn)：即荷花。

[4]娥皇、女英：传说中虞舜的两个妃子。

[5]九嶷：山名，在今湖南宁远县南，相传为舜所葬之处。

[6]苍梧：即九嶷山。

[7]瑟瑟：碧珠。也指碧色。

[8]熨(yùn)：用金属器具加热，按压衣物，使之平帖。

[9]萧郎：本为对姓萧男子的称谓。旧泛指女子所爱恋的男子。

[10]合卺(jǐn)：新婚夫妇喝交杯酒。卺，古代的一种酒器。

[11]瑠璃(liú lí)：一种矿石质的有色半透明体材料。

[12]闻：使上级听见，报告上级。

[13]诏(zhào)：皇帝颁发的命令文告；诏书。

[14]冕旒(miǎn liú)：古代帝王、诸侯及卿大夫的礼服。

[15]岐(qí)：同“歧”。叉开。

[16]信：确实。

[17]兹：此，这里。

[18]谩(màn)：通“慢”。傲慢，不敬。

【点评】

以娥皇、女英作比，写出了瑞莲一茎双花、临流并照的婀娜神态。诗人以瑞莲能预兆祥瑞来表达对人民疾苦的关切。

寇准

寇准(961—1023),字平仲,华州下邽(今陕西渭南县)人。宋太宗时进士,真宗时官至宰相,封莱国公。后被谗遭贬,迁徙至雷州(今广东海康县)等地。著有《巴东集》。

莲

数柄疏[1]荷出小池,幽香深谢好风吹。
晓来秋气凝清露,似学湘妃[2]怨九嶷[3]。

【注释】

[1]疏:稀;不密。

[2]湘妃:传说中舜之二妃娥皇、女英。

[3]九嶷:山名,在今湖南宁远县南,相传为舜所葬处。

【点评】

清晨,荷叶上的露珠使诗人联想到娥皇、女英在湘江边寻找虞舜时,洒在竹子上的泪水。这首短诗构思巧妙,给人以新颖的审美感受。

庚辰岁将命至巴东时已秋序霜荷索然[1]偶赋是章用遣[2]幽恨[3]

秉轺[4]偶将命[5],抚俗烟江湄[6]。
地僻接穷峡,务[7]简稀公期。
秋信任无趣,野怀良自宜。
月白夜蝉响,池暗风荷衰。
溪云入破牖[8],山菊开疏篱。
贯[9]酒不能醉,乡园空结悲。
徘徊独凝望,目极长天涯。

【注释】

[1]索然:零落的样子了。

[2]遣：派遣。

[3]幽恨：潜藏在心里的怨恨。

[4]轺(yáo)：古代轻小便捷的马车。

[5]将命：奉命。

[6]湄(méi)：岸边，水与草交接的地方。

[7]务：事务，事情。

[8]牖(yǒu)：窗。

[9]贳(shì)：赊欠。

【点评】

奉命去了巴东，看到那里一片荒凉破败的景象。诗人心情悲凉，赊了酒也喝不下去，表现出他对百姓疾苦的关切。

丁谓

丁谓，宋代诗人，生平不详。

荷花

相倚秋风立，兰言似有无。
未饶[1]霜女俊，不爱月娥孤。
力弱烟被[2]素，心危[3]露泣珠。
翦[4]裁随楚思，幽怨寄吴歈[5]。
半坼[6]香囊解，微倾醉弁[7]扶。
涉江如可采，百琲[8]答轻躯。

【注释】

[1]饶：让；饶恕。

[2]被：通"披"。

[3]危：忧惧。

[4]翦："剪"的异体字。

[5]歈(yú)：歌。

[6]坼(chè)：分裂；裂开。

[7]弁(biàn)：管杂务的人。

[8]琲(bèi)：成串的珠子。

【点评】

以拟人的方法、雅致的辞藻,尽显荷花之风姿。

荷　花

梦散高唐[1]夜正遥,楚天何处不无憀[2]。
秋风似会荆[3]王意,露渚[4]烟汀[5]养细腰[6]。

【注释】

[1]高唐:战国时楚国台馆名,在云梦泽中。传说楚襄王游高唐,梦见巫山神女。
[2]憀(liáo):悲恨的情绪。
[3]荆:古代楚国的别称。
[4]渚(zhǔ):水中的小块陆地。
[5]汀(tīng):水中或水边的平地。
[6]细腰:纤细的腰身。《韩非子·二柄》:"楚灵王好细腰,而国中多饿人。"

【点评】

这是一首咏荷诗,也是一首咏史诗,其中隐含讽意。从古代传说切入,将荷花想象为楚灵王喜好的细腰美女,可谓构思新颖巧妙。

林　逋

林逋(967—1028),北宋诗人,字君复,钱塘(今浙江杭州)人。隐居西湖孤山,赏梅养鹤,终身不仕,也不婚娶,旧时称其"梅妻鹤子"。其诗风格淡远,内容大都反映他的隐居生活。有《林和靖诗集》。

莲　荡

楚妃皋女一何[1]多,裳[2]似芙蓉衣芰荷[3]。
几夕霏霏[4]烟霭[5]里,竞窥[6]清浅弄重波。

【注释】

[1]一何:副词。相当于现代汉语的"多么"。
[2]裳(cháng):下身穿的衣服;裙。
[3]芰(jì)荷:出水的荷。指荷叶或荷花。

[4]霏霏(fēi):形容很密,也形容云气很盛。

[5]霭(ǎi):云气。

[6]窥(kuī):从小孔、缝隙或隐僻处偷看。

【点评】

诗中未从正面写荷花,而是从楚妃皋女色彩艳丽的服装上间接地来描写,可谓角度新颖,别具一格。

杨亿

杨亿(974—1020),北宋文学家,字大年,浦城(今属福建)人。淳化进士,任翰林学士兼史馆修撰。诗学李商隐,辞藻华丽,以写身边琐事及个人日常生活中的情感为主。

再赋荷花

舒女清泉满,黄姑别渚[1]通。
巴天迷峡雨,楚泽映江枫。
思逐鲛[2]丝乱,香愁翠被空。
洒从琼[3]蕊露,吹任石尤[4]风。
怨泪连疏竹,私书托过鸿。
双鱼应共戏,休问叶西东。

【注释】

[1]渚(zhǔ):水中的小块陆地。

[2]鲛(jiāo):即鲨鱼。

[3]琼(qióng):赤色玉。泛指美玉。

[4]石尤:即石尤风。打头逆风。

【点评】

暮秋时节,荷花红衰翠减,蕊落香消。描写荷花与抒写佳人闺怨结合。用词典雅,意境朦胧,是学承李商隐朦胧诗风格的表现。

郭震

郭震，宋代诗人，生平不详。

莲花

脸腻香薰[1]似有情，世间何物比轻盈。
湘妃[2]雨后来池看，碧玉盘中弄水晶。

【注释】

[1]薰(xūn)：香草。

[2]湘妃(fēi)：传说中虞舜的妃子娥皇、女英。

【点评】

以拟人方法，写荷花凌波，体态轻盈。最后两句，想象奇妙，比喻新颖。

钱惟演

钱惟演(？—约1033)，北宋诗人，字希圣，临安(今属浙江)人。常与杨亿等十七人相唱和，合辑为《西昆酬唱集》。因《西昆酬唱集》的思想倾向和艺术风格彼此相近，后人因称为“西昆体”。

荷花

水阔雨萧萧[1]，风微影自摇。
徐娘[2]羞半面，楚女妒纤[3]腰。
别恨抛深浦[4]，遗香逐画桡[5]。
华镫[6]连雾夕，钿[7]合映霞朝。
泪有鲛人[8]见，魂须宋玉[9]招。
凌波终未渡，疑待鹊为桥。

【注释】

[1]萧萧:象声词。形容风声、草木摇落声等。

[2]徐娘:古代称风韵犹存的中年妇女。

[3]纤(xiān):细小。

[4]浦:水边。

[5]桡(ráo):桨。

[6]镫:同“灯”。

[7]钿(tián):用金翠珠宝等制成的花形首饰。

[8]鲛(jiāo)人:亦作“蛟人”,传说中的人鱼。

[9]宋玉:战国时期楚国的辞赋家。

【点评】

用比喻、拟人的方法明写荷花,暗寓深情。是景语,也是情语。

荷　花

唾露金销月似霜,云屏玉辇[1]剩秋光。

不知惟有高唐[2]梦,翠被华镫[3]彻曙[4]香。

【注释】

[1]辇(niǎn):人推挽的车。秦、汉后特指君王所乘的车。

[2]高唐:战国时楚国台馆名,在云梦泽中。传说楚襄王游高唐,梦见巫山神女。

[3]镫:同“燈”(灯)。

[4]曙:破晓的时候。

【点评】

巧用传说写荷花,显得含蓄典雅。

释智圆

释智圆,宋代诗人。生平不详。

白　莲

栽种空池岁已赊[1],暑天开处异群花。

澄[2]波照影疑秋鹭，静夜擎[3]香混月华。

雪态自堪[4]怜翡翠[5]，玉苞终耻[6]近蒹葭[7]。

闲来倚槛[8]看无厌，为似禅心本绝瑕[9]。

【注释】

[1]赊(shē)：长；远。

[2]澄(chéng)：清澈不流动。

[3]擎(qíng)：举；向上托住。

[4]堪：可；能。

[5]翡翠：即“硬玉”，玻璃光泽，一般呈绿色。

[6]耻：羞愧。

[7]蒹葭(jiān jiā)：蒹，没有长穗的芦苇；葭，初生的芦苇。

[8]槛(jiàn)：窗户下或长廊旁的栏杆。

[9]瑕(xiá)：玉上的赤色斑点；玉的疵病。比喻事物的缺点、毛病或人的过失。

【点评】

诗人赞美白莲“澄波照影”、“静夜擎香”的美妙姿态和它白璧无瑕、一尘不染的品格，认为白莲的这一特点与禅心相通。

杜衍

杜衍，宋代诗人，生平不详。

咏莲

凿破苍苔涨作池，芰荷[1]分得绿参差[2]。

晓开一朵烟波上，似画真妃出浴时。

【注释】

[1]芰(jì)荷：出水的荷。指荷叶、荷花。

[2]参差(cēn cī)：长短、高低不平。

【点评】

清晨，碧波上一朵荷花开放，诗人巧妙地将它比作画中刚出浴的真妃，荷花与人面相映，更显妩媚风姿。

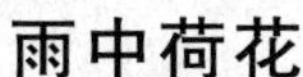

雨中荷花

翠盖[1]佳人临水立，檀粉不匀香汗湿。
一阵风来碧浪翻，珍珠零落[2]难收拾。

【注释】

[1]盖：遮阳挡雨的用具。翠盖，指荷叶。

[2]零落：凋谢；脱落。

【点评】

用比拟和比喻的方法传神地写出了雨中荷花的动态。

荷　花

芙蓉[1]照水弄娇斜，白白红红各一家。
近日新花出新巧，一枝能著[2]两般花。

【注释】

[1]芙蓉：荷花的别称。

[2]著：同“着”。附着在别的物体上。

【点评】

红莲白莲，争奇斗艳，已是美不胜收；一枝开出两色花，更添一道亮丽风景。

莲

谁种幽花傍[1]浅清，含红怨绿影亭亭[2]。
云归巫女[3]妆犹润[4]，浴出杨妃困未醒。
好把芳杨临晚岸，莫教飞片逐浮萍。
相看最忆吴船路，万里芙蓉水满泾[5]。

【注释】

[1]傍：靠近，临近。

[2]亭亭：耸立的样子；高的样子。

[3]巫女：指传说中的巫山神女。

[4]润：滋润，湿润。

[5]泾(jīng):沟渠。

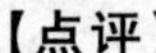

【点评】

眼前亭亭玉立的荷花,好似新妆的巫山神女、刚刚出浴的贵妃,令诗人回忆起乘船去吴地时一路荷花盛开的动人情景。眼前景与意中景融合,诗的意境更为开阔。

刘 筠

刘筠,宋代诗人,生平不详。

荷 花

水国开良宴,霞天湛[1]晚晖。
凌波[2]宓[3]妃至,荡桨莫愁[4]归。
妆浅休啼脸,香清愿袭[5]衣。
即时闻鼓瑟[6],他日问支机[7]。
绣骑翩翩过,珍禽两两飞。
牢收交甫[8]珮[9],莫遣[10]此心违[11]。

【注释】

[1]湛(zhàn):澄清。

[2]凌波:形容女子步履轻盈。

[3]宓(fú):伏羲氏女,相传溺死于洛水,遂为洛水之神。

[4]莫愁:即莫愁女。

[5]袭:衣上加衣。

[6]瑟(sè):拨弦乐器。鼓瑟,即弹奏瑟。

[7]支机:即织女的支机石。

[8]交甫:《列仙传》载:江妃二女,游于江汉之滨,逢郑交甫,交甫求其佩,遂解而与之。后交甫寻佩,视女忽皆不见。

[9]珮:同“佩”。佩带。

[10]遣(qiǎn):使;教。

[11]违:违背;违反。

【点评】

荷花盛开的水国里，正在进行着一场盛宴。名媛咸集，佳丽毕至。诗人用比兴手法，创造出朦胧意境。丽词之外，别寄深情。

再赋荷花

暮雨过湘渚[1]，微凉满楚宫。
溅裙无限水，障袂[2]几多风。
浪迹嫌萍实，尘劳笑菊丛。
气清防麝[3]损，信密待鱼通。
游女歌争发，骚人[4]思未穷。
休传江北意，月冷魏池空。

【注释】

[1]渚(zhǔ)：水中的小块陆地。

[2]袂(mèi)：衣袖。

[3]麝(shè)：动物名，亦称香獐。此处指香气。

[4]骚人：屈原作《离骚》，因称屈原或楚辞作者为骚人。也泛指诗人。

【点评】

暮雨刚过，晓凉袭人。翠盖迎风，荷花飘香，莲歌四起。诗人触景生情，浮想联翩。

夏竦

夏竦，宋代诗人，生平不详。

八月梓州奏广化寺池莲五茎各开二花

梓潼名郡蜀川东，忽秀[1]佳莲绀[2]宇中。
袅袅[3]修[4]茎孤引绿，盈盈双蕊对分红。
绛跗[5]相倚凝新露，紫菂[6]交垂向晚风。
爰[7]考[8]瑞图观美应，柳州嘉产实难同。

【注释】

[1]秀：指禾类植物开花。引申为草木开花的通称。

[2]绀(gàn)：一种深青带红的颜色。

[3]袅袅(niǎo)：纤长柔美的样子。

[4]修：长；高。

[5]跗(fū)：通“柎”。花萼房。

[6]菂(dì)：莲子。

[7]爰(yuán)：乃；于是。

[8]考：查核。

【点评】

二、三两联从形态、色彩、动态方面生动细致地描写了五茎各开两花的奇异池莲。由于古人认为奇花示瑞，诗人考查了记载嘉物的瑞图。

陈　肃

陈肃，宋代诗人，生平不详。

碧莲池

爱此东南池，澄[1]湛[2]通泉脉[3]。
昔日碧莲根，香英今变白。
颜色本神仙，霞衣无定格。

【注释】

[1]澄(chéng)：清澈不流动。

[2]湛(zhàn)：澄清。

[3]泉脉：伏流地中的水源。

【点评】

赞美池水的澄澈和荷花颜色的神奇变化。

范仲淹

范仲淹(989—1052),北宋文学家,字希文,苏州吴县(今属江苏)人。大中祥符进士。曾任陕西经略按抚招讨副使,兼知延州。所作散文富于政治内容;词传世仅五首,风格较为明健,善写塞上风光。

渚[1]莲

武陵[2]谁家子,波面双双渡。
空积心中丝[3],未成机上素[4]。
似共织女期[5],秋宵[6]苦霜露。

【注释】

[1]渚(zhǔ):水中的小块陆地。

[2]武陵:地名。在今湖南常德县一带。

[3]丝:指藕丝。

[4]素:白色的生绢。

[5]期:约会。

[6]宵:夜。

【点评】

巧用拟人手法写莲花。三、四句中,"丝"与"思"谐音,语意双关。由藕丝联想到织机,由织机联想到神话故事中的织女。这种情"丝"(思)只能由织女的天机织出奇妙的云锦来。

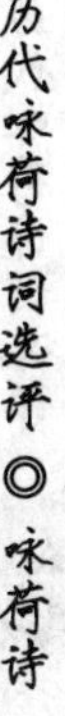

石延年

石延年(994—1041),北宋文学家,字曼卿,宋城(今河南商丘县)人。曾任太子中允、秘阁校理。能诗文。其诗甚为欧阳修等人所推崇。文受柳开影响,宗法韩、柳。著有《石曼卿诗集》。

莲花

含情默默[1]向层漪[2],语语幽怀定未知。
洛浦[3]微波长映步,汉宫香水□濡[4]肌。
心通几点韬光[5]藕,肠结千回托乱丝。

【注释】

[1]默默:不说话的样子。

[2]漪(yī):水的波纹。

[3]洛浦:洛水岸边,传说为洛神出没之处。

[4]濡(rú):沾湿。

[5]韬(tāo)光:把声名才华隐藏起来。

【点评】

以拟人方法,生动地描写出荷花如同含情脉脉、忧思满怀的佳人。

胡宿

胡宿,宋代诗人,生平不详。

新荷

一夜抽轻盖[1],平明[2]映曲池。
水凉鱼未觉,烟净鸟先窥[3]。
露重心犹卷,风多柄尚危。
东林应结社,只待素华披。

【注释】

[1]盖:指荷叶。

[2]平明:天大亮的时候。

[3]窥(kuī):从小孔、缝隙或隐僻处偷看。

【点评】

观察细致,体物微妙,将新荷带露卷心、弱不禁风的特点生动地表现了出来。

宋 祁

宋祁(998—1061),字子京,安州安陆(今湖北安陆县)人,徙居开封永丘(今河南杞县)。仁宗天圣二年(1024)与兄庠同举进士,时号大、小宋。历任知制诰、工部尚书等官。赵万里辑其词六首。

小 荷

踏溪分藕养新荷,钿[1]盖斜临瑟瑟[2]波。
自是天姿不污著,水深泥浊奈君何[3]。

【注释】

[1]钿(tián):用金翠珠宝等制成的花形的首饰。

[2]瑟瑟:碧珠。也指碧色。

[3]奈……何:对……怎么样;怎么对付。

【点评】

赞美小荷斜临碧波,天姿丽质,不染污泥。

梅尧臣

梅尧臣(1002—1060),北宋诗人,字圣俞,宣城(今属安徽)人。少时应进士不第。中年后赐进士出身,授国子监直讲,官至尚书都官员外郎。论诗注重政治内容,在写作技巧上重视细致深入,诗的风格力求平淡,对宋代诗风的转变影响很大,甚受陆游等人的推崇。

莲 塘

不畏塘雨急,钿[1]叶自相遮。
文[2]禽忽惊去,冲落波上霞。

【注释】

[1]细(tián):用金翠珠宝等制成的花形的首饰。

[2]文:花纹。

【点评】

生动地写出急雨中的荷塘上莲叶相遮、禽鸟惊飞的景象。波上霞落,殆指荷花受到震动后,坠入塘中。

南轩盆植重台莲移种池

彤云[1]杰雾生绀[2]房,朝霞变蕊朱粉光。

白玉入泥不满盎[3],羽盖浥[4]露明月珰[5]。

浊水一石[6]乱蛙黾[7],凿池五丈如斗方。

萍根科斗[8]得自在,荷芰[9]明年出水央。

【注释】

[1]彤云:红霞。彤,朱红色。

[2]绀(gàn):一种深青带红的颜色。

[3]盎(àng):一种大腹小口的盛器。

[4]浥(yì):水下流的样子。

[5]珰(dāng):古时女子的耳饰。

[6]石(dàn):古代重量单位。

[7]黾(měng):蛙的一种。

[8]科斗:同"蝌蚪"。

[9]荷芰(jì):即"芰荷",出水的荷。指荷叶或荷花。

【点评】

三、四两句用生动的比喻写出了带露荷花的情态。全诗表现了种荷的快乐和对赏荷的期盼。

文彦博

文彦博(1006—1097),字宽夫,汾州介休(今属山西)人。天圣五年(1027)进士。历枢密副使、参知政事。熙宁初,因反对王安石变法,出判河阳等地。司马光复相后,为平章军国重事。以太师致仕。有《文潞公集》。

荷 花

翠羽亭亭[1]盖[2],微障越鄂君。
锦书何日寄,绣被几时薰[3]。
步稳非因学,丝轻未见棼[4]。
唯愁容易散,尽作楚天[5]云。

【注释】

[1]亭亭:耸立的样子;高的样子。

[2]盖:遮阳挡雨的用具。这里指荷叶。

[3]薰(xūn):薰香。

[4]棼(fēn):纷乱。

[5]楚天:古时长江中下游一代属楚国,故用以泛指南方的天空。

【点评】

借荷花抒写深沉的思念之情。

欧阳修

欧阳修(1007—1072),北宋文学家、史学家,字永叔,号醉翁、六一居士,吉水(今属江西)人。天圣进士,曾任枢密副使、参知政事。谥号文忠。主张文章应"明道"、致用,是北宋古文运动的领袖。所作散文,说理畅达,抒情委婉,旧时列为"唐宋八大家"之一。诗风与其散文近似,语言流畅自然。其辞婉丽,承袭南唐余风,有《欧阳文忠公集》。

荷 叶

池面风来波滟滟[1],陂[2]间露下叶田田[3]。
谁于水上张青盖[4],罩却[5]红妆唱采莲。

【注释】

[1]滟(yàn):"潋(liàn)滟",水满的样子。

[2]陂(bēi):池塘。

[3]田田:荷叶相连的样子。

[4]盖:这里指荷叶。

[5]却:如同"了"。去。

【点评】

荷叶的翠盖罩着荷花与穿着红装的采莲女,人面与荷花相映生辉,别是一番风趣。

韩　琦

韩琦,宋代诗人,生平不详。

柳溪嘲莲

清香奇色匝[1]芳洲,只得[2]公馀一见休。
道是好花堪[3]谑[4]问,几时曾上美人头。

【注释】

[1]匝(zā):环绕一周。

[2]得:能;可。

[3]堪:可;能。

[4]谑(xuè):开玩笑。

【点评】

全诗只有"清香奇色"四字正面描写荷花。三、四两句用第二人称(即面对荷花)嘲笑荷花虽好,却不能出现在美人头上。此诗在咏荷诗中可谓别开生面,做到了"他人笔下无"。

七夕会关亭观莲

陶[1]暑娱宾次[2]水西,满塘莲艳馥[3]轩墀[4]。
荷坳[5]似学伞翻去,房曲如将盏倒垂。
肯把风流欺俭幕,且凭歌调拟吴姬。
从来拙宦[6]老难巧,任过灵光[7]醉不知。

【注释】

[1]陶：快乐。

[2]次：在旅行或行军途中停留。

[3]馥(fù)：香；香气。

[4]墀(chí)：台阶；也指阶面。

[5]坳(ào)：洼下的地方。

[6]宦(huàn)：做官。

[7]灵光：汉代宫殿名。

【点评】

全诗写娱宾赏荷的盛况以及主人老来天真的风趣神态。三、四两句写荷花在风中的动态，可谓传神之笔。

荣归堂观莲戏成

风卷莲香不断头，田田[1]荷影动清流。
红包密障鱼鹰坐，绿盖低容水马[2]游。
时折嫩梢供玉箸[3]，更裁圆叶代金瓯[4]。
何如满舰倾醇[5]酎[6]，醉向花前打拍浮[7]。

【注释】

[1]田田：荷叶相连的样子。

[2]水马：古代传说中生在水中的怪兽。

[3]箸(zhù)：筷子。

[4]瓯(ōu)：盆盂一类的瓦器。

[5]醇(chún)：酒味浓厚。

[6]酎(zhòu)：重酿的醇酒。

[7]拍浮：浮游。

【点评】

荷香阵阵，荷影田田，江花竞放，绿盖低垂，写出了荷花的风韵和荷塘上的美丽景色。面对良辰美景，以嫩茎为筷，圆叶做杯，更是平添一番乐趣。

李　觏

李觏，宋代诗人，生平不详。

戏题荷花

昔人诗笔咏莲花，不嫁春风早可嗟[1]。
今日倚[2]栏添懊[3]恼，池台多是属僧家。

【注释】

[1]嗟(jiē，又读juē)：感叹。

[2]倚(yǐ)：靠着。

[3]懊(ào)：烦恼；悔恨。

【点评】

一戏荷花不嫁给春风(指不在春天开放)，二戏"今日"看到赏莲的池台又多属僧家。诗的言外之意是：审美与实用无关；由于一般世人为名利所累，高洁的莲花不是他们观赏的对象。平平写来，饶有风趣。在咏荷诗中，可谓独树一帜。

邵　雍

邵雍(1011—1077)，字尧夫，自号安乐先生，范阳(今河北涿县)人。少随父徙卫州共城(今河南辉县)，后出游河、汾、淮、汉，居洛阳近三十年。嘉祐及熙宁中，先后被召，皆不赴，卒谥康节。精象数之学，有《皇极经世》等。

并蒂莲

汉室婵娟[1]双姊妹，天台[2]缥缈[3]两神仙。
当时尽有风流过[4]，谪[5]向人间作瑞[6]莲。

【注释】

[1]婵娟：美好的样子。也指美女。

[2]天台：即天台山，在浙江天台县北。

[3]缥缈(piāo miǎo)：隐隐约约，若有若无。

[4]过：过失。

[5]谪(zhé)：古代官吏因罪而被降职或流放。也指被流徙戍边的罪人。

[6]瑞(ruì)：吉祥。

【点评】

诗贵创新，创新才有诗味。诗人想象天台山上的两位神仙姐妹因过失被贬，来到人间作了一茎双花的瑞莲，可谓"异想天开"。

陈 襄

陈襄，宋代诗人，生平不详。

荷 华

翠盖[1]田田[2]绿，繁华艳艳红。
有容[3]欺水国，无力舞秋风。
缓步迎潘后，纤[4]腰学楚宫。
涉江人不见，两桨石城东。

【注释】

[1]翠盖：指荷叶。

[2]田田：荷叶相连的样子。

[3]容：容貌；仪容。

[4]纤：细小。

【点评】

用拟人方法写出了荷花缓步、纤腰的婀娜风姿，以及在水国中艳压群芳而无力舞动秋风的特点。

王安石

王安石(1021—1086)，北宋政治家、思想家、文学家，字介甫，抚州临川(今属江西)人。仁宗庆历进士。嘉祐三年(1058)上万言书,提出变法主张。其诗文颇有揭露时弊、反映社会矛盾之作,体现了他的政治主张和抱负。其散文雄健峭拔,旧时被列为"唐宋八大家"之一。诗歌遒劲清新。词虽不多,而风格高峻。

芙 蕖

芙蕖[1]耐夏复[2]宜[3]秋,一种今年便满沟。
南荡东陂[4]无此物,但随深浅见游鲦[5]。

【注释】

[1]芙蕖(qú):即荷花。

[2]复:又;更。

[3]宜:合适;相称。

[4]陂(bēi):池塘。

[5]鲦(tiáo):鱼名。亦称白鲦。

【点评】

写出了荷花既能耐住夏天的炎热,又适合秋天的清凉以及容易生长的特点。

荷 花

亭亭[1]风露拥川[2]坻[3],天放娇娆[4]岂自知。
一舸[5]超然他日事,故应将尔[6]当西施。

【注释】

[1]亭亭:耸立的样子。

[2]川:水道;河流。

[3]坻(chí):水中的小洲或高地。

[4]娇娆(ráo):柔美妩媚。

[5]舸(gě):大船。也指小船和一般的船。

[6]尔:你。

【点评】

荷花妖娆,令人赏心悦目。泛舟忘却烦人事,乐把好花做西子。

钟山西庵[1]白莲亭

山亭新破一方苔，白帝[2]留花满四隈[3]。
野艳轻明非傅[4]粉，秋色清浅不凭材。
乡穷自作幽人[5]伴，岁晚谁为静女媒。
可笑远公池上客，却因松菊赋归来[6]。

【注释】

[1]庵(ān)：小寺庙，多指尼姑所居之处。

[2]白帝：古代神话，五天帝之一，指西方之神。

[3]隈(wēi)：角；角落。

[4]傅：通"敷"。搽，抹。

[5]幽人：幽居之人。指隐士。

[6]归来：指陶渊明所作《归去来兮辞》。

【点评】

山寺白莲虽艳光明丽，却因处于穷乡僻壤而少为人知，只能与幽人为伴。诗人笑有的人不了解白莲一尘不染的品格，却在看到松菊后便动了归隐的念头。

刘　攽

刘攽(1022—1089)，字贡文，新喻(今江西新余)人。庆历年间进士，为州县官二十年，迁国子监直讲，官至中书舍人。其诗风格与欧阳修相近。有《彭城集》、《公非集》。

莲　池

莲花水底红，荷叶岸边风。
五月蝉鸣后，君[1]应爱此中[2]。

【注释】

[1]君：对对方的尊称，相当于今之"您"。

[2]中：指莲池。

【点评】

农历五月蝉鸣后，正是荷花盛开的时候，耀眼的花光映红了水底，田田的荷叶迎着暖风摇曳，一片秀丽的江南水乡风光，怎能不惹人爱怜呢！

荷 花

白水满方塘，荷花五月芳[1]。
弄珠圆不定，濯[2]锦冷逾[3]光。
香忆风醒酒，声宜雨送凉。
扁舟[4]学骚客[5]，葺[6]室近沧浪[7]。

【注释】

[1]芳：香；香气。
[2]濯(zhuó)：洗涤。
[3]逾(yú)：越过。引申为超过、胜过。
[4]扁(piān)：舟；小船。
[5]骚客：即"骚人"，原指屈原或楚辞的作者，后泛指诗人。也称忧愁失志的文人。
[6]葺(qì)：原指用茅草覆盖房屋，也泛指修理房屋。
[7]沧浪(cāng láng)：青苍色。

【点评】

从形态、颜色、香气、声音几方面细致、生动地描写五月荷花的风姿。

瑞 荷

西濠[1]本连金水河，天潢[2]之下分馀波。
波深水静生物秀，十步百步皆圆荷。
五月浮舟人不见，瑞[3]荷亭亭[4]尤可羡。
连二雕成白玉盘，合欢[5]裁作青油扇。
浣[6]纱女子红莲房，背面照镜匀鲜妆。
斜阳弄影并高盖，下有戢[7]翼双鸳鸯。
人情贵少瑞云美，亦自天和独钟[8]此。
周王嘉禾献[9]同颖[10]，汉皇奇木夸连理[11]。
君不见今年大田所收十万仓，上客为子[12]歌吉祥。

【注释】

[1]濠(háo):护城河。

[2]潢(huáng):积水池。

[3]瑞:吉祥。

[4]亭亭:耸立的样子;高的样子 。

[5]合欢:植物,即马缨花。

[6]浣(huàn):洗濯。

[7]戢(jí):收敛;止息。

[8]钟:专注;汇聚。

[9]嘉禾:生长得特别茁壮的禾稻。古人视之为瑞征。

[10]颖(yǐng):谷穗。

[11]连理:不同根的草木,其枝干连生在一起。旧时看做吉祥的征兆。

[12]子:古代对男子的美称或尊称。

【点评】

一茎双花的瑞荷和嘉禾同颖、奇木连理的生物现象一样,被古人视为吉祥的征兆。诗人热情地高歌瑞荷,实际上表达了古代人们对和平、美好生活的向往。

徐积

徐积(1028—1103),字仲车,楚州山阳(今江苏淮安)人。治平四年(1067)进士,授楚州教授。事母极孝。政和中赐谥节孝处士。有《孝节先生集》。

白莲花

水一重重[1]玉一重,更无妖[2]色媚[3]西风。

虽然物外能为素,又恐人间只爱红。

【注释】

[1]重(chóng):量词,层。

[2]妖:艳丽,美好。

[3]媚:谄(chǎn)媚,讨好。

【点评】

写白莲冰清玉洁,不取媚只爱艳丽的流俗。

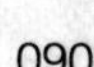

荷　花

池上交加碍钓船，汉宫新妓[1]约三千。
绿萝枝叶能承露，红玉肌肤不惹烟。
巫峡已曾萦[2]客梦，西施何处掷金钱。
无人为把秋香惜，聊[3]借西风赠此篇。

【注释】

[1]妓：古代歌舞的女子。

[2]萦(yíng)：缠绕。引申中为牵绊、牵挂。

[3]聊：姑且，暂且。

【点评】

从比喻入手，着重色彩描绘，巧用传说、典故，写出了荷花的妩媚风姿。

败　荷

有客方笑歌，谁人吟[1]败荷。
但言为秋惜，不道碍船过。
折柄刺芒在，乱丝根本多。
江头浪如屋，今夜奈风何[2]。

【注释】

[1]吟：声调抑扬顿挫地念诵、吟咏。

[2]奈……何：怎么；怎么办。

【点评】

有兴来吟败荷，另是一种审美情趣。

吕　陶

吕陶，宋代诗人，生平不详。

菡萏[1]轩

开轩[2]向芙蓉[3],红绿如捧拥。
游鱼定相忘,时见花光动。

【注释】

[1]菡萏(hàn dàn):即荷花。

[2]轩(xuān):窗户或门。

[3]芙蓉:荷花的别称。

【点评】

荷花映日,莲叶接天,似乎再也没什么可看的了,然而花光闪动却告诉人们:锦鳞正在戏看莲叶。于是,人们的思绪也被牵向远处,审美空间也随之开阔了许多。

程 颢

程颢(1032—1085),字伯淳,河南人,世称明道先生,宋代唯心主义理学奠基人之一。

盆荷 二首

庭下竹青青,盆荷水面平。
谁言无远趣,自觉有馀清。
影倒假山翠,波光朝日明。
涟漪[1]尤绿净,凉吹夜来生。

衡茅岑寂[2]掩柴关[3],庭下萧疏[4]竹数竿。
狭地难容大池沼,浅盘聊[5]作小波澜。
澄澄[6]皓[7]月供宵[8]影,瑟瑟[9]凉风助晓寒。
不校[10]蹄涔[11]与沧海[12],未知清兴有谁安。

【注释】

[1]涟漪(yī):风吹水面所成的波纹。

[2]岑(cén)寂:寂静;寂寞。

[3]关:门闩。

[4]萧疏:稀稀落落。

[5]聊:姑且;略。

[6]澄(chéng):水清。

[7]皓(hào):明。

[8]宵:夜。

[9]瑟瑟:秋风声。

[10]校(jiào):比较。

[11]蹄涔(cén):兽蹄迹中的雨水,形容水量极少。

[12]沧海:大海。

【点评】

诗人从小小的盆荷中获得无限的审美愉悦,借此抒发了恬淡自安的志趣。

韦骧

韦骧,宋代诗人,生平不详。

舍[1]绮[2]霞阁枯荷

绿萍漂合旧根斜,独恨来迟过了花。

不见离披[3]照秋水,尽依名阁作馀霞。

【注释】

[1]舍:住宿。

[2]绮(qǐ):美丽;美妙。

[3]离披:分散的样子。

【点评】

荷花映日,飞霞流丹的时间已经过去。诗人展开奇妙的艺术联想,零落的荷花能凭着绮霞阁的美名,闪出淡淡的霞光。审美总是和联想、想象分不开的。没有想象的参与,审美只能获得浮浅的视听感受。

雨池荷花

云翳[1]前山雨脚长，洒然[2]清气动莲塘。
花中润色添来美，叶上繁声过去忙。
红面浑[3]羞泣珠泪，翠盘微重泻琼[4]浆。
萧萧古县无公事，赢得澄神坐冷床。

【注释】

[1]翳(yì)：遮蔽。
[2]洒然：惊异的样子。
[3]浑(hún)：全；满。
[4]琼(qióng)：赤色玉。也泛指美玉。

【点评】

审美需要凝神寂虑，不受烦琐事务的干扰。因为一时没有公事，诗人才能拨冗偷闲，以审美的态度观赏雨中的荷花。五、六两句用拟人和比喻的方法传神地写出了雨中荷花的情态，堪称名句。

雨中观白莲

终日飘零[1]酷暑平，白莲池上独含情。
已怜莹洁添花色，更爱淋浪[2]打叶声。
宫女洗妆馀粉泽，水仙攲[3]弁[4]濯[5]琼英[6]。
谩[7]携玉盏衔冰酒，气味须教一等清。

【注释】

[1]飘零：漂泊。流落无依。
[2]淋浪(láng)：水连续下滴的样子。
[3]攲(qī)：倾斜。
[4]弁(biàn)：古代贵族的一种帽子。
[5]濯(zhuó)：洗涤。
[6]琼(qióng)英：似玉的美石。
[7]谩(màn)：通“慢”。傲慢，不敬。

【点评】

全诗紧扣“雨”字来写，三、四两句写带雨的花色和雨打荷叶的声音；五、六两句用拟人手法，写宫女洗妆、水仙濯玉，都是雨中情景。

郭祥正

郭祥正，宋代诗人，生平不详。

赏　莲

濯濯[1]水中华，香艳胜蘋藻。
英英[2]泥中根，洁素常自保。
房实[3]又堪[4]食，无一不为好。
乃知金仙经，譬喻肆论讨。
游宴集宾僚[5]，赏咏固宜早。
一朝霜飙[6]至，茎叶变枯槁。
抑[7]亦知佳人，妍[8]媚忽衰老。
顾眄[9]岂复怜，弃置不足道。
幽怀向君开，芳樽[10]为倾倒。
木末[11]谁能搴[12]，愁烟起孤岛。

【注释】

[1]濯濯(zhuó)：光泽；清朗。
[2]英英：轻盈明亮的样子。
[3]房实：即莲子。
[4]堪：可；能。
[5]僚：同一官府的官吏。
[6]飙(biāo)：疾风；暴风。
[7]抑：作语助词，用在句首，无义。
[8]妍(yán)：美。
[9]顾眄(miǎn)：回视。
[10]樽(zūn)：酒杯。
[11]末：树梢。
[12]搴(qiān)：拔取，取。

【点评】

荷花既可作为美的对象来观赏，具有审美价值，又具有实用价值，即莲子可以食用。诗人担心秋霜早至，感叹荷花的美不能久驻。

次韵徐希皋解元送白莲栽兼寄昭掾子美　三首

吾家新叠小蓬莱[1]，三尺青天一沼[2]开。
更得城南白莲种，花时留待□光来。

城南移得玉华栽，栽向方池两岁[3]开。
有酒有花无伴侣，良朋何日远方来。

玉莲移得手亲栽，要看中秋月下开。
安[4]得君归相伴饮，君家子弟□尝来。

【注释】

[1]蓬莱：古代传说中的海中仙山名。
[2]沼：小池。
[3]岁：年。
[4]安：怎么，哪里。

【点评】

建造蓬莱小池，栽种友人送来的白莲，既美化了环境，也加深了友情。

张舜民

张舜民，宋代诗人，生平不详。

所寓开利寺小池有四色莲花青黄白红红者千叶皆北土所未见者也惜其遐[1]陬[2]有此异卉

深山草木自幽奇，四色荷花世所稀。
孤独园中瞻佛眼，凝祥地上捧天衣。
白公没后禅森在，王俭归来幕府非。
水冷风高人不到，却怜鸥鸟日相依。

【注释】

[1]遐(xiá):远。

[2]陬(zōu):隅;角落。

【点评】

感叹奇异的四色莲花无人观赏,只好与鸥鸟为伴。诗人暗寓有才者不能为世所用之意。

释仲殊

释仲殊,宋代诗人,生平不详。

荷 花

水中仙子[1]并[2]红腮,一点芳心两处开。
想是鸳鸯头白死,双魂化作好花来。

【注释】

[1]仙子:仙女。

[2]并:相挨着;一齐。

【点评】

诗人紧扣并蒂红莲的特点,巧妙地想象它是鸳鸯死后的双魂化成,构思奇异,给人以新颖的审美感受。

苏 轼

苏轼(1037—1101),北宋大文学家、书画家,字子瞻,号东坡居士,眉山(今属四川)人。嘉祐进士。因反对王安石新法,以作诗"谤讪朝廷"罪贬谪黄州。哲宗时任翰林学士,曾出知杭州、颍州,官至礼部尚书。后又贬谪惠州、儋州。卒后追谥文忠。其文明白畅达,为"唐宋八大家"之一。其诗清新豪健,善用夸张比喻,在艺术表现方面独具风格。其词开豪放一派,对后代有很大影响。

与王郎昆仲[1]及儿子迈绕城观荷

昨夜雨鸣渠,晓来风袭月。
萧[2]然欲秋意,溪水清可啜[3]。
环城三十里,处处皆佳绝。
蒲莲浩如海,时见舟一叶。
此间真避世,青蒻[4]低白发。
相逢欲相问,已逐惊鸥没。

【注释】

[1]昆仲:称他人弟兄的敬词。

[2]萧:清静,冷落。

[3]啜(chuò):喝;吃。

[4]蒻(ruò):荷茎入泥的白色部分,俗称藕鞭。

[5]没(mò):消失;隐灭。

【点评】

环城三十里,处处皆荷塘,荷叶田田,荷花灼灼,唯见小舟出没,鸥鹭惊飞。好一片远离尘嚣、清凉幽静的世界,难怪诗人会有“避世”的感觉。这种心境的产生也与诗人在政治上的一时失意有关。

和子由岐[1]下荷花

田田[2]抗朝阳,节节卧春水。
平铺乱萍叶,屡动报鱼子。

【注释】

[1]岐(qí):古邑名。

[2]田田:荷叶相连的样子。

【点评】

接天的莲叶覆盖着春水,湖上一片宁静。忽然莲叶颤动,告知人们鱼儿在游动。以荷叶颤动来映衬湖面的平静,别有风趣。

和文与可洋州园池菡萏[1]亭

日日移床趁下风，清香不尽思何穷。

若为化作黾[2]千岁，巢向田田[3]万叶中。

【注释】

[1]菡萏(hàn dàn)：即荷花。

[2]黾(měng)：蛙的一种。

[3]田田：荷叶相连的样子。

【点评】

良辰美景总会激起诗人的文思诗情，因此，诗人爱荷花的清香，愿意化做一种叫做黾的蛙，永远筑巢在田田的荷叶中间。

横　湖

贪看翠盖拥红妆[1]，不觉湖边一夜霜。

卷却[2]天机云锦[3]段，从教疋练[4]写秋光。

【注释】

[1]翠盖红妆：指荷叶和荷花。

[2]却：如同"了"。去。

[3]天机云锦：天机，指神话中织女的织布机；云锦，是说织女所织的锦绣美如彩云。

[4]疋(pǐ)练：疋，绸布等织物的量名；练，白色的熟绢。

【点评】

荷花翠盖红装，分外妖娆，点缀出无限秋光。这胜似春光的秋景当然无法和天机织出的云锦相比，就把它描绘在白练上吧。

沈谏议召游湖不赴明日得双莲于北山下作一绝持献，沈既见和，又别作一首因用其韵

湖上棠阴[1]手自栽，问公更得几回来。

水仙亦恐公归去，故遣[2]双莲一夜开。

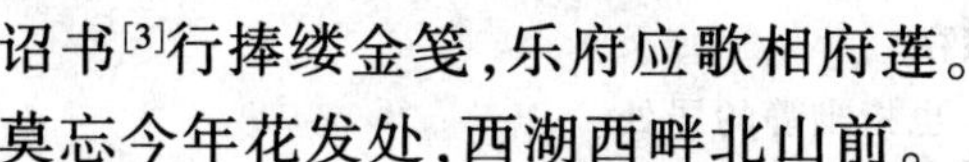

诏书[3]行捧缕金笺,乐府应歌相府莲。
莫忘今年花发处,西湖西畔北山前。

【注释】

[1]棠(táng)阴:旧时对地方官吏政绩的颂词。棠,即甘棠,树名。

[2]遣(qiǎn):使;教。

[3]诏(zhào)书:帝王布告臣民之书。

【点评】

并蒂莲开花本是应时顺节的自然现象,诗人却说水中仙子为了留住客人,特意让双莲一夜之间绽蕾开放。想象奇妙,构思新颖。

苏 辙

苏辙(1039—1112),北宋散文家,字子由,眉山(今属四川)人。嘉祐进士,官尚书右丞、门下侍郎。与父洵、兄轼合称“三苏”,旧时都被列入“唐宋八大家”。

盆池白莲

白莲生淤泥,清浊不相干[1]。
道人无室家[2],心迹两萧[3]然。
我住西湖滨,蒲莲若云屯[4]。
幽居[5]常闭户,时听游人言。
色香世所共,眼鼻我亦存。
邻父闵[6]我独,遗[7]我数寸根。
淠水不入园,庭有三尺盆。
儿童汲[8]甘井,日晏[9]泥水温。
及秋尚百日,花叶随风翻。
举目得秀色,引息[10]收清芬[11]。
此心湛[12]不起,六尘[13]空过门。
谁家白莲花,不受风霜残。

【注释】

[1]干(gān):关涉。

[2]室家:亦作“家室”。指夫妇。

[3]萧:清静,冷落。

[4]屯(tún):聚集;储存。
[5]幽居:旧指隐居。也指幽静的居处。
[6]闵(mǐn):通“悯”。怜念。
[7]遗(wèi):赠予;致送。
[8]汲(jí):从井里取水。
[9]晏(yàn):明朗。
[10]息:气息;呼吸。
[11]芬:香;香气。
[12]湛(zhàn):澄清。
[13]六尘:佛教名词,指色、声、香、味、触、法。

【点评】

白莲秀色清香的风致和一尘不染的品格,更坚定了诗人远离尘嚣的信念。

千叶白莲花

莲花生淤泥,净色比天女。
临池见千叶,谪[1]堕[2]问何故。
空明[3]世无匹[4],银瓶送佛所。
清泉养芳洁,为我三日住。
蔫[5]然落宝床,应返梵天去。

【注释】

[1]谪(zhé):古代官吏因罪而被降职或流放。
[2]堕(duò):落下。
[3]空明:月光映照下的水,以其明澈如空,故称。
[4]匹(pǐ):力量相当,相等。
[5]蔫(yān):花草枯萎,颜色不鲜。

【点评】

千叶白莲移入银瓶三日后,便蔫然零落。诗人想象它是天女下凡,零落后应回到仙界。这样写法,表现了一种新颖巧妙的诗思。

和文与可菡萏[1]轩[2]

开花浊水中,抱性一何[3]洁。
朱槛[4]月明时,清香为谁发。

【注释】

[1]菡萏(hàn dàn):即荷花。

[2]轩(xuān):有窗槛的长廊或小室。

[3]一何:副词。相当于现代汉语的“多么”。

[4]槛(jiàn):栏杆。

【点评】

赞美荷花生于浊水而通体洁净的本性。以问句结尾,意味深长。

梁山泊见荷花忆吴兴五绝

南国家家漾[1]彩舟灵,芙蕖[2]远近日微明。
梁山泊里逢花发,忽忆吴兴十里行。

终日舟行花尚多,清香无奈着人何。
更须[3]月出波光净,卧听渔家荡桨歌。

行到平湖意自宽,繁花仍得就船看。
回头却向吴侬[4]说,从此远游心未阑[5]。

花开南北一般红,路过江淮万里通。
飞盖靓妆[6]迎客笑,鲜鱼白酒醉船中。

菰蒲[7]出没风波际,雁鸭飞鸣雾雨中。
应为高人爱吴越,故于齐鲁作南风。

【注释】

[1]漾(yàng):泛舟,摇船。

[2]芙蕖(qú):即荷花。

[3]须:等待。

[4]吴侬(nóng):吴人的代称。侬,我。

[5]阑(lán):残;尽;晓。

[6]靓(jìng)妆:以脂粉妆饰。

[7]菰(gū)蒲:菰,植物名,俗称“茭白”。蒲,水生植物,可以制席。

【点评】

五首绝句以荷花为聚焦点,似一组蒙太奇镜头组接成明媚秀丽的江南水乡画面。

孔武仲

孔武仲，宋代诗人，生平不详。

道中观荷花

放棹[1]东南去，正值荷花荣[2]。
玉质不待染，仙香无限清。
朱朱仍白白，脉脉[3]复盈盈[4]。
迢递[5]天风起，谁怜[6]舞态轻。

【注释】

[1]棹(zhào)：摇船的用具。也指船。

[2]荣：草类开花或谷类结穗。

[3]脉脉(mò)：默默地用眼神或行动表达情意。

[4]盈盈：仪态美好的样子。

[5]迢(tiáo)递：遥远的样子。

[6]怜：怜爱，爱惜。

【点评】

从质感、气味、色彩、动态几方面传神地描写荷花。五、六两句用叠词，增强了诗的音乐性。

籍田观荷花

绿水满平郊，江莲辉幽渚[1]。
偷香一霎风，逞响无边雨。
波间的皪[2]笑，竹里婵娟[3]舞。
异境看仙姿，萧[4]然失烦暑。

【注释】

[1]渚(zhǔ)：水中的小块陆地。

[2]的皪(lì)：明亮、鲜明的样子。

[3]婵娟(chán juān)：美好的样子。也指美女。

[4]萧：清静，冷落。

【点评】

异境荷花，风来送香，雨来作响，波间灿笑，竹里曼舞，这婀娜的仙姿，怎能不让诗人忘却烦人的酷暑呢！审美可以怡情悦性，于此可见。

范祖禹

范祖禹，宋代诗人，生平不详。

游李少师园莲池

藻[1]荇[2]遍回塘，芙蕖[3]出清水。
红灯迭照映，翠盖相磨倚。

【注释】

[1]藻(zǎo)：植物名。指藻类植物。
[2]荇(xìng)：一种多年生水生草本植物。
[3]芙蕖(qú)：即荷花。

【点评】

荷花映日，光彩耀眼，参差错落，仿佛翠屏上红灯迭照。比喻新奇生动。

秦观

秦观(1056—1121)，北宋词人，字美成，钱塘(今浙江杭州)人。精通音律，曾创作不少新词调。作品多写闺情、羁旅，也有咏物之作。格律严谨，追求典丽，流于雕琢。

采莲

若耶[1]溪边天气秋，采莲女儿溪岸头。

笑隔荷花共人语，烟波[2]渺渺[3]荡轻舟。
数声水调红桥晚，棹[4]转舟回笑人远。
肠断谁家游冶[5]郎，尽日踟蹰[6]临柳岸。

【注释】

[1]若耶：溪水名，传说中西施浣纱处，在今浙江省绍兴市东南部。

[2]烟波：水波渺茫，看远处有如烟雾笼罩。

[3]渺渺：水远的样子；悠远的样子。

[4]棹(zhào)：摇船的用具。也指船。

[5]游冶：出游寻乐。

[6]踟蹰(chí chú)：徘徊不进；犹豫。

【点评】

采莲女儿风姿绰约，笑靥如花，热情开朗，引得游冶郎肠断柳岸。

邹　浩

邹浩，宋代诗人，生平不详。

池　上

荷花荷叶满池塘，柄柄摇风作晚凉。
忽忆新开湖里过，绕船终日送清香。

【点评】

不说风摇荷柄，而说荷柄摇风；不说荷香扑鼻，而说荷花绕着船头送来清香。诗中巧妙地运用拟人方法，显得新颖别致。

赵鼎臣

赵鼎臣，宋代诗人，生平不详。

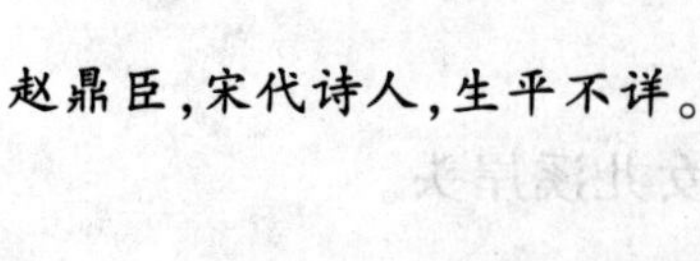

荷　花

娇红娅姹[1]不胜[2]姿，只许行人半面窥[3]。
恰似姑苏明月夜，水晶宫殿贮西施。

【注释】

[1]娅姹(yà chà)：妖娆(艳丽)的样子。

[2]胜(shēng)：胜任；禁得起。

[3]窥(kuī)：从小孔、缝隙或隐僻处看。

【点评】

由于荷叶掩映，行人看不到荷花的全貌。于是，诗人自然地由水中的荷花联想到深藏在水晶宫中的西施。联想自然贴切，比喻新奇巧妙。

朱淑真

朱淑真，宋代女作家，号幽栖居士，钱塘(今浙江杭州)人；一说海宁(今属浙江)人。生于世宦家庭。相传因婚嫁不满，抑郁而终。能画，通音律。词多幽怨，流于感伤。也能诗，有诗集《断肠集》、词集《断肠词》。

游湖归晚

恋恋[1]西湖景，山头带夕阳。
归禽翻竹露，落果响芹[2]塘。
叶倚风中静，鱼游水底凉。
半亭明月色，荷气恼人香。

【注释】

[1]恋恋：留恋；顾念。

[2]芹(qín)：蔬菜名，即水芹。

【点评】

由夕阳衔山到月上东山，生动地写出了黄昏与夜晚交替中的西湖景物特色。

新荷

平波浮动洛妃[1]钿[2],翠色娇圆小更鲜。
荡漾[3]湖光三十顷,未知叶底是谁莲。

【注释】

[1]洛妃:即传说中洛水之神宓妃。

[2]钿(tián):用金翠珠宝等制成的花形首饰。

[3]荡漾(yàng):水微动的样子。

【点评】

诗人紧扣新荷娇小的特点,开头两句巧用比喻,三、四两句写田田荷叶平铺水面的壮阔景色,并且巧妙地设问:不知叶底是红莲,还是白莲呢?

青莲花

净土移根体性殊[1],笑他红白费工夫。
幽姿羞损[2]婵娟[3]女,异色孤芳潋滟[4]湖。
顾影有情欺水荇[5],向人无语鄙[6]风蒲。
一枝摇动清香远,几许[7]诗笺与画图。

【注释】

[1]殊:特殊;不同。

[2]损:减少。

[3]婵娟(chán juān):美好的样子。也指美女。

[4]潋滟(liàn yàn):水满的样子。

[5]荇(xìng):一种多年生水生草本植物。

[6]鄙:轻视。

[7]几许:几何;多少。

【点评】

首联破题,与红莲、白莲对照,说明青莲"净土移根"(不养在水中)的特性;中间两联用拟人方法描写青莲的妖娆风韵;尾联结出新意,青莲清香远溢,引出多少诗情画意,可谓诗眼。

荷花

暑气炎炎[1]正若焚[2]，荷花于此见[3]天真。
香房馥郁[4]随风拆，笑脸妖娆[5]映水新。
间叶浅深殷[6]似点，满池繁媚丽于春。
年年占[7]得馀芳在，几见当时步步[8]人。

【注释】

[1]炎炎：灼热的样子。
[2]焚(fén)：烧。
[3]见(xiàn)：同"现"。
[4]馥(fù)郁：香气浓烈。
[5]妖娆(ráo)：娇媚。
[6]殷(yān)：赤黑色。
[7]占：卜问；预测。
[8]步步：形容美女款步多姿。

【点评】

在炎炎烈日下，荷花妖娆多姿，清香四溢，其繁盛娇媚胜过春华。结尾有"好花年年开，丽人不常来"的感叹。

陆游

陆游(1125—1210)，南宋诗人，字务观，号放翁，山阴(今浙江绍兴)人。生当北宋灭亡之际，少年时即深受家庭中爱国思想的熏陶。绍兴中应礼部试，为奸臣秦桧所黜。曾投身军旅生活，后官至宝章阁待制。在政治上主张坚决抗战，晚年退居家乡，但收复中原的信念始终不渝。一生创作诗歌很多，今存诗九千多首，内容极为丰富。亦工词，兼有纤丽、雄慨的风格。有《剑南诗歌》等。

同何元立赏荷花追怀镜湖旧游

少狂欺酒气吐虹，一笑未了千觞[1]空。
凉堂下帘人似玉，月色泠泠[2]透湘竹[3]。
三更画船穿藕花，花为四壁船为家。

不须更踏花底藕，但嗅花香已无酒。
花深不见画船行，天风空吹白苎[4]声。
双桨归来弄湖水，往往湖边人已起。
即今憔悴[5]不堪[6]论，赖[7]有何郎共此尊[8]。
红绿疏疏[9]君勿叹，汉嘉去岁无荷看。

【注释】

[1]觞(shāng)：古代盛酒器。

[2]泠泠(líng)：清凉。

[3]湘竹：即湘妃竹，亦称斑竹。

[4]苎(zhù)：植物名，即苎麻。

[5]憔悴(qiáo cuì)：脸色黄瘦。

[6]堪：经得起，忍受。

[7]赖：依赖，依靠。

[8]尊：古代酒器。

[9]疏疏：稀疏。

【点评】

回忆"三更画船穿藕花"、畅游镜湖的快乐经历，对眼前人已憔悴、荷花稀疏的情景无限感叹。陆游以平易、流畅、清新的语言写诗，锤炼了语言的诗意美，其风格于此诗中可见。

堂中以大盆渍[1]白莲花石菖蒲[2]翛[3]然无复暑意睡起戏书

海东铜盆面五尺，中贮涧泉涵[4]浅碧。
岂惟冷浸玉芙蕖[5]，青青菖蒲络奇石。
长安火云行日车，此间暑气一点无。
纱幮竹簟[6]睡正美，鼻端雷起惊僮奴[7]。
觉[8]来隐几[9]日初午，碾就壑源分细乳[10]。
却拈燥笔写新图，八幅冰绡[11]瘦蛟舞。

【注释】

[1]渍(zì)：浸；泡。

[2]菖(chāng)蒲：多年生水生草本植物，有香气。

[3]翛(xiāo)：无拘无束、自由自在的样子。

[4]涵：包含；包容。

[5]芙蕖（qú）：即荷花。

[6]簟（diàn）：供坐卧用的竹席。

[7]僮奴：僮仆，奴仆。

[8]觉（jiào）：睡醒。

[9]隐（yìn）几：靠着几案。

[10]细乳：茶中精品。

[11]绡（xiāo）：生丝织成的薄绸；薄纱。

【点评】

盆浸白莲，既美化室内环境，又驱走炎炎酷暑。实用与审美巧妙结合，饶有生活情趣。

采莲曲

采莲吴姝[1]巧笑倩[2]，小舟点破烟波面。
双头折得欲有赠，重重叶盖羞人见。
女伴相邀拾翠羽[3]，归棹[4]如飞那可许。
倾鬟[5]障袖不应人，遥指石帆山下雨。

【注释】

[1]姝（shū）：美好。也指美女。

[2]巧笑倩（qiàn）：巧笑，美好的笑。倩，笑时面颊美的样子。

[3]翠羽：翡翠鸟的羽毛。

[4]棹（zhào）：摇船的用具。也指船。

[5]鬟（huán）：古代妇女的环形发饰。

【点评】

折得并蒂莲花后，用荷叶层层遮盖；当女伴相邀时，又飞舟远去，敷衍地指着山下的雨雾，极力掩盖内心的喜悦。一个情窦初开、因采得并蒂莲花而沉浸在愉悦心境中的采莲姑娘的可爱形象，呼之欲出。

采　莲

蘸水朱扉[1]不上关[2]，采莲小舫[3]夜深还。
一樽[4]何处无风月，自是人生苦欠闲。

云散青天挂玉钩,石城艇子近新秋。
风鬟[5]雾鬓归来晚,忘却荷花记得愁。
帘青天映曲尘[6]波,时有游鱼动绿荷。
回首家山又千里,不堪[7]醉里听吴歌。

【注释】

[1]扉(fēi):门扇。

[2]关:门闩(shuān)。

[3]舫(fǎng):船。一般指小船。

[4]樽(zūn):酒杯。

[5]鬟(huán):古代妇女的环形发饰。

[6]曲尘:酒曲所生的细菌,色微黄如尘,因称淡黄色为曲尘。

[7]堪:经得起,忍受。

【点评】

"问君能有几多愁?"这愁有对人生坎坷的感叹,有对英雄失路的悲愤,有对远隔千里的故园的殷切思念。不论是饮酒,还是赏荷,都不能消除这深沉的忧愁。

荷　花　二首

风露青冥[1]水面凉,旋[2]移野艇受清香。
犹[3]嫌翠盖红妆句,何况人言似六郎。

南浦[4]清秋露冷时,凋红片片已堪[5]悲。
若教[6]具眼高人看,风折霜枯似更奇。

【注释】

[1]青冥(míng):青色的天空。

[2]旋:随后;不久。

[3]犹:仍;还。

[4]南浦(pǔ):南面的水边。常用来称送别之地。

[5]堪:经得起,忍受。

[6]教(jiāo):使;令;让。

【点评】

美,并非单纯地由客观事物的自然属性所决定,而是存在于美的事物与审美者之间的客观关系中,因此,不同的人对同一美的事物可能会有不同的审美评价。陆游一生主张抗战北伐,收复失地,因而赞赏崇高美,认为荷花"风折霜枯"

后，比“翠盖红妆”时更奇，更具观赏价值，即显出一种傲霜凌寒、奋战不屈的悲壮美（比一般的优美更能激动人心）。这和诗人的思想境界是完全一致的。

暑中久不把酒盆池千叶白莲忽开一枝欣然小酌因赋绝句　二首

千叶芙蕖[1]白玉肤，一樽[2]沆瀣[3]碧琳[4]腴[5]。
极知俱出氛埃[6]外，我亦秋风山泽臞[7]。

我读渊明止酒篇，知渠[8]未识玉池仙。
谁言见面无多子，高压天魔万二千。

【注释】

[1]芙蕖(qú)：即荷花。

[2]樽(zūn)：酒杯。

[3]沆瀣(hàng xiè)：夜间的水汽；露水。

[4]碧琳：碧玉。

[5]腴(yú)：肥胖。

[6]氛埃：尘埃。

[7]臞(qú)：亦作“癯”。瘦。

[8]渠：他。

【点评】

千叶白莲忽开一朵，诗人不顾暑热炙人，举杯小酌，尽情观赏，可见喜爱白莲之深。

梦中行荷花万顷中

天风无际路茫茫[1]，老作月王风露郎。
只把千尊[2]为月俸[3]，为嫌铜臭杂花香。

【注释】

[1]茫茫：模糊不清。

[2]尊：古代酒器。

[3]俸(fèng)：俸禄。旧时称官吏所得的薪水。

【点评】

诗人梦中做了管理万顷荷花湖的“风露郎”，每月的俸禄只要美酒，不要铜钱。诗人的高尚品格与莲花不染污泥的特性一致，因而怕铜臭玷污了荷花。这是诗人鄙弃当时黑暗现实的一种曲折反映。

月　夜

小醉初醒月满床，玉壶银阙[1]不胜[2]凉。
天风忽送荷香过，一叶飘然忆故乡。

【注释】

[1]阙(què)：古代宫殿、祠庙等前面的高建筑物。

[2]胜(shēng)：经得起；胜任。

【点评】

作客他乡，仿佛飘零的落叶；月夜风送荷香，禁不住动了乡愁。

范成大

范成大(1126—1193)，南宋诗人，字致能，号石湖居士，吴郡(今江苏吴县)人。绍兴进士，历任处州知府、四川制置使等职，晚年退居故乡石湖。其诗题材广泛，田园诗描写农村风光和民生疾苦，较为突出。有《石湖居士诗集》等。

万州西山湖亭秋荷

丛荟[1]忽明眼，山腰滟[2]湖光。
列岫[3]绕云锦，深林护风香。
西山即太华，玉井馀新芳[4]。
隔江招岑[5]仙，共擘[6]双莲房。

【注释】

[1]荟(huì)：草木繁盛的样子。

[2]滟(yàn)："潋滟"，水满的样子。

[3]岫(xiù)：峰峦。

[4]芳：香；香气。

[5]岑(cén)：小而高的山。

[6]擘(bò)：剖；分开。

【点评】

湖光山色，荷香云影，西山景色令人赏心悦目。招来隐者，共擘莲房，更添悠闲乐趣。

白莲堂

古木参天[1]护碧池，青钱[2]弱叶战涟漪。
匆匆游子匆匆去，不见风清月冷时。

【注释】

[1]参天：高出空际。

[2]青钱：指新生的荷叶。

[3]涟漪(yī)：波纹；细小的水波。

【点评】

碧池微波，古木新荷。白莲堂在月冷风清时当是另一番情景，只是无缘亲睹，怎能不为之一叹！

采　莲　三首

溪头风迅怯[1]单衣，两桨凌波[2]去似飞。
折得蘋花双叶子，绿鬟[3]撩乱[4]带香归。

藕花深处好徘徊，不奈[5]华筵苦见[6]催。
记取南泾[7]茭[8]叶露，月明风熟更重来。

柔橹[9]无声坐钓鱼，浪花飞点翠罗裾[10]。
空江日暮无来客，肠断三湘一纸书。

【注释】

[1]怯(qiè)：害怕。

[2]凌波：亦作"陵波"，形容女子步履轻盈。此处指船行飞快。

[3]鬟(huán)：古代妇女的环形发饰。

[4]撩乱：同"缭乱"。纷乱。

[5]不奈：即"无奈"，无可奈何。

[6]见：被。

[7]泾(jīng)：沟渠。

[8]茭(jiāo):植物名。

[9]橹(lǔ):一种用人力推进船的工具。

[10]裾(jū):衣服的前襟,也称大襟。

【点评】

这三首诗摄影镜头似的组成一幅动态的采莲画面:飞舟凌波,乱发带着荷香归来;徘徊荷塘,想着月明风清时重游旧地;浪湿裙裾,垂钓盼着远方来信。

四时田园杂兴六十首　选其一

千顷[1]芙蕖[2]放棹[3]嬉[4],花深迷路晚忘归。
家人暗识[5]船行处,时有惊忙小鸭飞。

【注释】

[1]顷(qǐng):地积单位。百亩为一顷。

[2]芙蕖(qú):即荷花。

[3]棹(zhào):摇船的用具。也指船。

[4]嬉(xī):游戏;玩耍。

[5]识(zhì):记住。

【点评】

暮色笼罩着千顷荷塘,归舟惊飞小鸭,使荷塘更显得寂静,是以动衬静的写法。

荷　池

方池留水胜埋盆,露入莲腮沁[1]粉痕。
铃索[2]无声人不到,小禽飞入闹荷根。

【注释】

[1]沁(qìn):渗入。一般指香气等。

[2]索:绳索。

【点评】

趁着没有铃声,没有人到,小鸟飞来荷池,在莲根嬉闹。诗人善于将富有情趣的院中小景化为诗意。

再赋郡治双莲三绝

馆娃[1]魂散碧云沉，化作双莲寄恨深。
千载不偿连理[2]愿，一枝空有合[3]欢心。

池光栏槛[4]倚斜晖[5]，把酒看花醉不归。
但许鸳鸯相对浴，休惊翡翠[6]一双飞。

两岐[7]秀[8]罢已蒿莱[9]，春意还从菡萏[10]回。
不是使君和气胜，此花应向别人开。

【注释】

[1]馆娃：指古代美女西施。

[2]连理：不同根的草木，其干枝连在一起。旧时看做吉祥的征兆。

[3]合欢：和合欢乐。多指男女相结合。

[4]槛(jiàn)：窗户下或长廊旁的栏杆。

[5]晖(huī)：太阳光。

[6]翡(fěi)翠：鸟名。

[7]岐(qí)：同“歧”。岔路。

[8]秀：草木开花。

[9]蒿(hāo)莱：野草；杂草。

[10]菡萏(hàn dàn)：即荷花。

【点评】

一茎双花的嘉莲为西施的魂魄化成，可谓诗人的奇思妙想。用对对鸳鸯和双双翡翠来衬托双莲，也是别出心裁。

州宅堂前荷花

凌波仙子[1]静中芳[2]，也带酣[3]红学醉妆。
有意十分开晓露，无情一饷[4]敛[5]斜阳。
泥根玉雪元[6]无染，风叶青葱亦自香。
想得石湖花正好，接天云锦画船凉。

【注释】

[1]凌波仙子：这里指荷花。凌波，形容女子步履轻盈。

[2]芳：香；香气。

[3]酣(hān)：浓；盛。

[4]饷(shǎng)：通“晌”。一会儿。

[5]敛(liǎn)：收缩。

[6]元：本来；原先。

【点评】

首联用拟人方法，总写红莲似有醉态；颔联写荷花在清晨和傍晚时的情态；颈联从色彩和气味两方面描写荷花，可谓细致生动。州宅堂前荷花虽好，但诗人更爱故乡石湖的荷花，表现出一缕浓浓的乡情。

周必大

周必大(1126—1204)，南宋诗人，字子充，自号平原老叟，吉州庐陵(今江西吉安)人。绍兴进士，历官给事中、中书舍人，言事不避权贵。著有《玉堂类稿》、《二老堂诗话》等八十一种，后人汇编为《益国周文忠公全集》。

次韵[1]红白莲间生

闲花不遣[2]倚门墙，独挹[3]芙蕖[4]冉冉[5]香。
艳质施朱窥[6]宋玉，冰姿傅[7]粉试何郎。
青茎翠盖原相映，缟[8]袂[9]霞裾[10]各自芳[11]。
闻道金銮[12]行豹直[13]，炬莲先已兆[14]嘉[15]祥。

【注释】

[1]次韵：亦称“步韵”。旧时作诗方式之一，即依照所和(hè)诗中的韵及其用韵的先后次序写诗。

[2]遣(qiǎn)：使；教。

[3]挹(yì)：汲取；舀。

[4]芙蕖(qú)：即荷花。

[5]冉冉：柔弱的样子。

[6]窥(kuī)：从小孔、缝隙或隐僻处偷看。

[7]傅(fū)：搽；涂。

[8]缟(gǎo)：白色。

[9]袂(mèi)：衣袖。

[10]裾(jū)：衣服的前襟，也称大襟。

[11]芳：香；香气。

[12]金銮(luán)：宫殿名，唐代大明宫内有金銮殿。

[13]豹直：直，同“值”。唐代称官吏节假期间值日为“豹直”。

[14]兆：预示；事物发生前的征候或迹象。

[15]嘉：善；美。

【点评】

首联写不爱闲花，独爱荷花；中间两联用拟人方法，紧扣红莲、白莲各自的特点，细致描绘它们的质地、色彩、形态和芳香；尾联写荷花预示吉祥。可谓观察细致，体物入微。

杨万里

杨万里(1127—1206)，南宋诗人，字廷秀，号诚斋，吉水(今属江西)人。绍兴进士，曾任秘书监，主张抗金。诗与尤袤、范成大、陆游齐名，称“南宋四家”。写诗以王安石及晚唐诗为借鉴，构思新巧，语言通俗明畅，自成一家。一生作诗两万多首，传世者仅为其一部分。亦工文。有《诚斋集》。

玉井亭观荷

蕖仙[1]初出波，照日稚犹怯。
密排碧罗盖[2]，低护红玉颊。
馆[3]之水精宫，瓖[4]以琉璃堞[5]。
珠明浮盘戏，酒漾[6]流杯晔[7]。
青笔尖欲试，绿笺[8]皱还折。
老黾[9]大于钱，辛勤上团叶。
忽闻人履声，入水一何[10]捷。

【注释】

[1]蕖(qú)仙：指荷花。

[2]碧罗盖：指荷叶。

[3]馆：寓居。此处是使动用法，意为“使……寓居”。

[4]瓖(xiāng)：通“镶”。镶嵌的装饰。

[5]堞(dié)：城上的矮墙。亦称女墙。

[6]漾(yàng)：水晃动的样子。

[7]晔(yè):光辉灿烂。

[8]笺(jiān):精美的纸张,供题诗、写信等用。

[9]黾(měng):蛙的一种。

[10]一何:副词。相当于现代汉语的"多么"。

【点评】

巧用比喻,从形状、色彩等方面细致、生动地描写荷花。一只小青蛙趴在荷叶上,听到脚步声后,扑通一声跳入水中,这一动态和荷花的静态相映衬,虽是一瞬间,写入诗中却饶有风趣,也充分显示出诗人细致的观察力和化平淡为新奇的技巧。

晓坐荷桥　三首

四叶青蘋[1]照绿池,千重翠盖护红衣。
蜻蜓空里元[2]无见,只见波间仰面飞。

碧玉山边白鸟鸣,绿杨风里翠荷声。
草花踏碎教人惜,为勒[3]芒鞋款款[4]行。

帘影窥[5]池到藕根,水光为我弄朝暾[6]。
鱼儿解[7]作[8]晴天雨,波面吹成落点痕。

【注释】

[1]青蘋:即浮萍。蘋,通"萍"。

[2]元:原先;本来。

[3]勒(lēi):用绳子捆住或套住,再拉紧。

[4]款款:徐缓的样子。

[5]窥(kuī):从小孔、缝隙或隐处偷看。

[6]暾(tūn):初升的太阳。

[7]解:明白;知道。

[8]作:制造。

【点评】

诗人用富有色彩表现力的青、红、绿、白等辞藻描绘荷花,状物如在眼前。每首诗都用人或动物的活动来映衬,显得动静结合。描写鱼和蜻蜓的活动,都表现出细致的观察力,特别是把鱼儿吹出的水泡比做晴天落雨,更显得新颖别致。

暮热游荷池上

细草摇头忽报侬[1],披[2]襟拦得一西风。
荷花入暮犹愁热,低面深藏碧伞[3]中。

【注释】

[1]侬(nóng):我。

[2]披:分开。

[3]碧伞:指荷叶。

【点评】

通篇用拟人方法,显得生动亲切。

红白莲　二首

红白莲花开共塘,两般颜色一般香。
恰如汉殿三千女,半是浓妆半淡妆。

司[1]花手法我能知,说破当知未大奇。
乱翦[2]素罗[3]装一树,略将数朵蘸胭脂。

【注释】

[1]司:掌管。

[2]翦:"剪"的异体字。

[3]罗:丝织物类名。质地较薄,手感清爽,兼透气。

【点评】

两首诗巧妙地运用比喻,显示出诗人想象丰富,构思新颖。

过临平莲荡

人家星散水中央,十里芹[1]羹[2]菰[3]饭香。
想得薰风[4]端午后,荷花世界柳丝乡。

【注释】

[1]芹(qín):蔬菜名,即水芹。

[2]羹(gēng):本指五味调和的浓汤,亦泛指煮成浓液的食品。

[3]菰(gū):"菇"的异体字,菌类植物。

[4]薰(xūn)风:东南风;和风。薰,"熏"的异体字。

【点评】

芹羹菰饭,江南水乡风味。由眼前景想到东南风吹来时,荷花盛开、柳丝摇曳的动人景象。眼前景和意中景相结合,诗中画面富有张力。

瓶中红白二莲　三首

红白莲花共玉瓶,红莲韵[1]绝白莲清。
空斋[2]不是无秋暑,暑被花销[3]断不生。

拣得新开便折将[4],忽然到晚敛[5]花房。
只愁花敛香还减,来早重开别是香。

白莲半含未开时,看作红莲更不疑。
到得欲开浑[6]别了,玉肤洗退淡胭脂。

【注释】

[1]韵:气韵,即神气和韵味。

[2]斋(zhāi):屋舍。一般指书房学舍。

[3]销:取消;消除。

[4]将:作语助词,表示动作的开始。

[5]敛:收缩。

[6]浑(hún):全;满。

【点评】

瓶中有了红莲、白莲,连秋天的闷热也感到消失了,可见爱莲之深。白莲半含未开时和绽苞欲放时颜色大不相同,这是诗人留心身边事物、细致观察的结果。有了敏锐的观察力,才会有诗意的发现。

西府直舍盆池种莲

飞空天镜堕[1]莓苔,玉井移莲旋旋栽。
坐看一花随手长,挨[2]开半叶出头来。
稍添菱荇[3]相萦[4]带,便有黾[5]鱼数往回。

剩[6]欲绕池三两匝[7],数声排马苦相催。

西府寒泉汲[8]十寻[9],深浇浅洒碧森森。
高花已照红妆镜,小萏新抽紫玉簪[10]。
钿[11]破尚馀新雨恨,伞疏才作半池阴。
西湖瘦得如盆大,更伴诗人恐不禁[12]。

【注释】

[1]堕(duò):落下。
[2]挨:依次。
[3]荇(xìng):一种多年生水生草本植物。
[4]萦(yíng):缠绕。
[5]黾(měng):蛙的一种。
[6]剩:颇;更。
[7]匝(zā):周,圈。
[8]汲(jí):从井里取水。
[9]寻:古代长度单位。八尺为一寻。
[10]簪(zān):古代男女用来绾住头发或把帽子别在头发上的一种针形首饰。
[11]钿(tián):用金翠珠宝等制成的花形首饰。
[12]禁(jīn):忍住。

【点评】

劳动是美的重要源泉。亲手种植荷花,不同于单纯地观赏荷花,既能增添生活情趣,也能获得丰富的审美感受。正因为如此,诗中处处流露着对荷花的亲切感。

朱熹

朱熹(1130—1200),南宋哲学家、教育家,字元晦,号晦庵,江西人。任秘阁修撰等职。博览群书,广注典籍,对经学、史学、文学、乐律以至自然科学都有不同程度的贡献。著作有《四书章句集注》、《周易本义》。

莲沼

亭亭[1]玉芙蓉[2],迥[3]立映澄[4]碧。

只愁山月明，照作寒露滴。

【注释】

[1]亭亭：耸立的样子；高耸的样子。

[2]芙蓉：荷花的别称。

[3]迥(jiǒng)：远。

[4]澄(chéng)：清澈不流动。

【点评】

诗中想象奇异，在皎洁的山月的映照下，晶莹的白莲会化作滴滴寒露。

奉酬圭父白莲之作

忽传夔[1]府句，并送远公莲。
翠盖临风迥[2]，冰华浥[3]露鲜。
舞衣清缟[4]袂[5]，倒景烂[6]珠躔[7]。
想象芙蓉[8]阙[9]，冥冥[10]绝世缘[11]。

【注释】

[1]夔(kuí)：古国名，在今湖北秭归东。

[2]迥(jiǒng)：远。

[3]浥(yì)：湿润。

[4]缟(gǎo)：白色。

[5]袂(mèi)：衣袖。

[6]烂：明；有光彩。

[7]躔(chán)：行迹，足迹。

[8]芙蓉：荷花的别称。

[9]阙(què)：古代宫殿、祠庙和陵墓前的高建筑物。

[10]冥冥(míng)：指高远。

[11]世缘：俗缘。旧指世俗的牵扰。

【点评】

盛赞白莲冰清玉洁，一尘不染，想象白莲的宫阙应该在远离世俗的高远地方。

次[1]吕季克东堂爱莲咏

闻道[2]移根玉井旁，开花十丈是寻常[3]。

月明露冷无人见，独[4]为先生引兴长。

【注释】

[1]次：犹言“步”。如“次前韵”。

[2]闻道：听说。

[3]寻常：平常。

[4]独：独自。

【点评】

友人爱莲表现了一种雅致的生活情趣。在夜深人静、月明露冷时，高洁的莲花会引发友人的诗兴。想象新奇，别有见地。

郑清之

郑清之，宋代诗人，生平不详。

荷 花

一样娉婷[1]绝代[2]无，水宫鱼贯[3]出琼[4]铺。
缘[5]何买得凌波[6]女，为有荷盘万斛[7]珠。

【注释】

[1]娉婷(pīng tíng)：美好的样子。也指美女。

[2]绝代：冠绝当代。

[3]鱼贯：像鱼游一样先后有序。

[4]琼(qióng)：赤色玉。亦泛指美玉。

[5]缘：为了；因为。

[6]凌波：形容女子步履轻盈。

[7]斛(hú)：古量器名，也是容量单位。

【点评】

娉婷绝代的凌波仙女(荷花)是用万斛珍珠(荷叶上的露珠)买来的，想象奇妙，比喻新颖。

岳珂

岳珂(1183—1234),字肃之,号亦斋,相州汤阴(今属河南)人。岳飞之孙。官至户部侍郎、淮东总领兼制置使。著有《棠湖诗稿》等。

新荷出水

贴水初翻紫玉团,忽惊矗[1]立傍[2]阑干[3]。
瑶池[4]七日来青鸟[5],玉鉴[6]孤奁[7]舞翠鸾[8]。
晓露走盘珠颗莹,晚风飐[9]盖雪衣寒。
从今十丈开花面,太华峰头更一看。

【注释】

[1]矗(chù):直立,高耸。

[2]傍:靠近,临近。

[3]阑干:亦作"栏杆"。用竹、木、金属或石头等制成的遮拦物。

[4]瑶池:古代传说中昆仑山上的池名,西王母所居的地方。

[5]青鸟:根据有关"青鸟"的神话传说,古代称传信的使者为青鸟。

[6]鉴(jiàn):古代器名,青铜制成,形似大盆,用以盛水或冰。古时没有镜子,古人常盛水于鉴,用来照影。战国以后,大量制作青铜镜照影,因此,铜镜也称为鉴。

[7]奁(lián):古代盛梳妆用品的器具。

[8]鸾(luán):传说中的凤凰一类的鸟。

[9]飐(zhǎn):风吹物使之颤动。

【点评】

运用青鸟传信的神话传说,紧扣出水新荷的特点来写。清晨露珠在荷叶上滚动,傍晚荷叶随着清风翻卷,写得细致生动。

刘宰

刘宰,宋代诗人,生平不详。

荷　花

水边舟子竞招招[1]，陌[2]上车尘晚更嚣[3]。
只有幽人[4]无个[5]事，荷花深处弄轻桡[6]。

【注释】

[1]招招：用手招呼。
[2]陌：田间小路。
[3]嚣：喧哗；吵闹。
[4]幽人：幽居之人，指隐士。
[5]个：作语助。
[6]桡(ráo)：桨。

【点评】

在舟子招人、车声喧闹的背景上，于荷花深处荡舟更显得幽静，表现了一种与众不同的生活情调。

林景熙

林景熙(1242—1310)，宋代诗人，字德阳，号霁山，平阳(今浙江)人。曾任吏部架阁、从政郎。入元不仕。其诗感怀故旧，追念宋室，风格凄怆。有《霁山先生集》。

荷　钱

盈盈[1]新叠碧，难借柳条穿。
铸景菰[2]蒲[3]外，买邻鸥鹭边。
炎官[4]初掌柄，水国不书年。
渐长薰风[5]价，折筒供酒船。

【注释】

[1]盈盈：仪态美好的样子。
[2]菰："菇"的异体字。菌类植物。
[3]蒲：水生植物名，可制席。嫩蒲可吃。
[4]炎官：火神。

[5]薰(xūn)风:东南风;和风。薰,“熏”的异体字。

【点评】

初生的荷叶,小如铜钱,盈盈可爱。诗人说它难以用柳条穿起来(钱的中心有小孔),想得新奇,写得风趣。

曹修古

曹修古,宋代诗人,生平不详。

荷　花

荷叶罩芙蓉[1],圜[2]青映嫩红。
佳人南陌[3]上,翠盖立春风。

【注释】

[1]芙蓉:荷花的别称。

[2]圜:同“圆”。

[3]陌:田间的小路。

【点评】

飞红滴翠的荷花,与迎着春风、张着绿色伞盖站在南陌上的佳人相互辉映。人面、荷花给人以双重的美感。

荷　珠

霞衣葱珮[1]来珊珊[2],水晶之宫绿玉盘。
谁与冯夷[3]作戏剧,贝阙驱入神瓢翻。
又疑罢织鲛人[4]泣,碧洼融作水银汁。
圆或为璧[5]方为珪[6],寒光滉漾[7]不可拾。
古来欹[8]器戒[9]覆倾,真宰[10]之柄常恶[11]盈。
季伦买笑轻百斛[12],金谷[13]转首迷荆榛。
纷纷鱼目[14]争贵惜,道眼独悬诸幻息。
须臾[15]海霁[16]山日高,绿云万柄净如拭[17]。

【注释】

[1]珮:同“佩”。佩带。

[2]珊珊(shān):形容衣裙上玉珮的声音。

[3]冯夷:传说中的水神名。

[4]鲛(jiāo)人:亦作“蛟人”。传说中的人鱼。

[5]璧(bì):古代玉器名,也有用琉璃制的,平圆形,正中有孔。

[6]珪(guī):同“圭”。古代玉器名,长条形,上端作三角状。

[7]滉漾(huàng yàng):如同汪洋。水广大无边的样子。

[8]攲(qī):倾斜。

[9]戒:防备。

[10]真宰:犹造物。古代人假想中的宇宙主宰者。

[11]恶(wù):憎恨;讨厌。

[12]斛(hú):古代量器名,也是容量单位。

[13]金谷:地名,也叫金谷涧,在今河南洛阳市西北。晋代石崇筑园于此,也称金谷园。

[14]鱼目:鱼的眼睛像珍珠,比喻以伪乱真、似贵实贱的东西。

[15]须臾(yú):片刻。

[16]霁(jì):本指雨止,引申为风雪停,云雾散,天气放晴。

[17]拭(shì):擦去。

【点评】

诗人巧用神话传说、历史故事,从光、形、色等方面多角度地描写荷珠,或浑圆如玉璧,或方正如白圭,或聚合如水银,可谓穷形尽相,逼真生动。

孔 山

孔山,宋代诗人,生平不详。

荷 花

萱草[1]轩[2]窗处处幽[3],酒中不著[4]客中愁。
芭蕉叶上无多雨,分与池荷一半秋[5]。

【注释】

[1]萱(xuān)草:古人以为可以使人忘忧的一种草。

[2]轩:有窗槛的长廊或小室。

[3]幽:僻静;幽雅。

[4]著："着"的本字，意为附着、附上。

[5]秋：凉意。

【点评】

"愁"本来是无形的东西，诗中说它不附着在酒中；"凉意"也是无形的东西，诗中说分一半给荷花。这样写，化虚为实，使人对本来抽象的东西有了具体、生动的感觉。

江万里

江万里，宋代诗人，生平不详。

荷 花

结亭临[1]水似舟中，夜雨潇潇[2]乱打篷[3]。
荷叶晓[4]看元[5]不湿，却疑误听五更风。

【注释】

[1]临：面对。

[2]潇潇：形容风雨急骤。

[3]篷(péng)：遮蔽风雨和阳光的设备，用篾席或布制成。

[4]晓：天亮。

[5]元：本来；原先。

【点评】

夜来一场急雨，清晨却看到荷叶并没有被雨打湿，于是，怀疑是否昨夜把风声听成了雨声。这种不疑而疑的修辞方法能启发读者展开联想，显得生动、风趣，例如："床前明月光，疑是地上霜"、"彩蝶纷纷过墙去，却疑春色在邻家"。

吴菊潭

吴菊潭，宋代诗人，生平不详。

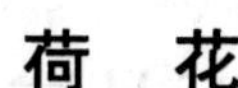

荷　花

吴姬[1]一曲采莲歌，回首秋风卷碧波。
翠盖[2]不能擎[3]雨露，鸳鸯应怨夜寒多。

【注释】

[1]姬(jī)：古时对妇人的美称，也用为美女之称。

[2]翠盖：指荷叶。

[3]擎(qíng)：举；向上托住。

【点评】

已是深秋时节，荷叶残破，不能托住雨露；栖在下面的鸳鸯也抵挡不住夜间的寒冷了。构思角度新颖，意境别开生面。

虞可斋

虞可斋，宋代诗人，生平不详。

荷　花

晚来一棹[1]鉴湖[2]东，队队峰峦入短篷[3]。
一色藕花三十里，淡妆浓抹锦云红。

【注释】

[1]棹(zhào)：摇船的用具。也指船。

[2]鉴湖：即镜湖，在今浙江省绍兴县。

[3]篷(péng)：这里指船篷。

【点评】

泛舟鉴湖，四野峰峦映入眼帘；三十里藕花如同绚丽的晚霞，落在湖面。一幅色彩斑斓的鉴湖夕照图。

王月浦

王月浦，宋代诗人，生平不详。

荷　花

雨馀无事倚[1]阑干[2]，媚[3]水荷花粉未乾。
十万琼[4]珠天不惜，绿盘[5]擎[6]出与人看。

【注释】

[1]倚(yǐ)：靠着。

[2]阑干：亦作“栏杆”。用竹、木、金属或石头等制成的遮拦物。

[3]媚：喜爱。

[4]琼(qióng)：赤色玉。亦泛指美玉。

[5]绿盘：指荷叶。

[6]擎(qíng)：举；向上托住。

【点评】

将雨后在荷叶上滚动的水珠想象为天公慷慨地赐予人们的琼珠，特地用翡翠盘托出。异想天开，构思巧妙，比喻新颖。

杨巽斋

杨巽斋，宋代诗人，生平不详。

荷　花

翠盖[1]红幢[2]耀日鲜，西湖佳丽[3]会群仙。
波平十里铺云锦，风度清香入画船。

【注释】

[1]翠盖：指荷叶。

[2]幢(chuáng):旧时作为仪仗用的一种旗帜。

[3]佳丽:美丽的女子。

【点评】

将西湖映日开放的荷花想象为群仙与佳丽会见的盛大场面，可谓新颖、奇妙。三、四两句写湖面的画船,使十里荷花显出动感。

邹登龙

邹登龙,宋代诗人,生平不详。

采莲曲

平湖渺渺[1]莲风清,花开映日红妆[2]明。
一双鸂鶒[3]忽飞去,为惊花底□桡[4]鸣。
兰桡荡漾[5]谁家女,云妥髻[6]鬟[7]黛[8]眉妩[9]。
采采[10]荷花满袖香,花密忘却来时路。

【注释】

[1]渺渺(miǎo):水远的样子;悠远。

[2]红妆:指女子的盛妆。

[3]鸂鶒(xī chì):水鸟名,毛分五色。

[4]桡(ráo):桨。

[5]荡漾(yàng):水微动的样子。

[6]髻(jì):挽束在头顶的头发。

[7]鬟(huán):古代妇女的环形发髻。

[8]黛(dài):青黑色的颜料,古代女子用以画眉。

[9]妩(wǔ):美好的样子。

[10]采采:茂盛;众多。

【点评】

一双五色羽毛的水鸟忽然飞起,引出了靓丽的采莲姑娘,以宾衬主,写得巧妙。一幅平湖渺渺、荷花映日、莲舟轻荡的江南采莲图画呈现在眼前。

萧贡

萧贡，金代诗人，生平不详。

古采莲曲

洋洋[1]长江水，渺渺[2]涨平湖。
田田[3]青茄[4]荷，艳艳红芙蕖[5]。
酣酣[6]斜日外，冉冉[7]凉风徐。
倩倩[8]谁家子，袅袅[9]二八初。
两两并轻舟，笑笑相招呼。
悠悠[10]波上鸳，泼泼[11]蒲中鱼。
采采[12]不盈手，依依[13]欲何如[14]。

【注释】

[1]洋洋：形容盛大、众多。

[2]渺(miǎo)渺：水远的样子；悠远。

[3]田田：荷叶相连的样子。

[4]茄(jiā)：荷梗。

[5]芙蕖(qú)：即荷花。

[6]酣(hān)酣：浓；盛。

[7]冉冉：慢慢地；渐进的样子。

[8]倩(qiàn)倩：笑靥美好的样子。

[9]袅袅：纤长柔美的样子。

[10]悠悠：悠闲自在。

[11]泼(bō)泼：鱼甩尾的样子。

[12]采采：茂盛；众多。

[13]依依：依恋的样子。

[14]何如：如何，怎么样。

【点评】

这首古采莲曲的语言很有特点，每句开头巧用叠字，既增强了诗的音乐性，也使全诗前后连贯，结构紧凑。

于石

于石，金代诗人，生平不详。

西湖荷花有感

我昔扁舟[1]泛[2]湖去，回望荷花浩无数。
谁家画舫[3]倚红妆，笑声迥[4]入花深处。
笙歌凄咽[5]水云寒，花色似嫌脂粉污。
夜深人静月明中，方识荷花有真趣。
水天倒浸碧琉璃，净质芳姿澹[6]相顾。
亭亭[7]翠盖拥群仙，轻风微颤凌波[8]步。
酒晕潮红浅渥[9]唇，肤如凝脂腰束素[10]。
一捻[11]香骨薄裁冰，半破芳心娇泣露。
湖光花气满衣襟，月落波寒浸香雾。
恍然[12]人在蕊珠宫[13]，便欲移家临[14]水住。
回首落日低黄尘，十年不到湖山路。
花开花落几秋风，湖上青山自如故。

【注释】

[1]扁(piān)舟：小船。
[2]泛：飘浮。
[3]舫(fǎng)：船。一般指小船。
[4]迥(jiǒng)：远。
[5]咽(yè)：阻塞；声音因阻塞而低沉。
[6]澹(dàn)：安静的样子。引申为不经意。
[7]亭亭：耸立的样子；高的样子。
[8]凌波：形容女子步履轻盈。
[9]渥(wò)：沾润。
[10]素：白色的生绢。
[11]捻(niē)：通“捏”。
[12]恍(huǎng)然：仿佛。
[13]蕊珠宫：传说中神仙所居之处。
[14]临：面对。

【点评】

诗人通过回忆,略写西湖白天红妆笑语、笙歌凄咽的喧闹场面,详细描写月下荷花净质芳姿、碎步凌波的动人风韵。两种情景对照,表现出诗人不喜喧嚣、追求淡泊宁静的生活情趣。

蒲道源

蒲道源,金代诗人,生平不详。

觉和尚庵赏白莲

冰雪肌肤出淤泥,伶俜[1]寒影照涟漪[2]。
晓风浮冷梦初醒,夜月婵娟[3]清更宜。
未要露浓垂别泪,先看水滑洗凝脂[4]。
陶诗近体惊儿女,大笑庐山远法师。

【注释】

[1]伶俜(pīng):孤零。
[2]涟漪(yī):波纹;细小的水波。
[3]婵娟(chán juān):美好的样子,也指美女。
[4]凝脂:凝冻的油脂,比喻皮肤洁白柔滑。

【点评】

全诗紧扣白莲特点,一、二句用拟人方法总写白莲冰雪肌肤、孤零清冷的形象,三、四句用晓风、夜月的幽静环境加以衬托,五、六两句巧用比喻进一步描绘出白莲冰清玉洁的特质。结尾提到坚持清高操守的陶渊明,诗人似有所寄托。

何　中

何中,金代诗人,生平不详。

荷花

曲沼[1]芙蓉[2]映竹嘉[3],绿红相倚[4]拥云霞。
生来不得东风力,终作薰风[5]第一花。

【注释】

[1]沼(zhǎo):小池。一说圆曰池,曲曰沼。

[2]芙蓉:荷花的别称。

[3]嘉:善;美。

[4]倚(yǐ):靠着。

[5]薰风:东南风,和风。

【点评】

荷花不在春天开放,因而不能借助东风的力量。夏天,东南风吹来时,荷花成了最先开放的花。在看似平淡的现象中,诗人发现了美。

黄庚

黄庚,金代诗人,生平不详。

池荷

红藕花多映碧澜[1],秋风才起易凋残。
池塘一段荣[2]枯事,都被沙鸥冷眼看。

【注释】

[1]澜(lán):栏杆。

[2]荣:茂盛。

【点评】

似是一首题画诗。荷花在夏天尽显风流,到了秋天则望风凋零。这一荣一枯的过程从沙鸥的眼中现出,可谓想象奇妙,构思精巧;若由人看出,则平淡无味矣。诗贵创新,于此可见。

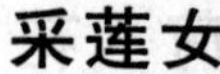

采莲女

越女兰舟泛[1]绿漪[2],采莲花露湿红衣。
万荷影里歌声过,惊起鸳鸯贴水飞。

【注释】

[1]泛:飘浮。

[2]漪(yī):"涟漪",细小的水波。

【点评】

劳动创造着美。红装绿波,相映生辉;歌声悠扬,鸳鸯惊飞。从这一有声有色的画面里可以看出,采莲人是美的,采莲劳动也是美的。

宋　无

宋无,金代诗人,生平不详。

观沈氏盆开双头莲花戏作

一枝倾国[1]又倾城[2],笑并香腮百媚[3]生。
湘浦二妃[4]窥[5]玉镜,星宫双六[6]下银泓。
金波影俪[7]婵娟[8]巧,玉露心分沆瀣[9]清。
曾向鸳鸯屏上看,野花空得合欢[10]名。

【注释】

[1]倾国:指容貌绝美的女子。

[2]倾城:同"倾国"。

[3]媚:美好。

[4]二妃:相传为虞舜之妃娥皇、女英。

[5]窥(kuī):从小孔、缝隙或隐处偷看。

[6]双六:亦称"双陆"。古代的一种博戏。

[7]俪:成对,成双。

[8]婵娟(chán juān):美好的样子。也指美女。

[9]沆瀣(hàng xiè):夜间的水汽,露水。

[10]合欢：植物名，即马缨花，落叶乔木，花淡红色，可供观赏。

【点评】

开头两句暗用白居易《长恨歌》中“回头一笑百媚生”句，盛赞并蒂莲花的娇媚风姿。中间两联紧扣盆莲并蒂双头的特点来写，可谓惟妙惟肖，生动传神。结尾与合欢花对照，更显出双头莲花的妩媚。

赵沨

赵沨，金代诗人，生平不详。

荷花

谁开玉鉴[1]泻天光，占[2]断人间六月凉。
日落沙禽犹未散，也知受用藕花香。

【注释】

[1]鉴：古代器名，青铜制成，形似大盆，用以盛水或冰，巨大者用作浴器。古时没有镜子，古人常盛水于鉴，用以照影。战国以后大量制作青铜镜照影，因此铜镜也称为鉴。此处用鉴比喻花池。

[2]占(zhàn)：据有；居。

【点评】

开头巧用比喻，写荷池的清凉。三、四两句从沙禽角度暗写人们既享受荷池的清凉，也受用藕花的清香。

盆池荷花

一泓[1]寒碧甃[2]波光，雨后妖[3]红独自芳。
不许纤尘污秀质，政[4]须[5]清吹发幽香。
洛神[6]初试凌波[7]袜，妃子来从磬石汤。
休笑埋盆等儿戏，要令引梦水云乡。

【注释】

[1]泓(hóng)：量词。清水一道或一片叫一泓。

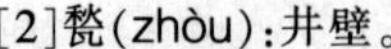

[2]甃(zhòu):井壁。

[3]妖:艳丽。

[4]政:通“正”。

[5]须:等待;停留。

[6]洛神:传说中海水之神宓妃。

[7]凌波:形容女子步履轻盈。

【点评】

首联总写盆池荷花在雨后一泓寒碧中亭亭玉立、流光溢彩的风姿。中间两联承写荷花纤尘不染的丽质和凌波试步的神韵。结尾意味深长,诗人盆池养荷可以梦游水乡泽国。这样写法,就把眼前景和意中景结合起来,从而拓宽了诗的意境。

段成己

段成己(1199—1279),金文学家,字诚之,号菊轩,绛州稷山(今属山西)人。金末进士,官至宜阳主簿。入元不仕。能诗词,收入其兄弟诗词《二妙集》。

荷叶露

泉客将归返故渊,西风渺渺[1]碧波寒。

主人情厚无他赠,一把真珠泣[2]翠盘[3]。

【注释】

[1]渺渺(miǎo):水远的样子。

[2]泣(qì):低声哭。

[3]翠盘:指荷叶。

【点评】

在西风吹拂、碧波生寒的时节,客人即将告别远去。按照习惯,主人应送客人一份厚礼,可是主人的深情却用翠盘盛着的一把“真珠”(露珠)来表达,可谓礼轻情谊重啊!这样把实写和虚写结合起来,显得别致生动,也是一种巧妙的构思。

秋　莲

瘦影亭亭[1]不自容,淡香杳杳[2]欲谁通。

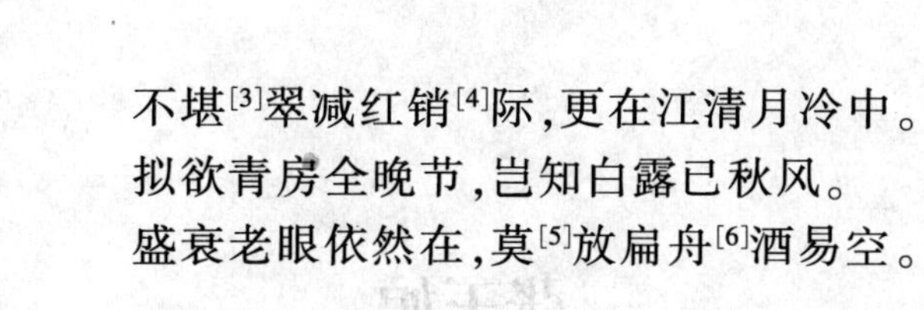

不堪[3]翠减红销[4]际，更在江清月冷中。
拟欲青房全晚节，岂知白露已秋风。
盛衰老眼依然在，莫[5]放扁舟[6]酒易空。

【注释】

[1]亭亭：耸立的样子；高的样子。

[2]杳杳(yǎo)：深暗幽远。

[3]堪：经得起，忍受。

[4]销：通“消”。消散，消失。

[5]莫：副词，相当于今之“不要”、“不能”。

[6]扁(piān)舟：小船。

【点评】

由荷花的枯荣联想到人生的盛衰，诗人不“放扁舟”，对人生持一种乐观进取的态度。

完颜璹

完颜璹，金代诗人，生平不详。

池　莲

轻轻姿[1]质淡娟娟[2]，点缀圆池亦可怜[3]。
数点飞来荷叶雨，暮香分得小江天。

【注释】

[1]姿：容貌；姿态。

[2]娟娟(juān)：美好的样子。

[3]怜：宠爱；爱惜。

【点评】

傍晚时分，飞来的雨点敲打着荷叶，满池荷花散发着的清香独占了这一方小小的天地。末句拟人，写得亲切生动。

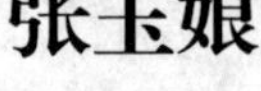

张玉娘

张玉娘，金代诗人，生平不详。

采莲曲

女儿采莲拽[1]画船，船拽水动波摇天。
春风笑隔荷花面，面对荷花更可怜[2]。

【注释】

[1]拽(yè)：拖；用力拉。

[2]怜：宠爱；爱惜。

【点评】

第二句用拟人方法，船拽着湖水，起伏的浪花摇荡着天空，表现出诗人观察事物的角度新颖。采莲女儿隔着盛开的荷花满面春风地微笑着。要是面对着荷花，人面与荷花相遇，青春美与自然美叠加，那就更可爱了。

郝　经

郝经，金代诗人，生平不详。

野　莲

陂[1]塘渺[2]烟芜[3]，秋波淡浮空。
蒹葭[4]杂芙蕖[5]，依稀[6]见愁红。
经宵露华凉，亭亭[7]倚西风。
金粉亦自香，霞腴[8]为谁容[9]。
无言恨最深，失偶情更浓。
摇摇似相招，为喜诗人逢。
翻思彼[10]桃李，反在罗[11]绮[12]中。

复忆岩下兰，绿叶翳[13]荒丛。
西子出苎萝[14]，原思老蒿[15]蓬。
万物在生处，莫[16]谩[17]仇[18]天公。

【注释】

[1]陂(bēi)：池塘。
[2]渺(miǎo)：遥远，深远。
[3]芜(wú)：丛生的草。
[4]蒹葭(jiān jiā)：没有长穗的芦苇。葭，初生的芦苇。
[5]芙蕖(qú)：即荷花。
[6]依稀：仿佛。
[7]亭亭：耸立的样子；高的样子。
[8]腴(yú)：肥胖。
[9]容：修饰面容，打扮。
[10]彼：那。
[11]罗：丝织物类名。质地较薄，手感滑爽。
[12]绮(qǐ)：有花纹的丝织品。
[13]翳(yì)：遮蔽。
[14]苎(zhù)萝：即苎萝山，相传春秋时越国美女西施的出生地。
[15]蒿(hāo)：草名，即蒿子。
[16]莫：副词。相当于今之"不要"、"不能"。
[17]谩(màn)：通"慢"。怠慢；轻视。
[18]仇：仇恨。

【点评】

这是一首借物咏怀诗。野莲也是天生丽质，娇红映日，金粉送香，可是生在野地，夹杂在芦苇中，"寂寞开无主"。诗人触景生情，联想到一些不公平的社会现象，发出无限感慨。

刘　因

刘因，金代诗人，生平不详。

同仲实南湖赏莲醉中走笔[1]

溢江[2]泔寒风露凉，安得置我濂溪堂。

香尘缥渺[3]芙蓉[4]裳，百年得此南湖张。
举杯人胜境亦胜[5]，有莲以来无此香。
莲香随酒来诗肠，得句惊起幽禽翔。
幽禽随人作殢[6]态，意欲和我风雩狂。
人间一味清到骨，两足暂付吾沧浪[7]。
螟蛉[8]蜾蠃[9]卿且去，醉眼太华云间苍。

【注释】

[1]走笔：很快地写。

[2]湓(pén)江：水名，今名龙开河。源出江西瑞昌县西南青山，东流至九江市西，北流入长江。

[3]缥渺(piāo miǎo)：隐隐约约，若有若无。

[4]芙蓉：荷花的别称。

[5]胜：优越；盛大；佳妙。特指胜地。

[6]殢(tì)：困扰；纠缠不清。

[7]沧浪(cāng láng)：青苍色。

[8]螟蛉(míng líng)：螟蛉蛾的幼虫。

[9]蜾蠃(guǒ luǒ)：蜂的一种。体青黑，细腰，常捕螟蛉为幼虫的食物。

【点评】

南湖风景胜地，清风送爽，荷花飘香。诗人携友一游，闻着荷香，借着酒兴，浮想联翩，文思奔涌，于是走笔赋诗，纵情抒发了自己清廉高洁的怀抱。

虞　集

虞集(1272—1348)，元代学者，字伯生，人称邵庵先生。祖籍仁寿(今属四川)，后迁崇仁(今属江西)。成宗大德初年，到大都(今北京)任国子助教。文宗时，官至奎章阁侍书学士，参与编纂《经世大典》。擅写散文，亦能诗。诗文在当时号为大家。著有《道园学古录》等。

水芙蓉

长洲宫沼[1]醉西施，荡漾[2]兰舟不自持。
愿奉君王千岁乐，一盘清露玉淋漓[3]。

【注释】

[1]沼(zhǎo):小池。

[2]荡漾(yàng):水微动的样子。

[3]淋漓:沾湿或流滴的样子。

【点评】

紧扣莲叶贴水的特点,巧妙地将水芙蓉比作醉卧兰舟不能自持的西施。三、四两句承前顺势将荷叶上滚动着的露水比作西子捧着翠盘侍奉君王的玉珠,是诗人艺术想象的合理延伸。

王士熙

王士熙,元代诗人,生平不详。

白莲

昆吾[1]纤刃刻芳菲[2],玉女[3]新抛织锦机。
无质易随清露滴,有情应化素云飞。
青腰霜下蟾[4]房冷,皓首[5]天边鸟使稀。
最忆齐州旧游处,日斜双桨折花归。

【注释】

[1]昆吾:山名。《山海经·中山经》:"昆吾之山,其上多赤铜。"郭璞传:"此山出名铜,色如火,以之作刃,切玉如割泥也。"

[2]芳菲:花草美盛芬芳。也指花草。

[3]玉女:仙女。此处指织女。

[4]蟾(chán):蟾蜍(chú)的省称。传说月中有蟾蜍,故以"蟾"为月的代称。

[5]皓(hào)首:白首。

【点评】

开头凭借传说展开想象,设喻新奇。中间两联紧扣白莲的特点,写出其似清露、如素云的特质。结尾回忆在齐州采折白莲的情景,扩展了诗的意境。

陈 泰

陈泰,元代诗人,生平不详。

咏双芙蕖

双芙蕖[1],连理[2]发。
不恨狂风顷刻吹,只恐游人轻易折。
君莫折,花有情。
不是同心眼前久,还他同死复[3]同生。

【注释】

[1]芙蕖(qú):荷花的别称。

[2]连理:不同根的草木,其枝干连生在一起,旧时看作吉祥的征兆。

[3]复:又;更;再。

【点评】

连理荷花不是"一茎双花"的并蒂莲,却是花中的奇观。诗人奉劝游人不要攀折它,表现了一种惜花爱美的心情。末句愿连理荷花"同死复同生",想得新奇脱俗,写得别致生动。

刘 致

刘致(?—约1324以后),元散曲家,字时中,号逋斋,石州宁乡(今山西离石)人。早年以诗文受知于姚燧。所作散曲收于《太平乐府》、《阳春白雪》二书中。

古采莲曲

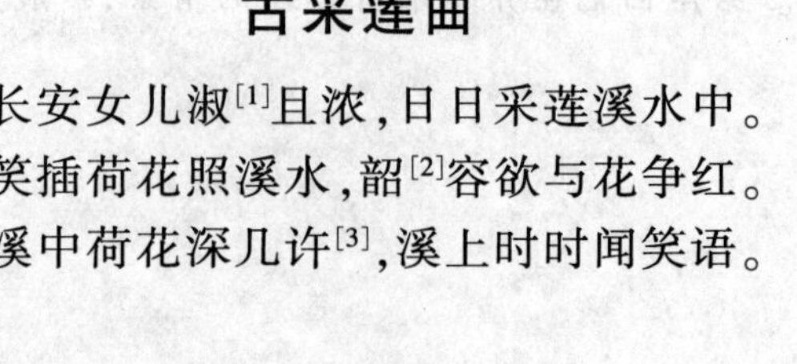

长安女儿淑[1]且浓,日日采莲溪水中。
笑插荷花照溪水,韶[2]容欲与花争红。
溪中荷花深几许[3],溪上时时闻笑语。

红酣[4]绿缛[5]不见人，应在荷花更深处。
归时夜凉溪水清，扣舷[6]踏歌[7]荡桨行。
荷叶盖头花匎[8]鬓，溪上月明潮已平。

【注释】

[1]淑：美好。
[2]韶：美好。
[3]几许：几何；多少。
[4]酣(hān)：浓；盛。
[5]缛(rù)：繁复。
[6]舷(xián)：船的边沿。
[7]踏歌：唱歌时用脚踏地打节拍。
[8]匎(è)："匎彩"，古代妇女的发饰。

【点评】

采莲女风姿绰约，头插荷花，欢声笑语不断从荷花深处传来，直到月明潮平时，才荡桨归去。这首古采莲曲生动地描写了采莲劳动的欢乐场面，表达了人们在收获季节的喜悦心情。

吴师道

吴师道，元代诗人，生平不详。

莲藕花叶图

玉雪窍[1]玲珑[2]，纷披[3]绿映红。
生生[4]无限意，只在苦心中。

【注释】

[1]窍(qiào)：孔穴。
[2]玲珑：玉色明澈、通透的样子。
[3]纷披：分散；杂沓。
[4]生生：指旧事物变化和新事物的产生。

【点评】

着重从色彩方面描绘。首句写莲藕洁白如玉似雪，藕孔明澈，次句写荷花娇红与绿叶相映。结尾承前写荷花的无限生意，都是从莲子的苦心中来，暗寓着深刻的人生哲理。

薛玄曦

薛玄曦，元代诗人，生平不详。

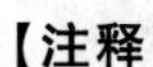

次韵[1]欧阳检阅濠池观荷

行行濠[2]池上，亭亭[3]见长荷。
琼[4]葩[5]耀初日，碧芰[6]卷轻波。
深蒲晓色乱，微雨晚香多。
方舟时自移，高轩[7]或来过。
岂无河朔[8]饮，那复[9]发商[10]歌。
商歌一慷慨[11]，此物奈君何[12]。

【注释】

[1]次韵：亦称“步韵”。旧时作诗方式之一，即依照所和诗中的韵及其用韵的先后次序写诗。

[2]濠（háo）：护城河。

[3]亭亭：耸立的样子；高的样子。

[4]琼（qióng）：赤色玉。也泛指美玉。

[5]葩（pā）：花。

[6]芰（jì）：此处指出水的荷。

[7]轩（xuān）：古代一种供大夫以上乘坐的轻便车。

[8]河朔：地区名。泛指黄河以北。

[9]复：又；更；再。

[10]商：古代五音之一。

[11]慷慨：意气激昂。

[12]奈……何：对……怎么样，怎么对付。

【点评】

开头两句总写荷花的亭亭形态。接着四句从光、色、香气几方面细致描写荷花的丽姿。丽日晴空，良辰美景，引得赏荷者逸兴遄飞，慷慨高歌。

柯九思

柯九思，元代诗人，生平不详。

题冯子振横幅荷花图

水殿[1]风生酒力微，三千宫女绿荷衣。
美人应妒花随去，月上瑶[2]阶未肯归。

【注释】

[1]殿：古代泛指高大的殿堂。后来专指帝王所居或供奉神佛之所。

[2]瑶(yáo)：光洁美好。用为称美之词。

【点评】

将茂盛的荷花比作三千宫女，生动地表现出横幅荷图所展示的壮阔场面。荷花娇媚迷人，连美人也嫉妒起来，写得别致风趣。

杨维桢

杨维桢(1296—1370)，元代文学家、书法家，字廉夫，号铁崖、东维子，诸暨(今属浙江)人。泰定进士，官至建德路总管府推官。所作乐府或以史事和神话传说为题材，或取元末时事，多宣扬封建伦理道德，颂扬元统治者，诋毁农民起义。诗风奇诡，文字过于藻饰。善行、草书。有《东维子文集》等。

采莲曲　二首

东湖采莲叶，西湖采莲花。
一花与一叶，持寄阿侯家。

同生愿同死，死葬清泠洼。
下作锁子藕，上作双头华。

【点评】

这是一首具有民歌风味的乐府诗，语言通俗、清新、口语化。诗中以采莲女的口吻，巧用锁子藕、双头花作比喻，热情、大胆地歌颂了生死不渝的忠贞爱情。

张 昱

张昱，元代诗人，生平不详。

莲塘曲

青蘋[1]风起柳塘水，波声夜聒[2]鸳鸯睡。
一点芳心不自持[3]，露荷又作璚[4]珠碎。
藕丝织锦香满机，裁成衣裳将遗[5]谁。
只愁贱妾梦魂短，不恨荡子[6]归来迟。
花间鶗鴂[7]依芳草，等闲绿遍邯郸[8]道。
还应忆念荡舟[9]人，满架芙蓉镜中老。

【注释】

[1]蘋(pín)：亦称四叶草、四字草，多年生浅水草本。

[2]聒(guō)：喧扰，嘈杂。

[3]自持：控制自己的欲望或情绪。

[4]璚(qióng)：同"琼"。赤玉。

[5]遗(wèi)：赠予；致送。

[6]荡子：浪游不归的男子。

[7]鶗鴂(tí jué)：鸟名，即子规、杜鹃。

[8]邯郸(hán dān)：古都邑名。在今河北省南部京广铁路线上。

[9]荡舟：即划船。

【点评】

这是一首伤别怨离的抒情诗。诗中思妇的情感表达得很细腻：夜间，风起蘋末，波声喧闹，令她无法入睡；荷露滴着清响，令她心碎；精心裁剪，做成衣服，却无处送达；只愁做梦时间太短，不能和所思念的人在梦中相会；看到镜中芳容已衰，更是忧伤不堪。"藕丝织锦香满机"一句，利用汉字的谐音特点，巧妙地将虚实结合起来描写，可谓生花之笔。

荷花词次韵[1]周伯温参政

一种西湖与若邪[2],鸳鸯宿处便为家。

秋房[3]结得新莲子,便是当时藕上花。

【注释】

[1]次韵:亦称"步韵",旧时作诗的方法之一,即依照所和诗中的韵及其用韵的先后次序写诗。

[2]若邪(yé):即若耶,溪名,传说中西施浣纱处,在今浙江省绍兴市东南部。

[3]秋房:指莲房。

【点评】

自从栽种到西湖和若耶溪中,荷花便与鸳鸯为伴了。好花与珍禽共处,色彩斑斓,相映生辉。

熊梦祥

熊梦辞,元代诗人,生平不详。

题二色芙蓉便面

曾障[1]西风十二阑[2],亭亭[3]醉醒碧波寒。

月边青鸟[4]无消息,流落人间作画看。

【注释】

[1]障:阻塞,遮隔。

[2]阑(lán):栏杆。

[3]亭亭:耸立的样子;高的样子。

[4]青鸟:古代依据有关神话故事,称传信的使者为青鸟。

【点评】

双色芙蓉确是难得一见的奇花,诗人将它想象为月中仙子下凡。因为月中的使者青鸟久不传来消息,返回无期,它只好进入画中供人观赏。诗人在题画时,想象奇妙,构思新颖。

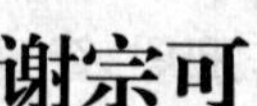

谢宗可

谢宗可，元代诗人，生平不详。

藕花风

舞落红衣起未休，水云乡里正飕飕。
五更清逼银塘露，六月凉生玉井秋。
飐[1]浪低翻霞影乱，凌波[2]轻弄锦香浮。
莫教[3]吹醒鸳鸯梦，好送真人[4]一叶舟。

【注释】

[1]飐(zhǎn)：风吹物使之颤动。

[2]凌波：形容女子步履轻盈。

[3]教(jiāo)：使；令；让。

[4]真人：道家称"修真得道"或"成仙"的人。封建时代，有少数道家人士被帝王赠号为真人，如庄子为南华真人。

【点评】

藕花风是一种定期吹来的花信风，风力并不猛烈。这首诗开头写风声飕飕；接着写五更时分夜风吹落荷塘清露，送来清暑的凉爽，摇动浪花，让花影零乱，飘来馥郁的香气；最后还要送真人的一叶扁舟扬帆远航。诗中未出现一个"风"字，却多侧面、多角度地句句写风，可谓惟妙惟肖。

李　裕

李裕，元代诗人，生平不详。

采莲曲

长歌短棹[1]满前溪，溪上鸳鸯对对飞。
莫[2]向中流[3]荡双桨，水波容易湿人衣。

【注释】

[1]棹(zhào):摇船的用具。也指船。

[2]莫:副词。相当于今之"不要"、"不能"。

[3]中流:水流的中央。

【点评】

开头两句正面写莲舟竞发、歌声四起、鸳鸯惊飞的热烈采莲场面;三、四两句淡淡一笔,从怕去中流水波湿衣,侧面烘托出船快浪涌、争先恐后的欢腾气氛。

李孝光

李孝光,元代诗人,生平不详。

莲叶何田田

莲叶何[1]田田[2],宛[3]在水中央。
别离不足念,亦复可怜[4]生。
莲叶何田田,见叶不见水。
贫贱贫贱交,富贵富贵友。
花生满洲[5]渚[6],不复[7]叶田田。
持[8]身许人易,持心许人难。

【注释】

[1]何:副词。多么。

[2]田田:莲叶相连的样子。

[3]宛:宛然;好像。

[4]怜:宠爱;爱惜。

[5]洲:水中的陆地。

[6]渚(zhǔ):水中的小块陆地。

[7]复:又;更;再。

[8]持:拿着。

【点评】

人之相知,贵相知心。诗人由田田的荷叶联想到社会上贫富分界的人际交往,感叹知人容易知心难。

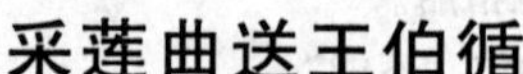

采莲曲送王伯循

采莲江之南，采莲江之北。
采莲何所有，但采莲中薏[1]。
早闻别离苦当尔[2]，不愿从前作相识。
纵[3]令别离，不复相忆。

【注释】

[1]薏(yì)：莲子心。
[2]尔：如此；这样。
[3]纵：即使。

【点评】

采莲为什么呢？是为了采到莲子心。这里用谐音方法，讲朋友之间要心心相印。若是早知别离的痛苦，宁愿以前不相识；再进一步，即使今天别离了，也不愿以后互相回忆，因为回忆会使人感到痛苦。这首诗构思巧妙，一波三折，令人心动。所谓不复相识，不愿相忆，都是反语。正话反说，更显出友情的深厚、真挚。这首送别诗可谓别出心裁。

夏日荷亭即事

辟暑何所适[1]，南亭俯中渚[2]。
鸥鹭了[3]不惊，况复[4]凉入髓。
水华露未晞[5]，香气纷旖旎[6]。
美人美无度，婵娟[7]照江水。
涤涤[8]玉雪姿，何能畏袢[9]暑。
南风从天来，入我怀袖里。
高气行青云，且置吾白羽。
迩[10]来不饮酒，煮药咽香蕊。
群贤政自佳，有作动[11]盈纸。
但[12]恐清兴阑[13]，遭此催诗雨。

【注释】

[1]适：到……去。“何所适”，即“适何所”。
[2]渚(zhǔ)：水中的小块陆地。

[3]了:全。

[4]复:又;更;再。

[5]晞(xī):晒干。

[6]旖旎(yǐ nǐ):本为旌旗随风飘扬的样子,引申为柔美的样子。

[7]婵娟(chán juān):美好的样子。也指美女。

[8]涤涤(dí):旱气。又指暖风。

[9]袢(pàn)暑:天气又湿又热。

[10]迩(ěr):近。

[11]动:往往;每每。

[12]但:只;仅。

[13]阑(lán):残;尽;晚。

【点评】

夏日南亭,清风送凉,鸥鹭亲人,荷花飘香。面对良辰美景,诗人因政通人和,兴会满怀,于是,欣然命笔。

采莲曲二首　为鲁子晕作

采莲复[1]采莲,莲生隔江水。
不愁无舟楫[2],但[3]愁波浪起。

采莲复采莲,水深不得归。
儿饥须[4]母哺[5],当今阿谁饴[6]。

【注释】

[1]复:又;更;再。

[2]楫(jí):划船的短桨。

[3]但:只;仅。

[4]须:等待。

[5]哺(bǔ):喂养。

[6]饴(sì):通"饲"。给人吃。

【点评】

母亲冒着风浪,乘船渡江去采莲;回来时,水深不能渡过,母亲忧虑待哺的孩子无人喂养。这两首诗以通俗的语言和真挚的情感,歌颂了至纯的母爱。第一首诗中说怕起风浪,第二首说水深不得归,前后呼应。

吴克恭

吴克恭，元代诗人，生平不详。

横塘曲

妾[1]家住横塘，绿水映[2]垂杨。
五月南风起，荷花似藕香。

【注释】

[1]妾：旧时妇女自称的谦词。

[2]映：照。

【点评】

全诗用口语写出，通俗易懂，形象生动。绿水垂杨，南风送爽，荷花飘香，一派江南水乡风光。

莲叶何田田

莲叶何田田[1]，田田生绿波。
明朝[2]大如盖[3]，风吹将奈何[4]。

【注释】

[1]田田：荷叶相连的样子。

[2]朝(zhāo)：早晨。

[3]盖：遮阳障雨的用具。这里指伞盖。

[4]奈何：怎么办。

【点评】

“田田生绿波”，是从动态写莲叶接天，一片壮阔景象。第三句用夸张和拟人的方法，写南风撼不动大如伞盖的荷叶，再也掀不起绿波了，风趣生动。

倪　瓒

倪瓒，元代诗人，生平不详。

池莲咏

回翔[1]波间风，的砾[2]叶上露。
清池结素彩，华月映微步。
云阴花房敛[3]，雨歇[4]芳气度。
欲[5]去拾明珰[6]，踟蹰[7]惜迟暮[8]。

【注释】

[1]回翔：盘旋飞翔。

[2]的砾：明亮、鲜明的样子。

[3]敛：收缩。

[4]歇：停息；休息。

[5]欲：想要。

[6]明珰(dāng)：珠玉制成的耳饰。

[7]踟蹰(chí chú)：徘徊不进。

[8]迟暮：比喻衰老、晚年。

【点评】

面对迷人的好花美景，想到花盛人衰，诗人禁不住发出“美人迟暮”的感叹。

许　桢

许桢，元代诗人，生平不详。

瑞莲歌

太行山下溪名洹[1]，洹溪主人今得贤[2]。
石渠分溜[3]入方沼[4]，种出万柄红白莲。

就中一茄[5]发挺特，艳妆双出云髻鬈[6]。
有如二女降沩汭[7]，翠裙红袖相牵连。
岐[8]分骇目未信宿[9]，里巷传耳何喧阗[10]。
波神有为献嘉瑞[11]，要并[12]太史书丰年。
主人谦德不敢有，福善自是天行权。
亭亭[13]植[14]立万花表[15]，可[16]人适[17]在亭之前。
日酣[18]欲语转[19]娇婉，风动似舞尤轻便。
一时图写溢纨素[20]，十日车马空市廛[21]。
昔闻蓂荚[22]曾表异，乃因土阶与采椽[23]。
景[24]星风鸟岂常有，考信前史真宜传。
醴湖芜[25]塞[26]不复见，而今乃濯[27]圭塘泉。
祯[28]祥奕[29]叶定不断，藕丝万缕相缠绵[30]。
幽人[31]到此自怡悦，膏肓[32]泉石尤难痊[33]。
要须纪录入郡乘[34]，千年增重吾山川。

【注释】

[1]洹(huán)："洹水"，水名。源出房山县大安山，注入拒马河。

[2]贤：有道德有才能的人。

[3]溜(liù)：水流。

[4]沼(zhǎo)：小池。

[5]茄(jiā)：荷梗。

[6]鬈(quán)：把头发分开结束，垂在两侧。

[7]沩汭(wéi ruì)：沩，水名，湘江支流，在湖南省境内，源出宁乡县。汭，水的弯曲处。

[8]岐(qí)：同"歧"，叉开。

[9]信宿：连宿两夜。

[10]喧阗(tián)：声大而杂。亦指群情惊动而喧嚷的样子。

[11]瑞：吉祥。

[12]并：同；齐。

[13]亭亭：耸立的样子；高的样子。

[14]植：竖立。

[15]表：外；外面。

[16]可：合宜，适合。

[17]适：正；恰好。

[18]酣：浓；盛。

[19]转：反而。

[20]纨(wán)素：纨，细致洁白的薄绸；素，白色的生绮。

[21]市廛(chán)：商肆集中的地方。

[22]蓂(míng)荚:古代传说中的一种瑞草。

[23]采椽(chuán):"茅屋采椽",茅草覆盖房屋,柞木做椽子。意为崇尚节俭。

[24]景:大。

[25]芜(wú):丛生的草。

[26]塞(sāi):阻塞,堵塞。

[27]濯(zhuó):洗涤。

[28]祯(zhēn):吉祥。

[29]奕(yì):大。

[30]缠绵:情意深厚。

[31]幽人:幽居之人。指隐士。

[32]膏肓(huāng):膏,心尖脂肪;肓,心脏与膈膜之间。比喻难治之症。

[33]痊(quán):病愈。

[34]乘(shèng):古代晋国的史书叫乘。郡乘,即郡史。

【点评】

这首诗生动地描写了瑞莲"翠裙红袖"、艳妆出水的婀娜风姿,叙述了万人空巷争睹瑞莲芳容的情景,表达了当时人们渴望幸福、吉祥、平安的心情。语言平易、流畅、清新。

萨都剌

萨都剌(约1308—?),元代诗人,字天锡,号直斋,蒙古人。泰定进士,官淮西江北道经历。晚年寓武林,常游历山水。其诗多写自然景物,间有反映民间疾苦之作。亦工词。有《雁门集》。

余与观志能俱以公事赴北舟至梁山泊时荷花盛开风雨大至舟不相接遂泊芦苇中余折芦一叶题诗其上寄志能

题词芦叶雨斑斑,底事[1]诗人不奈[2]闲。

满浦[3]荷花开欲遍,客程五月过梁山。

【注释】

[1]底事:何事;何故。

[2]奈:通"耐"。禁得起;受得住。

[3]浦：通大河的水渠。

【点评】

旅途中泊舟避雨，苇叶题诗寄赠友人，可见情谊之深。诗以写景结尾，意味悠长。

枯　荷

红云一梦何茫茫[1]，绿萦[2]瘦骨擎[3]欲僵。
愁多有魂吊[4]秋水，故池日夜凄新霜。
鸳鸯相顾魂已泣，白鱼起身银尺立。
堂中书客感秋风，一片青衫和[5]泪湿。

【注释】

[1]茫茫：模糊不清。

[2]萦(yíng)：缠绕。

[3]擎(qíng)：举；向上托住。

[4]吊：怜悯；伤痛。

[5]和(hé)：连带。

【点评】

“红云一梦”，诗人还依稀记得荷花飞红滴翠的娇容，可是，秋霜已降，荷花已风光不再，眼前只是“绿萦瘦骨(荷梗)”，连鸳鸯也感到无处可依。秋风入室，诗人禁不住触景伤情，泪湿青衫。多愁善感也许正是诗人艺术气质的一种表现。

三益堂芙蓉

斑帘[1]十二卷轻碧，秋水芙蓉[2]隔画阑[3]。
绣扇摇风霞透影，锦袍弄月夜生寒。
湘魂翠袖留江浦[4]，仙掌红云湿露盘。
只恐淮南霜信早，绛[5]纱笼烛夜深看。

【注释】

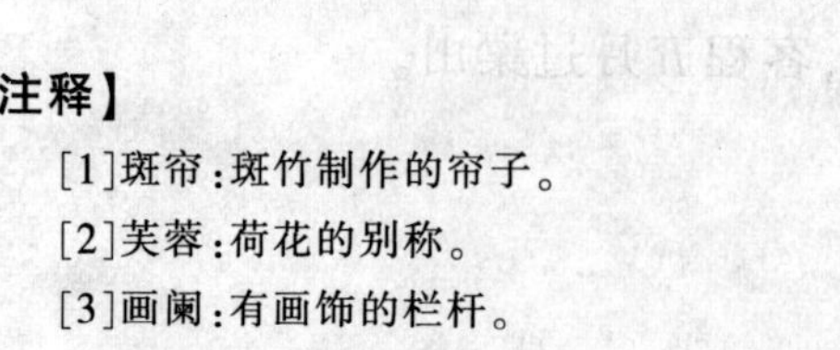

[1]斑帘：斑竹制作的帘子。

[2]芙蓉：荷花的别称。

[3]画阑：有画饰的栏杆。

[4]浦：水边，岸边。

[5]绛(jiàng):大红色。

【点评】

中间两联用比喻、拟人的方法,生动地描写深秋芙蓉的倩影丽姿,给人一种清冷俏丽的感觉。由于怕霜信早来,诗人用红纱笼着蜡烛,观赏芙蓉直到深夜,表现了一种惜花爱美的心情。这和苏东坡"只恐夜深花睡去,故烧银钉照红妆"的妙笔异曲同工。

顾 瑛

顾瑛(1310—1369),元代文学家,一名阿瑛,又名德辉,字仲瑛,昆山(今属江苏)人。家业豪富,曾筑玉山草堂,与杨维祯等人相酬和。参加过元朝镇压农民起义军的军战争。其诗对农民军表现了对立态度,对元统治者及江南富室搜刮敛财也有不满。有《玉山璞稿》。

观荷值[1]雨

湖山堂上看荷花,乱舞红妆万髻[2]丫[3]。
细雨沾衣凉似水,画船五月客思家。

【注释】

[1]值:逢着。
[2]髻(jì):挽束在头顶的头发。
[3]丫:树木或物体的分叉。

【点评】

女孩子头上梳着的双髻,有如树丫杈。诗人把满湖迎风乱舞的荷花比作千万个头梳双髻、身着红妆的女孩,可谓贴切生动。尽管眼前美景如画,诗人还是动了乡愁。这正如王粲在《登楼赋》里所写:"虽信美非吾土兮。"

陈 基

陈基,元代诗人,生平不详。

次韵钱伯行白芙蓉

帝子[1]西游太液池，一杯秋露为君持[2]。
空令[3]越女羞[4]容貌，不与唐昌共本支。
娅姹[5]最怜[6]无语处，风流[7]全在半开时。
自移长信宫[8]中去，学得班娘淡画眉。

【注释】

[1]帝子：皇帝的儿女。此处借指荷花。

[2]持：拿着。

[3]令：使。

[4]羞：难为情。

[5]娅姹(yà chà)：妖娆的样子。

[6]怜：怜爱，爱惜。

[7]风流：风韵，即风度、韵致。

[8]长信宫：汉宫名，太后所居。

【点评】

全诗紧扣一个"白"字，运用比喻、比较、比拟的修辞方法来写。面对白芙蓉的妖娆风姿，就连越女西子也为自己的容貌感到难为情，虽是夸张，但显得合理、风趣。芙蓉的风韵全在半开时候，可谓独到之笔。结尾将白芙蓉比作长信宫中不施浓妆、淡扫蛾眉的班娘，贴切、新颖。

高　明

高明，元代诗人，生平不详。

采莲曲送越中吴本中

越江芙蓉[1]开若云，越中儿女红襦[2]新。
年年采莲江浦[3]口，扁舟[4]遥唱江南春。
凝情倚棹[5]送行客，折得芙蓉赠行色[6]。
南风吹作满袖香，令人别后长相忆。

君心如花不污泥，亭亭[7]洁立当清漪[8]。
花容不逐[9]秋风老，知君交态无荣衰[10]。
人生百年几回别，莫惜芳菲[11]为君折。
芙蓉落尽秋江空，千里相思共明月。

【注释】

[1]芙蓉：荷花的别称。

[2]襦(rú)：短衣；短袄。

[3]浦(pǔ)：通大河的水渠。

[4]扁(piān)舟：小船。

[5]棹(zhào)：摇船的用具。也指船。

[6]行色：行旅出发前的迹象。

[7]亭亭：耸立的样子；高的样子。

[8]漪(yī)："涟漪"，波纹，细小的水波。

[9]逐：追赶；追随。

[10]荣衰：荣，茂盛；衰，衰退。

[11]芳菲：花草美盛芬芳。

【点评】

"相见时难别亦难"。折下不染污泥的荷花送别朋友，赞美友人心净如荷，希望分别后勿相忘、常相思，表现了深厚真挚的情谊。

袁凯

袁凯，明代诗人，字景文，号海叟，华亭(今上海市松江)人。洪武年间授御史。少时以《白燕》诗得名，人称袁白燕。其诗学杜甫，重在模拟。有《海叟集》。

浦口竹枝

浦[1]口荷花生紫烟[2]，花时日日醉沙边。
更将茶叶包鱼蟹，老死江南不怨天。

【注释】

[1]浦：通大河的水渠。

[2]紫烟：比喻红莲映日开放，像一片紫色的烟雾。

【点评】

荷花映日，如生紫烟，是江南水乡特有的景色；用翠绿的荷叶包着做熟的鱼蟹，是江南特有的风味。古代来到江南的文人常常发出“游人合该江南老”的慨叹，难怪诗人发誓要老死在江南了。短诗色彩鲜明，风趣生动。

荷　花

野菼[1]秋菰[2]共一陂[3]，水禽沙鸟最相知。
浓香浩浩无人问，瘦影萧萧[4]只自危。
岁晏[5]苦心终寂寞，夜深清泪独淋漓。
渚宫更拟襄王看，犹[6]恐雄风作阵吹。

【注释】

[1]菼(tǎn)：初生的荻，似苇而小。
[2]菰(gū)：植物名，俗称“茭白”。
[3]陂(bēi)：池。
[4]萧萧：风声；草木摇落声。
[5]晏(yàn)：晚。
[6]淋漓：滴流的样子。
[7]犹：还；仍。

【点评】

这是一首借物咏怀诗。诗中的荷花寂寞开无主，清香无人问，只与野菼秋菇做伴、水禽沙鸟为友，一副孤独清寒的形象。诗人似在抒发自己孤立无助的苦闷。

刘　基

刘基(1311—1375)，明初大臣，字伯温，浙江青田人。元末中进士。其诗歌雄浑，散文奔放，有些作品对元末社会现象的丑恶有所讽刺。

莲塘曲

落日下莲塘，轻舟赴晚凉。
偶然花片落，飞出两鸳鸯。

【点评】

落日西沉，轻舟逐凉，惊飞鸳鸯，撞落片片荷花，一幅生动的莲塘晚照图。

题扇面荷花

玉井芙蓉[1]红粉腮，何人移向月中栽。
高轩[2]忽漫[3]看图画，疑是昭阳[4]晓镜开。

【注释】

[1]芙蓉：荷花的别称。

[2]轩(xuān)：有窗槛的长廊或小室。

[3]漫：随意。

[4]昭阳：汉代宫殿名。

【点评】

紧扣扇面半圆的特点展开联想，连用月亮和镜面做比，贴切、新颖、生动。荷花"移向月中栽"，构思巧妙，可谓"他人笔下无"。

贝 琼

贝琼(1314—1378)，明代文学家，字廷琚，浙江崇德(今并入桐乡)人。少从杨维祯学。诗风平易，写景记事之作，时露隐逸思想。亦能文，有《清江贝先生文集、诗集》。

泮池荷花

荷生泮池[1]中，云覆明镜密。
清飔[2]激回芳，浊水钟[3]妙质。
凝碧洗朝雨，嫣红[4]酣[5]落日。
折茎或牵丝，食薏[6]时摘实。
犹[7]疑南浦[8]泛，谅[9]匪[10]东林匹[11]。

【注释】

[1]泮(pàn)池：古时学宫前的水池，状如半月形。

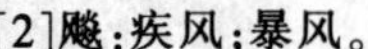

[2]飚：疾风；暴风。

[3]钟：会聚；专注。

[4]嫣(yān)红：娇艳的红色。

[5]酣(hān)：浓；盛。

[6]薏：莲子的心。

[7]犹：还；仍。

[8]南浦：南面的水边。后常用以称送别之地。

[9]谅：料想。

[10]匪：通"非"。

[11]匹：比。

【点评】

泮池成半圆形，所以说"云覆明镜"。从清风吹拂、浊水环拥、朝雨洗淋、落日照射几方面，多角度地描写荷花的芬芳、翠碧、嫣红等特质，可谓体物细微。

风泾定光寺周回三里皆荷花仿佛有钱塘西湖之胜与筠谷高士同赋

南风隔浦[1]闻花气，菡萏[2]红开十里花。
宫女三更环白帝[3]，洞庭千顷落明霞。
凿池不待烦灵运，载酒浑[4]疑过若耶[5]。
何时与君追胜赏，满船明月唱吴娃[6]。

【注释】

[1]浦：水边；岸边。

[2]菡萏(hàn dàn)：即荷花。

[3]白帝：古代神话中的五天帝之一，指西方之神。

[4]浑：简直。

[5]若耶：溪名。

[6]吴娃：吴地的美女。

【点评】

微微南风，送来清香；十里荷花，灿若红霞，恍若西湖，恰似钱塘，好一派水国的旖旎风光。难怪诗人要约友人在月下乘船重游胜地。

瑞莲 二首

双花相向复双辉，白帝[1]西游拥一妃[2]。
羽盖风清朝[3]并载[4]，珠宫月冷夜同归。
翠房已作鸳鸯结，红粉那成蛱蝶[5]飞。
亭上酒醒香不断，满汀[6]暮雨湿仙衣。

秋水嘉莲瑞[7]一门，初花惊见出同根。
弄珠汉女无留迹，鼓瑟[8]湘灵[9]有返魂。
相府昔年曾制曲，仙家今日重开樽[10]。
合欢何限风流意，怨绿愁红谩自繁。

【注释】

[1]白帝：古代神话中的五天帝之一，指西方之神。

[2]妃：古时对神女的尊称。

[3]朝(zhāo)：早晨。

[4]载(zài)：乘坐。

[5]蛱(jiá)蝶：蝴蝶。

[6]汀(tīng)：水中或水边的平地。

[7]瑞：吉祥

[8]鼓瑟：弹奏瑟。瑟，拨弦乐器。

[9]湘灵：神名。

[10]樽(zūn)：酒杯。

【点评】

紧扣瑞莲"一茎双花"的特点，展开想象，结合神话、传说多侧面地进行描写，显得细致、生动。每首诗的中间两联对仗工稳，颇见功力。

吕 诚

吕诚，明代诗人，生平不详。

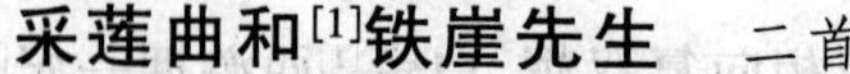

采莲曲和[1]铁崖先生 二首

刺船[2]水中央，拢船乘晚凉。
近番[3]滩上过，叶里好鸳鸯。

盈盈[4]藕上花，采采[5]堕[6]清泪。
愿将心中丝，系[7]君双玉佩。

【注释】

[1]和(hè)：唱和；和答。
[2]刺船：撑船。
[3]番：次；回。
[4]盈盈：仪态美好的样子。
[5]采采：众多。
[6]堕：落下。
[7]系(xì)：拴，绑。

【点评】

将藕花上滴落的露珠比作采莲女的清泪；接着用谐音方法化虚为实，将心中丝(即“思”)拴住意中人的一双玉佩。这样描写显得含蓄、生动，耐人寻味。

采莲曲

采莲落日下双舟，白縠[1]风轻易觉[2]秋。
浅浅溪流齐鹤膝，青青荷叶过人头。

【注释】

[1]縠(hú)：绉纱一类的丝织品。
[2]觉：感觉。

【点评】

丝绸衣服单薄轻盈，随风鼓起，所以容易感觉出秋凉。三、四两句用比较的方法，生动地写出溪流清浅、荷叶高耸，且巧用叠字，增强了诗的音乐性。

郭 钰

郭钰,明代诗人,生平不详。

秋塘曲

高荷拥翠秋满塘,花开不见闻花香。
老鱼吹波紫萍碎,花下飞起双鸳鸯。
鸳鸯相逐[1]低回翔,藕丝易断愁心长。
玉筝[2]不弹辘轳[3]悄,一簪[4]华发[5]凝秋霜。

【注释】

[1]逐:追赶;追随。

[2]筝(zhēng):拨弦乐器。

[3]辘轳(lù lu):汲取井水的起重装置。

[4]簪(zān):古人用来插定发髻或连冠于发的一种长针,后来专指妇女插髻的首饰。

[5]华发:花白头发。

【点评】

不是单写静态的荷花,同时写"老鱼吹波"、鸳鸯起飞等与荷花有关的动态现象,做到动静结合。岁月的积雪已经落到头上,淡淡的哀愁涌上诗人心头。

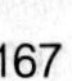

许 恕

许恕,明代诗人,生平不详。

采莲曲

彩云满湖莲叶多,佳人荡舟[1]湖上歌。
盈盈[2]玉腕卷香罗,清声入云扬翠蛾[3]。
隔花双桨出复入,风露满身香气湿。

手中摘得青藕子，肯把芳心向人掷。
妾[4]家住在南湖西，南风送船北风归。
日暮风高浪不息，鸳鸯在梁[5]戢[6]左翼。

【注释】

[1]荡舟：即划船。

[2]盈盈：仪态美好的样子。

[3]蛾：蛾眉（女子长而美的眉毛）的省称。

[4]妾：旧时妇女自称的谦词。

[5]梁：水中筑堰像桥梁一样的捕鱼设置。

[6]戢(jí)：收敛。

【点评】

生动地描写了采莲女的倩影丽姿和她辛勤愉快地采莲情景，也表达了她对美好爱情的渴望。

郑允端

郑允端，明代诗人，生平不详。

咏莲

本无尘土气，自在水云乡。
楚楚[1]净如拭[2]，亭亭[3]生妙香。

【注释】

[1]楚楚：鲜明整洁的样子。

[2]拭(shì)：擦去。

[3]亭亭：耸立的样子；高的样子。

【点评】

赞美生在水云乡的荷花更显出一尘不染的高洁风姿。三、四两句巧用叠字，读起来朗朗上口。

王　翰

王翰,明代诗人,生平不详。

题败荷

曾向西湖载酒归,香风十里弄晴晖[1]。
芳菲[2]今日凋零[3]尽,却送秋声到客衣。

【注释】

[1]晖(huī):日光。
[2]芳菲:花草美盛芬芳。
[3]凋零:草木凋谢零落。

【点评】

将荷花昔日香风十里的盛况和今日凋零殆尽的情景对照,对美好事物的易逝暗自感叹。秋声,指秋风,所以说"到客衣"。

丁鹤年

丁鹤年,明代诗人,生平不详。

红莲白藕　二首

红莲白藕两相宜[1],欲采临[2]流意转[3]迟。
莲子总甜心独苦,藕芽虽美腹多丝。

采莲采藕湖水浔[4],阿侬[5]踏歌[6]郎赏音。
多虚少实如郎意,外甜内苦似侬心。

【注释】

[1]宜:合适;相称。

[2]临:到。

[3]转:反而。

[4]浔(xún):水边深处。

[5]侬(nóng):我。

[6]踏歌:唱歌时用脚踏地打节拍。

【点评】

这两首诗带有民歌风味。诗中巧妙地用外甜内苦的连子作比喻,风趣地表达了青年男女之间纯洁、炽烈的爱情。

竹枝词

水上摘莲青的的[1],泥中采藕白纤纤[2]。
却笑同根不同味,莲心清苦藕芽甜。

【注释】

[1]的的:语气助词,有强调前面形容词的作用,如今之"白生生"。

[2]纤纤:语气助词,有强调前面形容词的作用。

【点评】

竹枝词是南方一带流行的民歌。其特点之一是用词口语化。一、二两句从色彩方面写莲房与莲藕的不同,后两句从味道方面写两者的不同,说出了生物界的一种"同根不同味"的有趣现象。

徐 贲

徐贲,明代诗人,生平不详。

采莲曲

采莲莫[1]采多,采多茎[2]伤手。
手伤有时好,伤我池中藕。

【注释】

[1]莫:副词。相当于“不要”、“不能”。

[2]茎:高等植物营养器官之一,下部和根相连。茎节上着生叶与分枝。其主要功能为辅导及支持,又常有贮藏作用。

【点评】

这首诗表达了一种惜花爱美的思想情感。语言平易、流畅。

折莲子

落尽红衣见[1]绿房,折来犹[2]带水云香。
柔丝零落[3]芳心苦,未及秋风已断肠[4]。

【注释】

[1]见(xiàn):同“现”。

[2]犹:仍;还。

[3]零落:凋谢;脱落。

[4]断肠:形容悲痛到极点。

【点评】

开头从色彩、气味来写,给人以具体、鲜明的印象。三、四两句运用拟人手法,意味深长。

雨后慰池上芙蓉

池上新晴偶[1]独过,芙蓉[2]寂寞照寒波。
相看莫厌[3]秋情薄[4],若在春风怨更多。

【注释】

[1]偶:偶尔;偶然。

[2]芙蓉:荷花的别称。

[3]厌:厌恶(wù)。

[4]薄:不厚道。

【点评】

随着秋深,草木逐渐凋零,所以说“秋情薄”。春风吹拂时,百花争艳,自然会

"怨更多"。诗中似在借慰荷花暗寓:不要随俗浮沉,要甘守寂寞。

过荷叶浦

粼粼[1]水溶春,淡淡烟销[2]午。
不见唱歌人,空来荷叶浦[3]。
无处寄相思,停舟采芳杜。

【注释】

[1]粼(lín)粼:清澈的样子。

[2]销:通"消"。消散;消失。

[3]浦:岸边,水边。

【点评】

这是一首含蓄、清丽的爱情诗。听到荷花丛里传来采莲女美妙悦耳的歌声,便荡舟循声去找;可是,到了荷花浦,却连个人影也不见。满怀相思之情无处寄托,只好停下船来,手不经心地去采摘芳杜。一个游冶郎憧憬爱情的心理活动被生动细致地表现出来。

高 启

高启(1336—1374),明代诗人,字季迪,长洲(今江苏苏州)人。元末隐居吴淞青丘,自号青丘子。与杨基、张羽、徐贲齐名,称"吴中四杰"。其诗爽朗清逸,部分作品对民生疾苦有所反映。亦能文。有诗《高太史大全集》等。

新 荷

如盖[1]复如钿[2],初生雨后天。
叶低浮水上,茎弱袅[3]风前。
乍覆[4]游鱼戏,犹藏宿[5]鹭眠。
佳人[6]休便折,留荫[7]采莲船。

【注释】

[1]盖:遮阳障雨的用具。

[2]钿(tián):用金翠珠宝等制成的花形的首饰。

[3]袅(niǎo):"袅袅",摇曳的样子。

[4]覆:遮盖;掩蔽。

[5]宿:过夜。

[6]佳人:美女。

[7]荫:遮蔽。

【点评】

写出了新荷低浮水面、弱不禁风等特点,表达了呵护新荷的殷切心情。"覆"、"藏"两个动词用得准确、传神;游鱼在水中,所以能被平铺水面的新荷覆盖;鸳鸯在水面活动,自然不能藏在新荷下面。用词准确,表现了诗人对事物的观察很细致。

张 羽

张羽(1323—1385),明代诗人,字来仪,浔阳(今江西九江)人,侨居吴兴。洪武初授太常寺丞,同掌文渊阁事。有《静居集》。

咏秋荷

杪[1]秋霜露重,弱质感凉频[2]。
衰迟含夕气,牢落[3]凌萧晨。
衰红已散雨,馀香尚近人。
翻思盛夏节,玩舟涉[4]广津[5]。
摘花赠游女,采绿宴佳宾。
秋风不少伫[6],感此尽漂沦[7]。
人道[8]每如此,谁知衰盛因。

【注释】

[1]杪(miǎo):树木的末梢。引申为年月季节的末尾。

[2]频:屡次;连续多次。

[3]牢落:稀疏零落的样子。

[4]涉:徒步渡水。后泛称渡水。

[5]津:渡口。

[6]伫(zhù):久立而等待。

[7]漂沦：飘零流落。

[8]人道：如说人事。

【点评】

由荷花的荣枯联想到人事的盛衰，并感叹无法推知人事盛衰的原因。这反映出在封建时代人们无法把握自己的命运。

王 彝

王彝，明代诗人，生平不详。

徐雨山寄莲花

秋风吹皱[1]银塘水，小雨芙蓉[2]不胜[3]洗。
谁拣新船折得来，不怕绿芒伤玉指。
烟丝有恨自悠扬[4]，相惹相牵短复长。
双头并作幽修语，一夜露痕黄粉香。
我有银瓶秋水满，君心不似莲心短。
绿房[5]结子为君收，种向明年应未晚。

【注释】

[1]吹皱：指水面起了波纹，是一种巧妙的说法。

[2]芙蓉：荷花的别称。

[3]胜(shēng)：能承担，能承受。

[4]悠扬：飘忽无定。

[5]绿房：即莲房。

【点评】

朋友送来莲花，诗人十分感动。于是准备收了莲子，来年播种。实际上，这也是播下了友谊的种子。

张 宣

张宣，明代诗人，生平不详。

采莲曲

吴娃[1]荡兰桨,采莲戏绿波。
苦心[2]留翠房[3],低头避高荷。
采莲不得藕,刺伤将奈何[4]。
凉风动影扇,因之发阳阿[5]。

【注释】

[1]吴娃:指美女。
[2]苦心:指莲子心。
[3]翠房:指莲房。
[4]奈何:如何,怎么办。
[5]阳阿(ē):古歌曲名。

【点评】

采莲女荡舟绿波,采藕时被荷梗刺伤。在无可奈何的情况下,她高声地唱起歌来,这是感情的一种自然流露,也说明采莲并非想象得那样悠闲、雅致,而是一种辛勤劳动。

胡 俨

胡俨人,明代诗人,生平不详。

采莲曲 三首

荷叶高低笼[1]水碧,叶下花红露沾湿,采莲渡头风正急。
风止急,棹[2]船归,云片片,雨霏霏[3]。

湖中花艳张[4]红云,湖上女儿新茜[5]裙,清歌[6]妙曲隔花闻。
隔花闻,声婉转,迹[7]虽亲,心独远。

采得荷花香满衣,与郎[8]相见思依依[9],晚凉湖上并船归。
并船归,桂为楫[10],激清波,荡明月。

【注释】

[1]笼:笼罩。

[2]棹(zhào):摇船的用具。也指船。

[3]霏霏(fēi):形容雨雪之密。

[4]张:伸展;扩大。

[5]茜(qiàn):指大红色。

[6]清歌:清亮的歌声。

[7]迹:脚印;痕迹。

[8]郎:指少年男子。

[9]依依:依恋的样子。

[10]楫(jí):划船的短桨。也指船。

【点评】

在古代封建礼教的束缚下，采莲过程实际上成了男女青年公开交际的一个最佳机会。他们既采莲,也互相表达着爱慕之情。诗中的采莲女身着红裙,与红云般的荷花相互辉映。他们起初埋怨"亦虽亲,心独远",到后来,迎着晚风,载着明月,并船归去。采莲曲常常伴着情歌成分。实际上,翻开古代诗歌我们可以看出:自《诗经》以后,人们只能在乐府民歌、采莲曲中大胆、直率地歌唱爱情了。

朱 权

朱权,明代诗人,生平不详。

荷

太液池中翻翠荷,小娃学唱采莲歌。
画船不系[1]垂杨下,尽日[2]随风漾[3]碧波。

【注释】

[1]系(xì):拴;绑。

[2]尽日:终日。

[3]漾(yàng):泛舟。

【点评】

池中绿荷随风翻卷,小孩唱着采莲歌,画船在碧波上自由飘荡,一幅恬静、愉快的水乡生活画面。

荷

池塘骤[1]雨打新荷,点点如珠似泪多。

纵[2]把[3]金针穿不得,几回搔首[4]奈愁何[5]。

【注释】

[1]骤(zhòu):快速;急速。

[2]纵:即使。

[3]把:握;持。

[4]搔首:抓头,心绪烦乱焦急或有所思考时的动作。

[5]奈……何:对……怎么样,怎么对付。

【点评】

同一个题目,写出的内容却完全不同。这是由于对同一个对象,诗人审美把握的角度不同,所写的感受自然也就不同。这首诗写雨中的荷,前两句把荷叶上的雨珠比作泪珠;后两句把这一比喻扩展开来,想象着要拿金针来穿起这些雨珠,这自然是不可能的。于是,诗人莫名惆怅,搔首踟蹰。全诗展现了一个鲜明完整的意境。

蒋 忠

蒋忠,明代诗人,生平不详。

芙 蓉

清露下林塘,波光净如洗。

中有弄珠人,盈盈[1]隔秋水。

【注释】

[1]盈盈:仪态美好的样子。

【点评】

艺术想象对于写诗至为重要。没有艺术想象,就不可能有独特的艺术形象,而诗歌中的艺术形象总是带有模糊性。在这首诗中,诗人把带着清露的芙蓉想象为摆弄着珠子(秋露)的丽人,而这位体态妖娆的丽人却又远远地隔着秋水,可望而不可即。这样写就给读者的再创造留下了极大的空间,而艺术的魅力也正表现在这里。

朱瞻基

朱瞻基(1398—1435),明仁宗长子,永乐九年被立为皇太孙,仁宗即位后被立为皇太子。仁宗丧后即登帝位,建年号宣德。庙号宣宗。

荷

新秋凉露湿荷丛,不断清香逐[1]晓风。
满目秾[2]华春意在,晚霞澄[3]锦照芙蓉。

【注释】

[1]逐:追赶;追随。

[2]秾(nóng):花木繁盛的样子。

[3]澄(chéng):清澈不流动。

【点评】

清露湿荷,晓风送香,秋光胜似春光;彩霞落在水面,霞光与花光相映,好一幅秋荷艳照图。

于　谦

于谦(1398—1457),明代浙江钱塘人,少年时代十分仰慕文天祥的为人,立志学习文天祥"殉国忘身,舍生取义"的抱负和气节。他从二十岁到三十二岁的十多年内,通过科举考试,以进士出身,屡迁至兵部尚书。1449年,北方瓦剌部首领也先率众南犯,直逼北京。于谦奉命领导军民抵抗瓦剌的侵犯,取得了保卫京师的胜利。

采莲曲

朝采莲，暮[1]采莲，莲花艳冶[2]莲叶鲜。
花好容颜[3]不常好，叶似罗裙怨秋早。
秋风浩荡[4]吹碧波，绿怨红愁将奈何[5]。
年年采莲逞[6]颜色，采得莲花竟何益。
莲花虽好却无情，夫婿[7]有情常作客，万里关河[8]归未得。
争妒池上锦鸳鸯，双去双来到头白。
采莲复采莲，采莲还可怜。
愿比莲花与莲叶，不论生死根相连。

【注释】

[1]暮：傍晚；日落的时候。

[2]艳冶：艳丽之至。亦作“冶艳”。

[3]容颜：容貌颜色。

[4]浩荡：广阔壮大的样子。

[5]奈何：如何，怎么办。

[6]逞：炫耀；卖弄。

[7]夫婿：旧时妻称丈夫为夫婿。

[8]关河：关口和江河。

【点评】

这是一首优美的采莲曲，也是一首凄婉的爱情诗。采莲女由好花易凋联想到红颜难驻，因而哀怨两情不能朝夕相聚，嫉妒鸳鸯白头偕老，希望得到美满、幸福的爱情。全诗很好地运用了赋、比、兴的传统写法。

张　楷

张楷，明代诗人，生平不详。

采莲曲

青绫[1]裙子试新裁，水面风吹拂拂[2]开。

舟小身轻波复静，荷花荡[3]里去还来。

【注释】

[1]绫(líng)：古代丝织物名。

[2]拂拂：风吹动的样子。

[3]荡：积水长草的洼地。

【点评】

新做的青绫裙子在微风中抖动，小船激起的细波才动又静。全诗节奏明快，语言清新流畅，给人一种轻盈飘逸的审美感受。

文徵明

文徵明(1470—1559)，明代书画家、文学家，初名壁，字徵明，号衡山居士，长洲人。与祝允明、唐寅、徐祯卿并称“吴中四才子”。工行、草书，尤精小楷，亦能隶书。擅山水，构图平稳，笔墨苍润秀雅。早年所作多细谨，中年较粗放，晚年粗细兼备。

秋　莲

九月江南花事[1]休[2]，芙蓉[3]宛转[4]在中洲。
美人笑隔盈盈[5]水，落日还生渺渺[6]愁。
露洗玉盘金殿冷，风吹罗带锦城秋[7]。
相看未用伤迟暮[8]，别有池塘一种幽。

【注释】

[1]花事：指游春看花等事。

[2]休：停止。

[3]芙蓉：荷花的别称。

[4]宛转：婉曲随顺。

[5]盈盈：水清浅的样子。

[6]渺渺：悠远的样子。

[7]秋：指凉意。

[8]迟暮：比喻衰老、晚年。

【点评】

九月已是暮秋时节，江南花事已过。飞红滴翠已成往事，荷花将近凋零之时。

面对时序的更替、草木的荣枯，诗人并不悲秋，而是持乐观态度，认为晚秋的池荷自存其清幽动人之处。

采莲图

横塘西头春水生，荷花落日照人明。
花深叶暗不辨人，有时叶底闻歌声。
歌声宛转[1]谁家女，自把双桡[2]击兰渚[3]。
不愁击渚溅红裳，水中惊起双鸳鸯。

【注释】

[1]宛转：声音抑扬起伏。

[2]桡(ráo)：桨。

[3]渚(zhǔ)：水中的小块陆地。

【点评】

叶底传来歌声，巧妙地写出接天莲叶的茂密幽深。采莲女划动双桨碰撞了兰渚，惊起一双鸳鸯，这是景语，也是情语，暗暗传递了采莲女的情思。落日、荷塘、轻舟、鸳鸯，确是一幅晚晴采莲图。

丘　吉

丘吉，明代诗人，生平不详。

采莲曲

细[1]语呼人远不闻，水光摇荡石榴裙[2]。
一身肌骨无多重，欲[3]入荷花化彩云。

【注释】

[1]细：声音小或轻微。

[2]石榴裙：红裙。

[3]欲：想要。

【点评】

红莲、白莲映着湖面，绚丽的水光摇荡着采莲女的红裙；一种幻影般的奇妙景象，浓郁的色彩斑斓的氛围。难怪诗人想进入荷花，和彩云幻化在一起。新奇的艺术想象，给人以美的享受。

沈 周

沈周，明代诗人，生平不详。

并蒂莲花

耶溪[1]新绿露娇痴，两面红妆[2]倚[3]一枝。
水月精魂同结愿，风花情性合相思。
赵家阿妹春眠起，杨氏诸姨晚浴时。
今日六郎[4]憔悴[5]尽，为渠[6]还赋[7]断肠诗。

【注释】

[1]耶溪：即若耶溪，相传为西施浣纱处。

[2]红妆：指女子盛妆。也指美女。

[3]倚(yǐ)：靠着。

[4]六郎：唐人张宗昌，容貌俊秀，时人谓“荷花似六郎”。

[5]憔悴(qiáo cuì)：脸色黄瘦。

[6]渠：他。

[7]赋：创作。

【点评】

首联总写并蒂莲一茎双花的娇美风姿；中间两联承前连设比喻，进一步细致描写并蒂莲双花的神韵，可谓惟妙惟肖。结尾写“为伊消得人憔悴”，更显出诗人对奇花的珍爱和钟情。

陈宪章

陈宪章，明代诗人，生平不详。

茂叔爱莲

不枝不蔓[1]体本具，外直中通用乃神。
我即莲花花即我，如公方[2]是爱莲人。

【注释】

[1]蔓(màn)：蔓延。
[2]方：才。

【点评】

这是一首哲理诗。开头两句是从中国古代哲理观点即体、用关系看荷花。三、四两句中“我即花，花即我”，是一种特殊的审美现象，即在审美过程中，由于高度的审美专注，审美者认为美的对象具有与自己相同的思想情感，这也是审美中的一种“移情”现象。正因为如此，诗人赞美茂叔是真正的爱莲人。

题茂叔莲

船入荷花内，船冲荷叶开。
先生归去后，谁坐此船来。

【点评】

从前首哲理诗中可以看出，茂叔和一般人不同，对荷花持一种高度专注的审美态度，即主观上认为“我即莲花花即我”。诗人认为再也没有人能像茂叔那样对荷花持一种特殊的审美态度，所以发出“谁坐此船来”的感叹。

盆池栽莲至秋始花　二首

栽种已后时，花发[1]秋将迟。
虽无女伴采，亦有山蜂知。
叶稀因地力，香远是天资[2]。
安[3]得三闾[4]手，临轩[5]赋[6]楚词。

秋露开炎萼[7]，非时不遣[8]夸。

盆中玉井水，溪上春陵家。

酒醒凉风发，诗成缺月[9]斜。

愿为若耶叟，种水作生涯。

【注释】

[1]发：花开。

[2]天资：指所谓天生的资质。

[3]安：怎么，哪里。

[4]三闾(lǘ)：官名，“三闾大夫”的简称。后即以之指屈原。

[5]轩(xuān)：有窗槛的长廊或小室。

[6]赋：创作。

[7]萼(è)：花萼，由若干萼片组成，位于花的外轮，一般呈绿色。

[8]遣：使；教。

[9]缺月：不满的月。

【点评】

盆莲由于栽种不及时，没能赶上在夏天开花，这似乎与别的荷花格格不入，但诗人认为远播清香是它的天资，这一点上并不比夏天开放的荷花差。诗人不想让它受到冷落，希望有屈原那样的高手写诗来歌颂它。这两首诗似在寄托一种人生态度：不随流俗，独标高格。

文　林

文林，明代诗人，生平不详。

荷花荡夜归

采芳[1]日暮[2]未言[3]归，处处村家掩杼机[4]。

水漫莲洲愁路断，月明沙渚[5]觉鸥飞。

高歌小海风波急，回首横塘烟火微。

兰棹[6]屡移樽[7]屡倒，不知露下已沾衣。

【注释】

[1]芳：香；香气。这里指荷花。

[2]暮：日落的时候；傍晚。

[3]言：动词词头，无实义。

[4]杼(zhù)机：亦作“机杼”，即织布机。

[5]渚(zhǔ)：水中的小块陆地。

[6]棹(zhào)：摇船的用具。也指船。

[7]樽(zūn)：本作“尊”。酒杯。

【点评】

水漫莲舟，月明鸥飞，风紧波急，烟火细微，写荷花荡夜归的景色，历历在目。酒杯在行船中屡移屡倒，这在生活中本来微不足道，但写在诗中却很有意味。唐人诗中“闲敲棋子落灯花”也是如此。

李东阳

李东阳(1447—1556)，明代诗人，字宾之，号西涯，湖广茶陵(今属湖南)人。天顺进士，官至吏部尚书、华盖殿大学士。其诗多应酬题赠之作，古乐府多咏述历代史事。形式上追求典雅工丽，在当时很有影响，形成以他为首的茶陵诗派。有《怀麓堂集》。

莲　花

不见峰头十丈红，别将芳思写江风。
翠翘金钿[1]明鸾镜[2]，疑是湘妃[3]出水中。

【注释】

[1]钿(tián)：用金翠珠宝等制成的花形首饰。

[2]鸾(luán)镜：化妆镜。

[3]湘妃：即舜之二妃娥皇、女英。

【点评】

以出水的湘妃比喻亭亭的荷花，贴切新颖。

木公恕

木公恕，明代诗人，生平不详。

采莲词　二首

石榴裙[1]卷足如霜，折得红莲满抱香。
羞向人前女儿貌，手遮西日看湖湘。

弱袂[2]长鬟[3]荡水中，钏[4]文钗[5]影入荷丛。
鸣榔[6]惊起韩朋鸟，一个西来一个东。

【注释】

[1]石榴裙：红裙。

[2]袂(mèi)：衣袖。

[3]鬟(huán)：古代妇女的环形发髻。

[4]钏(chuàn)：手镯。

[5]钗：妇女的首饰，由两股合成。

[6]榔：捕鱼时用以敲船的长木条。

【点评】

这两首采莲词生动地表现了一个青年男子在采莲女面前复杂、微妙的心态。身着石榴裙的采莲女，手持红莲，艳光照人。一个青年男子不好意思在人前正眼去看这位窈窕淑女，只好用手遮住日光装出望着湖面的样子。接着采莲女撑船消失在荷丛里，惊起一双韩朋鸟儿，各飞东西。这一情景给那个青年人留下了美好的记忆，却使之陷入了无限的怅惘之中。这两首采莲词写得含蓄、朦胧，富有诗味。

王　宠

王宠，明代诗人，生平不详。

荷花荡绝句

荷花荡[1]里采莲归，九龙山头雾霭[2]微。
轻身倚[3]楫[4]下前浦[5]，花气人香逐浪飞。

【注释】

[1]荡:积水长草的洼地。

[2]霭(ǎi):云气。也指轻烟。

[3]倚(yǐ):靠着。

[4]楫(jí):划船的短桨。

[5]浦(pǔ):水边,岸边。

【点评】

这首绝句只写了采莲归来时的情景,而且详略分明:略写远望到山头的云气,详写下船时的动作,仿佛将一个特写镜头呈现在读者面前。最后一句使人联想到荷花的茂盛和采莲时花香袭人的情景。

陈道复

陈道复(1483—1544),初名淳,后以字行,改字复甫,号白阳山人,长洲(今江苏苏州)人。曾从文徵明学书画,后不拘师法,为明代中期水墨写意花卉创出新格调的代表人物。

题画荷花

波面出仙妆,可望不可及。
熏风[1]入座来,置我凝香域[2]。

【注释】

[1]熏(xūn)风:东南风;和风。

[2]域:区域;地区。

【点评】

这是一首题画诗。诗人展开联想,化静为动:水乡的和风扑面吹来,荷花芬芳扑鼻,诗情画意融为一体。

题画荷花

露湿轻纨[1]波不摇,珠房云冷细香飘。

也知巧作红颜[2]好，只恐红消倍寂寥[3]。

【注释】

[1]纨(wán)：细绢；细致洁白的薄绸。

[2]红颜：年轻人的红润脸色。也特指女子美艳的容颜。此处指荷花。

[3]寂寥：无声无形的状态。后多用为寂静之意。

【点评】

这首诗的题目和前首相同，但内容上另辟蹊径。诗人将荷花盛开时娇艳动人的红颜和红消香殒后寂寥的情景对照，告诉人们红颜难驻，也暗示出"物极则反"的道理。

常伦

常伦(1492—1525)，明散曲家，字明卿，号楼居子，山西沁水人。正德进士，官大理寺评事。后因故辱骂御史，罢归。所作散曲，多写颓放生活，宣扬炼丹求仙。有《常评事集》。

采莲曲 三首

素[1]月开歌扇，红渠[2]艳舞衣。
隔江闻笑语，隐隐棹[3]歌归。

棹发千花动，风传一水香。
傍[4]人持并[5]蒂，含笑打鸳鸯。

沼[6]月并舟还，荷花隘[7]江水。
笑擘[8]菡萏[9]开，小小新莲子。

【注释】

[1]素：白色的生绢。引申指白色或单一的颜色。

[2]渠："芙渠"，即荷花。

[3]棹(zhào)：摇船的用具。也指船。

[4]傍(bàng)：靠近，临近。

[5]并：挨着。

[6]沼：小池。

[7]隘(ài)：狭窄；狭小。此处是使动用法，意为“使……狭小”。

[8]擘(bò)：剖；分开。

[9]菡萏(bàn dàn)：即荷花。

【点评】

这三首采莲曲仿佛电影中由远到近的镜头组接：远景，“隐隐棹歌归”；近景，“含笑打鸳鸯”；特写，“笑擘菡萏开”。

薛蕙

薛蕙，明代诗人，生平不详。

陈真人馆中赏荷花作

别馆[1]瀛洲[2]丽，新花菡萏[3]香。
红衣迷日色，翠盖[4]写[5]波光。
雨过金塘湿，风生石槛[6]凉。
客来修[7]竹下，回首见潇湘[8]。

【注释】

[1]别馆：别墅。

[2]瀛(yíng)洲：古代传说中的仙山。

[3]菡萏(hàn dàn)：即荷花。

[4]翠盖：指荷花。

[5]写：通“泻”。

[6]槛(jiàn)：窗户下或长廊旁的栏杆。

[7]修：长；高。

[8]潇湘：即湖南省的潇水、湘水。

【点评】

首联破题，总写新荷飘香。中间两联承前，从色彩和光线方面具体描写荷花风采，并以“雨过”、“风生”写出荷花生长的清幽环境。尾联从“修竹”展开联想，以意中景作结，引人遐想。

谢 榛

谢榛(1495—1575),明代文学家,字茂秦,号四溟山人,山东临清人。“后七子”之一,与王世贞等结诗社,倡导为诗模拟盛唐。其诗以律、绝见长。有《四溟诗话》等。

采莲曲

湖上西风吹绮[1]罗,靓[2]妆越女照清波。
折将[3]莲叶佯[4]遮面,棹[5]过前滩笑语多。

【注释】

[1]绮(qǐ):有花纹的丝织品。
[2]靓(jìng)妆:脂粉妆饰。
[3]将:作语助,表动作的开始。
[4]佯(yáng):假装。
[5]棹(zhào):摇船的用具。也指船。

【点评】

身着绮罗的越女,在清波上投下靓妆的丽影;起初用莲叶遮面,仿佛有点拘谨,紧接着便传来青春少女的欢声笑语。采莲女美丽、热情、活泼、开朗的形象,栩栩如生。

陆 治

陆治,明代诗人,生平不详。

荷 花

湛露[1]濛濛[2]湿未消,何如香汗染轻绡[3]。

翩翩[4]不尽风前态，掌上徊翔舞燕[5]娇。

【注释】

[1]湛露：重露。

[2]濛濛：雨雪迷蒙的样子。

[3]绡(xiāo)：生丝织成的薄绸；薄纱。

[4]翩翩：形容舞姿轻快。

[5]燕：此处指汉成帝皇后赵飞燕，因善歌舞，体轻，故称飞燕。

【点评】

诗人展开联想，将带着露水、随风摇曳的荷花，以体态轻盈的赵飞燕回旋起舞的身姿作比，可谓传神之笔。

徐　阶

徐阶，明代诗人，生平不详。

次韵[1]张龙湖吏部[2]院中观莲

曲径方池别馆[3]东，荷开殊[4]胜[5]昔年红。
虚瞻玉井青冥[6]上，似睹金莲紫禁[7]中。
佳实预知深雨露，苦心原自耐霜风。
亭亭[8]独立烟波冷，肯羡春华在汉宫。

【注释】

[1]次韵：亦称步韵。旧时作诗的方式之一，即依照所和诗中的韵及其用韵的先后次序写诗。

[2]吏部：官署名。魏晋以后有吏部。隋唐列为六部之首，掌管全国官吏的任免、考课、升降、调动等事，长官为吏部尚书。

[3]别馆：别墅。

[4]殊：很；极。

[5]胜：胜过，超过。

[6]青冥：青色的天空。

[7]紫禁：古人以紫微星垣比喻皇帝的居处，因称皇宫为紫禁城。

[8]亭亭:耸立的样子;高的样子。

【点评】

三、四两句用比喻描写别馆荷花比往年红艳的风韵;五、六两句赞美荷花经得起风霜雨露的侵袭吹打;结尾颂扬别馆的荷花不畏烟波清冷、不慕汉宫春华的高洁品格。其中寄托着诗人的精神追求。

盆　莲

四面花开玉露滋[1],晓风翻雨叶垂垂。
渊明酒思濂溪[2]癖[3],凭仗[4]盆池借一枝。

【注释】

[1]滋:润泽;使滋润。

[2]濂溪:指宋代理学家周敦颐,字茂叔。他写过著名的《爱莲说》,歌颂坚贞的气节,当时被称为濂溪先生。

[3]癖(pǐ):积久成习的嗜好。

[4]仗:凭借;依靠。

【点评】

开头两句赞美盆莲花繁叶茂,表达了喜悦之情;三、四两句承前发挥,表明自己爱莲是仰慕濂溪先生的气节人格。

朱阳仲

朱阳仲,明代诗人,生平不详。

西湖采莲曲　二首

五月芙蓉[1]浦[2],花开胜若耶[3]。
若将湖作镜,应照妾[4]如花。

玉腕摇轻楫[5],红莲暗绿波。
花深欲[6]无路,棹[7]转忽闻歌。

【注释】

[1]芙蓉:荷花的别称。
[2]浦:水边,岸边。
[3]若耶:溪名,即若耶溪。
[4]妾:旧时妇女自称的谦词。
[5]楫(jí):划船的短桨。
[6]欲:将要。
[7]棹(zhào):摇船的用具。也指船。

【点评】

第一首诗,三、四两句想象奇妙,比喻新巧,表现了采莲女对自己美貌的自信。第二首诗中,"棹转忽闻歌"与"柳暗花明又一村"有异曲同工之妙。

丁明登

丁明登,明代诗人,生平不详。

荷 花

朝[1]来急雨涌山泉,洗出芙蓉[2]意态[3]妍[4]。
袅袅[5]数茎攲[6]竹屿[7],美人和[8]露入淇园。

【注释】

[1]朝(zhāo):早晨。
[2]芙蓉:荷花的别称。
[3]意态:神情姿态。
[4]妍(yán):美。
[5]袅袅:纤长柔美的样子。
[6]攲(qī):倾斜。
[7]屿(yǔ):小岛。
[8]和(hé):带。

【点评】

用带露的美人来比喻急雨洗过的荷花,新颖、贴切。

沈明臣

沈明臣，明代诗人，生平不详。

采莲曲

荷叶莲枝水面齐，采花归去夕阳低。
绿芜[1]一道分南北，犹[2]有歌声绕大堤。

【注释】

[1]芜(wú)：丛生的草。

[2]犹：还；仍。

【点评】

荡舟采莲，早出晚归，一路歌声不断。由此可见，采莲劳动虽然辛苦，但采莲人沉浸在收获的欢乐中。

荷花

晚凉风度玉池香，看尽归鸦入建章[1]。
妾[2]貌不如莲样好，莫[3]将明月比寒塘。

【注释】

[1]建章：汉宫名。亦泛指宫阙。

[2]妾(qiè)：旧时妇女自称的谦词。

[3]莫：副词。相当于今之“不要”、“不能”。

【点评】

诗中的丽人伫立在荷花飘香的池边，直到归鸦散尽。她是将自己的容貌与荷花相比，而且充满自信。正因为如此，她才说自己的容貌不如莲花好看。

许成名

许成名，明代诗人，生平不详。

荷　花

藕花塘上雨霏霏[1]，无数莲房著[2]水垂。
羞见鸳鸯交颈卧，却将[3]荷叶盖头归。

【注释】

[1]霏霏：形容雨雪之密。

[2]著："着"的本字。附着。

[3]将：拿；用。

【点评】

诗中所写的大约是一个青年女子，她走过荷塘时，荷花下面鸳鸯交颈而卧。由于当时封建礼教的束缚，她怕羞不敢去看，便用荷叶遮着头回家了。我们可以看出，诗人善于捕捉美的瞬间，善于表现人物复杂微妙的心理活动。诗的意境含蓄朦胧，耐人寻味。

熊　卓

熊卓，明代诗人，生平不详。

采莲曲

采莲复[1]采莲，盈盈[2]水中路。
鸳鸯触叶飞，卸下团团露。

【注释】

[1]复：又；再。

[2]盈盈:水清浅的样子。

【点评】

鸳鸯起飞,触落荷叶上滴滴露珠,这个动人的瞬间被写进诗中,便吸引了读者的审美注意。这首短诗像露珠一样新鲜、轻盈。

徐 渭

徐渭(1521—1593),明代文学家、书画家,初字文清,改字文长,号天池山人,或署田水月,山阴(今浙江绍兴)人。年二十为诸生,屡应乡试不中。其诗歌奇恣,文亦纵肆,部分作品歌颂抗倭战争。在文学批评方面强调独创,反对模拟。也擅杂剧。工书法,长于行草。善绘画,特长花鸟。有《徐文长全集》等。

画荷花

拂拂[1]红香满镜湖[2],采莲人静月明孤。
空余一只徐熙手,收拾风光在画图。

【注释】

[1]拂拂:茂盛的样子。

[2]镜湖:即鉴湖,在今浙江省绍兴市的绍兴县。

【点评】

明月孤悬,清香四溢,一幅清冷俏丽的月下镜湖荷花图。从这首短诗可以看出徐渭诗歌的"奇恣"风格。

莲 花

五月莲花塞[1]浦[2]头,长竿尺柄插中流。
从今遮得西施面,遮得歌声渡叶不[3]。

【注释】

[1]塞(sāi):充满。

[2]浦:水边,岸边。

[3]不(fǒu):同“否”。

【点评】

开头两句从正面落笔,写荷花茂盛;三、四两句从人面、歌声间接地来写荷花,使读者联想到荷花映日、莲叶接天的美丽风光。

墨　荷

荷花如妾[1]叶如郎[2],画得花长叶也长。
若使画莲能并蒂,不须重画两鸳鸯。

【注释】

[1]妾(qiè):旧时妇女自称的谦词。

[2]郎:旧时妇女对丈夫或所爱男子之称。

【点评】

这首诗既体现了诗情,也表达了画意。诗人从画家的角度对面前的墨荷表达了不同的构思:摆脱画荷花就要画双鸳鸯的惯常模式。

题[1]画荷花

镜湖[2]八百里何长,中有荷花分外香。
蝴蝶正愁飞不过,鸳鸯拍水自双双。

【注释】

[1]题:书写;署。

[2]镜湖:即鉴湖,在今浙江省绍兴县。

【点评】

这是一首题画诗。开头写八百里镜湖上荷花飘香,这是静态;后两句写蝴蝶愁飞和鸳鸯拍水,是动态。静态和动态描写结合,既有远景,又有近景,使画面显得生机盎然。

顾闻

顾闻，明代诗人，生平不详。

采莲曲 二首

兰舟终日漾[1]莲溪，少女如花锦袖低。
含笑折来流水畔，红妆两两镜中啼[2]。

岸上金羁[3]白马郎[4]，溪边红粉[5]断人肠。
临风背摘双头蕊，笑入荷花万点妆。

【注释】

[1]漾(yàng)：泛舟。

[2]啼："啼妆"，以粉拭目下作啼痕。镜中啼，指清澈的溪水照出采莲女的面容。

[3]羁(jī)：马络头。

[4]郎：指少年男子。

[5]红粉：胭脂和铅粉，女子的化妆品。引申指女子。

【点评】

俊俏如花的采莲女，情窦初开，看见岸上的白马王子，不敢大胆地表白自己的爱慕之情。她背着身子特意摘了双头蕊，笑着跑进了荷花丛，少女的娇羞之态尽露。两首短诗细致生动地描写了少女复杂、微妙的心态，足以显出诗人艺术功力之深。

魏学礼

魏学礼，明代诗人，生平不详。

采莲曲

烟中一叶[1]采莲舟，两岸香风正早秋。
瞥[2]见江南明月上，玉箫吹断紫云愁。

【注释】

[1]一叶：形容船小，像一片叶子。

[2]瞥(piē)：匆匆一看。

【点评】

初秋傍晚，一叶莲舟，两岸香风；继而明月东升，玉箫声起。这首采莲曲，淡淡几笔就勾画出了一幅有声有色、美妙动人的江南秋色图。

张祥鸢

张祥鸢，明代诗人，生平不详。

莲　花

日气沉山紫，荷花照水明。
香含风细细[1]，影浸月盈盈[2]。
妃子华清[3]浴，神君[4]洛浦[5]行。
向人娇欲[6]语[7]，解[8]语恐倾城[9]。

【注释】

[1]细细：微细。

[2]盈盈：仪态美好的样子。

[3]华清：即华清池。

[4]神君：指洛神，传说中的洛水之神。

[5]洛浦：洛水水边。

[6]欲：想要。

[7]语：说话。

[8]解：理解，懂事。

[9]倾城：形容女子貌美。

【点评】

三、四两句从香气和倒影来描写荷花的情态；五、六两句连设比喻，进一步写出荷花的风韵；尾联用拟人的手法结出新意：如果懂得荷花的话语，全城就会为之倾倒。

莲　花

梅雨丝丝草阁凉，匡床[1]玄[2]坐漫[3]焚香。
四檐绿树繁阴合，一卷黄庭[4]白昼长。
细和[5]禽言成乐府[6]，宽裁荷叶制衣裳。
笑看溪水明于玉，新水朝[7]添一尺长。

【注释】

[1]匡床：方正而安适的床。

[2]玄：深沉静默。

[3]漫：随意。

[4]黄庭：魏晋时人所写《黄庭经》帖，为后世学写小楷的范本。

[5]和(hè)：和答；唱和。

[6]乐(yuè)府：诗体名。

[7]朝(zhāo)：早晨。

【点评】

这首诗对江南梅雨季节的庭院幽静景色写得十分生动；中间两联对仗工稳，妙语迭出。题为“荷花”，但写荷花的只有“宽裁荷叶”一句，似不甚切题。

申时行

申时行，明代诗人，生平不详。

晨起观荷花

水榭[1]临[2]文漪[3]，晨曦[4]出旸谷[5]。
宛彼[6]芙蕖[7]花，嫣[8]然媚[9]初旭[10]。
焕[11]若丹霞敷[12]，晔[13]如锦云簇[14]。

秾[15]艳复芬菲[16]，可以娱[17]心目。
须臾[18]日渐中，敛[19]华闷[20]清馥[21]。
匪[22]乏倾阳姿，将无[23]避炎燠[24]。
舒卷固[25]有时，昕晡[26]递[27]相续。
努力爱朝晖[28]，寸阴如尽玉。

【注释】

[1]榭(xiè)：建在高土台上的敞屋。

[2]临：居高处朝向低处。

[3]漪(yī)：细小的水波。

[4]曦(xī)：早晨的阳光。

[5]旸(yáng)谷：古代传说中的日出处。

[6]彼：那。

[7]芙蕖(qú)：即荷花。

[8]嫣(yān)：美好的样子，常指笑容。

[9]媚：讨好。

[10]旭：初升的太阳。

[11]焕(huàn)：鲜明；光亮。

[12]敷：铺陈。

[13]晔(yè)："烨"的异体字。光辉灿烂。

[14]簇(cù)：聚集。

[15]秾(nóng)：花木繁盛的样子。

[16]芬菲：如同"芳菲"。花草美盛芳香。

[17]娱：快乐。

[18]须臾(yú)：片刻。

[19]敛(liǎn)：收缩。

[20]闷(bì)：停止，终尽。

[21]馥(fù)：香，香气。

[22]匪：通"非"。不是。

[23]将无：表示测度语气意为"莫不是，该是"。

[24]燠(yù)：热；温暖。

[25]固：本来，诚然。

[26]昕(xīn)晡：昕，日将出时。晡，黄昏时。

[27]递：顺次；一个接一个。

[28]晖(huī)：日光。

【点评】

古人云："一日之计在于晨"，"一寸光阴一寸金"。荷花在早晨阳光的照射下，

“焕若丹霞”,“晔如锦云”;到了中午,花合香消。诗人由此勉励大家爱朝晖、惜寸阴。作者观察细致,描写生动,联想自然。

莲花

碧沼渟[1]寒玉,红蕖[2]映绿波。
妆凝朝[3]日丽,香逐晚风多。
游戏金鳞[4]出,惊飞翠羽[5]过。
纳凉依水榭[6],还续采莲歌。

【注释】

[1]渟(tíng):水积聚而不流畅。

[2]蕖(qú):“芙蕖”,即荷花。

[3]朝(zhāo):早晨。

[4]金鳞:指金鱼。

[5]翠羽:指翡翠鸟。

[6]榭(xiè):建在高土台上的敞屋。

【点评】

颔联从静态方面写荷花“妆凝朝日,香逐晚风”,颈联从动态方面写金鳞戏水、翠羽惊飞,动静相映,色彩绚烂,使荷花更显得妖娆多姿。

屠隆

屠隆(1542—1602),明代戏曲作家,文学家,字长卿,号赤水,浙江鄞县人。万历进士,曾任青浦知县、礼部郎中。作有传奇《昙花记》等。亦能诗文,有《白榆集》等。

荷花

与欢[1]游池上,荷生满绿池。
朱[2]花似欢面,素[3]藕似欢肌。

【注释】

[1]欢:古时女子对所恋男子的爱称。

[2]朱：朱红；正红色。

[3]素：白色的生绢。引申指白色或单一的颜色。

【点评】

这首短诗有乐府民歌的风味。诗以青年女子的口吻写出，语言平易、流畅，色彩鲜明，表达直率、风趣。

于若瀛

于若瀛，明代诗人，生平不详。

荷　花

群英[1]的历[2]点苍苔，朵朵芙蓉[3]并蒂开。
只恐西风易零落[4]，殿[5]芳故写[6]岭头梅[7]。

【注释】

[1]英：花。

[2]的历：亦作"的皪"。明亮、鲜明的样子。

[3]芙蓉：荷花的别称。

[4]零落：凋谢；脱落。

[5]殿：行军走在最后。引申为最后、最下。

[6]写：模拟。

[7]岭头梅：指大庾岭上的梅。

【点评】

群英齐发，与荷花争妍。荷花愿学凌寒不凋的岭头梅，零落在群英之后。荷花"故写岭头梅"，是艺术想象，是巧妙的构思，耐人寻味。

陈　昂

陈昂，明代诗人，生平不详。

残　荷

万木方零落[1]，荷先叶自伤。
既圆应有破，久翠渐多黄。
盖[2]或随波荡，茎犹[3]惹[4]露香。
蓐[5]收无赖[6]日，恼杀两鸳鸯。

【注释】

[1]零落：凋谢；脱落。

[2]盖：指荷叶。

[3]犹：还；仍。

[4]惹：沾染。

[5]蓐（rù）：草垫子，草席。

[6]无赖：无所依赖。

【点评】

美的事物在残破后，依然具有审美价值，例如雕像《断臂维纳斯》依然受到人们的喜爱。这是因为它的残留部分还是美的，同时，审美者完全可以想象出它的完美形态。诗中荷叶已残破，随波漂荡，可是荷茎还能沾染得露水生香，这当然是一种美妙的艺术想象，即所谓“境由心造”也。

任思庵

任思庵，明代诗人，生平不详。

荷　花

翠盖[1]佳人[2]临[3]水立，寂寞雨中相对泣[4]。
温泉洗出玉肌寒，檀[5]粉不施香汗湿。
一阵风来碧浪翻，珍珠[6]零落[7]难收拾。

【注释】

[1]翠盖：指荷叶。

[2]佳人:指美女。

[3]临:面对。

[4]泣(qì):低声哭。

[5]檀(tán):“檀香”,植物名,其味极香。

[6]珍珠:此处指水珠。

[7]零落:脱落。

【点评】

用拟人和比喻的方法描写雨中荷花,可谓惟妙惟肖。最后两句中用碧浪翻动、珍珠零落比喻雨水从荷叶上坠落的景象,新颖、生动。

冯琦

冯琦(1558—1603),字用韫,亦字琢庵,临朐(qú)(今属山东)人。万历五年进士,改庶吉士,授编修,预修《会典》成,后进侍讲,充当讲官。累官至礼部尚书。有《宗伯集》八十一卷。

秋莲

坐对芙蓉沼[1],行歌棠棣[2]吟[3]。
相依香漠漠[4],独立影沉沉[5]。
人自怜[6]芳艳,谁当识苦心[7]。
秋风渐萧索[8],结子已如今。

【注释】

[1]沼:小池。

[2]棠棣(táng dì):棠,乔木名,有赤、白两种。棣,木名。

[3]吟:诗体名,如“秦妇吟”。

[4]漠漠:寂静无声。

[5]沉沉:深沉。

[6]怜:爱惜。

[7]苦心:指莲子心,其味甚苦。

[8]萧索:萧条;冷落。

【点评】

秋风渐紧，荷花日见萧条，妖娆芳颜已成过去，可是夏华秋实，莲子已成。人们只爱荷花的清香红艳，很少懂得荷花的娇媚来自莲子苦心的孕育。诗人观赏秋莲，悟人之所未悟，可谓明目慧心。

邵　濂

邵濂，明代诗人，生平不详。

邻家植荷盆中高出墙外

露珠濯濯[1]晓光新，红粉初施[2]彩色匀。
憔悴[3]自怜[4]非宋玉，东家何事亦窥[5]臣[6]。

【注释】

[1]濯(zhuó)濯：光泽；清朗。

[2]施：加；给予。

[3]憔悴(qiáo cuì)：脸色黄瘦。

[4]怜：怜爱，爱惜。

[5]窥(kuī)：从小孔、缝隙或隐僻处偷看。

[6]臣：古人表示谦卑的自称。

【点评】

这首短诗构思新颖，巧用战国时文学家宋玉所写《登徒子好色赋》中的故事。那里面说东家之子(邻家美女)容貌出众，经常从墙头上偷看宋玉，可是宋玉却拒绝同她交往。诗人说自己并非宋玉，邻家娇媚多姿的荷花为什么要从墙头上偷窥自己呢？联想自然、巧妙，写得风趣、含蓄，耐人玩味。

童　珮

童珮，明代诗人，生平不详。

约看青墩荷花不得往

群玉峰西一片霞，游人为说是荷花。
可怜[1]不得同船采，今夜秋江月自华[2]。

【注释】

[1]可怜：可惜。

[2]华：光辉；光彩。

【点评】

青墩荷花盛开，艳若彩霞，诗人却因故不能同友人一起去观赏。他想象着夜晚秋江上空的月亮空自向荷花洒着如水的清辉，从而表现出深深的惋惜之情。

吴孔嘉

吴孔嘉，明代诗人，生平不详。

咏并头红莲

碧池双艳吐清风，澹荡平分出露丛。
姿比汉皋[1]联珮[2]锦，苞疑合浦[3]两珠红。
同心映日香胎净，并髻[4]凌波[5]色蕴[6]空。
好待月明栖[7]翡翠[8]，花房偕[9]宿影蒙蒙。

【注释】

[1]皋：岸；近水处的高地。

[2]珮(pèi)：同"佩"。身上佩带的饰物。

[3]合浦：东汉合浦郡。该地沿海盛产珠宝。

[4]髻(jì)：挽束在头顶上的头发。

[5]凌波：形容女子步履轻盈。

[6]蕴(yùn)：积聚；藏蓄。

[7]栖(qī)：鸟类歇宿。

[8]翡翠：鸟名。

[9]偕(xié)：同。

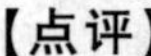

【点评】

“双艳”、“平分”，“联珮”、“两珠”，“同心”、“并髻”，句句紧扣“并头”来写，可谓巧手妙笔。中间两联，对仗严整，比喻新颖、贴切，颇见功力。结尾用美丽的翡翠鸟映衬，更显并蒂莲的妩媚风姿。

朱　耷

朱耷(1626—1705)，清初画家，南昌(今属江西)人，明宁王朱权后裔。明亡后，一度为僧，又当道士，主持南昌青云谱道院。有八大山人等别号。擅水墨花卉禽鸟，笔墨简括凝练，极富个性，所画鱼鸟每作“白眼向人”的情状，意境冷寂，署款八大山人，连缀以“哭之”或“笑之”的字样。题诗亦含意隐蔽，寄寓着亡国之痛。工书法，行楷学王献之，自成一格。

画荷花　二首

若个[1]荷花不有香，阁条荷柄不托觞[2]。
百年不饮将何为[3]，况值新糟[4]琥珀[5]香。

竹外茆[6]斋橡[7]下亭，半池莲叶半池菱[8]。
匡床[9]曲几[10]坐终日[11]，万叠青山一老僧。

【注释】

[1]若个：若干；几个。

[2]觞(shāng)：古代盛酒器。

[3]何为：为什么。

[4]糟：酒渣。

[5]琥珀(hǔ pò)：古代松柏树脂的化石一般呈黄色、褐色或红褐色。此处指酒的颜色。

[6]茆(máo)：同“茅”。茅草。

[7]橡：即橡胶树。

[8]菱(líng)：植物名。一名芰，俗称菱角。一年生水生草本植物。果实供食用及制淀粉，鲜嫩者可作水果。

[9]匡床：方正而安适的床。

[10]几(jī)：矮或小的桌子。

[11]终日:整天。

【点评】

这两首诗着重写画面的构图,因而不像一般的咏荷诗从正面描写荷花。诗如其人,画如其人,表现了诗人超脱世俗的情趣和狂放不羁的性格。

端淑卿

端淑卿,清代诗人,生平不详。

采　莲

风日正晴明,荷花蔽[1]洲[2]渚[3]。
不见采莲人,只闻花下语。

【注释】

[1]蔽:遮挡;遮蔽。

[2]洲:水中的陆地。

[3]渚(zhǔ):水中的小块陆地。

【点评】

一个"蔽"字,生动地表现出荷花的茂盛;三、四两句进一步间接而生动地写出了荷花亭亭、荷叶田田的景象。"只闻花下语"可引起读者许多联想,从而扩展了诗的意境。

张光启

张光启,清代诗人,生平不详。

池　上

倚[1]杖[2]池边立,西风荷柄斜。
眼明秋水外,又放一枝花。

【注释】

[1]倚(yǐ):靠着。

[2]杖:拐杖。

【点评】

伫立池边,风斜荷柄,秋水之外又放一花。仔细玩味,这首短诗可谓诗中有画。

龚鼎孳

龚鼎孳,清代诗人,生平不详。

题墨画荷花

花何袅袅[1]叶田田[2],露质烟心晚自怜[3]。
倩[4]取墨光描鬓[5]影,美人兼许[6]号青莲。

【注释】

[1]袅袅:摇曳的样子。

[2]田田:荷叶相连的样子。

[3]怜:爱惜。

[4]倩(qiàn):请;央求。

[5]鬓(bìn):面颊两旁近耳的头发。

[6]许:许可;应许。

【点评】

三、四两句用拟人方法写出墨荷风采。美人同时号称“青莲”,既切题,又独到,可谓构思巧妙。

徐 倬

徐倬,清代诗人,生平不详。

采莲曲

溪女盈盈[1]朝[2]浣[3]纱，单衫玉腕荡舟[4]斜。
含情含怨折荷花，折荷花，遗[5]所思，望不来，吹参差[6]。

【注释】

[1]盈盈：仪态美好的样子。

[2]朝(zhāo)：早晨。

[3]浣(huàn)：洗濯。

[4]荡舟：划船。

[5]遗(wèi)：给予；赠送。

[6]参差(cēn cī)：古代乐器名。相传系舜所造，像凤翼参差不齐的形状，故名。

【点评】

浣纱女早晨洗纱后，即荡舟去采莲。她不是一般的采莲女，折荷花是为了等待意中人。伊人爽约，她只好吹奏参差来表达满腔哀怨之情。

朱彝尊

朱彝尊(1629—1709)，清代文学家，字锡鬯，号竹垞，浙江秀水(今嘉兴)人。康熙时举博学鸿词科，授检讨，曾参加纂修《明史》。通经史，能诗词古文，诗与王士禛齐名，时称"南朱北王"。有《曝书亭集》等，另编有《词综》。

贾铉画荷　二首

亭亭[1]红艳立清波，杀粉调铅不在多。
却笑崔徐思憔悴[2]，鹭鸶[3]汀[4]畔写枯荷。

黄尘六月倦鸣鞭[5]，苦忆中吴鸭嘴船。
梦入蓬窗听夜雨，半江枫叶枕函[6]边。

【注释】

[1]亭亭：耸立的样子；高的样子。

[2]憔悴(qiáo cuì):脸色黄瘦。

[3]鹭鸶:鸟名,即白鹭。

[4]汀(tīng):水边平地。

[5]鸣鞭:即挥鞭。鞭挥动则有声,故称鸣鞭。

[6]函:匣子,套子。这里指枕套。

【点评】

画中有耸立清波的红荷,江上行进的鸭嘴船,敲击篷窗的雨声,半江殷(yān)红的枫叶。诗人巧用生花妙笔将画面上的静景变为动景。

钱谦益

钱谦益(1582—1664),明末清初常熟人,字受之,号牧斋。明万历进士。博览群书,诗文在当时甚负盛名。家有绛云楼,以藏书丰富著称。有《初学集》等,另编选有《列朝诗集》。

芙蓉[1]池

莲叶何[2]田田[3],花香荡疏绮[4]。
惆怅[5]采莲人,歌声隔秋水。

【注释】

[1]芙蓉:荷花的别称。

[2]何:副词。多么。

[3]田田:荷叶相连的样子。

[4]绮(qǐ):有花纹的丝织品。

[5]惆怅(chóu chàng):因失望或失意而哀伤。

【点评】

莲叶田田,荷香袭人,却不见采莲人。诗中透露出一种不见伊人的怅惘之情。

吴　历

吴历,清代诗人,生平不详。

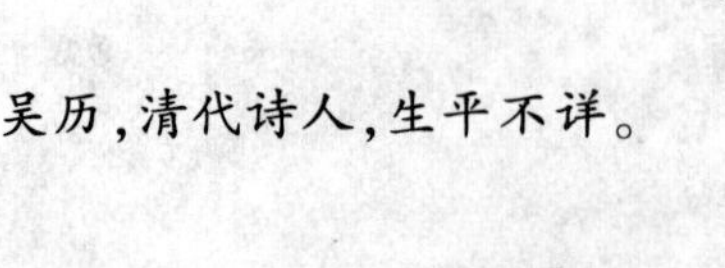

题 画

梦回西望碧山微，一水斜阳鸟不飞。
欲采青黄莲子叶，寄君先制卧云衣。

【点评】

这是一首题画诗，写得含蓄朦胧，意境淡远。画面构图简洁：远景是一带西山横着翠微，近景是斜阳照射下的一湾江水，连一只飞鸟也不见，画面显得十分恬静。诗人的朋友大约是一位隐者，因此，他想用莲叶制成一件卧云衣寄给友人(王维曾以“红颜弃轩冕，白首卧松云”称赞孟浩然)。

恽寿平

恽寿平，清代诗人，生平不详。

画荷花 二首

菡萏[1]香生墨池中，半池花景若浮空。
花开记得鸳鸯睡，可是田田[2]荷叶东。

碧玉秋成景渐稀，可怜红艳冷相依。
浦塘莫[3]遣[4]西风入，留此骚人[5]旧日衣。

【注释】

[1]菡萏(hàn dàn)：即荷花。

[2]田田：荷叶相连的样子。

[3]莫：副词。相当于今之“不要”、“不能”。

[4]遣(qiǎn)：使；教。

[5]骚人：屈原作《离骚》，因称屈原或楚辞作者为骚人。泛指诗人。

【点评】

因为是水墨画，所以说荷花“香生墨池中”；又因画得逼真，立体感强，所以说“花景若浮空”。两幅画的内容前后对照：前者夏日炎炎，荷花盛开；后者西风渐紧，红颜将凋。两相比照，诗人暗寓：时序代谢，美景难留。

常　安

常安，清代诗人，生平不详。

题墨荷

莲叶萧梢[1]剩绿房，荷花零落损[2]红芳。
悬来水槛[3]凉风起，知是荷香是墨香。

【注释】

[1]萧梢：萧条。

[2]损：减少。

[3]槛(jiàn)：窗户下或长廊旁的栏杆。

【点评】

画面上荷叶凋零，花香锐减。忽然，水槛外送来荷香，诗人疑是墨香和荷香混在一起，难以分辨。联想新奇，构思巧妙，委婉地称颂了墨荷画艺的精湛。

王企堂

王企堂，清代诗人，生平不详。

水淀荷花

水淀[1]浩[2]无涯[3]，东西连滉瀁[4]。
平时水不风，波面平于掌。
夏日菡萏[5]开，尤令烦襟[6]爽。
吾生惜景光，行乐及时往。
载酒挈[7]良朋，中流荡轻桨。
翠盖与红衣，一望渺[8]且广。
人在镜中游，花从尘外赏。

水清见游鱼,丛密难下网。
一曲采莲歌,临风散清响[9]。
玩久不知疲,坐看纤[10]月上。

【注释】

[1]淀(diàn):浅水的湖泊。
[2]浩:水广大。
[3]涯(yá):水边。
[4]滉漭(huàng yǎng):水广大无际的样子。
[5]菡萏(hàn dàn):即荷花。
[6]襟(jīn):心怀。
[7]挈(qiè):带领。
[8]渺(miǎo):水远的样子。
[9]响:声音。
[10]纤(xiān):细小。

【点评】

这首诗以赋、比的手法,平易、流畅的语言,描写了水淀荷花盛开的秀丽风光,叙述了荡舟游览的过程,表现了欣赏自然美的乐趣。

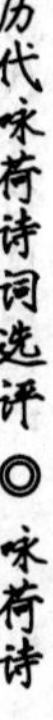

石 涛

石涛,清代诗人,生平不详。

荷 花

荷叶五寸荷花娇,贴波不碍[1]画船摇。
想到熏风[2]四五月,也能遮却[3]美人腰。

【注释】

[1]碍:阻挡。
[2]熏(xūn)风:东南风;和风。
[3]却:犹“了”。去。

【点评】

既写眼前新荷的娇嫩情态，也想象四、五月时荷花亭亭高过美人纤腰的风姿，读来引人遐想，意味不尽。

王鸿绪

王鸿绪，清代诗人，生平不详。

采莲歌

采采[1]江水滨[2]，荷花照脸新。
莫愁西日晚，明月解[3]留人。

【注释】

[1]采采：茂盛；众多。

[2]滨：水边。

[3]解：明白；知道。

【点评】

江边荷花争妍，游人流连忘返。诗人风趣地说，不要发愁太阳落山，明月会继续照着大家游玩。末句巧用拟人手法，读来亲切动人。

爱新觉罗·玄烨

爱新觉罗·玄烨(1654—1722)，即清圣祖(康熙帝)，在位期间，平定三番，又多次平定边疆叛乱，加强国家统一。

初秋幸西苑观荷命小船采莲

命驾[1]临[2]西苑，初秋向[3]晚天。
芰荷[4]池沼满，鸥鹭夕阳边。
频[5]使移轻舫[6]，时来献采莲。

离宫[7]阑槛[8]外，风动碧翩翩[9]。

【注释】

[1]命驾：命人驾车，即动身前往之意。

[2]临：到。

[3]向：将近；接近。

[4]芰(jì)荷：出水的荷。指荷叶或荷花。

[5]频：屡次。

[6]舫(fǎng)：船。一般指小船。

[7]离宫：皇帝正宫以外临时居住的宫室。

[8]槛(jiàn)：窗户下或长廊旁的栏杆。

[9]翩翩：往来不息的样子。

【点评】

这首诗给了我们一个封建皇帝巡幸的留影。我们可以看出他是怎样作威作福的：不停地命令画舫移动，不时地让臣下来献莲花。细读这首诗，可以看出诗意平平，没有些许奇思妙句，只是淡淡叙述，可谓略输文采，故作风雅而已。

千叶莲池夜闻雨滴之声

田田[1]荷盖雨声齐，楼蕊缤纷[2]向[3]晚迷。
树叶不愁点翠幄[4]，秧针岂忆灌青畦[5]。
密林有意通宵[6]响[7]，茂草无知遍地萋[8]。
偶尔喜吟今岁好，漫[9]将诗句入新题。

【注释】

[1]田田：荷叶相连的样子。

[2]缤纷：繁多的样子。

[3]向：将近；接近。

[4]幄(wò)：篷帐。此处指树冠。

[5]畦(qí)：菜圃间划分的长行。

[6]宵：夜。

[7]响：发出声音。

[8]萋(qī)：草茂盛的样子。

[9]漫：随意。

【点评】

从夜闻雨敲荷盖的声音，联想到今岁收成好，表现出作为一代明君的玄烨尚有体恤民情之心。全诗紧扣雨声来写，中间两联对仗工稳；篇末点题，表达出对好雨兆丰年的喜悦之情。

史　夔

史夔，清代诗人，生平不详。

采莲曲

拨棹[1]里湖去，连堤种芰荷[2]。
折来与郎嗅[3]，香比外湖多。

【注释】

[1]棹(zhào)：摇船的用具。也指船。

[2]芰(jì)荷：出水的荷。指荷叶或荷花。

[3]嗅(xiù)：用鼻子辨别气味。

【点评】

清新质朴的语言，浓郁的民歌风味。因为是意中人从里湖折来的荷花，所以闻起来比外湖的香，真是花香随情移。

马元驭

马元驭，清代诗人，生平不详。

荷塘立鹭图

香风吹过碧云堆[1]，荷叶罗裙一色裁。
白鹭起时知棹[2]转，绿蘋[3]开处听歌来。

【注释】

[1]碧云堆:指荷塘。

[2]棹(zhào):摇船的用具。也指船。

[3]蘋(pín):亦称四叶菜、田字草,多年生浅水草本植物。根茎匍匐泥中,叶柄长,常见于水田、池塘、沟渠中。

【点评】

画面构图单纯:碧云般的荷塘,雪堆般的白鹭,可谓色彩鲜明,景色清幽。三、四两句通过想象化静为动,使诗歌意境开阔:白鹭惊飞时,是莲舟在转向;绿萍向两边分开时,莲舟已驶出荷丛,歌声随着飘来。前面"荷叶罗裙一色裁"句和最后一句前后照应。

汪士慎

汪士慎(1686—1759),字近人,号巢林,安徽休宁人。寓居扬州。擅画花卉,常随意勾点,笔致疏落,超然飘逸。精画兰竹,尤长画梅,气清而神腴,墨淡而趣足。工诗,善书法,长篆刻。有《潘湘临芳图》、《涵香梅影图》、《巢林诗集》等存世。

盆莲为幼孚作

幽人[1]好情思,所爱良[2]可夸。
乃于小盎[3]中,种出红莲花。
蒸以云霞气,浣[4]以日月华。
叶叶含净绿,心心吐灵芽。
客来置几席,客去笼窗纱。
惜[5]彼[6]池中艳,飕飕[7]欹[8]复斜。

【注释】

[1]幽人:幽居之人。指隐士。

[2]良:确;真。

[3]盎(àng):一种腹大口小的盛器。

[4]浣(huàn):洗濯。

[5]惜:痛惜。

[6]彼:那。

[7]飕(sōu)飕:风雨声。

[8]攲(qī):倾斜。

【点评】

幽居之人远离尘嚣,很少与外界交往,因而不喜欢要经受风吹雨打的池莲,而钟爱置于室内的盆莲。这首诗语言朴实清华,引人进入一个清静幽雅的世界。这与隐者的思想境界甚为合拍。

斋[1]中盆莲花放

瓦盆种藕玉苗新,青钱[2]贴水无纤[3]尘。
南风满院白昼永[4],亭亭[5]翠盖[6]高于人。
叶底忽见菡萏[7]起,老怀[8]不觉生欢喜。
相亲相近吸清气,向[9]夜开门注流水。
流水深深花放红,花花叶叶香飘空。
满身凉露沁[10]肌骨,况有青梧碧月光玲珑[11]。
因嗟[12]谁比此花洁,六月徂[13]暑心如雪。
旧交零落[14]新交疏,独耸吟[15]肩聊[16]自悦。

【注释】

[1]斋(zhāi):屋舍。一般指书房、学舍。
[2]青钱:指初生的荷叶,因其形圆如铜钱,故名。
[3]纤(xiān):细小。
[4]永:水流长。引申为长,兼指时间和空间。
[5]亭亭:耸立的样子;高的样子。
[6]翠盖:指荷叶。
[7]菡萏(hàn dàn):即荷花。
[8]怀:心意。
[9]向:将近;接近。
[10]沁(qìn):渗入。一般指香气。
[11]玲珑:明澈的样子。
[12]嗟(jiē):叹息。
[13]徂(cú):开始。
[14]零落:飘零。
[15]吟:吟咏;作诗。
[16]聊:姑且。

【点评】

新交多疏远，旧雨(老友)半零落；远离尘嚣，赏荷吟诗，聊以自慰。这也是另一种人生观和别样的生活方式。

李 鲫

李鲫，清代诗人，生平不详。

画荷花 二首

家人频[1]报四更天，贪画昆流百子莲。
忽挂帐前闲卧玩[2]，泠[3]然如在水亭眠。

碧波心里露娇容，浓色何如淡色工[4]。
漫[5]道湖光全冷露，渔灯一点微红。

【注释】

[1]频：屡次。
[2]玩：欣赏。
[3]泠(líng)：清凉。
[4]工：细致；巧妙。
[5]漫：随意。

【点评】

因为画的是水中芙蓉，所以闲卧观赏时，感到像在水亭里一样清凉。这是由于在观画时，全神贯注，通过艺术想象，沟通了视觉和触觉，即所谓“通感”发生作用。由于画的是夜色笼罩的荷花，墨色很重；再画一盏渔灯透出些许微红，使画面显出一些亮色，荷花也得到很好的映衬。从这两首诗中，我们可以看出艺术创作过程的艰辛和艺术构思的巧妙。

画荷叶鹭鸶

白发低头画鹭鸶[1]，老夫一笑有新诗。
凭[2]君飞向江南去，水漫孤城报我知。

【注释】

[1]鹭鸶:即白鹭。

[2]凭:靠着。引申为依据,依靠。

【点评】

从这首短诗我们可以看出,诗情和画意总是紧密相连的。画家在作画时,总是展开艺术想象的翅膀,用意中景来补充画中景。这也是形象思维的一个特征。

金 农

金农,清代诗人,生平不详。

画 荷

白板小桥通碧塘,无阑[1]无槛[2]镜中央。
野香留客晚还立,三十六鸥世界凉。

【注释】

[1]阑:栏杆。

[2]槛(jiàn):窗户下或长廊旁的栏杆。

【点评】

画面上白板小桥通向碧水汪汪的池塘,盛开的荷花就在明镜般的池唐中央。无形的荷香怎样表现在画面上呢?傍晚时分还有人伫立在塘边观赏,那是因为浓郁的花香使他流连忘返。诗画相配,巧妙地解决了这个问题。

尤秉元

尤秉元,清代诗人,生平不详。

芙蓉映水曲

秋江潋滟[1]开明镜，湘女窥[2]帘晓妆靓[3]。
遗[4]佩[5]飘香散作花，一枝艳质临[6]江映。
江水盈盈[7]未易求，相思空望夕阳楼。
西风一夜生南浦[8]，零落[9]红衣[10]入暮愁。

【注释】

[1]潋滟(liàn yàn)：水满的样子。

[2]窥：从小孔、缝隙或隐僻处偷看。

[3]靓(jìng)：脂粉妆饰。

[4]遗(wèi)：给予，赠送。

[5]佩：身上佩带的饰物。

[6]临：面对。

[7]盈盈：水清浅的样子。

[8]南浦：南面的水边。后常用以称送别之地。

[9]零落：凋谢；脱落。

[10]红衣：指荷花。

【点评】

秋江澄澈如明镜，一枝临江的荷花映在水中，如湘女窥镜。诗人依楼相望，担心一夜西风会使荷花凋零，表达了珍惜美好事物的感情。诗中比喻新颖、生动。细味全诗，诗人于咏叹荷花之外，似另有寄托。

郑 燮

郑燮(1693—1765)，清书画家、文学家，字克柔，号板桥，江苏兴化人。早年家贫，应科举为雍正举人、乾隆进士，曾任山东范县、潍县知县，后以助农民胜诉及办理赈济，得罪豪绅而罢官。擅写兰竹，以草书中竖、长撇法运笔，体貌疏朗，风格劲峭。工书法，以隶体参入行楷，非古非今，非隶非楷，自称“六分隶书”。为“扬州八怪”之一。工诗词，描写民间疾苦，颇为深切。所写《家书》、《送情》，自然坦率，为世称美。

秋荷

秋荷独后时，摇落[1]见[2]风姿[3]。
无力争先发[4]，非因后出奇。

【注释】

[1]摇落：凋残；零落。

[2]见(xiàn)：同“现”。显现。

[3]风姿：亦作“丰姿”。风度仪态。

[4]发：花开。

【点评】

秋荷错过了开花的时令，但在落红摇曳中显现出与夏荷不同的另一种动人风姿。这也说明同一事物的审美价值具有多样性。

芙蓉

最怜[1]红粉几条痕，水外桥边小竹门。
照影自惊还自惜[2]，西施原住苎萝村[3]。

【注释】

[1]怜：宠爱；爱惜。

[2]惜：爱惜。

[3]苎(zhù)萝村：春秋时越国美女西施的出生地。

【点评】

别小看“水外桥边小竹门”，这样不起眼的地方，同样会长出妩媚动人的荷花；就像当年倾城倾国的美女西施，不也是出生在偏僻的苎萝村吗？联想巧妙，构思新颖，在咏荷诗中别具一格。

丁廷烺

丁廷烺，清代诗人，生平不详。

荷　花

碧干濯[1]清涟[2]，亭亭[3]净炎暑。
微雨晚来过，香风满汀[4]渚[5]。

【注释】

[1]濯(zhuó)：洗涤。

[2]涟：风吹水面所成的波纹。

[3]亭亭：耸立的样子；高的样子。

[4]汀(tīng)：水中或水边的平地。

[5]渚(zhǔ)：水中的小块陆地。

【点评】

从色彩、形态、香气方面多角度地描写，生动地表现了荷花的情态。

边连宝

边连宝，清代诗人，生平不详。

题梅蛰庵画莲

红衣半欲[1]残，露冷莲房老。
一鸟飐[2]风芦，馀势犹袅袅[3]。

【注释】

[1]欲：将要。

[2]飐(zhǎn)：风吹物使之颤动。

[3]袅袅：摇曳的样子。

【点评】

用摇曳的芦苇和起飞的鸟儿的动态来映衬红衣半残的荷花，使之略显生气。这也表现出构图的巧妙。

王又曾

王又曾，清代诗人，生平不详。

临平道中看白荷花　二首

船窗六扇拓银纱，倚[1]桨风前正落霞。
依约前滩凉月晒，但[2]闻花气不看花。

皋亭来往省年时，看饮连筒醉不辞[3]。
莫怪花容浑[4]似雪，看花人亦鬓成丝。

【注释】

[1]倚(yǐ)：靠着。
[2]但：只；仅。
[3]辞：推辞。
[4]浑(hún)：简直。

【点评】

船过前滩时，在皎洁的月光下，只闻荷花的香气，不去观赏荷花，也是一种独特的赏花方法。这大约是要把花之美留给想象，凭着浓郁的花香去想象出荷花的风韵。这样来审美，也许荷花会更具魅力。由白莲联想到两鬓垂丝，于乐观中透出些许伤感。

边寿民

边寿民，清代诗人，生平不详。

莲

南人家水曲[1],种藕亦良[2]谋[3]。
落得[4]好花看,秋来子亦收。

【注释】

[1]水曲:水流曲折处。

[2]良:良好;美好。

[3]谋:主意;计谋。

[4]落得:得到某种结局。

【点评】

荷花具有多种属性,既有审美价值,又有实用价值。

荷

堕[1]叶一枝秋,凉风四五里。
吹落红莲衣,馀香犹[2]在水。

【注释】

[1]堕:落下。

[2]犹:还;仍。

【点评】

秋风劲吹,落红片片,荷香不再萦绕枝头,但花瓣带着的余香依然飘浮在水面。三、四两句想象合理,富有韵味。

荷　花

残叶几经秋雨,红香犹[1]似娇娃[2]。
水上凌波[3]仙子,乱头粗服都佳。

【注释】

[1]犹:还;仍。

[2]娇娃:指美女。

[3]凌波：形容女子步履轻盈。

【点评】

这是一首六言诗，两字一顿，节奏上别具一格。几番秋雨，荷叶显得凌乱不堪，但荷花流丹溢香，风韵依然。她是凌波仙子，粗头乱服掩盖不住天生丽质。结尾拟人方法用得巧妙，使全诗增色生辉。

残　荷

红香堕[1]尽已秋声，残叶孤房[2]意更清。
为问多情周茂叔，可来沙咀一闲行。

【注释】

[1]堕(duò)：落下。

[2]孤房：指莲房，因无荷叶扶持，故称孤房。

【点评】

红香落尽，残叶孤房，本是一片萧条冷落景象，但诗人还是约友人来观赏。这就在于两人都是多情种，有共同的情趣，都能对残荷持审美的态度。

白　荷

花中君子却[1]相宜，不染纤[2]尘白玉姿。
最爱闻香初过雨，晚凉池馆月来时。

【注释】

[1]却：还。

[2]纤(xiān)：细小。

【点评】

宋代学者周敦颐写了著名的《爱莲说》，赞美出淤泥而不染的荷花是花中的君子。这首短诗既写眼前的莲，也写记忆中的莲。眼前的莲着重从颜色来写，洁如白玉；记忆中的莲着重写阵雨初过、明月东升时，清香可人之态。眼前的荷花和记忆中的荷花两相映衬，使荷花的美得到升华。

荷 三首

插花最是插荷难，花绽[1]枝疏叶易乾。
争[2]似画来粘素壁，六郎颜色四时看。

乱拨松煤[3]兴太狂，荷花荷叶满池塘。
停毫[4]欲向骚人[5]问，还是花香是墨香。

一池墨汁孕仙胎，荷叶荷花历乱[6]开。
若识[7]湖涂真面目，清香早向鼻尖来。

【注释】

[1]绽(zhàn)：裂开。

[2]争：通“怎”。怎么。

[3]松煤：即松烟。由松煤制成的墨。

[4]毫：毛笔。

[5]骚人：屈原作《离骚》，因称屈原或楚辞作者为骚人。也泛指诗人。

[6]历乱：杂乱无章。

[7]识：知道。

【点评】

这是一组画荷诗，其中议论成分较多，涉及艺术与现实的关系等问题。第一首诗讲池中荷与画中荷的一个不同点是：池中荷芳颜难驻，画中荷却可以四季观赏。第二首诗提出，绘画与诗哪一种艺术更好？第三首告诉人们欣赏绘画要展开想象。

王汝璧

王汝璧，清代诗人，生平不详。

秋夜水月亭赏荷花

连天白露秋山净，山光在水天如镜。

方亭团坐三五人，案户天河正当天。
波心倒映台符六，三朵红云烂[1]盈目。
星冠翠盖来娑娑[2]，世间尤物[3]原无多。
吴郎拍遍普庵咒，张生唱出西州歌。
我舞巴[4]歈[5]惭下里[6]，碎玉喷珠落池里。
金波杳杳[7]月未来，呼之不出聊[8]举杯。
红灯翕[9]赩[10]夜珠泣，莲花欲落灯花开。
好待银蟾[11]推驾玉轮出，青天碧海昔昔[12]相趋[13]陪。

【注释】

[1]烂：明；有光彩。

[2]娑(suō)娑：轻扬、松散的样子。

[3]尤物：指珍贵的物品。

[4]巴：周代诸侯国，在今四川省东部一带。

[5]歈(yú)：歌。

[6]下里：古代歌曲。

[7]杳杳：深暗幽远。

[8]聊：姑且。

[9]翕(xì)：收缩，收敛。

[10]赩(xì)：大赤色。

[11]银蟾(chán)：指月亮。

[12]昔昔："昔"通"夕"。夜夜。

[13]趋：指小步而行，表示恭敬。

【点评】

这首诗以生动的笔触记叙了友人的一次欢聚。良宵盛会，高朋满座，饮酒赏荷，载歌载舞，叹婵娟永共，愿友谊长存。

姚鼐

姚鼐(1732—1815)，清代散文家，字姬传，室名惜抱轩，安徽桐城人。乾隆进士，官刑部郎中，记名御史。治学以经为主，兼及子史、诗文。为"桐城派"主要作家。作品多为书序、碑传之属。有《惜抱轩全集》。

蔡万资水菱藕图

平湖秋棹[1]木兰船,醉入汀[2]花弄碧烟。
日暮都望天近远,坐闲明月到尊[3]前。

【注释】

[1]棹(zhào):摇船的用具。也指船。

[2]汀(tīng):水中或水边的平地。

[3]尊:古代酒器。

【点评】

诗人依据画中的物象,展开想象,将静态的画面转变为有时空变化的动态风景。这是审美的最佳状态。

张文润

张文润,清代诗人,生平不详。

荷　汀

怪得寒香出水头,横塘欲试采莲舟。
将抛诗意随归马,轻逗沙鸥戏浅流。
风起四围喧[1]绿盖[2],雨过两岸洗新秋。
泥中更有清心在,万古芳[3]名应不休。

【注释】

[1]喧:声音大而嘈杂。此处指风吹荷叶声。

[2]绿盖:指荷叶。

[3]芳:香;香气。

【点评】

卒章显志,篇末点题,赞美荷花出淤泥而不染的高洁品格。

张问陶

张问陶(1764—1814),清代诗人,字仲冶,号船山,四川遂宁人。乾隆进士,授检讨,官莱州知府。主张诗歌应抒写性情,反对模拟。作品多表现日常生活,情调流于感伤。并能书画。有《船山诗草》。

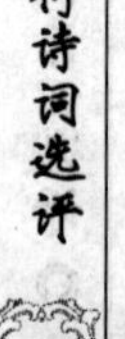

画莲花

新雨迎秋欲[1]满塘,绿槐风过午阴凉。
水亭几日无人到,让与莲花自在[2]香。

【注释】

[1]欲:将要。

[2]自在:自由,不受拘束。

【点评】

画面上是荷塘、绿槐、水亭,就是不见人影。诗人风趣地说,这样构图是为了让荷花自由自在地飘香。这首诗的构思可谓自出机杼,新颖别致。

指头画莲赠少仙

化工[1]原也费心裁[2],水养灵根露养胎。
忽悟[3]此花清净[4]相[5],一弹指[6]顷[7]一如来[8]。

【注释】

[1]化工:天工;自然创造或生长万物的功能。

[2]心裁:出于自心的创造和裁断。

[3]悟:了解;领会。

[4]清净:佛教称远离罪恶与烦恼。

[5]相(xiàng):貌相;貌。

[6]一弹指:比喻时间短暂。佛经说二十念为一瞬,二十瞬为一弹指。

[7]顷:短时间。

[8]如来:即佛祖。

【点评】

荷花出淤泥而不染的特性与佛教主张远离罪恶与烦恼相一致，因而，诗人灵感突发，想到了用指头画荷花。由此，我们可以看出在艺术创作中，想象、灵感发挥着奇妙作用。

舒 位

舒位(1765—1815)，清代诗人，字立人，号铁云，直隶大兴(今属北京市)人。乾隆举人。家庭贫穷，以馆幕为生。其诗多羁旅、行役及咏史之作，少数作品对时政有所讽刺。有《瓶水斋诗集》等。亦作杂剧。

六月二十四日荷花荡[1]泛[2]舟作 二首

吴门桥外荡[3]轻舻[4]，流管清丝[5]泛玉凫[6]。
应是花神避生日，万人如海一花无。

栏花风老意阑珊[7]，难觅吴王销夏湾。
肠断采莲人去后，鸳鸯飞过洞庭山。

【注释】

[1]荡：积水长草的洼地。
[2]泛：浮行。
[3]荡：摇动；来回摆动。
[4]舻(lú)：船前头刺棹处。此处指船。
[5]流管清丝：流转的管乐声和清越的弦乐声。
[6]玉凫：玉制的凫形酒尊。凫，泛指野鸭。
[7]阑珊：衰落。将残、将尽之意。

【点评】

农历六月二十四日，俗称荷花生日。江南的风俗，每逢这一天，万众划船赏荷，但奇怪的是这一天荷花竟连一朵也没开放。诗人采用拟人手法，风趣地说这是因为荷花喜欢清静，有意回避这一天人们的打扰。这样写，于热闹中现出清幽，耐人寻味，也说明诗人善于捕捉生活中的诗意。

罗觐恩

罗觐恩，清代诗人，生平不详。

晦[1]夜荷塘小泛[2]

宿鸟[3]定烟林，幽人[4]还独往。
云昏潭影见[5]，潮静秋空响[6]。
芳酒引荷筒，高歌击兰桨。
不知凉露重，第[7]爱香飙[8]爽[9]。
渔庄认火归，苔磴[10]缘[11]云上。
万象[12]方沈冥[13]，孤怀[14]倍虚朗。
神清无凡梦，地寂多远想。
何处识[15]元[16]音，风林人心赏。

【注释】

[1]晦(huì)：昏暗。
[2]泛：浮行。这里指荡舟。
[3]宿鸟：指栖息的鸟。宿，住宿。
[4]幽人：幽居之人。指隐士。
[5]见(xiàn)：同“现”。显现。
[6]响：发出响声。
[7]第：但；只。
[8]飙(biāo)：疾风；暴风。
[9]爽：清爽。
[10]磴(dèng)：山路的石级。
[11]缘：沿着，顺着。
[12]万象：宇宙间的一切事物或现象。
[13]沈冥：深沉冥默。沈，同“沉”。
[14]怀：心意，心情。
[15]识：认识，知道。
[16]元：始；第一。

【点评】

对暗夜荡舟荷塘所见的景物,从形、光、声、味等方面生动、细致地予以描写,给人以清冷孤寂的感觉。隐者的心态及生活方式,于此可见一斑。

何绍基

何绍基(1799—1873),清代诗人、书法家,字子贞,号东洲,道州(今湖南道县)人。道光进士,官编修、四川学政。论诗推重苏轼、黄庭坚,为晚清宋诗派作家。其诗内容多写个人日常生活或题咏金石书画。工书。有《东洲草堂诗集、文钞》等。

慈仁寺荷花池　二首

泊[1]船先戒[2]榜人[3]哗,避热来寻古佛家。
好是净因香火地,有三十六亩荷花。

坐看倒影浸[4]天河,风过栏干水不波。
想见夜深人散后,满湖萤火比星多。

【注释】

[1]泊:停船靠岸。
[2]戒:告诫。
[3]榜(bàng)人:摇船的人。
[4]浸(jìn):泡在水里。

【点评】

夜幕降临,风力微弱,水波不兴。坐在池塘边,看到天河的倒影浸在水中,星光点点,璀璨可爱。诗人用想象中的满湖萤火和眼前的景象对照,使虚实相映生辉,也用意中景扩展了诗中景,给读者余味无穷的感觉。第一首的末句"有三十六亩荷花"不符合古诗的句式要求,即不符合七字句"二、二、三"停顿的格律,因而读起来拗口,可谓败笔。

费应旭

费应旭,清代诗人,生平不详。

画　荷

一棹[1]西泠路,芰荷[2]开绕塘。
歌声起何处,飞出两鸳鸯。

【注释】

[1]棹(zhào):摇船的用具。也指船。

[2]芰(jì)荷:出水的荷。指荷叶或荷花。

【点评】

采莲的歌声飞扬,但不知起自何方,说明荷花茂密,荷塘宽广;鸳鸯惊飞,说明莲舟轻快,采莲繁忙。这首诗采用了侧面描写的方法,显得含蓄、生动。

薛廷文

薛廷文,清代诗人,生平不详。

画　荷

净洗铅华[1]点绿芜[2],碧筒[3]初放水平铺。
红衣[4]不肯轻狼藉[5],莫遣[6]秋风到画图。

【注释】

[1]铅华:搽脸的粉。

[2]绿芜:丛生的草。

[3]碧筒:指新生未展开的荷叶。

[4]红衣:指红莲的花朵。

[5]狼藉:纵横散乱。

[6]遣：派遣，差遣。

【点评】

青翠的荷叶平铺在水面，荷塘外是丛生的碧草。在这一片碧绿的背景上，红莲展瓣怒放。诗人愿他画的荷花红颜常驻，便风趣地说西风切莫吹进图画中来。这样虚实结合地来写，诗便显得意味隽永。艺术想象的魅力在这里得到生动的表现。

潘遵祁

潘遵祁，清代诗人，生平不详。

莲　藕

长桥廿[1]四枕船眠，一种诗心上鹭肩。
不画荷花画莲藕，爱他风味[2]占[3]秋前。

【注释】

[1]廿(niàn)：二十。
[2]风味：美好的口味。
[3]占：据有。

【点评】

避开一般人画花、画叶的惯常思路，另辟蹊径，专画莲藕，表现出一种独特的审美视角。“诗心上鹭肩”，是化虚为实的写法，新颖别致。

荷　花　二首

第四桥边记泊[1]船，诗心凉到鹭鸶[2]肩。
白荷花上初过雨，有客西窗跂[3]脚眠。

解[4]事吴侬[5]趁晓凉，荷花生日泛[6]南唐。
何如消息湾头去，香在湖波州里长。

【注释】

[1]泊(bó):停船靠岸。

[2]鹭鸶(lù sī):鸟名,即白鹭。

[3]跂(qǐ):通"企"。踮起脚尖。

[4]解:明白;知道。

[5]吴侬(nóng):吴地人的代称。侬,我。

[6]泛:飘浮。此处指划船。

【点评】

题为荷花,但并不正面写荷,而是表现与荷花有关的情趣,如偃卧游船细听急雨打荷的声音。第二首诗也并不正面描写荷花生日那天泛舟南塘的盛况,而是用消息湾荷香更浓郁来对照,引人遐想。诗歌的一个特征就在于激发读者的联想、想象。

赵国华

赵国华,清代诗人,生平不详。

莘县城西见荷花

县小常可喜,晨出暮必至。
行行[1]烦暑散,飒[2]然寡[3]车骑。
隐约城西隅[4],田水湛[5]明媚[6]。
迤逦[7]三四亩,藉花出禾穗。
邑[8]境久荒瘠[9],见此足心慰。
立马暂向前,宛[10]尔纳凉地。
参差[11]缀香梗,野风满翘翠。
亭亭[12]处幽静,喧戏谢[13]童稚。
他日吾不知,咫尺[14]愧为吏。
傥[15]有高怀[16]人,独清在衡泌[17]。

【注释】

[1]行行:走着不停。

[2]飒(sà):风声。

[3]寡：少。
[4]隅(yú)：角落。
[5]湛(zhàn)：澄清。
[6]明媚：鲜妍悦目。多指自然景色。
[7]迤逦(yǐ lǐ)：曲折连绵。
[8]邑(yì)：旧时县的别称。
[9]瘠(jí)：土质硗(qiāo)薄。
[10]宛：宛然；好像。
[11]参差(cēn cī)：长短、高低不齐。
[12]亭亭：耸立的样子；高的样子。
[13]谢：推辞。
[14]咫(zhǐ)尺：比喻距离很近。
[15]傥(tǎng)：假如。
[16]怀：心怀；胸怀。
[17]衡泌：旧称隐居之地。

【点评】

审美，是人们高雅的精神追求。对于那些困扰在繁杂琐细事务中的人来说，偷闲欣赏自然美是排遣烦闷、怡情悦性不可缺少的活动。难怪诗人在城外荒僻之地碰见一处荷塘时，便慨叹相见恨晚了。

吴俊卿

吴俊卿，清代诗人，生平不详。

荷花寄井南

雪个画荷，泼墨瓯[1]许[2]著纸上，以秃笔扫花，生意盎[3]然，但[4]少香耳。此画拟之，可为知者道。

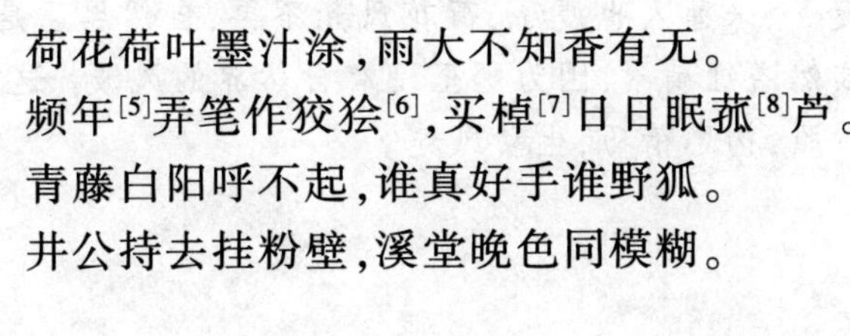

荷花荷叶墨汁涂，雨大不知香有无。
频年[5]弄笔作狡狯[6]，买棹[7]日日眠菰[8]芦。
青藤白阳呼不起，谁真好手谁野狐。
井公持去挂粉壁，溪堂晚色同模糊。

【注释】

[1]瓯(ōu):盆盂一类的瓦器。

[2]许:约计的数量。如:少许。

[3]盎(àng):洋溢;充盈。

[4]但:只;仅。

[5]频年:连年。

[6]狡狯(kuài):游戏。

[7]棹(zhào):摇船的用具。也指船。

[8]菰(gū):植物名,俗称茭白。多年生水生草本植物。可作蔬菜。

【点评】

丹青贵在传神,不在毕肖。要想在画中画出荷香来,是不可能的,但诗人孜孜追求,戏问自己画的墨荷“不知有香无”。其实,诗人追求的艺术境界是:遗貌取神,让欣赏者用通感从墨荷上联想出荷花香味来。

沈汝瑾

沈汝瑾,清代诗人,生平不详。

题画荷

太液池久荒[1],采莲人亦瘦。
此处无风波,红衣[2]尚[3]如旧。

【注释】

[1]荒:荒废;弃置。

[2]红衣:指红莲的花朵。

[3]尚:还。

【点评】

荷池荒废了,采莲人也瘦了,荷花风光不再,自然界已是一片肃杀景象,可是画中的荷花依然溢红滴翠,因为那里没有自然界的风波。这首短诗将深秋景象和画中的荷花对照,构思精巧,生动风趣。

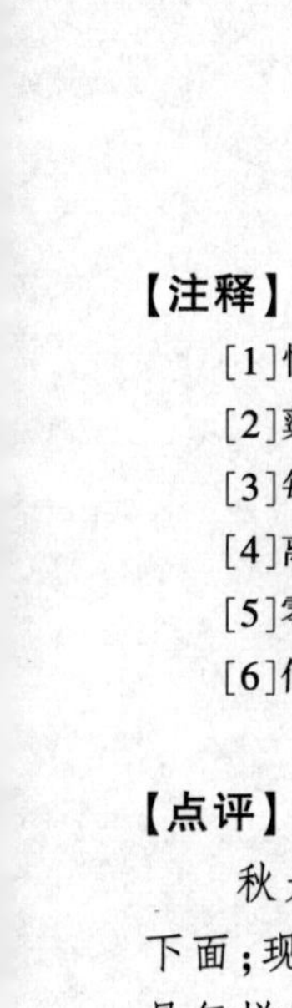

梁鼎芬

梁鼎芬,清代诗人,生平不详。

秋　荷

玉溪怊[1]怅赋红蕖[2],每[3]为离披[4]感故居。
一水鸳鸯渐头白,秋香零落[5]意何如[6]。

【注释】

[1]怊(chāo,又读tiáo):悲伤。

[2]蕖(qú):荷花的别称。

[3]每:时常;往往。

[4]离披:分散的样子。

[5]零落:凋谢;脱落。

[6]何如:怎么样。

【点评】

秋光渐老,故居前的荷花红衰叶残,诗人为此赋诗寄怀。鸳鸯常栖息在荷花下面;现在秋香零落,鸳鸯的"故居"残破,诗人由己及物,推想它们的心情如今又是怎样的呢?诗人总是容易动感情的,诗思也往往由此产生。

陈　锐

陈锐,清代诗人,生平不详。

见池荷感秋　二首

摇落[1]向横塘,芙蕖[2]晚独芳[3]。
砌[4]阴微见[5]月,叶响欲[6]来霜。
乍觉孤尊[7]尽,遥知一水凉。

阑干[8]无限好，为女[9]坐秋香。

笛去楼仍在，花开槛[10]易孤。
渐看秋已到，自可梦相扶[11]。
艳思销[12]红烛，凉声满碧湖。
思欢勿复[13]道，慊慊[14]祇驱驱。

【注释】

[1]摇落：凋残；零落。
[2]芙蕖(qú)：即荷花。
[3]芳：香。
[4]砌(qì)：台阶。
[5]见(xiàn)：同“现”。显现。
[6]欲：将要。
[7]尊：古代酒器。
[8]阑干：即栏杆。
[9]女：通“汝”。你。
[10]槛(jiàn)：窗户下或长廊旁的栏杆。
[11]扶：帮助。
[12]销：通“消”。消散；消失。
[13]复：再；更。
[14]慊(qiàn)慊：遗憾或不满足的样子。

【点评】

荡舟横塘，赏荷怀远。由于想到霜期将至，草木摇落，红衰翠减，心头不禁涌上一缕惆怅之情。

俞明震

俞明震，清代诗人，生平不详。

同伯严后湖观荷

城头紫烟[1]低，城背莽[2]萧瑟[3]。
江山不满眼，万荷补其隙[4]。

初花弄光影，颠倒[5]一湖叶。
繁声疑雨来，微凉散空阔。
小艇不容篙[6]，趺坐[7]波平膝。
攲[8]岸出荒洲，稍见兵火迹。
当年岸帜处，廊空积潦[9]人。
倒影两秃翁，风亭坐超忽[10]。
清香满残照，绿意上鸟翮[11]。
遗世[12]渺[13]愁予，见汝亭亭日。
溟[14]渤非不宽，万事在眉睫[15]。

【注释】

[1]紫烟：日光照射水汽反映出紫色的烟雾。

[2]莽(mǎng)：密生的草。亦泛指草。

[3]萧瑟：树木被秋风吹拂所发出的声音。

[4]隙(xì)：空；闲。

[5]颠倒：上下倒置。

[6]篙(gāo)：撑船用的竹竿或木杆。

[7]趺(fū)坐："结跏趺坐"的略称。佛教中修禅者的坐法，即双足交迭而坐。

[8]攲(qī)：倾斜。

[9]潦(lǎo)：雨后地面积水。

[10]超忽：怅然自失。

[11]翮(hé)：羽毛中间的硬管。此处指鸟的翅膀。

[12]遗世：超然于人世之外。

[13]渺：遥远，深远。

[14]溟(míng)：海。

[15]眉睫：眉毛和睫毛，泛指人的形貌。也极言迫近。

【点评】

这是一首赏荷抒怀诗。后湖荷花初放，湖上荷叶田田，一派旖旎风光。泛舟赏荷，却无法排遣"老之将至"的愁绪，想遗世而立，又觉得远不可及；终于冷静下来，采取了面对现实的积极态度。诗人触景动情，虽然面临人生的黄昏，但并不悲观。

赵　熙

赵熙，清代诗人，生平不详。

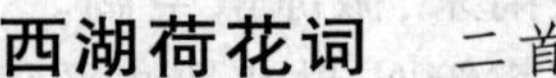

西湖荷花词　二首

西湖真个水仙家，水色蓝天印翠纱。
玉样山光围住水，全家儿女住荷花。

老僧湖上晒袈裟[1]，自打山钟度岁华[2]。
见说[3]出家无一事，寺前寺后种荷花。

【注释】

[1]袈裟：佛教僧尼的法衣。

[2]岁华：年华，时光。

[3]见说：即听说，唐时俗语。

【点评】

第一首诗着力从色彩方面描写西湖的秀丽山水。第二首诗写僧人清静自在的非世俗生活。种荷花与出家人不染红尘的思想境界合拍。这两首诗语言平易、清丽、流畅。

何振岱

何振岱，清代诗人，生平不详。

题所画莲花

画莲不作春花媚[1]，宿[2]鹭遮鱼致[2]自奇。
一亩野塘天乞[3]与，东风何力未曾知。

【注释】

[1]媚：美好。

[2]宿：住宿。此处指栖息。

[3]致：达到；求得。

[4]乞(qì)：给予。

【点评】

东风送暖,给了百花争艳斗妍的力量。夏天荷花在野塘开放,这是上天给它创造了条件,与东风有什么关系呢?诗人想象新奇,构思巧妙,写得风趣生动,给读者以艺术美的享受。

疏孟涛

疏孟涛,清代诗人,生平不详。

癸酉六月七日同意才绍宇等消夏携琴泛舟莲花池即景[1]

莲池风景晚来多,清夏闲游一棹[2]过。
明月半轮沉玉镜,新荷数点叠烟螺。
鸥惊人语飞红蓼[3],鱼听弦歌戏碧波。
回忆儿时垂钓处,绿杨拂水影婆娑[4]。

【注释】

[1]即景:眼前的景物。后因称以眼前景物为题材的诗为"即景诗"。

[2]棹(zhào):摇船的用具。也指船。

[3]蓼(liǎo):植物名。种类多,味辛辣。

[4]婆娑:舞蹈。

【点评】

中间两联对仗工稳,比喻贴切,辞藻华美,写景生动;尾联以回忆收束,使眼前景和意中景融合,从而扩展了意境,给人以余味无穷的感受。

钱凤纶

钱凤纶,清代诗人,生平不详。

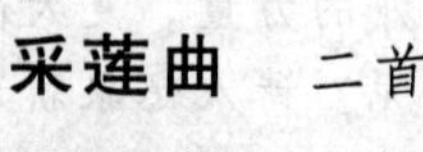

采莲曲　二首

芙蓉[1]灼灼[2]斗红妆[3]，双桨中流荡[4]夕阳。
频[5]嘱小姑轻笑语，莫教惊起宿鸳鸯。

尽日[6]轻风泛[7]画船，波摇翠袖舞翩跹[8]。
何缘[9]花里忘归路，贪看湖心并蒂莲。

【注释】

[1]芙蓉：荷花的别称。

[2]灼(zhuó)灼：鲜明的样子。

[3]红妆：指女子盛妆。也指美女。此处指荷花娇艳。

[4]荡：摇动。

[5]频：屡次。

[6]尽日：整日。

[7]泛：浮行。

[8]翩跹(piān xiān)：形容舞姿轻快旋转。

[9]何缘：因为什么。缘：为了；因为。

【点评】

这两首短诗富有乐府民歌风味，语言节奏明快、色彩亮丽、活泼风趣。采莲姑娘热情开朗的形象呼之欲出。从怕惊起宿眠的鸳鸯和贪看湖心并蒂莲，可以看出她们对爱情的憧憬和渴望。

曹鑑冰

曹鑑冰，清代诗人，生平不详。

莲　花

红藕花开夏日长，薰风[1]吹动满湖香。
清标[2]自合称君子，却把姿容比六郎[3]。

【注释】

[1]薰(xūn)风:即"熏风",东南风;和风。

[2]清标:清高的品格。

[3]六郎:唐人张宗昌,容貌俊秀,时人谓"荷花似六郎"。

【点评】

从红藕映日、满湖飘香,写出荷花的娇美之姿;结尾赞美荷花出淤泥而不染的清高品格。

蔡　桓

蔡桓,清代诗人,生平不详。

病中咏秋荷

出尘花品爱池荷,零落[1]秋风可奈何[2]。
共羡莲房多结子,子多赢得苦心多。

【注释】

[1]零落:凋谢;脱落。

[2]奈何:怎么办。

【点评】

品格高洁的荷花在秋风中凋谢,引起诗人的惋惜、感叹。三、四两句中的"多结子"、"多苦心",语意双关。诗人病中咏荷,似有言外之意。

钱孟钿

钱孟钿,清代诗人,生平不详。

残 荷

一片秋心近水殊[1],空庭为惜雨声枯。
曾含夕露衣同冷,及听清歌[2]梦已孤。
几干纷披[3]随败箨[4],半塘摇落[5]并残蒲。
薰[6]风不与留颜色,翠佩江皋[7]再见无[8]。

【注释】

[1]殊:不同。
[2]清歌:清亮的歌声。此处指雨打荷叶声。
[3]纷披:分散;杂沓。
[4]箨(tuò):草木脱落的皮叶。
[5]摇落:凋残;零落。
[6]薰(xūn):即"熏风",东南风,和风。
[7]皋:岸;近水处的高地。
[8]无:句末语气词。用同"否"。

【点评】

中间两联对仗严整,用词典雅,细致描写了残荷纷披、摇落的衰貌。诗人对荷花应节凋残、红衰翠减,美好事物逝去,表现了深深的惋惜之情。

王照圆

王照圆,清代诗人,生平不详。

过西海子[1]看新荷

凉亭水榭[2]映朝霞,碧沼[3]初开菡萏[4]花。
海子西头杨柳岸,绿烟深处是仙家。

【注释】

[1]海子:即湖。
[2]榭(xiè):建在高土台上的敞屋。
[3]沼:小池。

[4]菡萏(hà dà):荷花。

【点评】

绚丽的朝霞与初开的荷花交相辉映,鲜艳的色彩给人以视觉冲击,这淡淡的一笔就给人留下了美好印象。诗人着重采用侧面烘托的方法,写西海子由于荷花对环境的美化作用,成了仙家居住的地方,从而进一步显出了荷花自然美的魅力。

王采蘋

王采蘋,清代诗人,生平不详。

白荷花

亭亭[1]翠盖[2]覆华池,独立谁怜[3]绝世[4]姿[5]。
一镜清波低照影,月明风静露凉时。

【注释】

[1]亭亭:耸立的样子;高的样子。
[2]翠盖:指荷叶。
[3]怜:爱惜。
[4]绝世:冠绝当代。
[5]姿:容貌。

【点评】

开头两句写白莲亭亭独立,绝世容貌无人赏识;三、四两句既表现了白莲冰清玉洁的丽姿,也表现了白莲在月下清波中顾影自怜的孤寂情态。诗人似有怜花自惜之意。

路秀贞

路秀贞,清代诗人,生平不详。

白　莲

雨过暗闻香，凌波[1]试淡妆。
珊珊[2]仙袂[3]冷，鸥梦伴银塘。

【注释】

[1]凌波：形容女子步履轻盈。此处指白莲临水的轻盈姿态。

[2]珊珊：形容衣裾玉珮的声音。

[3]袂(mèi)：衣袖。

【点评】

开头从香气和步态描写白莲风韵。三、四两句用拟人方法写白莲裙裾、衣袂发出的声音显得清冷，只有鸥鸟在梦中与它相伴。古人认为鸥鹭忘机（没有机心），白莲在梦中与鸥鸟相伴，更显出其高洁脱俗的品格。

许禧身

许禧身，清代诗人，生平不详。

并蒂莲

平明[1]信[2]步绕芳塘，傍柳随堤过曲廊。
湖比[3]鸳鸯还共泛，亭开荷芰[4]自相庄。
出尘不染双心洁，并影同看佳兴[5]长。
我本爱花花对语，频[6]将佳兆[7]祝祯[8]祥。

【注释】

[1]平明：天大亮的时候。

[2]信：随意。

[3]比：并列；紧靠。

[4]荷芰(jì)：即芰荷。出水的荷。指荷叶或荷花。

[5]兴：兴会；兴致。

[6]频：屡次。

[7]兆：预兆，征兆。事情发生前的迹象。

[8]祯(zhēn):吉祥。

【点评】

赞美一茎双蒂、同心并影的奇花异卉,期盼它能预兆吉祥。结尾写与花对语,可谓奇思妙想,别有情趣。

秋瑾

秋瑾(1879—1907),近代民主革命烈士,字璿卿,号竞雄,别署鉴湖女侠,山阴(今浙江绍兴)人。1904年赴日本留学,积极参加留日学生的革命活动,次年由光复会会员加入同盟会。1906年回国后,与其他革命党人一起组织反清革命斗争,被捕后英勇不屈,慷慨就义。善诗歌,作品宣传资产阶级民主革命思想,体现了爱国精神,笔调雄健,感情奔放。亦能词。遗稿编入《秋瑾集》。

白莲

莫[1]是仙娥坠玉珰[2],宵[3]来幻出水云乡。
朦胧池畔讶[4]堆雪,淡泊风前有异香。
国色[5]由来夸素[6]面,佳人[7]原不借浓妆。
东皇为恐红尘[8]涴[9],亲赐寒潢明月裳。

【注释】

[1]莫:不。
[2]珰(dāng):古时女子的耳饰。
[3]宵:夜。
[4]讶(yà):惊奇;诧异。
[5]国色:旧时形容美貌冠群的女子。
[6]素:本色的;不加修饰的。
[7]佳人:美女。
[8]红尘:闹市的飞尘,形容繁华。
[9]涴(wò):为泥土所污。

【点评】

开头巧用神话故事切入,写白莲在众花中不同凡响;三、四两句承前,从颜色、香气方面描写白莲风韵;五、六两句用对照方法,进一步凸现了白莲高洁脱俗的品格。诗如其人,赞美白莲冰清玉洁,实际上是咏物抒怀,表现了一代女杰宽广无私的胸襟和坚定不移的操守。

李调元

李调元(1734—?),清代戏曲理论家、文学家,字羹堂,号雨村,绵州(今四川绵阳)人。乾隆进士,历任广东学政、直隶通永道。戏曲论著有《雨村曲话》等。另著有《童山全集》,民歌集《粤风》等。

小西湖新种莲花盛开简宁湘维　二首

春时初种夏全敷[1],早见亭亭[2]不染污。
雨濯[3]红妆如乍[4]浴,风翻翠盖[5]欲[6]平铺。
牡丹比貌姿[7]差[8]逊,栀子[9]同心味岂殊。
藕是西湖移得至,称名合[10]唤小西湖。

昨朝[11]芗[12]圃什邡[13]回,为说环城菡萏[14]开。
苦少佳吟偕[15]汝和[16],尚迟尊[17]酒望余来。
放生鱼鳖多希雨,破浪蛟龙岂待雷。
后会[18]何时期[19]再约,只愁座又缺邹枚[20]。

【注释】

[1]敷(fū):铺陈。

[2]亭亭:耸立的样子;高的样子。

[3]濯(zhuó):洗涤。

[4]乍(zhà):刚;初。

[5]翠盖:指荷叶。

[6]欲:将要。

[7]姿:容貌。

[8]差(chā):比较上;略。

[9]栀(zhī)子:一种常绿灌木,夏季开花,白色,很香。

[10]合:应当。

[11]朝(zhāo):早晨。

[12]芗(xiāng):俱;同。

[13]什邡(fāng):地名。什邡县,在四川省成都平原北部。

[14]菡萏(hàn dàn):荷花的别称。

[15]偕(xié):俱;同。

[16]和(hè):唱和;和答。

[17]尊:古代的酒器。

[18]会:见面。

[19]期:希望。

[20]邹枚:西汉文学家邹阳和枚乘的合称。此处借指友人。

【点评】

第一首诗,在“雨濯”、“风翻”的动态描写中展现荷花风采,在同牡丹和栀子的静态比照中更显荷花特色,篇末照应题目。第二首诗,在赏荷、饮酒、赋诗、邀约中表现了真挚的友情。

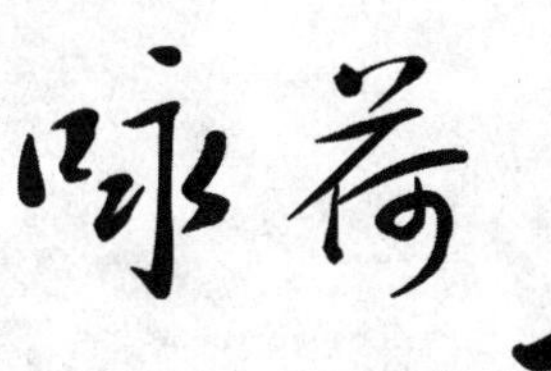

咏荷词

月在碧壶中佳人向
乱荷中去花气杂风
凉满船香
云被歌声摇动泛被
诗情掇送碎里卧花
心捆红余

温庭筠

温庭筠(约812—866),唐诗人、词人,字飞卿,太原(今属山西)人。仕途不得意,官止国子助教。其诗词藻华丽,仅少数作品对时政有所反映。词多写闺情,风格秾艳。现存词六十余首,在唐词人中数量最多,大都收入《花间集》中。

荷叶杯

一点露珠凝冷,波影,满池塘。绿茎红艳两相乱,肠断[1],水风凉。

【注释】

[1]肠断:形容极度悲痛。

【点评】

荷塘上露冷风凉。在断肠人看来,绿茎红艳显得有些纷乱,这是因为她愁绪萦怀。这首词设色浓艳,词语凝练,意境蕴藉,体现了温词的风格特点。

李 珣

李珣(约855—约930),五代前蜀词人,字德润,家居梓州(今四川三台),其祖先为波斯人。蜀亡不仕。其词多写闺情离愁,也能诗,有《琼瑶集》,已佚。

南乡子

乘彩舫[1],过莲塘,棹[2]歌惊起睡鸳鸯。带香游女偎[3]伴笑,争窈窕[4]。竞折团荷遮晚照[5]。

【注释】

[1]舫(fǎng):船。一般指小船。

[2]棹(zhào):摇船的用具。也指船。

[3]偎(wēi):紧贴;挨着。

[4]窈窕(yǎo tiǎo):美好的样子。

[5]照:光线射到。引申指日光。

【点评】

从色彩、声音、情态方面描绘了一幅荷塘晚照图。衣带荷香、翠盖遮面、开朗欢乐的采莲女形象栩栩如生。

欧阳炯

欧阳炯(896—971),五代后蜀词人,益州华阳(今四川成都)人。善吹长笛,工词。曾任翰林学士。其词多写艳情。曾为《花间集》作序,表达了花间派词人对于词的一般看法。

女冠子

秋宵[1]秋月,一朵荷花初发[2]。照前池,摇曳熏[3]香衣,婵娟[4]对镜时。蕊中千点泪,心里万条丝。恰似轻盈[5]女,好风姿[6]。

【注释】

[1]宵:夜。

[2]发:花开。

[3]熏(xūn):气味侵袭。

[4]婵(chán)娟:美好的样子。也指美女。

[5]轻盈:形容姿态、动作的轻巧优美。

[6]风姿:亦作"丰姿"。风度仪态。

【点评】

用婵娟对镜比喻临池开放的荷花,贴切、新颖。"千点泪"、"万条丝",语意双关,暗寓怀人的情思。

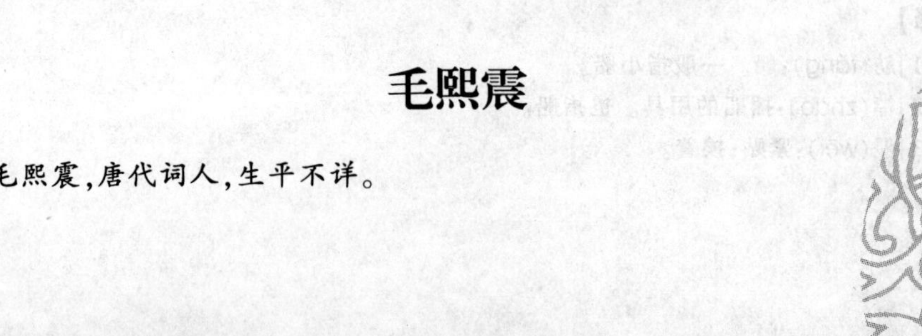

毛熙震

毛熙震,唐代词人,生平不详。

菩萨蛮

绣帘高轴临[1]塘看。雨翻荷芰[2]真珠散。残暑晚初凉。轻风渡水香。无憀[3]悲往事。争那牵情思。光影暗想催。等闲秋又来。

【注释】

[1]临:面对。

[2]荷芰(jì):即"芰荷",出水的荷。指荷叶或荷花。

[3]憀(liáo):依赖。

【点评】

临塘赏荷,暑退凉来,诗人触景生情,禁不住感叹季节更替、时光难驻。雨水从荷叶上翻滚下去,如同断线珍珠散落,比喻恰切、生动。

李 璟

李璟(916—961),五代南唐中主,词人。本名景通,改名瑶,后名璟,字伯玉,徐州(今属江苏)人。其词仅存四首,在晚唐五代词中意境较高。后人把他与其子煜(后主)的作品合刻为《南唐二主词》。

浣溪沙

菡萏[1]香销[2]翠叶残。西风愁起绿波间。还与韶光[3]共憔悴[4],不堪[5]看。

细雨梦回鸡塞[6]远。小楼吹彻[7]玉笙寒。多少泪珠无限恨,倚[8]阑干。

【注释】

[1]菡萏(hàn dàn):荷花的别称。

[2]销:通"消"。消散,消失。

[3]韶光:美好时光。常指春光。

[4]憔悴(qiáo cuì):脸色黄瘦。

[5]堪:经得起。

[6]鸡塞:即鸡鹿塞,汉朝的边塞。

[7]彻:遍。

[8]倚：靠着。

【点评】

这是一阕思妇怀远的词。词中通过环境描写烘托气氛（荷花凋残、西风愁起）以及心理活动刻画（梦赴边塞、热泪零落），含蓄、深沉地表达了她对远征人的浓烈思念之情。

徐昌图

徐昌图，南唐词人，生平不详。

河　传

秋光满目。风清露白，莲红水绿。何处梦回，弄珠拾翠盈盈[1]。倚[2]兰桡[3]，眉黛[4]蹙。[5]　　采莲调[6]稳，吴侣[7]声相续，倚棹[8]吴江曲[9]。鹭起暮天，几双交颈鸳鸯。入芦花、深处宿。

【注释】

[1]盈盈：仪态美好的样子。

[2]倚（yǐ）：靠着。

[3]桡（ráo）：桨。

[4]眉黛（dài）：古代女子用黛画眉，因称眉为眉黛。

[5]蹙（cù）：皱；收缩。

[6]调（diào）：曲调。

[7]侣：同伴；伴侣。

[8]棹（zhào）：摇船的用具。也指船。

[8]曲：曲折隐秘的地方。

【点评】

这阕词含蓄委婉地表达了一位佳人的心曲。从她倚桨蹙眉以及结尾处“几双交颈鸳鸯”的景语暗示，可以看出她在思念意中人。全词意境朦胧、深沉，体现了宋词注重意境创造的特点。

晏　殊

晏殊(991—1055),北宋词人,字同叔,临川(今属江西)人。景德进士,庆历中官至集贤殿学士、同平章事兼枢密使。其词擅长小令,多表现官僚士大夫的诗酒生活和悠闲怀致,语言婉丽。原有集,已散佚,仅存《珠玉词》及清人所辑《晏元献选文》。

渔家傲

荷叶初开犹[1]半卷。荷花欲拆[2]犹微绽[3]。此叶此花真可羡。秋水畔。青凉伞红妆[4]面。　　美酒一杯留客宴。拈花摘叶情无限。争奈[5]世人多聚散。频[6]祝愿。如花似叶长相见。

【注释】

[1]犹:还;仍。

[2]拆:拆开。这里指荷花开。

[3]绽:开裂。

[4]红妆:指女子盛妆。也用以指美女。

[5]争奈:怎奈;无奈。

[6]频:屡次。

【点评】

上片写绽蕾欲放的荷花与青凉伞下的红妆人面相映,下片写世间聚少离多,祝愿人们如花与叶一样能经常相见。这阕词描绘了封建官僚士大夫的生活情趣(即赏花、宴请),在内容上没有多少积极意义。它体现了晏殊词的风格特点。

又

杨柳风前香百步。盘心碎点真珠露。疑是水仙开洞府[1]。妆景趣。红幢[2]绿盖[3]朝天路。　　小鸭飞来稠闹处。三三两两能言语。饮散短亭人欲[4]去。留不住。黄昏更下潇潇[5]雨。

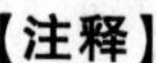

【注释】

[1]洞府：道教所谓神仙居住的地方。

[2]幢(zhuàng)：车帘。

[3]盖：遮阳障雨的用具。此处指车篷。

[4]欲：想要。

[5]潇潇：微雨的样子。

【点评】

这是一阕描写日常生活情景的词。上片用比喻(盘心点珠、洞府开门)生动地表现了荷花溢红滴翠的风姿；下片用小鸭嬉戏的动景来映衬。结尾用黄昏细雨的景语作结，余音袅袅。

浣溪沙

绿叶红花媚[1]晓烟。黄蜂金蕊欲拔[2]莲。水风深处懒回船。　可惜异香珠箔[3]外，不辞[4]清唱玉尊[5]前。使星归觐[6]九重天。

【注释】

[1]媚：美好。

[2]拔：分开。

[3]珠箔(bó)：即珠帘。珍珠缀成的或饰有珍珠的帘子。

[4]辞：推辞。

[5]尊：古代酒器，用以盛酒。

[6]觐(jìn)：古代诸侯秋朝天子之称。后为晋见国家元首的通称。

【点评】

用绿、红、黄、金等色彩浓艳的辞藻描写荷花的娇媚情态，并写出赏荷吟唱、流连忘返的情景。

柳　永

柳永，北宋词人，原名三变，字耆卿，崇安(今属福建)人。景祐进士，官屯田员外郎。为人放荡不羁，终身潦倒。其词长于抒写羁旅行役之情，也多描写歌妓生活和城市风光之作，时有颓废思想和庸俗情趣。诗仅存《煮海歌》一首，描写盐民贫苦生活。有《余章集》。

河　传

淮岸。向[1]晚。圆荷向背[2]，芙蓉[3]深浅。仙娥[4]画舸[5]，露渍[6]红芳交乱。难分花与面。　　采多渐觉轻船满。呼归伴。急桨烟村远。隐隐棹[7]歌。渐被蒹葭[8]遮断，曲终[9]人不见。

【注释】

[1]向：将近，接近。

[2]向背：正面和背面。

[3]芙蓉：荷花的别称。

[4]娥(é)：美女。

[5]舸(gě)：大船。也指小船和一般的船。

[6]渍(zì)：浸；泡。

[7]棹(zhào)：摇船的用具。也指船。

[8]蒹葭(jiān jiā)：蒹，没有长穗的芦苇。葭，初生的芦苇。

[9]终：结束。

【点评】

这是一阕描写采莲情景的双调词。上片用华美的词藻描写采莲女的娇容与荷花的红颜交相辉映，妩媚动人；下片写看采莲的人一直望到归舟远去、莲歌声断、人不见影，空余一片怅惘之情。全词用语凝练，情景交融，耐人寻味。

欧阳修

欧阳修(1007—1072)，北宋文学家、史学家，字永叔，号醉翁、六一居士，吉水(今属江西)人。天圣进士，曾任枢密副使，参知政事。主张文章应“明道”、致用，对宋初以来追求奢靡、绮丽的文风表示不满，并积极培养后进，是北宋古文运动的领袖。所作散文，说理畅达，抒情委婉，旧时列为“唐宋八大家”之一；诗风与其散文近似，语言流畅自然。其词婉丽，承袭南唐余风。有《欧阳文忠集》。

南乡子

雨后斜阳。细细风来细细香。风定波平花映水，休藏。照出轻盈[1]半面妆。　　路隔秋江。莲子深深隐翠房[2]。意在莲心无问处，难忘。泪浥[3]红腮不记行。

【注释】

[1]轻盈：形容动作、姿态的轻巧优美。

[2]翠房：指莲房。

[3]浥(yì)：湿润。

【点评】

明写荷花，暗写丽人，语意双关，寄托思念伊人之情。意境朦胧，韵味无穷，体现了委婉绮丽的风格。

蝶恋花

越女采莲秋水畔。窄袖轻罗，暗露双金钏[1]。照影摘花花似面。芳心只共丝争乱。　　鸂鶒[2]滩头风浪晚。雾重烟轻，不见来时伴。隐隐歌声归棹[3]远。离愁引著江南岸。

【注释】

[1]钏(chuàn)：手镯。

[2]鸂鶒(xī chì)：水鸟名，毛有五色。

[3]棹(zhào)：摇船的用具。也指船。

【点评】

在秋水中的倒影里，人面与荷花相辉映，巧妙地写出了越女的妖娆风姿。芳心与藕丝争着比纷乱，这样虚实并写，使抽象的心思具体化，显得很生动。同伴归去，越女迟迟不肯回舟，显出离愁深重。

又

水浸秋天风皱浪。缥缈[1]仙舟，只似秋天上。和[2]露采莲愁一饷[3]。看花却是啼妆[4]样。　　折得莲茎丝未放。莲断丝牵，特地成惆怅[5]。归棹[6]莫随花荡漾[7]。江头有个人相望。

【注释】

[1]缥缈(piāo miǎo):隐隐约约、若有若无的样子。

[2]和(hé):带。

[3]饷(shǎng):通“晌”。一会儿。

[4]啼妆:以粉拭目下啼痕曰“啼妆”。

[5]惆怅(chóu chàng):因失望或失意而哀伤。

[6]棹(zhào):摇船的用具。也指船。

[7]荡漾(yàng):水微动的样子。

【点评】

天空倒映在水中,莲舟仿佛在天上行走,比喻新颖巧妙。由于心头涌起淡淡的哀愁,采莲女看带露的荷花仿佛在流泪。“莲断思牵”,一语双关,暗示采莲女在思念意中人。

渔家傲

妾[1]本钱塘苏小妹。芙蓉[2]花共门相对。昨日为逢青伞盖。慵[3]不采。今朝[4]斗[5]觉凋零[6]䵘[7]。　愁倚画楼无计奈。乱红飘过秋塘外。料得明年秋色在。香可爱。其如镜里花颜改。

【注释】

[1]妾:旧时妇女自称的谦词。

[2]芙蓉:荷花的别称。

[3]慵(yōng):懒。

[4]朝(zhāo):早晨。

[5]斗(dǒu):通“陡”。突然。

[6]凋零:即“雕零”。草木凋谢零落。

[7]䵘(shà):同“煞”。表示程度之深。

【点评】

用第一人称抒写,读来亲切。昨日懒得去采,今朝突然觉得荷花凋零不堪;愁倚画楼,又看见红雨乱落。在苏小妹的主观感觉里时光过得太快,因而感叹好花会重开,红颜却难驻。其实,明年再开的荷花哪能和今年的完全一样呢?

又

叶有清风花有露，叶笼花罩鸳鸯侣。白锦顶丝红锦羽。莲女妒。惊飞不许长相聚。　　日脚[1]沉红天色暮。青凉伞上微微雨。早是水寒无宿处。须回步。枉[2]教[3]雨里分飞去。

【注释】

[1]日脚：日之光影。

[2]枉：徒然，白白地。

[3]教(jiāo)：使。

【点评】

从嫉妒鸳鸯相聚一事切入，表现采莲女对爱情的热切渴望，角度新颖，构思巧妙。

又

荷叶田田[1]青照水。孤舟挽在花阴底。昨夜萧萧[2]疏[3]雨坠。愁不寐[4]。朝[5]来又觉西风起。　　雨摆风摇金蕊碎。合欢[6]枝上香房翠。莲子与人长厮[7]类[8]。无好意。年年苦在中心里。

【注释】

[1]田田：荷叶相连的样子。

[2]萧萧：象声词。形容马鸣声、风声或树叶摇落声等。

[3]疏：稀。

[4]寐(mèi)：睡眠。

[5]朝(zhāo)：早晨。

[6]合欢：植物名，即马缨花，落叶乔木，花淡红色，可供观赏。

[7]厮：互相。

[8]类：相似。

【点评】

人生不如意，十常有八九。以莲子心苦比喻人生多愁苦，贴切、新颖。

又

近日门前溪水涨。郎船几度偷相访。船小难开红斗帐。无计向。合欢[1]影里空惆怅[2]。　愿妾[3]身为红菡萏[4]。年年生在秋江上。重愿郎为花底浪。无隔障。随风逐雨长来往。

【注释】

[1]合欢：植物名，即马缨花，落叶乔木，花淡红色，可供观赏。

[2]惆怅(chóu chàng)：因失望或失意而哀伤。

[3]妾：旧时妇女自称的谦词。

[4]菡萏(hàn dàn)：即荷花。

【点评】

这阕词具有乐府民歌风味，直率地表达了青年男女之间的纯真爱情。以红菡萏和花底浪相依不离比喻情侣之间形影相随的亲密关系，给人以新颖的感觉。

晏几道

晏几道(约1030—约1106)，北宋词人，字叔原，号小山，临川(今属江西)人。晏殊第七子。曾任颖昌府许田镇监。晚年家道中落。其词多伤感情调。有《小山词》。

清平乐

莲开欲遍。一夜秋声转。残绿断红香片片。长是西风堪[1]怨。　莫愁[2]家住溪边。采莲心事年年。谁管水流花谢，月明昨夜兰船。

【注释】

[1]堪：可；能。

[2]莫愁：即莫愁女。

【点评】

不管水流花谢，年年记着采莲，昨夜又趁着月明回船，表现了一种潇洒狂放的人生态度。

浣溪沙

一样宫妆[1]簇[2]彩舟。碧罗团扇自障羞。水仙人在镜中游。　腰自细来多态度，脸因红处转[3]风流。年年相遇绿江头。

【注释】

[1]宫妆：宫中的装束。

[2]簇(cù)：聚集；簇拥。

[3]转：反而。

【点评】

运用比喻、拟人的方法描写荷花，显得含蓄、生动。

采桑子

湘妃[1]浦口莲开尽，昨夜红稀。懒过前溪。闲舣[2]扁[3]舟看雁飞。去年谢女池边醉，晚雨霏微[4]。记得归时。旋折新荷盖舞衣。

【注释】

[1]湘妃：传说中舜之二妃娥皇、女英。

[2]舣(yǐ)：附船着岸。

[3]扁(piān)舟：小舟。

[4]霏微：迷蒙的样子。

【点评】

用抒情、雅致的笔调，叙写了今昔两件富有诗意和情趣的小事。

蝶恋花

笑艳[1]秋莲生绿浦。红脸青腰，旧识凌波[2]女。照影弄妆娇欲[3]语[4]。西风岂[5]是繁华主。　可恨良辰天不与[6]。才过斜阳，又是黄昏雨。朝落暮开空自许[7]。竟无人解[8]知心苦。

【注释】

[1]艳:喜爱,羡慕。

[2]凌波:形容女子步履轻盈。

[3]欲:想要。

[4]语:说话。

[5]岂:副词。表反问。相当于"难道"、"怎么"。

[6]与:给予。

[7]许:期望。

[8]解:明白;知道。

【点评】

用拟人方法写荷花如凌波女一般风姿绰约,感叹西风劲吹、时序频催,荷花芳容难驻。末句"心苦"语意双关。

苏轼

苏轼(1037—1101),北宋大文学家、书画家,字子瞻,号东坡居士,眉山(今属四川)人。嘉祐进士。因反对王安石新法,以作诗"谤讪朝廷"罪贬谪黄州。哲宗时任翰林学士,曾出知杭州、颍州,官至礼部尚书。后又贬谪惠州、儋州。卒后谥文忠。学识渊博,喜奖励后进。在政治上虽属旧党,但也有改革弊政的要求。其文明白畅达,为"唐宋八大家"之一。其诗清新豪健,善用夸张比喻,在艺术表现方面独具风格。少数诗篇也能反映民间疾苦,指责统治者的奢侈骄纵,但也有些诗篇表现出保守的政治观点和消极情绪。其词开豪放一派,对后代很有影响。擅长行楷书,既取法前人,又自创新意。与蔡襄、黄庭坚、米芾并称"宋四家"。能画竹,也喜作枯木怪石。论画主张神似。诗文有《东坡七集》等。存世墨迹有《赤壁赋》、《黄州寒食试帖》等。画竹有《竹石图》等。

浣溪沙 荷花

四面垂扬十里荷。问云[1]何处最花多。画楼南畔夕阳和。　天气乍[2]凉人寂寞,光阴须[3]得酒消磨。且来花里听笙歌。

【注释】

[1]云:用于句中,作语助,无义。

[2]乍(zhà):忽然。

[3]须：应当。

【点评】

在夕阳西下时，去四面垂杨的荷塘边听歌、饮酒，排遣寂寞，表现了一种消闲雅致的生活情趣。

荷花媚　荷花

霞苞电荷碧。天然地、别是风流[1]标格[2]。重重青盖下，千娇照水，好红红白白。　每怅[3]望、明月清风夜，甚低迷[4]不语，妖邪无力。终须放、船儿去，清香深处住，看伊[5]颜色。

【注释】

[1]风流：犹“风韵”。多指女子。

[2]标格：犹“风范、风度”。

[3]怅(chàng)：失意；懊恼。

[4]低迷：昏昏沉沉、模模糊糊。

[5]伊：彼；他。

【点评】

从描写色彩、香气入手，表现了荷花“千娇照水，红红白白”的风流标格。

减字木兰花

五月二十四日，会于无咎之随斋。主人汲[1]泉置大盆中，渍[2]白芙蓉[3]，坐客翛[4]然，无复有病[5]暑意。

回风落景。散乱东墙疏[6]竹影。满坐清徽[7]。入袖寒泉不湿衣。
梦回酒醒。百尺飞澜[8]鸣碧井。雪洒冰麾。散落佳人[9]白玉肌。

【注释】

[1]汲(jí)：于井中取水。

[2]渍(zì)：浸；泡。

[3]芙蓉：荷花的别称。

[4]翛(xiāo)：无拘无束、自由自在的样子。

[5]病：担忧；患苦。

[6]疏：稀；不密。

[7]清徽：高雅的谈吐。

[8]澜：大波。

[9]佳人：美女。此处指白莲。

【点评】

引来清泉注入大盆中，浸泡白莲，既驱散了暑热，又美化了室内环境；同时，激发了文人墨客的高雅情趣。这是一次创造美、欣赏美的有益活动。飞澜碧井，佳人玉肌，比喻形象、生动。

王齐愈

王齐愈，宋代词人，生平不详。

菩萨蛮

远香风递莲湖满。满湖莲递风香远。光鉴[1]试新妆，妆新试鉴光。
棹[2]穿花处好，好处花穿棹。明月咏[3]歌清，清歌咏月明。

【注释】

[1]鉴：古代器名，青铜制成，形似大盆，用以盛水等。古时没有镜子，古人常盛水于鉴，用来照影。战国以后大量制作镜照影，因此，青铜镜也称为鉴。

[2]棹(zhào)：摇船的用具。也指船。

[3]咏：曼声长吟；歌唱。

【点评】

这是一阕回文词，即诗中句子顺读、反读，意思都通。虽然近似文字游戏，但它充分体现了古代汉语单音词占绝对优势的特点。这首词描写了月下荡舟莲塘的情景，在内容上没有多大意义，但它表现了诗人驾驭文字的深厚功力。

黄　裳

黄裳，宋代词人，生平不详。

满江红　红湖观莲

绿盖[1]纷纷，多少个、云霄[2]仙子。应是有，瑶池盛会，靓[3]妆临水。无奈轻盈[4]风信急，瑞香乱翠红相倚[5]。谁共吟、此景竹林人，桃溪士。

时雨过，明珠[6]细。朝雾染，香腮腻。轻舟破幽径，烦襟[7]都洗。第一朵须[8]寻华池景，寿觞[9]边偶得黾[10]千岁。乘兴泻、云液落新荷，休辞醉。

【注释】

[1]绿盖：此处指荷叶。

[2]云霄：高空。

[3]靓(jìng)妆：脂粉妆饰。

[4]轻盈：形容动作、姿态的轻巧优美。

[5]倚：靠着。

[6]明珠：此处指荷叶上的水珠。

[7]襟：心怀。

[8]须：应当。

[9]觞(shāng)：古代盛酒器。

[10]黾(měng)：蛙的一种。

【点评】

上片用比喻、拟人方法描写荷花溢红滴翠、迎风送香的倩影丽姿，下片写荡舟莲湖、醉酒遣闷的情景。全词描写、抒情、叙事结合，表现了文人雅士的生活情趣。

秦　观

秦观(1049—1100)，北宋词人，字少游、太虚，号淮海居士，高邮(今属江苏)人。曾任秘书省正字，兼国史院编修官等职。文辞为苏轼所赏识，是“苏门四学士”之一。词属婉约一派。多写男女情爱，也颇有感伤身世之作。又能诗。有《淮海集》。

调笑令　采莲

诗曰：若耶溪边天气秋，采莲女儿溪岸头。笑隔荷花共人语，烟波渺渺荡轻舟。数声水调红娇晚，棹转舟回笑人远。肠断谁家游冶郎，尽日踟蹰临柳岸。

柳岸。水清浅。笑折荷花呼女伴。盈盈[1]日照新妆[2]面。水调空传幽怨[3]。扁舟[4]日暮笑声远。对此令人肠断[5]。

【注释】

[1]盈盈：仪态美好的样子。

[2]妆：妆饰的式样。

[3]幽怨：潜藏在心里怨恨。

[4]扁(piān)舟：小舟。

[5]肠断：形容极度悲痛。

【点评】

映日的荷花与人面相映，各尽风流。日暮时分，采莲女乘兴回舟，笑声渐渐远去，岸上的多情人空自肠断。这也是一首爱情诗，写得含蓄朦胧，耐人寻味。

虞美人

行行[1]信[2]马横塘畔。烟水秋平岸。绿荷多少夕阳中。知为阿谁凝恨、背西风。　红妆[3]艇子来何处。荡桨偷相顾[4]。鸳鸯惊起不无愁。柳外一双飞去、却回头。

【注释】

[1]行行：走着不停。

[2]信：听凭；随意。

[3]红妆：指女子盛妆。

[4]顾：看。

【点评】

多情男子伫立在夕阳下的荷塘畔，面带愁容怅望着；忽然，一个红妆女子荡着小艇而来，偷看了那男子一眼。词人敏锐地捕捉了这古代眉目传情的瞬间，化平凡为诗意。一双鸳鸯飞去，起了烘托气氛的作用。

贺　铸

贺铸(1052—1125),北宋词人,字方回,号庆湖遗老,卫州(今河南汲县)人。曾任泗州、太平州通判,晚年退居苏州。好以旧谱填新词,且易其调名。其词善于锤炼字句,又常运用古乐府及唐人诗句入词。内容多刻画闺情离思,也有叹嗟功名不就,纵酒狂放之作。词集名《贺方回词》。也能诗文,有《庆湖遗老集》。

千叶莲

闻你侬[1]嗟[2]我更嗟。春霜一夜扫秾[3]华。永无清啭[4]欺头管,赖[5]有浓香著[6]臂纱。　　侵海角,抵天涯。行云谁为不知家。秋风想见西湖上,化出白莲千叶花。

【注释】

[1]你侬(nóng):吴地方言,你。

[2]嗟:感叹。

[3]秾(nóng):花木繁盛的样子。

[4]啭:鸟声婉转。

[5]赖:依赖;依靠。

[6]著:"着"的本字。附着。

【点评】

这是一阕写闺怨离情的词。意境朦胧,意味隽永。行云化为白莲千叶花,想象奇特。

芳心苦　荷花

杨柳回塘,鸳鸯别浦[1]。绿萍[2]涨断[3]莲舟路。断无蜂蝶慕幽香,红衣[4]脱尽芳心苦。　　返照[5]迎潮,行云带雨。依依[6]似与骚人[7]语。当年不肯嫁春风,无端[8]却被秋风误。

【注释】

[1]浦:水边;岸边。

[2]萍:浮萍。别称青萍。浮生在水面,夏季开白花。

[3]断:决然无疑。

[4]红衣:指红莲花朵。

[5]返照:夕阳回照。

[6]依依:依恋的样子。

[7]骚人:屈原作《离骚》,因称屈原或《楚辞》作者为骚人。也泛指诗人。

[8]无端:无缘无故。

【点评】

这是一阕闺怨词,也是一首爱情诗。词中的丽人,因爱情失意,显得孤独,内心充满了痛苦。"绿萍涨断莲舟路",她在爱情的路上很不顺利;"断无蜂蝶慕幽香",再无意中人和她交往;"红衣脱尽芳心苦",时光催人,红颜难驻,使她内心很痛苦;"依依似与骚人语",她想向别人倾诉衷肠;"当年不肯嫁春风",荷花不在春天开放,她失去了一次难得的爱情机遇;"无端却被秋风误",秋风劲吹,荷花"脱尽红衣",丽人风韵不再,她被耽误了,留给她的是终生遗憾。

张耒

张耒(1054—1114),北宋诗人,字文潜,号柯山,楚州淮阴(今属江苏)人。熙宁进士,曾任太常少卿等职,为"苏门四学士"之一。其诗风受白居易、张籍影响,平易流畅,对社会矛盾有所反映。也能词。有《张右史文集》。

鸡叫子　荷花

平池碧玉秋波莹[1]。绿云拥扇青摇柄。水宫仙子[2]斗红妆[3],轻步凌波[4]踏明镜。

【注释】

[1]莹:明亮。

[2]仙子:仙女。也用以比喻美女。

[3]红妆:指女子盛妆。

[4]凌波:形容女子步履轻盈。

【点评】

从色彩入手,巧用比喻,描写荷花红妆凌波的婀娜风韵。语言平易流畅,有白居易诗风。

周邦彦

周邦彦(1056—1121),北宋词人,字美成,钱塘(今浙江杭州)人。徽宗时为徽猷阁待制,提举大晟府(音乐机关)。精通音律,曾创作不少新词调。作品多写闺情、羁旅,也有咏物之作。其词格律谨严,追求典丽,流于雕琢,为后来格律派词人所宗。旧时词论曾给予其高度评价,称他为"词家之冠"。有《清真居士集》,已佚。今存《玉片词》。

苏幕遮

燎[1]沉香,消溽暑[2]。鸟雀呼晴,侵晓[3]窥[4]檐语。叶上初阳[5]干宿雨[6]、水面清圆,一一风荷举。　故乡遥,何日去。家住吴门,久作长安旅[7]。五月渔郎相忆否。小楫[8]轻舟,梦入芙蓉[9]浦[10]。

【注释】

[1]燎:放火烧田。引申为燃烧。

[2]溽(rù)暑:又湿又热。指盛夏的气候。

[3]侵晓:即"侵早"。破晓;天刚亮。

[4]窥(kuī):从小孔、缝隙或隐蔽处偷看。

[5]初阳:日初升时的阳光。

[6]宿雨:隔宿(xiǔ)的雨。

[7]旅:在外作客。

[8]楫(jí):划船的短桨。

[9]芙蓉:荷花的别称。

[10]浦:水边,岸边。

【点评】

夜雨初晴,雀鸟啁啾,荷叶摇风,好一个美丽的北国清晨。诗人被眼前的荷花所触动,思乡之情油然而生,回忆起五月天荡着轻舟进入水乡芙蓉浦的情景。回忆中的景扩充了眼前的景，表达了对家乡的深沉思念之情。

仲　殊

仲殊，宋代词人，生平不详。

念奴娇

水枫叶下，乍[1]湖光清浅。凉生商[2]素。西帝宸游[3]罗翠盖[4]，拥出三千宫女。绛[5]彩娇春，铅华[6]掩昼，占[7]断鸳鸯浦[8]。歌声摇曳，浣[9]纱人在何处。

别[10]岸孤袅[11]一枝，广寒宫[12]殿，冷落栖[13]愁苦。雪艳冰肌羞淡泊，偷把胭脂匀注。媚脸笼霞，芳心泣露，不肯为云雨。金波影里，为谁长恁[14]凝伫[15]。

【注释】

[1]乍(zhà)：恰；正。

[2]商：旧以商为五音中的金音，声凄厉，与肃杀的秋气相应，故称秋为商秋。

[3]西帝宸(chén)游：西帝，神话中的五天帝之一，西方之神。宸，帝王的代称。

[4]翠盖：此处比喻荷叶。

[5]绛(jiàng)：大红色。

[6]铅华：搽脸的粉。

[7]占(zhàn)：据有。

[8]浦：水边，岸边。

[9]浣(huàn)：洗濯。

[10]别：另外。

[11]袅(niǎo)："袅袅"，草木柔弱细长的样子。

[12]广寒宫：传说中的月宫。

[13]栖(qī)：居住，停留。

[14]恁(rèn)：如此；这样。

[15]伫(zhù)：久立而等待。

【点评】

这阕词上片以神话故事中西帝巡游的盛况作比，描写湖上荷花翠盖罗列，溢红流丹的美丽壮观景象；下片写独处一隅的一株荷花冷落愁苦，却又不甘寂寞，久久地伫立期待。热烈场面和冷清景象形成强烈对比，诗人似于写景之外有所寄托。

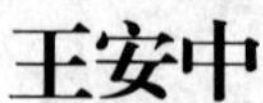

王安中

王安中,宋代词人,生平不详。

小重山　相州荣归池上作

碧藕花风入袖香。涓涓[1]清露浥[2],玉肌凉。折花无语傍[3]横塘。随折处,一寸万丝长。　还更擘[4]莲房。莲心真个苦,似离肠。凌波[5]新恨尽难忘。分携也,触事著思量。

【注释】

[1]涓涓:细水漫流的样子。

[2]浥(yì):湿润。

[3]傍:依靠。

[4]擘(bò):剖;分开。

[5]凌波:形容女子步履轻盈。

【点评】

这是一阕闺怨词。诗人运用比喻、双关的修辞方法,委婉地表达了佳人的愁绪离情。

叶梦得

叶梦得(1077—1148),南宋文学家,字少蕴,号少林居士,原籍吴县(今属江苏),居住吴程(今浙江吴兴)。绍兴进士。绍兴时任江东安抚制置大使,兼知建康府、行宫留守。学问博洽,精熟掌故。其词风格接近苏轼,间有感怀时事之作。也能诗。有《建康集》、《石林诗话》等。

南乡子　自后圃晚步湖上

小院雨新晴。初听黄鹂第一声。满地绿阴人不到，盈盈[1]。一点孤花尚有情。　　却傍[2]水边行。叶底跳鱼浪自惊。日暮小舟何处去，斜横[3]。冲破波痕久未平。

【注释】

[1]盈盈：充积的样子。

[2]傍：依傍；临近。

[3]横(héng)：横放着。

【点评】

写雨晴后小院的景色，历历在目，万绿丛中，一点孤红，清丽可爱。下片结尾景语，韵味悠悠。

鹧鸪天　续采莲曲

晓[1]日初开露未晞[2]。夕烟轻散雨还微。暗摇绿雾游鯈[3]戏。斜映红云属玉[4]飞。　　情脉脉[5]，恨依依。沙边空见棹[6]船归。何人解[7]舞新声曲，一试纤[8]腰六尺围。(“六尺”疑是“尺六”之误。)

【注释】

[1]晓：天亮。

[2]晞(xī)：干燥。

[3]鯈(tiáo)：鱼名。亦称白鲦。

[4]属玉：水鸟名。似鸭而大，长颈赤目，紫绀色。

[5]脉脉(mò)：含情欲吐。

[6]棹(zhào)：摇船的用具。也指船。

[7]解：明白；知道。

[8]纤(xiān)：细小。

【点评】

上片写湖上景色，对仗工稳，比喻生动：荷叶田田似绿雾缭绕，荷花流丹如红

云飘荡。下片写新曲缺少知音,空留一片怅惘之情。

朱敦儒

朱敦儒,南宋词人,字希真,号岩壑,河南(府治今河南洛阳)人。早年隐居不仕。绍兴二年,赐进士出身。曾任两浙东路提点刑狱。其词语言清畅,多写隐居生活,内容消极;南渡后,北方沦陷于金,也有感怀、愤激之作。有《樵歌》。

鹊桥仙　和李易安金鱼池莲

白鸥欲下,金钱不去,圆叶低开蕙[1]帐。轻风冷露夜深时,独自个、凌波[2]直上。　幽阑[3]共晚,明珰[4]难寄,尘世[5]教谁将傍。会寻织女趁灵槎[6],泛旧路、银河万丈。

【注释】

[1]蕙(huì):香草名。俗名佩兰。

[2]凌波:形容女子步履轻盈。

[3]阑:门口的横格栅门。

[4]珰(dāng):古时女子的耳饰。

[5]尘世:即人世。

[6]灵槎(chá):指星槎,古代神话中往来天上的木筏。槎,木筏。

【点评】

上片通过想象写荷花仙子凌波直上,创造出一种清冷孤寂的气氛;下片运用织女和星槎的神话故事,表现出作者幻想遗世独立的隐逸思想。

李清照

李清照(1084—1151),南宋女词人,号易安居士,济南(今属山东)人。早期生活优裕;金兵入据中原后,流寓南方,境遇孤苦。所作词,前期多写其悠闲生活,后期多悲叹身世,情调伤感,有的也流露出对中原的怀念。其词形式上多用白描手法,自辟蹊径,语言清丽。论词强调协律,崇尚典雅、情致,提出词"别是一家"之说,反对以作诗文之法作词。也能诗,留存不多,部分篇章感时咏史,情辞慷慨,与其词风不同。有《易安词》等，已散佚。后人有《漱玉词》辑本。今人集有《李清照集》。

怨王孙

湖上风来波浩渺[1]。秋已暮[2]、红稀香少。水光山色与人亲，说不尽、无穷好。　　莲子已成荷叶老。青露洗、蘋花[3]汀草。眠沙鸥鹭不回头，似也恨、人归早。

【注释】

[1]浩渺：广阔无边的样子。

[2]暮：晚；将尽。

[3]汀(tīng)：水边平地。

【点评】

这是一阕反映词人早期悠闲生活的词。已是晚秋时节，荷花红稀香少，但秋色依然宜人。由于心情愉快，词人觉得水光山色与人亲近，连鸥鹭也似乎依依惜别。这是在审美过程中，由于主体和客体互动而产生的一种移情现象。语言平易、清丽、流畅。

如梦令

常记溪亭日暮[1]。沉醉不知归路。兴[2]尽晚回舟，误入藕花深处。争渡。争渡。惊起一滩鸥鹭。

【注释】

[1]暮：日落的时候。

[2]兴(xìng)：兴会；兴致。

【点评】

看似悠闲平淡的日常生活情景，用格律严整、节奏明快、声韵铿锵的文字表达出来，显得富有韵味、清新可爱。这正是古典诗词艺术魅力之所在。

李重元

李重元,宋代词人,生平不详。

忆王孙　夏词

风蒲[1]猎猎[2]小池塘。过雨荷花满院香。沈李浮瓜[3]冰雪凉。竹方床。针线慵[4]拈[5]午梦长。

【注释】

[1]蒲:水生植物名,可以制席。嫩蒲可吃。

[2]猎猎:风声。

[3]沈李浮瓜:亦作"浮瓜沈李",消夏乐事之称。沈,同"沉"。

[4]慵(yōng):懒。

[5]拈(niān):用指取物。

【点评】

一阵急雨过后,小池中风蒲摇曳,荷花飘香,夏日庭院里清幽安静的小景历历在目。女主人从长长的午梦中醒来后懒得动手取针线的情态,更是特写镜头似地呈现在读者眼前。

李弥逊

李弥逊(1089—1153),宋苏州吴县人,字似之,号筠溪。徽宗大观三年进士。正和中累官起居郎,上封事直言朝政,贬知庐山。宣和末知冀州,募勇士,修城墙,力抗南下金兵。高宗绍兴九年以徽猷阁直学士知漳州,十年归隐福州连江两山。有《筠溪集》。

蝶恋花　西山小湖，四月初，莲有一花

小小芙蕖[1]红半展。占早争先，不奈腰肢软。罗袜凌波[2]娇欲[3]颤。向人如诉闺[4]中怨。　把酒与君成眷恋[5]。约束新荷，四面低歌扇。不放游人偷眼盼。鸳鸯叶底潜窥见。

【注释】

[1]芙渠(qú)：即荷花。

[2]凌波：形容女子步履轻盈。

[3]欲：将要。

[4]闺：特指女子卧室。

[5]眷(juàn)恋：深切思念；依依不舍。

【点评】

用拟人方法，生动地描写出争先半放的一朵荷花的娇媚情态。由于它很娇嫩，除了鸳鸯在叶下偷窥外，“不放游人偷眼盼”，这样写风趣地表现了词人爱花、惜花的心情。

陈与义

陈与义(1090—1139)，别号简斋，北宋洛阳(今属河南)人。南渡以后，写过一些杰出的诗篇，词也写得流利自然。

虞美人

余甲寅岁，自春官出守湖州。秋杪道中，荷花无复存者。乙卯岁，以病卜居青墩。立秋后三日行，舟之前后，如朝霞相映，望之不断也。

扁舟[1]三日秋塘路。平度荷花平。病夫因病得来游。更值[2]满川微雨、洗新秋。　去年长恨拏[3]舟晚。空见残荷满。今年何以[4]报君恩。一路繁花相送、过青墩。

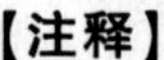

【注释】

[1]扁(piān)舟:小船。

[2]值:逢着。

[3]拏(ná):牵引。

[4]何以:用什么。

【点评】

一叶扁舟,三日行程,一路繁花相送,使病夫也有了好的心情。词中将去年残荷满塘的萧索景象与今年繁花照眼的动人画面相对照,充分显示了自然美景对人的怡情悦性作用。

菩萨蛮　荷花

南轩[1]面对芙蓉[2]浦[3]。宜风宜[4]月还宜雨。红少绿多时。帘前光景奇。　绳床乌木几[5]。尽日[6]繁香里。睡起一篇新。与花为主人。

【注释】

[1]轩:有窗槛的长廊或小室。

[2]芙蓉:荷花的别称。

[3]浦:水边,岸边。

[4]宜:合适,适宜。

[5]几(jī):矮或小的桌子。

[6]尽日:整日。

【点评】

不论是刮风、下雨,还是月夜、清晨,荷花总是给词人以美的感受。尽日与花为伴,和花一起做主人,表现了一种雅致的生活情趣。

向子諲

向子諲(1085—1152),字伯恭,号芗林居士,宋代临江军清江人。哲宗元符三年,以恩补承奉郎。宣和年间,累迁淮南转运判官等职。高宗立,遣兵勤王,因素以李纲为善,为黄潜善所罢。绍兴年间累知广州、江州,进徽猷阁待制,除户部侍郎。有《芗林集》等。

相见欢

亭亭[1]秋水芙蓉[2]。翠围中。又是一年风露、笑相逢。　天机[3]畔。云锦[4]乱。思无穷。路隔银河犹[5]解、嫁西风。

【注释】

[1]亭亭:高耸的样子;直立的样子。

[2]芙蓉:荷花的别称。

[3]天机:指神话中天上织女的织布机。

[4]云锦:谓织女所织的锦绣美如彩云。

[5]犹:还;仍。

【点评】

这阕词的词牌与词的内容相一致。上片写在一年里秋天的风露中,久别的亲人(指牛郎、织女)又要欢乐相逢;下片中,词人触景生情,展开奇妙的想象:满怀离愁的织女知道,嫁给秋风就会随着西风的吹送来到人间,和家人相聚。全词充满浪漫主义色彩。

张元幹

张元幹(1091—1160),南宋词人,字仲宗,号芦川居士,长乐(今属福建)人。力主抗金。官至将作监丞。其词风格豪迈。又能诗。有《芦川词》等。

浣溪沙

一枕秋风两处凉。雨声初歇[1]漏[2]声长。池塘零落藕花香。　归梦等闲[3]归燕去,断肠[4]分付断云行。画屏今夜更思量。

【注释】

[1]歇(xiē):停息。

[2]漏:古代滴水计时的器具。

[3]等闲:寻常。

[4]断肠:形容悲痛至极点。

【点评】

这是一阕思念远人的词。秋风将凉意吹送给分处两地的人。思念者久久地听着雨声和漏声,不能入睡;另一边的人更是在画屏前苦苦思量。一详一略,两相对照,离情别绪表达得委婉、含蓄,耐人寻味。

如梦令

卧看西湖烟渚[1],绿盖[2]红妆[3]无数。帘卷曲栏风,拂面荷香吹雨。归去。归去。笑损花边鸥鹭。

【注释】

[1]渚(zhǔ):水中的小块陆地。

[2]绿盖:指荷叶。

[3]红妆:女子的盛妆。此处指荷花。

【点评】

从红、绿两色入手,撷取西湖景色,轻轻点染,使人有历历在目之感。

王十朋

王十朋(1112—1171),字龟龄,号梅溪,温州乐清(今属浙江)人。绍兴二十七年进士第一。历知饶湖等州,救灾除弊,颇有治绩。官至龙图阁学士。有《梅溪集》。

点绛唇　清香莲

十里西湖,淡妆浓抹如西子[1]。藕花簪[2]水。清净香无比。　记得曾游,短棹[3]红云里。聊[4]相拟。一盆池水。十里西湖似。

【注释】

[1]西子:即西施。

[2]簪(zān):妇女插髻的首饰。此处作动词,插戴。

[3]棹(zhào):摇船的用具。也指船。

[4]聊:姑且。

【点评】

开头化用苏东坡的诗句："欲把西湖比西子，淡妆浓抹总相宜"。"簪"字用得贴切、传神：荷花亭亭出水，如同插在西子鬓边的头饰。

洪　适

洪适，宋代词人，生平不详。

生查子

六月到盘洲，水阁盟[1]鸥鹭。面面纳[2]清风，不受人间暑。　彩舫[3]下垂杨，深入荷花去。浅笑擘[4]莲蓬，去却[5]中心苦。

【注释】

[1]盟：誓约。

[2]纳：使进入。

[3]舫(fǎng)：船。一般指小船。

[4]擘(bò)：剖；分开。

[5]却：如同"了"。去。

【点评】

与鸥鹭誓约，拟人方法用得恰当，读来生动、风趣。结尾捕捉了采莲中的一个短镜头，细致入微。"去却中心苦"语意双关，既是指去掉莲子的苦心，也借此说明通过赏荷纳凉，排遣心中的烦闷。

赵彦端

赵彦端，宋代词人，生平不详。

鹊桥仙　二色莲

藕花亭上,无尘无暑,滟滟[1]一池秋韵。绿罗宝盖[2]碧琼竿,翠浪里、亭亭[3]月影。　　一家姐妹,两般梳洗,浓淡施[4]朱傅[5]粉。夜深风露逼人怀,问谁在、牙床酒醒。

【注释】

[1]滟(yàn):"潋滟",水满的样子。

[2]绿罗宝盖:指荷叶。

[3]亭亭:高耸的样子;直立的样子。

[4]施:加。

[5]傅(fū):通"敷"。搽;涂。

【点评】

同一家姐妹,两样打扮,施朱者红,傅粉者淡,巧妙地比喻双色莲,新颖、贴切,给人以独特的审美感受。

曾 觌

曾觌,宋代词人,生平不详。

隔浦莲　咏白莲

凉秋湖上过雨。作意回商[1]素。暗绿翻轻盖[2],萧然[3]姑射[4]俦[5]侣。妆脸宜淡伫[6]。红衣[7]妒。步袜凌波[8]去。　　异香度。天教占[9]断,风汀[10]月浦[11]烟渚[12]。纤[13]尘不到,梦绕玉壶清处。多少芳心待怨诉。无语。飞来一片鸥鹭。

【注释】

[1]商:旧以商为五音中的金音,声凄厉,与肃杀的秋气相应,故称秋为商秋。

[2]轻盖:指荷叶。

[3]萧然:冷静的样子。

[4]姑射：古代传说中的神女，其肌肤若冰雪。后以“姑射”形容女子美貌。

[5]俦(chóu)：伴侣。

[6]伫(zhù)：久立而等待。

[7]红衣：指红莲。

[8]凌波：形容女子步履轻盈。

[9]占(zhàn)：据有。

[10]汀(tīng)：水边平地。

[11]浦：水边，岸边。

[12]渚(zhǔ)：水中的小块陆地，小洲。

[13]纤(xiān)：细小。

【点评】

巧用比拟、对照(红莲)方法，并以神话传说中的人物作比喻，生动地描写了白莲纤尘不染、冰清玉洁的风姿。结尾用鸥鹭衬托，更显白莲婀娜风韵。

康与之

康与之，宋代词人，生平不详。

卜算子　赏荷以莲叶劝酒作

明镜盖红蕖[1]，轩[2]户临烟渚[3]，窣窣[4]珠帘淡淡风，香里开尊俎[5]。莫把碧筒弯，恐带荷心苦。唤我溪边太乙[6]舟，潋滟[7]盛[8]芳醑[9]。

【注释】

[1]蕖(qú)：“芙蕖”，即荷花。

[2]轩：有窗槛的长廊或小室。

[3]渚(zhǔ)：水中的小块陆地，小洲。

[4]窣窣(sū)：象声词。此处指珠帘因风吹动发出的声音。

[5]尊俎(zǔ)：尊，古代的酒器。俎，古代割肉用的砧板。

[6]太乙：古星名。此处是船名。

[7]潋滟(liàn yàn)：水满的样子。

[8]盛(chéng)：以器受物。

[9]醑(xǔ)：美酒。

【点评】

巧用迭字，增强了词的音乐性。

又 席间再作

袅袅[1]水芝红，脉脉[2]蒹葭[3]浦[4]。淅淅西风淡淡烟，几点疏疏雨。草草展杯觞[5]，对此盈盈[6]女。叶叶红衣当酒船，细细流霞举[7]。

【注释】

[1]袅袅(niǎo)：纤长柔美的样子。
[2]脉脉(mò)：凝视的样子。后多用于形容情思，有含情欲吐之意。
[3]蒹葭(jiān jiā)：岸边。
[4]浦：水边，岸边。
[5]觞(shāng)：古代盛酒器。
[6]盈盈：仪态美好的样子。
[7]流霞：神话传说中的仙酒名。

【点评】

诗中运用叠字，自《诗经》开始。这与古代汉语中单音节的字占优势相关。这阕词句句用叠字，可说是一个创造。全词声韵铿锵，朗朗上口，极大地增强了词的音乐性，也为其传播插上了翅膀。

张抡

张抡，宋代词人，生平不详。

醉落魄 咏秋

湖光湛[1]碧。亭亭[2]照水芙蕖[3]拆[4]。绿罗盖[5]底争红白。恍[6]若凌波[7]，仙子[8]步[9]罗袜。　如今霜落枯荷折。清香无处重寻觅。浮生[10]似此初[11]无别[12]。及取康强[13]，一笑对风月。

【注释】

[1]湛:澄清。

[2]亭亭:高耸的样子;直立的样子。

[3]芙蕖(qú):即荷花。

[4]拆:拆开。此处指花苞绽放。

[5]绿罗宝盖:指荷叶。

[6]恍(huǎng):形容模糊,不易捉摸。

[7]凌波:形容女子步履轻盈。

[8]仙子:仙女。

[9]步:踏着。

[10]浮生:旧时对人生的一种消极看法,以为世事无定,生命短促,因此称人生为浮生。

[11]初:本来。

[12]别:区别。

[13]康强:安乐强健;康健。

【点评】

将荷花红白争妍、恍若仙子的风韵与霜落风劲、叶枯荷折的萧索情景作对比,由草木的荣枯联想到人生的兴衰,词人能坦然面对自然规律,表现了积极进取的人生态度。

姚述尧

姚述尧,宋代词人,生平不详。

南歌子

王清叔会同舍赏莲花,席间命官奴索词

罗盖[1]轻翻翠,冰姿巧弄红。晚来习习[2]度香风。疑是华山仙子[3]、下珠宫。　　柳外神仙侣,花间锦绣丛。竞将玉质比芳容。笑指壶天[4]何惜、醉千钟[5]。

【注释】

[1]罗盖:指荷叶。

[2]习习:微风和煦的样子。

[3]仙子:仙女。
[4]壶天:指仙境。
[5]钟:古代酒器。

【点评】

从动态、色彩、香气入手,巧用比喻,生动地描绘出荷花的倩影丽姿。

石孝友

石孝友(生卒年不详),字次仲,江西南昌人。乾道二年进士。以词名。有《金谷遗言》。

减字木兰花

赠何藻

新荷小小。比[1]目鱼儿翻翠藻[2]。小小新荷。点破清光景趣多。
青青半卷。一寸芳心浑[3]未展。待得圆时。罩定鸳鸯一对儿。

【注释】

[1]比:并列;紧靠。
[2]藻(zǎo):植物名。指藻类植物。
[3]浑:全。

【点评】

紧扣新荷纤小、半卷的特点来写,并以比目鱼儿和想象中鸳鸯的动态来映衬,使小荷显得灵动可爱。语言清新活泼、口语化。

曹　冠

曹冠,宋代词人,生平不详。

霜天晓角　荷花令

浦溆[1]凝烟。谁家女采莲。手捻[2]荷花微笑，传雅令、侑[3]清欢。　擘[4]叶劝金船。香风袭绮[5]筵[6]。最后殷勤一瓣，分付与、酒中仙。

【注释】

[1]浦溆(xù)：浦，水边，岸边。溆，水边。

[2]捻(niǎn)：用手指搓转。

[3]侑(yòu)：劝；陪侍。特指饮食。

[4]擘(bò)：剖；分开。

[5]绮(qǐ)：美盛。

[6]筵(yán)：竹席。古人席地而坐，用筵作坐具，所以座位也叫筵。后来专指酒席。

【点评】

"手捻荷花微笑"，这一细节描写仿佛特写镜头似的，将采莲女"巧笑倩兮，美目盼兮"的风韵传神地表现出来。"殷勤一瓣"是化虚为实的写法："殷勤"本是抽象的东西，说是"一瓣"，就具体可感了。

范成大

范成大(1126—1193)，南宋诗人，字致能，号石湖居士，吴郡(郡治今江苏吴县)人。绍兴进士，历任处州知府、四川制置使等职。晚年退居故乡石湖。其诗题材广泛。田园诗描写农村风光和民生疾苦，较为突出。但诗中也存在消极虚无思想。又工词。有《石湖居士诗集》、《石湖词》等。

满江红　雨后携家游西湖，荷花盛开

柳外轻雷，催几阵、雨丝飞急。雷雨过、半川荷气，粉融香浥[1]。弄蕊攀条春一笑，从[2]教水溅罗衣湿。打梁州、箫鼓浪花中，跳鱼立。

山倒影，云千叠。横浩荡，舟如叶。有采菱清些[3]，桃根双楫[4]。忘却天涯漂泊地，尊[5]前不放闲愁入。任碧筒、十丈卷金波，长鲸吸。

【注释】

[1]浥(yì):湿润。

[2]从:任;听凭。

[3]些(sā):句末语气助词。

[4]楫(jí):划船的短桨。

[5]尊:古代酒器。

【点评】

一阵急雨过后,西子湖上荷花飘香,莲舟穿梭,萧鼓声声,一片热闹、欢乐的景象,但是,西湖再美,不是诗人的故乡。任美酒千尊,也驱散不了浓浓的乡愁。词中说要"忘却",正是不能忘却;说"不放闲愁入",正说明乡愁是阻挡不住的。

沈 瀛

沈瀛,宋代词人,生平不详。

浣溪沙 雨中荷花

雨点真珠水上鸣。更将青盖[1]一时倾。总是江妃[2]来堕[3]珥[4],访娉婷[5]。

不为含愁啼[6]粉泪,只因贪爱湿行云。惟有游鱼偏得意,许[7]成群。

【注释】

[1]青盖:指荷叶。

[2]江妃:神话传说中的女神。

[3]堕(duò):落下。

[4]珥(ér):女子的珠玉耳饰。

[5]娉(pīng)婷:美好的样子。也指美女。

[6]啼:放声哭。

[7]许:这样;如此。

【点评】

巧用神话故事,紧扣荷花在雨中的情态来描写。荷叶因淋雨而倾斜。由于花光的映照,花上坠落的雨水如粉泪。因下小雨,成群的鱼儿在荷花下游动。杜诗"细雨鱼儿出"可证。

画堂春　风中荷花

荷花含笑调薰风[1]。两情著意[2]尤[3]浓。水精栏槛四玲珑[4]。照见妆容。

醉里偷开琖[5]面，晓来暗坼[6]香风。不知何事苦匆匆[7]。飘落残红。

【注释】

[1]薰(xūn)风：亦作“熏风”。东南风；和风。薰，“熏”的异体字。

[2]著(着)意：用心。著，“着”的本字。

[3]尤：尤其；更加。

[4]玲珑：明澈的样子。

[5]琖(zhǎn)：浅而小的杯子。琖，“盏”的异体字。

[6]坼(chè)：裂开。

[7]匆匆：急遽。

【点评】

用拟人方法写南风吹拂中的荷花。清晨，荷花在南风中开放，飘散着香气。大约是一阵劲风，落红片片，因此，词人感叹“何事苦匆匆”，表现出惜花的深沉心情。

杨万里

杨万里(1127—1206)，南宋诗人，字廷秀，号诚斋，吉水(今属江西)人。绍兴进士，曾任秘书监。主张抗金。诗与尤袤、范成大、陆游齐名，称“南宋四家”。初学江西诗派，后风格转变，以王安石及晚唐诗为借鉴，构思精巧，语言通俗明畅，自称一家。在当时称为杨诚斋体。一生作诗两万多首，传世者仅为其一部分。亦能文。部分诗文关怀时政，反映民间疾苦，较为深切。有《诚斋集》。

昭君怨　咏荷上雨

午梦扁舟[1]花底。香满西湖烟水。急雨打篷声。梦初惊。　却是池荷跳雨。散了真珠还聚。聚作水银窝。泻清波。

【注释】

[1]扁舟(piān):小船。

【点评】

雨珠在荷叶上跳荡,忽而散了开来,像珍珠;忽而又聚在一起,成了一窝水银;忽而,荷叶倾斜,雨水又像清波一样流泻下来。观察细致,比喻生动,体物入微。

张孝祥

张孝祥(1132—1170),南宋词人,字安国,号于湖居士,乌江(今安徽和县乌江镇)人。绍兴进士,官荆南、湖北安抚使。其词风格豪迈,颇有感怀时事之作。在建康留守席上所作《六州歌头》,表现出要求恢复国家统一的激情,对南宋政权的苟且偷安予以强烈谴责,张浚曾为之感动罢席。有《于湖集》、《于湖词》。

渔家傲

红白莲不可并栽,用酒盆种之,遂皆有花,呈周倅

红白莲房生一处。雪肌霞艳难为喻。当是神仙来紫府[1]。双禀赋[2]。人间相见犹[3]相妒。　　清雨轻烟凝态度[4]。风标[5]公子来幽鹭。欲遣[6]微波传尺素[7]。歌曲误。醉中自有周郎[8]顾[9]。

【注释】

[1]紫府:犹仙府。传说中神仙居处。

[2]禀赋:犹天赋。指天姿或体质。

[3]犹:还;仍。

[4]态度:神情;言行举止所表现的神态。

[5]风标:风度;品格。

[6]遣:使;教。

[7]尺素:古代用绢帛书写,通常长一尺,故称写文章所用的短笺为尺素。亦用以指书信。

[8]周郎:即周瑜。

[9]顾:回看。

【点评】

用比喻和拟人的方法描写酒盆中的红白莲“雪肌霞艳”的风韵。“人间相见犹相妒”生动地写出了“红白莲不可并栽”的特点。

卜算子

风生杜若洲，日暮垂杨浦[1]。行到田田[2]乱叶边，不见凌波[3]女　独自倚[4]危[5]栏，欲[6]向荷花语[7]。无奈荷花不应人，背立啼[8]红雨。

【注释】

[1]浦：水边，岸边。

[2]田田：荷叶相连的样子。

[3]凌波：形容女子步履轻盈。

[4]倚：靠着。

[5]危：高。

[6]欲：想要。

[7]语：说话。

[8]啼：放声哭。

【点评】

日暮时分，寻不见荷塘上的丽人，想要对荷花倾诉衷肠，荷花背立不应，落红如雨。这阕词意境朦胧，表达了一种缠绵深沉的思念之情，比直露的表白耐人寻味。

赵汝愚

赵汝愚，宋代词人，生平不详。

柳梢青　西湖

水月[1]光中，烟霞影里，涌出楼台。空[2]外笙箫，云间笑语，人在蓬莱[3]。　天香[4]暗逐[5]风回。正十里、荷花盛开。买个扁舟[6]，山南游遍，山北归来。

【注释】

[1]水月：明净如水的月亮。

[2]空：天空。

[3]蓬莱：古代传说中的神山名。

[4]天香：特异的香味。

[5]逐：追随。

[6]扁(piān)舟：小船。

【点评】

从光线、色彩、形态、声音等方面着笔，传声地描写出“水月光中，烟霞影里”蓬莱仙境般的西湖美景。天外笙箫、云间笑语，是夜色中西湖上特有的景象。

辛弃疾

辛弃疾(1140—1207)，南宋大词人，字幼安，号稼轩，历城(今山东济南)人。出生时，山东已为金兵所占。21岁参加抗金义军，不久即归南宋。一生坚决主张抗金，提出不少恢复失地的建议，均未被采纳，并遭到主和派的打击，曾长期落职闲居于江西上饶一带。其词抒写力图恢国家统一的爱国热情，倾诉壮志难酬的悲愤，对南宋上层统治集团的屈辱投降进行揭露和批判；也有不少吟咏祖国山河的作品。艺术风格多样，而以豪放为主，热情洋溢，慷慨悲壮，笔力雄健，与苏轼并称苏辛。但部分作品也流露出因抱负不能实现的消极情绪。有《稼轩长短句》。今人辑有《辛稼轩诗文钞存》。

卜算子　为人赋荷花

红粉[1]靓[2]梳妆，翠盖[3]低风雨。占[4]断人间六月凉，期[5]月鸳鸯浦。根底藕丝长，花里莲心苦。只为风流[6]有许[7]愁，更衬佳人步。

【注释】

[1]红粉：胭脂和铅粉，女子的化妆品。引申以指女子。

[2]靓(jìng)：以脂粉妆饰。

[3]翠盖：指荷叶。

[4]占：据有。

[5]期：约会。

[6]风流：风韵。多指女子。

[7]许：这样；如此。

【点评】

以拟人方法描写六月荷花“红粉靓梳妆”的妖娆风韵。“藕丝长”、“莲心苦”，语意双关，写荷花仿佛一个风情万种而又愁绪满怀的佳人。

丘　宻

丘宻，宋代词人，生平不详。

夜行船　越上作

水满平湖香满路，绕重城、藕花无数。小艇红妆[1]，疏[2]帘青盖，烟柳画桥斜渡。　　恣[3]乐追凉忘日暮。箫鼓动、月明人去。犹[4]有清歌[5]，随风迢递[6]，声在芰荷[7]深处。

【注释】

[1]红妆：指女子盛妆。也用以指美女。

[2]疏：稀；不密。

[3]恣(zì)：听任；任凭。

[4]犹：还；仍。

[5]清歌：清亮的歌声。

[6]迢(tiáo)递：远的样子。

[7]芰荷：出水的荷。指荷叶或荷花。

【点评】

这阕词描写月夜游湖赏荷的热闹欢乐景象。人们尽情地寻欢追凉，忘了天晚。月亮升起来了，荷花深处还飘来清亮的歌声，可见美景令人陶醉，乐而忘返。

陈三聘

陈三聘，宋代词人，生平不详。

满江红　雨后携家游西湖，荷花盛开

绀[1]縠[2]浮空，山拥髻[3]、晚来风急。吹骤雨、藕花千柄，艳妆新浥[4]。窥[5]鉴[6]粉光犹[7]有泪，凌波[8]罗袜何曾湿。讶汉宫、朝罢玉皇归，凝情立。

尊[9]前恨，歌三叠。身外事，轻飞叶。怅当年空击，誓江孤楫[10]。云色远连平野尽，夕阳偏傍[11]疏林入。看月明、冷浸碧琉璃，君须吸。

【注释】

[1]绀(gàn)：深青带红的颜色。

[2]縠(hú)：绉纱一类的丝织品。

[3]髻(jì)：挽束在头顶的头发。

[4]浥(yì)：湿润。

[5]窥(kuī)：从小孔、缝隙或隐僻处偷看。

[6]鉴：本为青铜镜。此处指湖面。

[7]犹：还；仍。

[8]凌波：形容女子步履轻盈。

[9]尊：古代酒器。

[10]楫(jí)：划船的短桨。

[11]傍：靠近，临近。

【点评】

上片写雨后西湖上荷花艳妆的美丽景色。用拟人方法写荷花临水照影，荷叶上的雨水仿佛丽人脸上的泪珠，细致生动。下片即景抒情，回忆当年中流击楫慷慨发誓的情景。上片写景，下片抒情，这是词中常见的写法。

刘光祖

刘光祖，宋代词人，生平不详。

洞仙歌　荷花

晚风收暑，小池塘荷净。独倚[1]胡床[2]酒初醒。起徘徊、时有香气吹来，云藻[3]乱，叶底游鱼动影。　　空擎[4]承露盖，不见冰容，惆怅[5]明妆晓鸾镜。后夜月凉时，月淡花低，幽梦觉[6]、欲凭谁省。且应记、临流凭阑干[7]，便遥想，江南红酣[8]千顷。

【注释】

[1]倚(yǐ)：靠着。

[2]胡床：亦称交床、交倚、绳床。一种可以折叠的轻便坐具。

[3]藻(zǎo)：植物名。指藻类植物。

[4]擎(qíng)：举；向上托住。

[5]惆怅(chóu chàng)：因失望或失意而哀伤。

[6]觉(jiào)：睡醒。

[7]阑干：亦作"栏杆"。用竹、木、金属或石头等制成的遮拦物。

[8]酣(hān)：浓；盛。

【点评】

眼前小荷塘的景色引起词人淡淡的乡愁。结尾的景语用意中景"红酣千顷"扩展了眼前景，加深了词的意境，拓宽了读者的再创造空间。

赵师侠

赵师侠，一名师技，字介之，燕王德后裔。新淦(今江西新干)人。淳熙二年

(1175年)进士，十五年为江华郡丞。有《坦庵长短句》。

柳梢青　鉴止月下赏莲

水满方塘。菰[1]蒲深处，戏浴鸳鸯。灿锦舒霞，红幢[2]绿盖[3]，时递幽香。

天弓摇挂孤光。映烟树、云间渺茫[4]。散髪披[5]襟，都忘身世，真在仙乡。

【注释】

[1]菰(gū)：植物名，俗称茭白，多年水生宿根草本。

[2]幢(chuáng)：旧时作为仪仗用的一种旗帜。此处借指荷花花朵。

[3]绿盖：指荷叶。

[4]渺茫：时地远隔，模糊，不清楚。

[5]披：散开。

【点评】

从色彩、香气描写荷花，并以戏水鸳鸯的动态来衬托。审美总是和想象联系在一起。诗人由眼前景联想到了仙境，将两者融而为一，忘了“身世”，从而进入审美的最佳状态。

菩萨蛮　鉴止莲花穿阑干开

水风叶底波光浅。亭亭[1]翠盖[2]红妆[3]面。六月下塘春。平铺云锦[4]屏。

露凉轻点缀。绿映珍珠袂[5]。浑[6]似太真妃[7]。倚阑[8]娇困时。

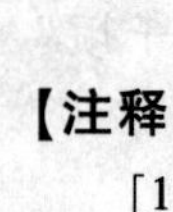

【注释】

[1]亭亭：耸立的样子；高的样子。

[2]翠盖：指荷叶。

[3]红妆：指女子盛妆。此处指红莲花朵。

[4]云锦：丝织物名。因锦纹瑰丽如云彩，故名。

[5]袂(mèi)：衣袖。

[6]浑(hún)：简直。

[7]太真妃：即杨贵妃。“太真”是她的号。

[8]倚阑：靠着栏杆。

【点评】

词人紧紧抓住莲花穿过栏杆开放的特点，展开联想，用杨贵妃困倦时靠着栏杆的神态作比喻，巧妙、新颖、生动。

酹江月　乙未中元自柳州过白莲

晓风清暑，映湖光如练[1]，山光如染。十里荷花香满路，飞盖斜欹[2]妆面。一叶扁舟[3]，数声柔橹[4]，陡[5]觉红尘[6]远。六桥三塔，恍[7]然图画中见[8]。

因念当日三贤，两山佳处，应也经行遍。琢月吟风无限句，景物随人俱[9]显。贺监风流[10]，玄真[11]清致，我亦情非浅。渔簑投老，利名何用深羡。

【注释】

[1]练：洁白的熟绢。

[2]欹(qī)：倾斜。

[3]扁(piān)舟：小船。

[4]橹(lǔ)：一种用人力推进船的工具。

[5]陡(dǒu)：突然。

[6]红尘：闹市的飞尘，形容繁华。

[7]恍(huǎng)：仿佛。

[8]见(xiàn)：同"现"。显现。

[9]俱：全；都。

[10]风流：遗风；流风余韵。

[11]玄真：玉的别名。

【点评】

看见美丽的湖光山色，顿觉远离尘世喧嚣，神清气爽，连世俗热衷的名利也置之度外了。由此可见，欣赏自然美可以陶冶人的情操、提高人的精神境界。

双头莲令　信丰双莲

太平和气兆[1]嘉[2]祥。草木总成双。红苞翠盖[3]出横塘。两两斗芬芳。干摇碧玉并青房。仙髻[4]拥新妆。连枝不解[5]引鸾皇。留取映鸳鸯。

【注释】

[1]兆：预示。

[2]嘉：善；美。

[3]翠盖：指荷叶。

[4]髻(jì)：挽束在头顶的头发。

[5]解：明白；知道。

【点评】

赞美"红苞翠盖"、"两头芬芳"的并蒂莲，表达了人们期盼太平、祥和的愿望。

张镃

张镃，宋代词人，生平不详。

昭君怨　园池夜泛

月在碧虚[1]中住。人向乱荷中去。花气杂风凉。满船香。　云被歌声摇动。酒被诗情掇[2]送。醉裹卧花心。拥[3]红衾[4]。

【注释】

[1]碧虚：碧空。

[2]掇(duō)：用手端取。

[3]拥：围裹。

[4]衾(qīn)：被子。此处指红莲的花朵。

【点评】

下片最后两句写想象中酒醉后的情景：围裹着以红莲花瓣缀成的被子，醉卧在荷花心里。这是多么美好、绮丽的诗情文思啊！也许这种诗情正是适度地饮酒激发出来的，所以词中说"酒被诗情掇送"。

清平乐

方池小小。风搯玻璃皱。数朵荷花开更好。把住薰风[1]一笑，芳容淡注[2]胭脂。亭亭[3]翠盖[4]相依。只欠一双鸂鶒[5]，便如画底屏帷。

【注释】

[1]薰风(xūn)风：东南风；和风。

[2]注：附着。

[3]亭亭：耸立的样子；高的样子。

[4]翠盖：指荷叶。

[5]鸂鶒(xī chì)：水鸟名。亦称紫鸳鸯。

【点评】

以画家的眼光来取景。方池里再添一双紫鸳鸯，便成了一幅立体的荷花鸳鸯图。“风摺玻璃皱”，以玻璃比喻方池平静的水面；不说“风吹皱”，而说“风摺皱”，是不因袭前人的妙笔。

卢 炳

卢炳，宋代词人，生平不详。

念奴娇 白莲

好风明月，共芙蕖[1]、占作人间三绝。试问千花还□□，敢与英姿[2]同列。一曲千钟，凌云[3]长啸，舒放愁肠结。人生易老，莫教双鬓添雪。

回首蝇利蜗名，微官多误，自笑尘生袜。争[4]似玉人[5]真妩媚[6]，表里冰壶明洁。露下寒生，参[7]横斗[8]转，又听胡笳发。夜阑[9]人静，一声清透云阙。

【注释】

[1]芙蕖(qú)：即荷花。

[2]英姿：英俊威武的风姿。

[3]凌云：直上云霄。形容物体升向空中，离地面很远。

[4]争：通“怎”。怎么。

[5]玉人：旧谓容貌美丽的人。

[6]妩媚：姿态美好可爱。

[7]参(shēn)：星名。二十八宿之一。

[8]斗：古星名。也用做星的通名。

[9]阑：残；尽；晚。

【点评】

上片赞美白莲冰清玉洁，在百花中艳压群芳，与好风、明月并列为人间三绝。下片用白莲的“冰壶明洁”与世间追逐“蝇利蜗名”的污浊现象对照，抒发人生感慨，表现了对高洁品格的渴慕与追求。

姜夔

姜夔(约1155—约1221)，南宋词人、音乐家，字尧章，号白石道人，鄱阳(今江西波阳)人。一生未仕，往来鄂、赣、皖、苏、浙间，与当时诗人、词客交游，卒于杭州。工诗，词尤有名，且精通音乐。词重格律，音节谐美，多为写景咏物及记述客游之作，少数作品感伤时事，情调较为低沉。有《白石道人诗集》等。

惜红衣

吴兴号水晶宫，荷花盛丽。陈简斋云，今年何以报君恩，一路荷花相送到青墩。亦可见矣。丁未之夏，予游千岩，数往来红香中。

簟[1]枕邀凉，琴书换日，睡余无力。细洒冰泉，并刀[2]破甘碧。墙头唤酒，谁问讯、城南诗客。岑寂[3]，高柳晚蝉，说西风消息。　　虹梁[4]水陌，鱼浪吹香，红衣[5]半狼藉[6]。维[7]舟试望故国，眇[8]天北。可惜渚[9]边沙外，不共美人游历。问甚时同赋[10]，三十六陂[11]秋色。

【注释】

[1]簟(diàn)：供坐卧用的竹席。

[2]并刀：即并州剪。古时并州出产的剪刀，以锋利著称。

[3]岑(cén)寂：寂静；寂寞。

[4]梁：桥。

[5]红衣：指红莲花朵。

[6]狼藉(jí)：纵横散乱。

[7]维：联结；系。

[8]眇(miǎo)：通“渺”。辽远；高远。

[9]渚(zhǔ)：水中的小块陆地；小洲。

[10]赋：朗诵(诗)。

[11]陂(bēi)：池。

【点评】

荡舟赏荷，于咏物写景中自然地流露出一缕怀念故国的情思。艺术性与思想性和谐统一。

魏了翁

魏了翁，宋代词人，生平不详。

浣溪沙

李参政领客访环湖瑞莲席间索赋

晓镜摇空髻[1]耸丫[2]。夜盘承露掌分叉。翠芳绰约[3]总无华[4]。　欲[5]往从之空怅[6]望，潜虬伏矣莫藏遮。淤泥深处瑞荷花。

【注释】

[1]髻(jì)：挽束在头顶的头发。

[2]丫：树木或物体的分叉。

[3]绰约：姿态柔美的样子。

[4]华：浮华。

[5]欲：想要。

[6]怅(chàng)：失意。

【点评】

用髻耸丫、掌分叉巧妙地比喻瑞莲一茎双花。用拟人方法写处在淤泥中的瑞莲只可远观，不能近玩。

又

密叶留香护境天。好风时雨媚[1]清涟[2]。亭亭[3]双秀倚[4]湖弦。　造化[5]曾居公掌握，呈祥宁[6]许百花先。聊[7]占[8]棣[9]萼蒂芳连。

【注释】

[1]媚：讨好。

[2]涟：风吹水面所形成的波纹。

[3]亭亭：耸立的样子；高的样子。

[4]倚(yǐ)：靠着。

[5]造化：指天地、自然界。

[6]宁：岂；难道。

[7]聊：姑且。

[8]占：据有。

[9]棣(dì)萼：亦作“棣鄂”。兄弟的代称。

【点评】

古代认为荷花“一茎双莲”预示着吉祥，所以词中说荷花呈祥在百花之先。

刘学箕

刘学箕，宋代词人，生平不详。

满江红　双头莲

一柄双花，低翠盖，呈祥现美。人正在、薰风[1]亭上，满襟如水。二陆[2]比方夸俊少，两乔相并修容止[3]。雨初晴、午永斗红酣[4]，真奇耳。

双白鹭，双赪[5]鲤。飞与泳，俱[6]来此。绾[7]双鬟天上，侍香童子。双剑丰城双孕秀，双凫[8]叶县双趋起。谩[9]空谈、国士本无双，今大矣。

【注释】

[1]薰(xūn)风：东南风；和风。

[2]二陆：西晋文学家陆机与其弟陆云的并称。

[3]容止：仪容举止。

[4]酣：浓；盛。

[5]赪(chēng)：赤色。

[6]俱：都；全。

[7]绾(wǎn)：系；盘结。

[8]凫(fú)：泛指野鸭。

[9]谩(màn)：通“慢”。轻视。

【点评】

瑞莲一柄双花,“呈祥现美”,风姿绰约。上片用“二陆”、“两乔”的俊才、娇容作比,从旁映衬;下片连用一组成双的事物烘托气氛,更显出瑞莲的娇媚。

高观国

高观国,南宋词人,字宾王,山阴(今浙江绍兴)人。与史达祖同时,常相唱和。有《竹屋痴语》。

祝英台近 荷花

拥红妆[1],翻翠盖[2],花影暗南浦[3]。波面澄霞,兰艇采香去。有人水溅红裙,相招晚醉,正月上、凉生风露。 两凝伫[4]。别后歌断云间,娇姿[5]黯无语。魂梦西风,端的[6]此心苦。遥想芳脸轻颦[7],凌波[8]微步,镇[9]输与、沙边鸥鹭。

【注释】

[1]红妆:指女子盛妆。也用以指美女。

[2]翠盖:指荷叶。

[3]南浦:南面的水边。后常用以称送别之地。此处泛指荷塘。

[4]伫(zhù):久立而等待。

[5]姿:容貌。

[6]端的:真的;果然。

[7]颦(pín):皱眉。

[8]凌波:形容女子步履轻盈。

[9]镇:长;久。

【点评】

荷花红妆翠盖,娇媚动人。词人将它想象为“凌波微步”、风姿绰约的丽人,表现了对荷花的钟情。

曾揆

曾揆,宋代词人,生平不详。

眼儿媚

芙蓉[1]帐冷翠衾[2]单。魂梦几曾闲。怎禁未许,茫茫烟水,叠叠云山。

去时频[3]把归期约,远不过春残。而今已是,荷花开了,犹[4]倚[5]栏干。

【注释】

[1]芙蓉:荷花的别称。

[2]衾(qīn):被子。

[3]频(pín):屡次。

[4]犹:还;仍。

[5]倚:靠着。

【点评】

这是一阕闺怨词。春去夏来,远行人约定的归期早已过去,思念者依然靠着栏杆,望眼欲穿。

南柯子

桐叶凉生夜,藕花香满时。几多离思有谁知。遥望盈盈[1]一水、抵[2]天涯。　　雨洒征衣泪,月颦[3]分镜眉。相逢又是隔年期[4]。不似画桥归燕、解[5]于飞[6]。

【注释】

[1]盈盈:水清浅的样子。

[2]抵:至;到。

[3]颦(pín):皱眉。

[4]期:约会。

[5]解:明白;知道。

[6]于飞:本指凤和凰相偕而飞,后用为夫妻和谐的比喻。于,作语助,无义。

【点评】

在藕花香满、桐叶生凉的夜间，离别的思念更加深切。两情相隔似在盈盈一水间，实则远在天涯海角。想到相会的时间还很远，禁不住羡慕起那来去双飞、形影不离的画桥归燕来。闺怨词总是写得缠绵悱恻、凄婉动人。

韩 淲

韩淲(sī)(1159—1224)，字仲止，号涧泉，颍川(今河南许昌)人。淡于功名，从仕不久，即隐居上饶。工诗词，清畅有野逸之趣。

虞美人 姑苏画莲

西湖十里孤山路。犹[1]记荷花处。翠茎红蕊最关情。不是薰风[2]、吹得晚来晴。　　而今老去丹青[3]底[4]。醉腻娇相倚[5]。棹歌[6]声缓采香归。如梦如酲[7]、新月照涟漪[8]。

【注释】

[1]犹：迁；仍。

[2]薰风：东南风；和风。

[3]丹青：古代绘画中常用之色。泛指绘画艺术。

[4]底：犹言“里”。里面。

[5]倚(yǐ)：靠着。

[6]棹(zhào)歌：划船时唱的歌。

[7]酲(chéng)：酒醒后所感受的困惫如病状态。

[8]涟漪(yī)：波纹；细小的水波。

【点评】

画家对事物的色彩最敏感，所以说“翠茎红蕊最关情”。画家只有沉浸在他所要画的事物中，并对它产生情感联系，才能画出好画来，从“棹歌声缓采香归。如梦如酲”，也许我们可以约略看出这一点。

赵长卿

赵长卿,宋代词人,生平不详。

满庭芳 荷花

竹飐[1]斜梢,荷倾余沥[2],晚风初到南池。雨收池上,高柳乱蝉嘶。冉冉[3]莲香满院,夕阳映,红浸庭闱[4]。凉生到,碧瓜破玉,白酒酌玻璃。

思量,浮世[5]事,枯荣辱宠,欢喜忧悲。算劳心劳力,得甚便宜。粗有田园笑傲,拣些个、朋友追随。好时景,莫教[6]错过,撞著醉如泥。

【注释】

[1]飐(zhǎn):风吹物,使之颤动。

[2]沥:液体的点滴。

[3]冉冉:慢慢地。

[4]庭闱(wéi):旧指父母住的地方,借以指父母。

[5]浮世:即人世。

[6]教(jiāo):使。

【点评】

面对南池雨收云散、荷香霞红的美景,抒发人生感慨,表现了对世间追名逐利的鄙弃,对淳朴恬淡的田园生活的向往。可以看出,美的事物起着陶冶性情、净化思想的作用。

虞美人 双莲

二乔[1]姐妹新妆了。照水盈盈[2]笑。多情相约五湖游。似向群花丛里、骋[3]风流。丁香枝上千千结。怨惹相思切。争[4]如特地嫁薰风[5]。吐尽芳心点点、绛[6]唇红。

【注释】

[1]二乔:本为"二桥"。汉太尉桥玄有二女皆国色,世称"二乔"。

[2]盈盈:仪态美好的样子。

[3]骋(chéng):尽情施展。
[4]争:通"怎"。怎么。
[5]薰(xūn)风:东南风;和风。
[6]绛(jiàng):大红色。

【点评】

上片以二乔比双莲,新颖、生动,别出心裁;下片以丁香"怨惹相思"与双莲"嫁薰风,吐尽芳心"对照,更显双莲的风流。

清平乐

忠孝堂雨过,荷花烂然,晚晴可人。

水乡清楚。襟袖销[1]袢[2]暑。绰约[3]藕花初过雨。出浴杨妃无语。
葡萄满酌玻璃。已拼一醉酬[4]伊[5]。浪卷夕阳红碎,池光飞上帘帏。

【注释】

[1]销:通"消"。消散,消失。
[2]袢(fán 又读pàn):夏天穿的白色内衣。
[3]绰约:姿态柔美的样子。
[4]酬:劝酒。
[5]伊:彼;他。

【点评】

上片以出浴的杨妃巧喻带雨的藕花,贴切、生动。下片用拟人方法,写用葡萄美酒向杨妃劝饮,别致、风趣。

葛长庚

葛长庚,宋代词人,生平不详。

满江红　咏白莲

昨夜姮娥[1],游洞府[2]、醉归天阙[3]。缘[4]底事[5]、玉簪坠地,水神不说[6]。

持向水晶宫里去，晓来捧出将饶舌[7]。被薰风[8]、吹作满天香，谁分别。

芳[9]而润，清且洁。白似玉，寒于雪。想玉皇后苑[10]，应无此物。只得赋[11]诗空赏叹，教人不敢轻攀折。笑李粗，梅瘦不如他，真奇绝。

【注释】

[1]姮(héng)娥：即嫦娥。

[2]洞府：犹"洞天"。道教所谓神仙居住的地方。

[3]天阙(què)：古指帝京，谓帝王宫阙所在。也指朝廷。

[4]缘：因为；为了。

[5]底事：何事；何故。

[6]说：通"悦"。喜欢，高兴。

[7]饶舌：多嘴；唠叨。

[8]薰(xūn)风：东南风；和风。

[9]芳：香；香气。

[10]苑(yuàn)：畜养禽兽并种植林木的地方。

[11]赋：创作。

【点评】

由于莲花瓣像古代妇女首饰簪子的形状，词人由此展开奇特的联想：嫦娥醉归天阙时，玉簪不慎落地，最后变成白莲，清香满天。下片又用李粗、梅瘦加以对比，更衬托出白莲的风韵。这阕词想象丰富、瑰丽，具有浪漫主义色彩。

赵以夫

赵以夫(1189—1256)，宋宗室，字用夫，号虚斋。宁宗嘉定十年进士。历知邵武军、漳州，皆有治绩。理宗嘉熙初为枢密都承旨，次年拜同知枢密院事，淳祐初罢。寻加资政殿学士，进吏部尚书兼侍读，召于刘克庄同修国史。有《易通》、《虚斋乐府》。

双瑞莲

千机云锦里。看并蒂新房，骈[1]头芳蕊。清标[2]艳态，两两翠裳霞袂[3]。似是商量心事。倚[4]绿盖、无言相对。天蘸水。彩舟过处，鸳鸯惊起。

缥缈[5]漾[6]影摇香，想刘阮风流[7]，双仙姝[8]丽。闲情不断，犹[9]恋人间欢会。莫待西风吹老，荐玉醴[10]，碧筒拚醉。清露底。明月一襟归思。

【注释】

[1]骈(pián):并列。

[2]清标:清高的品格。

[3]袂(mèi):衣袖。

[4]倚(yǐ):靠着。

[5]缥缈(piāo miǎo):隐隐约约,若有若无。

[6]漾(yàng):水摇动的样子。

[7]风流:有才学而不拘礼法。

[8]姝(shū):美好。

[9]犹:还;仍。

[10]醴(lǐ):甜酒。

【点评】

相传织女用天机织出像彩云一般的锦绣。词中用"千机云锦"巧妙地比喻莲叶接天、荷花映日的美丽景象,用拟人方法描写瑞莲翠裳霞袂的"清标艳态",并用鸳鸯惊飞的动态渲染气氛,衬托瑞莲的丽姿。

青玉案 荷花

赣州巢黾亭为曾提管赋

水亭横枕荷花浦[1]。觉水面、香来去。亭上佳人[2]云[3]态度[4]。天然娇[5]韵[6],十分捆就,唱尽黄金缕。 耳边低道清无暑。我欲卿卿[7]卿且住。自笑风情[8]衰几许[9]。一床明月,五更残梦,不到阳台[10]路。

【注释】

[1]浦:水边,岸边。

[2]佳人:美女。

[3]云:用于句中,作语助,无义。

[4]态度:神情。

[5]娇:妩媚可爱。

[6]韵:风度。

[7]卿卿:夫妻间的爱称。也用于对人亲昵的称呼。

[8]风情:旧指男女相爱的情怀。

[9]几许:多少。

[10]阳台:旧时称男女欢会之所为"阳台"。

【点评】

词人将娇媚动人的荷花想象为风情万种的佳人,并借用传说故事幻想着和它在梦中相会,可谓爱荷花到了痴情的程度。这也是一种风趣、别致的写法。

吴 潜

吴潜(?—1262),南宋大臣,字毅夫,宣州宁国(今属安徽)人。嘉定进士,官至左丞相,主张加强战守之备,以抗御元兵,对南宋朝廷的苟且偷安深表忧虑。后遭谪贬死于循州。能诗词。其词激昂凄劲,颇有感怀时事之作。原有集,已散佚。明人辑有《履斋遗集》。

念奴娇

咏白莲用宝月韵

一般妙质,笑乐天、夸诧[1]小蛮樊素[2]。万柄参差[3]罗翠扇[4],全队西方靓[5]女。不假[6]施[7]朱,也非涂碧,所乐惟幽浦。神仙姑射[8],算来合共游处。

一任冶[9]妓秾[10]姬[11],采莲歌里,尽是相思苦。花气荷馨[12]清入骨,长傍[13]银河东注。月澹[14]风轻,雾晞[15]烟细,忽洒霏微[16]雨。此时心事,美人泽畔停伫[17]。

【注释】

[1]诧(chà):夸耀。

[2]小蛮樊素:即小蛮和樊素,白居易的两位家伎名。伎,歌女。

[3]参差(cēn cī):长短、高低不齐。

[4]翠扇:指荷花。

[5]靓(jìng):以脂粉妆饰。

[6]假:借。

[7]施:加。

[8]姑射(yè):古代传说中的仙女名。后用以形容女子貌美。

[9]冶:艳丽。

[10]秾(nóng):花木茂盛的样子。

[11]姬:古时妇人的美称。

[12]馨(xīn):芳香;特指散布很远的香气。

[13]傍:临近。

[14]澹(dàn):波浪起伏或流水迂回的样子。此处形容月光如水。

[15]晞(xī):晒干。

[16]霏微:迷蒙的样子。

[17]伫(zhù):久立而等待。

【点评】

用拟人和对比的方法描写白莲的高洁妙质和婀娜风韵。白居易赞不绝口的小蛮和樊素,与白莲相比只不过是一般妙质;白莲只应和"肌肤若冰雪,绰约若处子"的姑射仙子同游共处。

又 再和

为嫌[1]涂抹,向万红丛里,澹[2]然凝素。非粉非酥能样别,只是凌波[3]仙女。隋沼[4]浓妆,汉池冶[5]态,争[6]似沧浪[7]浦。净鸥洁鹭,有时飞到佳处。

梦绕太华峰巅,与天一笑,不觉跻[8]攀苦。十丈藕船游汗漫[9],何惜浮生[10]孤注。舞鼓惊回,依然尘世[11],扑簌[12]疏窗雨。起来寂寞,倚[13]阑一饷[14]愁伫[15]。

【注释】

[1]嫌:厌恶。

[2]澹:"淡"的异体字。安静的样子。引申为不经意;不热心。

[3]凌波:形容女子步履轻盈。

[4]沼(zhǎo):小池。

[5]冶:娇艳。

[6]争:通"怎"。怎么。

[7]沧浪:青苍色。

[8]跻(jī):登;升。

[9]汗漫:广泛,漫无边际。

[10]浮生:旧时对人生的一种消极看法,以为世事无定,生命短促,因称人生为浮生。

[11]尘世:即人世。

[12]簌(sù):"簌簌",象声词。

[13]倚(yǐ):靠着。

[14]饷(shǎng):泛指不多久的时间。

[15]伫(zhù):久立而等待。

【点评】

用拟人的方法写白莲在万红丛里淡妆出水,并用"浓妆"、"冶态"对照,以净鸥洁鹭映衬,使白莲凌波仙子的形象更加鲜明。词人还梦见乘坐用太华峰头白莲做的十丈藕船遨游汗漫,可见对白莲钟爱至深。

又　三和

白蘋[1]影里，向何人可话[2]，平生心素[3]。月魄冰魂凝结就，犹[4]薄[5]湘妃[6]洛女[7]。吴沼[8]芙蓉[9]，陈陂菡萏[10]，散入玄珠[11]浦。采花蜂蝶，雾深都忘归去。

堪[12]笑并蒂霞冠，双头酡[13]脸，只为多情苦。空遣[14]隔江游冶[15]子，撩乱心飞目注。同出泥涂[16]，独标[17]玉质，不是曼陀雨。风清露冷，有人长自迟伫[18]。

【注释】

[1]蘋(pín)：亦称四叶菜、田字草，多年浅水草本。

[2]话：说。

[3]素：通"愫"。本心；真情。

[4]犹：还；仍。

[5]薄：轻视。

[6]湘妃：相传舜之二妃娥皇、女英。

[7]洛女：即传说中的洛水之神。

[8]沼(zhǎo)：小池。

[9]芙蓉：荷花的别称。

[10]菡萏(hàn dàn)：即荷花。

[11]玄珠：黑色明珠。

[12]堪：可；能。

[13]酡(tuó)：饮酒脸红。

[14]遣(qiǎn)：使。

[15]游冶：出游寻乐。

[16]泥涂：如说草野。比喻卑下的地位。

[17]标：揭出。

[18]伫(zhù)：久立而等待。

【点评】

白莲"月魄冰魂"的玉质，使湘妃洛女相形见绌，为情所苦的并蒂红莲更是不能与之相比。在巧妙的对比中，凸显出白莲的高洁。从多次赞美白莲可以看出，词人在追慕一种超脱世俗的崇高品格。

李曾伯

李曾伯，宋代词人，生平不详。

水龙吟

长沙后圃荷开之久，无人领略，赋此词，具一杯招管顺甫诸公

此花迥[1]绝[2]他花，湘中不减吴中盛。疑从太华，分来岳麓，根荄[3]玉井。炬[4]列千红，盖擎[5]万绿，织成云锦。向壶天[6]清暑，风梳露洗，尘不染、香成阵。

好是一番雨过，似轻鬟[7]、晚临妆镜。阿环[8]浴罢，珠横翠乱，芳肌犹润。载月同游，隔花共语，酒边清兴。问六郎[9]、凝伫[10]多时，公不饮、俗几甚。

【注释】

[1]迥(jiǒng)：形容差得很远。

[2]绝：高超，绝妙。

[3]荄(gāi)：草根。

[4]炬：火把。此处指红莲花朵。

[5]擎(qíng)：举；向上托住。

[6]壶天：指传说中的仙境。

[7]鬟(huán)：古代妇女的环形发髻。

[8]阿环：指杨玉环。

[9]六郎：唐人张宗昌，容貌俊秀，时人谓"荷花似六郎"。

[10]伫(zhù)：久立而等待。

【点评】

后圃荷花盛开，飞红滴翠，仿佛一片色彩艳丽的云锦，堪与吴中荷花媲美，可是无人来此领略。词人特邀朋友来观赏，表现了爱美惜花的心情，也暗寓对有才者无人赏识的感叹。

杨泽民

杨泽民，宋代词人，生平不详。

虞美人 红莲

小池芳蕊初开遍。恰似新妆面。扁舟[1]一叶过吴门。只向花间高卧、度朝昏[2]。

浮萍点缀因[3]风絮。更共鸳鸯语。花间有女恰如云。不惜一生常作、采花人。

【注释】

[1]扁(piān)舟：小船。

[2]朝(zhāo)昏：早晚。昏，刚晚。

[3]因：依靠，凭借。

【点评】

爱美之心，人皆有之；爱花之心，似亦如此。

陈　著

陈著，宋代词人，生平不详。

柳梢青

晚凉到季父处观荷，花心已敛，遂赋此。

淡淡新妆，盈盈[1]娇态，谁道荷花。料想香肌，不禁[2]畏日，翠盖[3]儿遮。

我来胜赏高歌。故[4]敛[5]著、芳心为何。莫[6]是伊[7]花，恨余来晚，欲媚[8]晨霞。

【注释】

[1]盈盈：仪态美好的样子。

[2]禁(jīn)：忍住。

[3]翠盖：指荷叶。

[4]故：故意。

[5]敛：收缩。

[6]莫：不。

[7]伊：此。

[8]媚：讨好。

【点评】

上片从形态、色彩、香气方面生动地描写荷花，下片用拟人方法写荷花敛心，似乎在“恨余来晚，欲媚晨霞”，风趣有致。

祝英台近　次韵[1]前人咏盘莲

小盆池，新压藕，翠盖[2]已擎[3]雨。巧弄红妆[4]，明艳便能许。自怜华发[5]萧萧[6]，风流[7]无分，醉时眼，何妨偷觑[8]。

黯然伫。回首今是何时，逢花笑还语。梦里西湖，双落泪如缕[9]。斜阳十里烟芜[10]，六桥风浪，有谁掉、采莲舟去。

【注释】

[1]次韵：旧时作诗方式之一，亦称步韵，即依照所和诗中的韵及其用韵的先后次序写诗。

[2]翠盖：指荷叶。

[3]擎(qíng)：举；向上托住。

[4]红妆：指女子盛妆。也用以指美女。

[5]华发：花白头发。

[6]萧萧：头发花白稀疏的样子。

[7]风流：风度。

[8]觑(qù)：窥视。

[9]缕：线。

[10]芜(wú)：丛生的草。

【点评】

词人和盆池中的盘莲处于一种特殊的审美关系即移情状态中。面对“巧弄红妆”的盘莲，词人觉得仿佛有一位佳人在自己身旁。由于华发萧萧，风流不再，他只好用醉眼去偷看。下片中，词人即景生情，回想起往日在西湖赏荷的情景，禁不住"双落泪如缕"。这进一步表现了钟爱荷花的深情。面对美好的事物,当审美者精神高度专注、浮想联翩时,往往会出现这种似醉如痴的状态。

吴文英

吴文英(约1200—1260),南宋词人,字君特,号梦窗,四明(今浙江鄞县)人。知音律,能自度曲。其词或赞美统治阶级的豪华生活,或抒写颓废伤感的情绪。讲究字句工丽,音律和谐,并喜堆砌典故辞藻,用意晦涩。晚清词人曾给予他过高评价。有《梦窗词》。

凤栖梧　化度寺池莲一花最晚有感

湘水烟中相见早。罗盖[1]低笼,红拂犹[2]娇小。妆镜明星争晚照。西风日送凌波[3]杳[4]。

惆怅[5]来迟羞窈窕[6]。一霎[7]留连[8],相伴阑干[9]悄。今夜西池明月到。余香翠被空秋晓。

【注释】

[1]罗盖:指荷叶。

[2]犹:还;仍。

[3]凌波:形容女子步履轻盈。

[4]杳(yǎo):深远,见不到踪影。

[5]惆怅(chóu chàng):因失望或失意而哀伤。

[6]窈窕(yǎo tiǎo):美好的样子。

[7]霎(shà):一瞬间。

[8]留连:留恋不愿意离开。

[9]阑干:即栏杆。

【点评】

紧扣池中一朵荷花最晚开放的特点,用拟人的方法生动、细致地予以描写。"惆怅来迟羞窈窕",写出了池莲一花独放、四顾无伴的娇羞情态。结尾预想明月朗照荷池的情景,意味隽永。

王茂孙

王茂孙,宋代词人,生平不详。

点绛唇　莲房

折断烟痕,翠蓬[1]初离鸳鸯浦[2]。玉纤相妒。翻被专房误。
乍[3]脱青衣,犹[4]著[5]轻罗护。多情处,芳心一缕。都为相思苦。

【注释】

[1]翠蓬:指莲房。
[2]浦:水边,岸边。
[3]乍(zhà):刚。
[4]犹:还;仍。
[5]著:"着"的本字。穿。

【点评】

"乍脱青衣,犹著轻罗",是用拟人的方法巧喻擘莲子的过程;"芳心"、"相思苦"语意双关,既写莲子心苦,也暗喻闺中丽人为思念所苦。全词含蓄、风趣。

周　密

周密(1232—1298),南宋词人,字公谨,号草窗,原籍济南,后移居吴兴(今属浙江)。宋末曾任义乌令等职,宋亡不仕。其词讲求格律,与吴文英(号梦窗)并称"二窗"。也曾写过一些慨叹宋室覆亡之作。并能诗,也能书画。著有《草窗词》等诸多著作,编有《绝妙好词》。

绿盖舞风轻　白莲赋

玉立[1]照新妆,翠盖[2]亭亭[3],凌波[4]步秋绮。真色生香,明珰[5]摇淡月,舞袖斜倚[6]。耿耿[7]芳心,奈[8]千缕、情丝萦系。恨开迟、不嫁东风,颦[9]怨娇蕊。

花底谩卜[10]幽期[11]，素手采珠房，粉艳初退。雨湿铅腮，碧云深、暗聚软绡清泪。访藕寻莲，楚江远、相思谁寄。棹[12]歌回，衣露满身花气。

【注释】

[1]玉立：比喻体态修美。

[2]翠盖：指荷叶。

[3]亭亭：耸立的样子；高的样子。

[4]凌波：形容女子步履轻盈。

[5]珰(dāng)：古时女子的耳饰。

[6]倚(yǐ)：靠着。

[7]耿耿：忠诚的样子。

[8]奈：无奈。

[9]颦(pín)：皱眉。

[10]卜(bǔ)：估计；猜测。

[11]幽期：幽雅的约会。

[12]棹(zhào)歌：划船时唱的歌。

【点评】

上片写白莲"恨开迟、不嫁东风"；下片写丽人"访藕寻莲"，无处寄相思。花恨与人怨互相照映，全词充满了浓浓的思念之情，意境朦胧蕴藉。

蒋　捷

蒋捷，南宋词人，字胜欲，号竹山，阳羡(今江苏宜兴人)人。咸醇进士。宋亡后隐居不仕。其词颇有追昔伤今之作。有《竹山词》。

蝶恋花　风莲

我爱荷花花最软。锦拶[1]云挨，朵朵娇如颤。一阵微风来自远。红低欲蘸凉波浅。

莫[2]是羊家张静婉。抱月飘烟，舞得腰肢倦。偷把翠罗香被展。无眠却又频[3]翻转。

【注释】

[1]拶(zā)：压紧。

[2]莫：不要；勿。

[3]频：屡次。

【点评】

词的题目是“风莲”。从描写来看，风莲长得比较稠密，且喜欢迎风舞动。词人正是抓住这一特点，用拟人方法写它在月光下“舞得腰肢倦”，读来风趣动人。

燕归梁　风莲

我梦唐宫春昼迟[1]。正舞到、曳[2]裾[3]时。翠云队仗绛[4]霞衣。慢腾腾、手双垂。

忽然急鼓催将起，似彩凤、乱惊飞。梦回不见万琼[5]妃。见荷花、被风吹。

【注释】

[1]迟：缓慢。

[2]曳(yè)：拖。

[3]裾(jū)：衣服的前襟，也叫大襟。

[4]绛(jiàng)：大红色。

[5]琼(qióng)：赤色玉。亦泛指美玉。

【点评】

词人在梦中看到唐宫舞女翩翩起舞时，池塘中的荷花正在迎风舞动。大概是一次有趣的巧合，词人以之入诗，梦幻与现实虚实相映，别有韵味。

杜　衍

杜衍，宋代词人，生平不详。

鸡叫子　咏雨中荷花

翠盖[1]佳人[2]临[3]水立。檀[4]粉不匀香汗湿。一阵风来碧浪翻，真珠零落难收拾。

【注释】

[1]翠盖:指荷叶。

[2]佳人:美女。

[3]临:面对。

[4]檀:"檀香",植物名,常绿乔木。木材极香,可供药用。

【点评】

美学家说,生活中并不缺少美,而是缺少对美的发现。诗人、词人正是具有这种发现眼光的人。风吹荷叶,如绿浪涌动,荷叶上的水珠纷纷滚落。词人敏锐地捕捉住这一美的瞬间,用艺术语言将它定格在词中。于是,这一艺术珍品便熠熠生辉了。

陈恕可

陈恕可,宋代词人,生平不详。

水龙吟　浮翠山房拟赋白莲

素姬[1]初宴瑶池[2],佩珠误落云深处。分香华井,洗妆湘渚[3],天姿[4]淡泞。碧盖[5]吹凉,玉冠迎晓,盈盈[6]笑语。记当时乍[7]识,江明夜静,只愁被、婵娟[8]误。

几点沙边飞鹭。旧盟寒、远迷烟雨。相思未尽,纤罗曳[9]水,清铅泣露。玉镜台空,银瓶绠[10]绝,断魂何许。待今宵[11]试探,中流一叶,共凌波[12]去。

【注释】

[1]姬(jī):古时妇人的美称。

[2]瑶池:古代传说中昆仑山上的池名,西王母所住的地方。

[3]渚(zhǔ):水中的小块陆地。

[4]天姿:自然的姿容。

[5]碧盖:指荷叶。

[6]盈盈:仪态美好的样子。

[7]乍(zhà):刚;初。

[8]婵娟:美好的样子。也指美女。

[9]曳(yè):拖。

[10]绠(gěng):汲水桶上的绳索。

[11]宵：夜。

[12]凌波：形容女子步履轻盈。

【点评】

紧扣白莲洁净无瑕的特点，用拟人方法从形态、色彩、香气、声音等方面细致描写。开头两句写瑶池宴上素姬的佩环不慎坠落人间，化为白莲，想象奇妙。

赵　可

赵可，宋代词人，生平不详。

蓦山溪

赋崇福荷花，崇福在太原晋溪。

云房[1]西下，天共沧[2]波远。走马[3]记狂游，正芙渠[4]、平铺镜面。浮空阑槛[5]，招我倒芳尊，看花醉，把[6]花归，扶[7]路清香满。

水枫旧曲[8]，应逐歌尘散。时节又新凉，料[9]开遍、横湖清浅。冰姿好在，莫道总无情，残月下，晓风前，有恨何人见。

【注释】

[1]云房：古时称隐士或僧道的住所。

[2]沧(cāng)：通“苍”。青绿色。

[3]走马：骑着马跑。走，奔跑。

[4]芙渠(qú)：即荷花。

[5]槛(jiàn)：窗户下或长廊旁的栏杆。

[6]把(bǎ)：拿。

[7]扶：沿着。

[8]曲(qū)：曲折隐秘的地方。

[9]料：料想；揣度。

【点评】

有诗云：“沽酒客来风亦醉，卖花人去路还香。”“看花醉，把花归，扶路清香满”，生动地写出了晋溪荷花茂盛、藕香醉人的绮丽景象。

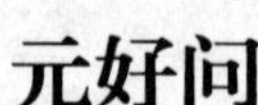

元好问

元好问(1190—1257),金文学家,字裕之,号遗山,秀容(今山西忻县)人。祖系出自北魏拓跋氏。兴定进士,曾任行尚书省左司员外郎等职。金亡不仕。工诗文,在金、元之间颇负重望。诗词风格沉郁,并多伤时感事之作。作有《遗山集》,编有《中州集》。

感皇恩 洛西为刘景玄赋秋莲曲

金粉拂霓裳,凌波[1]微步。瘦玉亭亭[2]倚[3]秋渚[4]。澹[5]香高韵,费尽一天清露。恼人容易被、西风误。

微雨岸花,斜阳汀[6]树。自惜风流[7]怨迟暮[8]。珠帘青竹,应有阿溪新句。断魂[9]谁解[10]与,烟中语。

【注释】

[1]凌波:形容女子步履轻盈。

[2]亭亭:耸立的样子;高的样子。

[3]倚(yǐ):靠着。

[4]渚(zhǔ):水中的小块陆地。

[5]澹:"淡"的异体字。

[6]汀(tīng):水中或水边的平地。

[7]风流:风度;标格。

[8]迟暮:比喻衰老、晚年。

[9]断魂:形容哀伤,也形容情深。

[10]解:明白;知道。

【点评】

从"金粉霓裳"的色彩、"凌波微步"的动态、"瘦玉亭亭"的形体、"澹香高韵"的气味方面,生动、细致地描写秋莲恼人的风韵。词人怕秋莲被"西风误",表现了爱美惜花的心情。下片触景生情,怜花自怜。

李居仁

李居仁，金代词人，生平不详。

水龙吟　浮翠山房拟赋白莲

蕊仙群拥宸[1]游，素肌似怯波心冷。霜裳缟[2]夜，冰壶凝露，红尘[3]洗尽。弄玉轻盈[4]，飞琼[5]绰约[6]，淡妆临[7]镜。更多情、一片碧云不掩，笼娇面、回清影。

菱唱数声乍[8]听。载名娃[9]、藕丝萦[10]艇。雪鸥沙鹭，夜来同梦，晓风吹醒。酒晕全消，粉痕微渍[11]，色明香莹。问此花，盍[12]贮[13]瑶池[14]，应未许、繁红并。

【注释】

[1]宸(chén)：王位，帝王的代称。

[2]缟(gǎo)：白色。

[3]红尘：闹市的飞尘。

[4]轻盈：形容动作、姿态轻巧优美。

[5]琼(qióng)：赤色玉。亦泛指美玉。

[6]绰约：姿态柔美的样子。

[7]临：面对。

[8]乍(zhà)：忽然。

[9]娃：美女。

[10]萦(yíng)：缠绕。

[11]渍：沾染。

[12]盍(hé)：何不，为什么不。

[13]贮(zhù)：积存；贮藏。

[14]瑶池：古代传说中昆仑山上的池名，西王母所居的地方。

【点评】

上片中“素肌”、“霜裳”、“冰壶”、“弄玉”、“淡妆”等，句句用洁白的事物衬托白莲，可谓“烘云托月”。“一片碧云不掩”，翠盖绿云托白莲，似差可与“万绿丛中红一点”比美。

唐珏

唐珏，金代(？)词人，生平不详。

水龙吟　浮翠山房拟赋白莲

淡妆人更婵娟[1]，晚奁[2]净洗铅华[3]腻。泠泠[4]月色，萧萧[5]风度，娇红敛避。太液池空，霓裳[6]舞倦，不堪[7]重记。叹冰魂犹[8]在，翠舆[9]难驻[10]，玉簪为谁轻坠。

别有凌空[11]一叶。泛清寒、素波千里。珠房泪湿，明珰[12]恨远，旧游梦里。羽扇生秋，琼楼[13]不夜，尚遗仙意。奈[14]香云易散，绡[15]衣半脱，露凉如水。

【注释】

[1]婵(chán)娟：美好的样子。

[2]奁(lián)：古代盛梳妆用品的器具。

[3]铅华：搽脸的粉。

[4]泠泠(líng)：清凉的样子。

[5]萧萧：风声。

[6]霓裳：即《霓裳羽衣舞》，简称《霓裳》。

[7]堪：可；能。

[8]犹：还；仍。

[9]舆：本谓车厢，后代指车。

[10]驻：停留。

[11]凌空：腾空。形容物体离地很远。

[12]珰(dāng)：古代女子的耳饰。

[13]琼(qióng)楼：美玉砌成的高楼。

[14]奈：无奈。

[15]绡(xiāo)：薄纱。

【点评】

这阕词与前阕词的词牌和题目完全相同，但在写法上词人另辟蹊径，着重用拟人方法写出白莲冰清玉洁的风韵。由此可见，诗词写作贵在独创。

张 炎

张炎,金代(?)词人,生平不详。

鹧鸪天　莲

瘦绿愁红倚[1]暮烟。露华凉冷洗婵娟[2]。含情脉脉[3]知谁怨,顾影依依[4]定自怜。

风送雨,水连天。凌波无梦夜如年。何时北渚[5]亭边月,狼藉[6]秋香拂画船。

【注释】

[1]倚:靠着。

[2]婵(chán)娟:美好的样子。也指美女。

[3]脉脉(mò):凝视的样子。后多用以形容情思,有含情欲吐之意。

[4]依依:依恋的样子。

[5]渚(zhǔ):水中的小块陆地。

[6]狼藉(jí):纵横散乱。

【点评】

古人写作诗词,有炼字、炼句之说,如李清照的"应是绿肥红瘦"即传为佳句。此词开头一句中,"瘦"、"愁"即为炼字。因为已是"露华凉冷"的深秋季节,荷叶不再如夏天那样丰满,故曰"瘦";荷花即将凋零,不再艳红欲滴,故曰"愁"。

西河　史元叟依绿庄赏荷

花最盛。西湖曾泛[1]烟艇。闹红深处小秦筝,断桥夜饮。鸳鸯水宿不知寒,如今翻[2]被惊醒。

那时事、都倦省[3]。阑干[4]来此闲凭[5]。是谁分得半机云,恍疑昼锦[6]。想当飞燕[7]皱裙时,舞盘微堕珠粉。

软波不剪素练[8]净。碧盈盈[9]、移下秋影。醉里玉书[10]难认。且脱巾[11]露发,飘然乘兴。一叶浮香天风冷。

【注释】

[1]泛：浮行。

[2]翻：反而。

[3]省(xǐng)：检查。

[4]阑干：即栏杆。

[5]凭：靠着。

[6]昼锦：意为贵显还乡。

[7]飞燕：汉成帝赵皇后名，善歌舞，以体轻，故名“飞燕”。

[8]练：洁白的熟绢。

[9]盈盈：仪态美好的样子。

[10]玉书：道家所夸神妙珍异之书。

[11]巾：古代裹头用的丝织物。

【点评】

以赵飞燕舞盘巧喻红藕翠盖，新颖、生动。“软波不剪素练净”，可谓佳句：湖面如明净平展的白练，涟漪轻轻漾开，不能将它剪断。湖面的平静、水波的轻微被生动细致地描写出来。

刘秉忠

刘秉忠(1216—1274)，初名侃，字仲晦，刑州(今河北邢台)人。隐于武安山为僧。元初拜为光禄大夫。他自幼好学，至老不衰。常以吟咏自适。存《藏春散人集》。

乾荷叶

乾荷叶，白苍苍[1]，老柄风摇荡。减清香，越添黄，都因昨夜一番霜。寂寞秋江上。

又

乾荷叶，映枯蒲，柄折难擎[2]露。藉丝莙[3]，倩[4]风扶，待擎无力不成珠。难盖宿、滩头鹭。

【注释】

[1]苍苍：深青色。

[2]擎(qíng):举;向上托住。

[3]芜(wú):杂乱。

[4]倩(qìng):请。

【点评】

秋光已老,荷花叶枯柄折,特别是荷叶色变香去,再难擎雨成珠,但它为什么能进入词中、成为审美对象呢?这是因为审美其实也包含着审丑,通过审丑,达到审美的目的:一方面,荷花本是美的事物,人们在欣赏枯荷时,必然会联想到美的荷花形象;另一方面,借此抒发人们对美的事物变动不居的感慨,寄托人们关于美的理想。

王　恽

王恽(1227—1304),元文学家,字仲谋,卫州汲县(今属河南)人。官至翰林学士、知制诰。所作散文,思想上崇拜宋儒理学,在艺术形式上学韩愈。也能诗词。有《秋涧先生大全集》。

平湖乐

采莲人语隔秋烟,波静如横练[1]。入手风光莫[2]流转[3],共留连[4]。画船一笑春风面,江山信[5]美,终[6]非吾土[7],问何日是归年。

【注释】

[1]练:洁白的熟绢。

[2]莫:勿;不要。

[3]流转:运行变化。

[4]留连:留恋不愿离开。

[5]信:确实。

[6]终:到底。

[7]土:乡土。

【点评】

波静如练,江山如画,面对无限风光,还是抵不住阵阵涌来的乡愁。热爱故土,留恋家乡,是数千年中沉淀下来的一种深厚情感。

胡祗遹

胡祗遹，元代词人，生平不详。

水调歌头　赏白莲招饮

妖娆[1]厌[2]红紫，来赏玉湖秋。亭亭[3]水花凝伫[4]，方解冷香浮。初讶[5]西风静婉，又似五湖西子，相对更风流[6]。翠涧宝钗[7]滑，重整玉搔[8]头。

泛云腴[9]，歌白雪[10]，卷琼瓯。尊[11]前共花倾倒，一醉洗闲愁。屈指秋光能几，歌咏太平风景，佳处合[12]迟留[13]。更倩[14]月为烛，散[15]髪弄扁[16]舟。

【注释】

[1]妖娆(ráo)：娇媚。

[2]厌：厌恶(wù)。

[3]亭亭：耸立的样子；高的样子。

[4]伫(zhù)：久立而等待。

[5]讶(yà)：惊奇；诧异。

[6]风流：犹“风韵”。

[7]钗(chāi)：妇女的首饰，由两股合成。

[8]搔(sāo)头：首饰。簪的别名。

[9]云腴(yú)：茶的别名。

[10]白雪：古代楚国歌曲名，属于较高级的音乐。

[11]尊：古代酒器，用以盛酒。

[12]合：应当。

[13]迟留：停留。

[14]倩(qìng)：请；央求。

[15]散：抛弃冠簪，隐居不仕。

[16]扁(piān)舟：小船。

【点评】

在百花中，词人不喜欢“红紫”，独爱高洁的白莲，这是在仰慕超凡的品格、追求不同流俗的生活方式，所以下片中写“一醉洗闲愁”、“散发弄扁舟”。

赵孟頫

赵孟頫(1254—1322),字子昂,号松雨道人,湖州(今属浙江)人。始祖至元二十三年,荐刑部主事,官至翰林院学士承旨,封魏国公。有《松雪斋集》。

后庭花破子

清溪一叶[1]舟,芙蓉[2]两岸秋。采菱谁家女,歌声起暮鸥。乱云愁,满头风雨,戴荷叶归去休[3]。

【注释】

[1]一叶:形容船小,像一片叶子。

[2]芙蓉:荷花的别称。

[3]休:作语助,用于句末,与今之“罢”、“了”相当。

【点评】

采莲女整日唱着歌采莲,傍晚时分风云突变,这一欢一愁表现了她一天中不平静的生活。戴着荷叶、顶着风雨回家,既表现了采莲劳动的艰辛,也表现了采莲女不畏困难的精神。

刘敏中

刘敏中,元代词人,生平不详。

鹧鸪天　题双头莲

脉脉[1]谁教[2]并蒂芳[3]。情缘何许[4]苦难量。西风香冷同幽怨,落日红酣[5]对晚妆。

波浩荡荡,月微茫。湘灵[6]寂寞下横塘。不堪[7]回首鸳鸯浦[8],一样相思只断肠[9]。

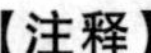

【注释】

[1]脉脉(mò):凝视的样子。后多用以形容情思,有含情欲吐之意。

[2]教(jiāo):使;令;让。

[3]芳:香;香气。

[4]许:约计的数量。

[5]酣:浓;盛。

[6]湘灵:虞舜妃,即湘夫人。

[7]堪:能够,可以。

[8]浦,水边,岸边。

[9]断肠:形容悲伤到极点。

【点评】

诗贵切题。词中“并蒂”、“同幽怨”、“对晚妆”、“一样相思”,句句紧扣双头莲来描写。

水调歌头　和张大经赋盆荷

江湖渺[1]何许[2],归兴浩[3]无边。忽闻数声水调,令我意悠[4]然。莫笑盆池咫尺[5],移得风烟[6]万顷,来傍[7]小窗前。稀疏淡红翠,特地向人妍[8]。

华峰头,花十丈,藕如船。那知此中佳趣,别是小壶天[9]。倒挽碧筒酾[10]酒,醉卧绿云深处,云影自田田[11]。梦中呼一叶[12],散发[13]看书眠。

【注释】

[1]渺:水远的样子。

[2]许:约计的数量。

[3]浩:水广大。引申为凡大之称。

[4]悠:闲适的样子。

[5]咫(zhǐ)尺:比喻距离很近。

[6]风烟:风与烟。

[7]傍:依傍;临近。

[8]妍(yán):美。

[9]壶天:指仙境。

[10]酾(shī,又读shāi):斟酒。

[11]田田:荷叶相连的样子。

[12]一叶:形容船小,像一片叶子。

[13]散发:抛弃冠簪,隐居不仕。

【点评】

审美总是伴随着丰富的联想和想象。词人将盆荷想象为可容得万顷风烟的微缩景观、富有佳趣的小小仙境，甚至想象着自己醉卧在其中的绿云深处，梦中乘一叶小舟，散着头发看书而眠。这美丽的想象使眼前景和意中景虚实相生，词的意境也更加丰满迷人。

王旭

王旭，元代词人，生平不详。

水调歌头　和张都运李氏柳塘赏荷韵

我爱此塘好，碧水映红蕖[1]。垂杨袅袅[2]烟笼，绿发倩[3]风梳。医却[4]尘埃[5]俗病，唤起沧浪[6]幽兴，怀抱[7]一时舒。更把直钩钓，得意不须鱼。

【注释】

[1]蕖(qú)：即荷花。
[2]袅袅：纤长柔美的样子。
[3]倩(qìng)：请；央求。
[4]却：去。
[5]尘埃：比喻污浊。
[6]沧浪(láng)：青苍色。
[7]怀抱：胸襟；抱负。

【点评】

审美可以怡情悦性，提高人的精神境界。碧水红蕖、垂柳迎风的美景，激励词人荡涤思想上来自尘世的污浊，胸襟也为之开阔。结尾写直钩垂钓、不必得鱼，表现了超凡脱俗、不计名利的宽阔胸襟。

周权

周权，元代词人，生平不详。

蝶恋花　夜酌荷亭

数亩宽闲吾老圃[1]。著个茅亭，斗[2]大无多子。水槛[3]水花明楚楚[4]。洒然不受人间暑。

夜悄虚阶初过雨。酒浅香深，风味清如许[5]。沁薄吟襟时挹[6]伫[7]。多情凉月还窥[8]户。

【注释】

[1]圃(pǔ)：管理园圃的人。

[2]斗(dǒu)：口大底小的方形量器。此处形容茅亭狭小。

[3]槛(jiàn)：窗户下或长廊旁的栏杆。

[4]楚楚：鲜明整洁的样子。

[5]如许：如此；这样。

[6]挹(yì)：汲取；舀。

[7]伫(zhù)：久立而等待。

[8]窥(kuī)：从小孔、缝隙或隐僻处偷看。

【点评】

雨后清凉，荷亭独酌，酒浅香深，明月窥户，表现了一种悠然自得的生活情趣。

张　雨

张雨，元代词人，生平不详。

摸鱼儿　双莲一干，为人折去，仲举邀予赋之

问凌波[1]、并头私语，夜凉谁共料理[2]。柔情早被鸳鸯妒，怕击水晶如意。香旖旎[3]。待微雨清尘，略为新妆洗。骚辞漫拟。搴[4]水末芙蓉[5]，同心轻绝。未说已先醉。

空折损，又堕[6]偷香梦里。藕丝不断新脆。吴娃[7]小艇无踪迹，也怪半池萍碎。还略记。是月冷、鸥眠鹭宿曾惊起。高荷恨依。总回首西风，露盘[8]轻泻，清泪似铅水。

【注释】

[1]凌波：形容女子步履轻盈。此处指并蒂莲。

[2]料理：办理；处理。

[3]旖旎(yǐ nǐ)：柔美的样子。犹言婀娜。

[4]搴(qiān)：拔取。

[5]芙蓉：荷花的别称。

[6]堕(duò)：落下。

[7]娃：美女。

[8]露盘：指带露的荷叶。

【点评】

并蒂莲花被人折去，是因为它们的“柔情早被鸳鸯妒”。词人对此深表痛心惋惜。结尾“露盘轻泻，清泪似铅水”，既拟人地写出并蒂莲被毁后的痛苦，也委婉地表达了词人惜花爱美的心情。

张可久

张可久(1270—1348后)，元散曲家，字小山，庆元路(路治今浙江宁波)人。以路吏转首领官。又曾漫游江南。专力写散曲，留存作品八百数十篇，为元人中最多者。多描绘自然风景，咏歌颓放生活，也有不少闺情及应酬之作。有《小山乐府》。

庆宣和

云影天光乍[1]有无，老树扶疏[2]。万柄高荷，小西湖，听雨，听雨。

【注释】

[1]乍(zhà)：忽然。

[2]扶疏：枝叶茂盛分披的样子。

【点评】

视觉、听觉是审美的主要感官。诗人正是从视觉、听觉的角度敏锐地捕捉自然美的信息。急雨敲荷的声音，可谓天籁。

许有壬

许有壬(1287—1364),元汤阴人,字可用。延祐进士。曾任中书参知政事。前后历官七朝,近五十年,能文辞。有《至正集》,别编名《圭塘小稿》。

摸鱼子

洹堂盆池红日莲开,予适卧病城邑,六月一日始往一观,
落者虽多,开者方未已,喜而赋此。

笑当年柏台[1]兰省,四时风景孤负[2]。归来幸得身无事,底[3]又匆匆朝暮。心口语。是传[4]癖诗臞[5],常把芳辰误。夜来风雨。早练帨[6]云飘,红衣霞卷,香滴翠杯露。

司花手,无限芳妍[7]留住。凝妆为我延[8]伫[9]。姑仙[10]绰约[11]如冰雪,次第[12]相从微步。天不妒。便失却东隅[13],偬有桑榆[14]路。人间尘土。看太华峰头,花开十丈,吾老尚能去。

【注释】

[1]柏(bó)台:御史台的别称。

[2]孤负:亦作"辜负"。有负;对不起。

[3]底:何;什么。

[4]传(zhuàn):书传;记载。

[5]臞(qú):亦作"癯"。瘦。

[6]帨(shuì):佩巾。

[7]妍(yán):美。

[8]延:把时间向后推移。

[9]伫(zhù):久立而等待。

[10]姑仙:古代传说中的神女。

[11]绰约:姿态柔美的样子。

[12]次第:一个挨一个地。

[13]东隅:东方。日出东方,故以东隅指早晨。

[14]桑榆:指日落处。也用来比喻人的垂暮之年。

【点评】

感叹为官时公务缠身,辜负了四时的风景;后悔辞官后,因忙于写作,常常误

了赏花时间;高兴盆池红莲延长了开花时间,使自己得偿赏花的夙愿;决心在桑榆之年,去太华峰头看十丈莲花。由此可见,词人对荷花一往情深。赏花是一种审美追求,可以丰富生活内容,可以提高精神境界。以花为伴,不亦乐乎!

太常引

漱芳亭甃方池种芙蕖[1],六月初日,
祷雨一过,则红衣[2]落尽,翠房[3]森矗[4]矣。

漱芳亭下小方塘。清散水芝[5]香。回首翠成房。忍不待、佳人[6]奉觞[7]。

紫垣[8]朝暮,红尘[9]车骑[10],遮断白云乡[11]。老我重寻芳。又浑[12]似、今年海棠。

【注释】

[1]芙蕖(qú):即荷花。

[2]红衣:指红藕花朵。

[3]翠房:指莲房。

[4]矗(chù):直立,高耸。

[5]芝:通"芷"。香草。

[6]佳人:美女。

[7]觞(shāng):古代盛酒器。

[8]紫垣(yuán):即紫微星垣,比喻皇帝的居处。此处指京城。

[9]红尘:闹市的飞尘,形容繁华。

[10]车骑(jì):犹言车马。

[11]白云乡:犹仙乡。

[12]浑:简直。

【点评】

这阕词的主旨和前阕《摸鱼儿》一脉相承,表现了词人厌倦封建官场生活,喜爱寻芳探胜、追求休闲自由的思想感情。

又　圭塘四首　池荷

圭塘种藕已多时。贴水晓星稀。生意[1]一朝[2]回。便万柄、红酣[3]绿敧[4]。

连宵[5]骤[6]雨,透空繁响,清绝不容诗。对境写襟期[7]。要无愧、鸱[8]夷子皮。

【注释】

[1]生意:生机、生命力。

[2]一朝:一旦;一时。

[3]酣(hān):浓,盛。

[4]攲(qī):亦作"欹"。倾侧不平。

[5]宵:夜。

[6]骤(zhòu):快速,急速。

[7]襟期:抱负;志愿。

[8]鸱(chī)夷:皮制的口袋。亦用以盛酒。

【点评】

荷叶新生,平贴水面,不易看到晓星的倒影,故曰"贴水晓星稀"。连夜急雨,声音繁杂清亮,打断了词人的诗思,故曰"清绝难容诗"。这是词人告老还乡后的作品。卒章显志,表现了他壮心不已的襟怀。

又

幽人[1]早起赴池亭。看初日、照娉婷[2]。风盖[3]露珠倾。又胜似、前时雨声。

水沉乡里,锦云深处,双桧[4]插天青。一叶钓舟轻,似野渡、无人自横[5]。

【注释】

[1]幽人:幽居之人,指隐士。此处指作者。

[2]娉(pīng)婷:美好的样子。指荷花。

[3]风盖:指风中的荷叶。

[4]桧(guì,又读kuài):植物名,又称桧柏。

[5]横:横放着。

【点评】

写清晨池亭前,荷花映日,倩影娉婷,双桧插天,钓舟自横,一派恬静明媚的景象,透露出词人愉快自得的心情。

又

四堤杨柳接松筠[1]。香破水芝新。罗袜不生尘。笑画里、凌波[2]未真。

红云[3]缥缈[4],清风萧飒[5]。半醉岸[6]乌巾。不是葛天[7]民。也做得、江湖散人。

【注释】

[1]筠(yún):竹子的青皮。引申为竹子的别称。

[2]凌波:形容妇女步履轻盈。

[3]红云:指红莲花。

[4]缥缈(piāo miǎo):隐隐约约,若有若无。

[5]萧飒(sà):萧条冷落。

[6]岸:高的样子。

[7]葛天:即葛天氏,传说中上古太平盛世的帝王。

【点评】

在有了数十年封建社会官场生活的甘苦体验后,词人更安于恬静消闲的生活,更钟爱不染污泥的凌波仙子。兴来时,一叶扁舟,任意东西,简直成了远古葛天氏的臣民。

又

云舒霞卷万妆秾[1]。倒影水天红。池转小台东。又一种、娟娟[2]玉容[3]。仙肌绰约[4],奇芳清远,浮动水晶宫。一笑对衰翁。好同赴、庐山社中。

【注释】

[1]秾(nóng):花木繁盛的样子。

[2]娟娟:美好的样子。

[3]玉容:旧指女子的容貌。

[4]绰约:姿态柔美的样子。

【点评】

将"云舒霞卷"和"玉容娟娟"两种不同风韵的荷花对照着描写,表现了圭塘的秀丽景色。美景好花给词人的写作提供了素材,所以结尾说"好同赴、庐山诗社"。

许有孚

许有孚,元代诗人,生平不详。

太常引

靓妆[1]仙子[2]谢纤[3]秾[4]，独立水云红。绰约[5]画阑东，似姑射[6]、冰肌雪容。

翠盆[7]承月，玉杯擎[8]露，粲粲[9]蕊珠宫[10]。真赏有邻翁，画添入、霓裳[11]曲中。

【注释】

[1]靓(jìng)妆：脂粉妆饰。

[2]仙子：仙女。

[3]纤：细小。

[4]秾(nóng)：花木繁盛的样子。

[5]绰约：姿态柔美的样子。

[6]姑射(yè)：古代传说中的神女。后因以"姑射"形容女子貌美。

[7]翠盘：指荷叶。

[8]擎(qíng)：举；向上托住。

[9]粲粲：文采鲜美的样子。

[10]蕊珠宫：传说中神仙住的地方。

[11]霓裳羽衣：唐代宫廷乐舞，著名法曲。

【点评】

借传说中的人物，巧用比喻，生动地描写靓妆仙子般的红莲和姑射神女般的白莲。"翠盘承月"是指月光下红莲的叶子，"玉杯擎露"是指带露的白莲花朵。词人赞美它们可以入画入曲。

张 翥

张翥(1287—1368)，元代诗人，字仲举，世称蜕庵先生，晋宁(今属云南)人。至正初，以隐逸荐为国子助教，官至翰林学士承旨，加河南行省平章政事。曾参修宋、辽、金三史。其诗颇多颂扬元朝统治、诋毁农民起义之作。有些篇章对当时的社会矛盾也有所反映。有《蜕庵集》。亦能词，有《蜕岩词》。

摸鱼儿

王季境湖亭，莲花中双头一枝，邀予同赏，而为人折去，季境怅然，请赋。

问西湖、旧家儿女，香魂还又连理[1]。多情欲赋[2]双蕖[3]怨，闲却满奁[4]秋意。娇旖旎[5]。爱照影、红妆一样新梳洗。王孙正拟。唤翠袖轻歌，玉筝低按，凉夜为花醉。

鸳鸯浦[6]，凄断凌波[7]梦里。空怜心苦丝脆。吴娃[8]小艇应偷采，一道绿萍犹碎。君试记。还怕是、西风吹作行云起。阑干[9]谩倚[10]。便载酒重来，寻芳已晚，余恨渺[11]烟水。

【注释】

[1]连理：不同根的草木，其枝干连生在一起。旧时看做吉祥的征兆。

[2]赋：创作。

[3]蕖(qú)：芙蕖，即荷花。

[4]奁(lián)：古代盛梳妆用品的器具。

[5]旖旎(yǐnǐ)：柔美的样子。

[6]浦：水边，岸边。

[7]凌波：形容女子步履轻盈。

[8]娃：美女。

[9]阑干：即栏杆。

[10]倚(yǐ)：靠着。

[11]渺：水远的样子。

【点评】

词人曾应友人之邀观赏双莲，留下美好印象。曾几何时，双莲香魂飘逝，凌波梦断。词人为美好事物的失去特意赋词，深表叹惋。

水龙吟 西池败荷

水宫仙子[1]归来，为谁独立西风背。凌波[2]梦断，可怜零落[3]，一奁[4]环佩。雨叶敲寒，露房倒影，秋声惊碎。问西亭翠被，将愁何处，空留得，余香在。

最爱双飞白鹭。镇[5]相依，蓼[6]边蘋[7]外。舞衫歌扇，有人绣出，水情云态。西子湖边，越娘舟上，忆曾同采。甚[8]人今未老，花应依旧，约明年再。

【注释】

[1]仙子：仙女。

[2]凌波：形容女子步履轻盈。

[3]零落：凋谢；脱落。

[4]奁(lián)：古代盛梳妆用品的器具。

[5]镇：通"整"。

[6]蓼(liǎo)：植物名。种类很多，味辛辣。

[7]蘋：亦称"四叶菜"、"田字草"。多年生浅水草本。

[8]甚(shén)：什么。

【点评】

西风渐劲，荷花凋零，空留残叶敲雨。要看好花，只能"相约明年"。花落自有花开日，可是，再开岂是今年花？

许 桢

许桢，元代诗人，生平不详。

太常引　和

池亭荷净纳凉时。四面柳依稀。棹[1]得酒船回。看风里、沙巾半欹[2]。残霞照水，夕阳明树，天付[3]画中诗。应不负归期。更谁看、桃花面皮。

【注释】

[1]棹(zhào)：摇船的用具。也指船。

[2]欹(qī)：通"攲"。倾斜。

[3]付：交给；授予。

【点评】

现实生活是文艺的源泉。"残霞照水，夕阳明树"，明媚怡人的风景既可入画，也可入诗。

又

西池池上好新亭。红翠斗娉婷[1]。翠盖[2]几翻倾。听水上、红妆[3]笑声。

归来乡社,不关尘事[4],活计[5]问樵青。世事一毫轻。看西泠、晴云暮横。

【注释】

[1]娉(pīng)婷:美好的样子。

[2]翠盖:指荷叶。

[3]红妆:指女子盛妆。也用以指美好。

[4]尘事:俗事。旧指世俗之事。

[5]活计:生计;谋生的手段。

【点评】

审美可以提高人的精神境界,使人远离世俗,变得高雅。面对红翠斗妍、翠盖倾翻、红妆笑语的美景,词人顿消名利俗念,不问尘事,转向樵夫请教生计。下片以景语收尾,耐人寻味。

凌云翰

凌云翰,字彦翀,号柘轩,钱塘(今属浙江)人。才高学博,精通《周易》。元顺帝至正九年(1349年)举浙江乡试,除平江路(今苏州)学正,不赴。明太祖洪武十四年(1381年),因乡人荐举,被胁迫至京,授四川成都教授。坐贡举乏人,谪南荒而卒,归骨西湖。其诗华而不靡,驰骋而不离轨。亦工词。有《柘轩集》。

木兰花慢 赋白莲和字舜臣韵

怅[1]波翻太液,谁留住,蕊珠[2]仙。向水殿云廊,玉容花貌,几度争鲜。人间延[3]秋无计,掩霓裳[4],犹[5]忆舞便娟[6]。画里倾城倾国,望中非雾非烟。

雁飞不到九重天。水调漫流传。柰[7]花老房空,药[8]存心苦,藕断丝连。西风佩环轻解,有冰弦[9]、谁复记华年[10]。留得锦囊[11]遗墨,魂消[12]古汴宫前。

【注释】

[1]怅(chàng):失意;懊恼。

[2]蕊珠:即蕊珠宫,传说中神仙所居。

[3]延:把时间向后退移。

[4]霓裳:《霓裳羽衣舞》的简称。唐代宫廷乐舞,著名法曲。

[5]犹:还;仍。

[6]便(pián)娟:回旋飞舞的样子。

[7]柰:通"奈"。无奈。

[8]菂(dì):莲子。

[9]絃:"弦"的异体字。

[10]华年:谓青年时代,犹青春。

[11]锦囊:用锦做成的袋子。古人多用以盛诗稿或机密文件。

【点评】

赞美白莲风韵无限,"画里倾城倾国",感叹人间无计延秋,留不住白莲芳容,从而表达了对美好事物无限珍惜的感情。

刘 基

刘基(1311—1375),明初大臣,字伯温,浙江青田人。元末中进士,曾任江西高安县丞、浙江儒学副提举,旋即弃官隐居。明初任御史中丞兼太史令。诗歌雄浑,散文奔放,有些作品对元末社会的丑恶有所讽刺。也有反对农民起义之作。有《诚意伯文集》。

满庭芳 咏荷花

杨柳烟销,梨花云散,瑶台[1]别是风光。翠霞深处,谁舞白霓裳[2]。三十六宫向晓,风绡拥、红粉[3]成行。珠帘处、风翻瑞葆[4],惊起紫鸳鸯。

含情空怅[5]望,衾[6]寒鄂渚[7],佩冷潇湘。怨凌波[8]尘袜,不度银潢[9]。只恐青娥娇妒,相将见、苇白芹黄。凄凉也、一天坠露,明月在池塘。

【注释】

[1]瑶台:雕饰华丽、结构精巧的楼台。

[2]霓裳:《霓裳羽衣舞》的简称。唐代宫廷乐舞。著名法曲。

[3]红粉:胭脂和铅粉,女子的化妆品。引申以指女子。

[4]葆：草茂盛的样子。

[5]怅(chàng)：失意。

[6]衾(qīn)：被子。

[7]渚(zhǔ)：水边、岸边。

[8]凌波：形容女子步履轻盈。

[9]潢(huáng)："潢水"，古水名。

【点评】

用清晨三十六宫"凤绡拥、红粉成行"的盛大景象比喻飞红滴翠的荷塘。在这一绮丽的背景上，词人发问："翠霞深处，谁舞白霓裳？"表现出对白莲情有独钟和感情的寄托。

摸鱼儿　曲院风荷

望西湖、藕花风[1]起纱窗午梦初觉[2]。吴娃[3]小艇贪游戏，冲破浮萍一道。闲自料[4]，多应是、凌波[5]竞赴仙娥召。轻摇桂棹[6]。爱香袖翻空，明妆映水，齐唱采莲调。

凭阑处，两岸波光相照。楼台帘影颠倒。蜻蜓飞去鸳鸯散，应有玉颜[7]欢笑。君莫诮[8]，君不见、流光[9]过眼催年少。新凉又到。渐苦入芳心，丝缠香窍，荷背雨声闹。

【注释】

[1]藕花风：荷花开时吹的风。

[2]觉(jiào)：睡醒。

[3]娃：美女。

[4]料：料想；揣度。

[5]凌波：形容女子步履轻盈。

[6]棹(zhào)：摇船的用具。也指船。

[7]玉颜：旧指女子的容貌。

[8]诮(qiào)：讥嘲。

[9]流光：光阴；因其逝去如流水，故称"流光"。

【点评】

上片写西湖藕花风起、扁舟轻荡、莲歌飞扬的迷人风光，下片触景生情，感叹流光催人、好景难留。"渐苦入芳心，丝缠香窍"可谓紧扣时令描写荷花特点的佳句。末句一个"闹"字生动地写出了急雨敲荷的情景。

瞿佑

瞿佑(1341—1427),明文学家,字宗吉,钱塘(今浙江杭州)人。幼有诗名,为杨维祯所推赏。作品绮艳柔靡。有《香台集》、《咏物诗》、《归田诗话》等二十余种,并作有传奇小说。

长相思　咏[1]莲

莲叶东。荷叶西。两两鱼梭戏碧溪。东西路易迷。
一花高,一花低。同受恩波[2]出淤泥。高低不并齐。

【注释】

[1]咏:用诗词等赞颂或叙述。
[2]恩波:犹"恩泽"。

【点评】

上片写鱼戏碧水,莲叶迷路;下片写荷出淤泥,高低不齐。词中摄取了两个常见而有趣的镜头,意境鲜明、生动,语言平易、清新。

史鉴

史鉴,明代诗人,生平不详。

浣溪沙　夏夕赏莲

水面风来晚更宜[1]。酒香荷气水沉微。谁家长笛倚[2]楼吹。
五月梅花六夜落。千门梧叶未秋飞。不知零露湿人衣。

【注释】

[1]宜:合适,适宜。
[2]倚(yǐ):靠着。

【点评】

从触觉、嗅觉、听觉方面写夏夕荷塘景象,给人以具体、生动的感受。梅花已落,梧叶飞散,零露湿衣,表明已是夏末时节。

又　夏夕赏莲

绛[1]蜡笼纱夜赏莲。碧筒擎[2]酒吸如川。娇歌宛转杂[3]繁弦。
急雨溅珠弹脱叶。乱砂衔石轧[4]流泉。此时不道夜如年。

【注释】

[1]绛(jiàng):大红色。

[2]擎(qíng):举;向上托住。

[3]杂:掺杂,混合。

[4]轧(gá):吴方言。拥挤;压榨。

【点评】

红烛笼纱,碧筒擎酒,歌声婉转,弦乐繁密,生动地写出了江南夏夜赏莲的热闹景象。急雨也没能扫了人们的游兴,漫漫夏夜也不觉得长了。

文徵明

徵明(1470—1559),明书画家、文学家,初名壁,字徵明。号衡山居士,长洲人。工行、草书,尤精小楷,亦能隶书。擅山水,构图平稳,笔墨苍润秀雅。兼善花卉、兰竹、人物。名重当代,形成"吴门派"。亦工诗。

风入松　赏莲

虚堂残暑已无多。急雨战秋荷。雨晴瞥[1]见芙蕖[2]秀,新妆靓[3]、锦袜凌波[4]。出水天然婀娜[5],含风更自婆娑[6]。

花前有客鼓云和[7]。倚[8]笛更长歌。酒醒忽动江潮兴,陶然[9]处、如在烟萝。一片萧湘晚景,相看玉女[10]银河。

【注释】

[1]瞥(piē):眼光掠过;匆匆一看。

[2]芙蕖(qú):即荷花。

[3]靓(jìng):以脂粉妆饰。

[4]凌波:形容女子步履轻盈。

[5]婀娜(ē nuó):轻盈柔美的样子。

[6]婆娑(suō):舞蹈。

[7]云和:古时琴、瑟等乐器的代称。

[8]倚(yǐ):靠着。

[9]陶然:快乐的样子。

[10]玉女:仙女。

【点评】

写风雨中秋荷的婆娑动态和雨后天然出水的婀娜风韵,可谓传神。“急雨战秋荷”句甚佳,一个“战”字生动地表现了秋荷擎雨迎风傲立的情态。不说秋荷战急雨,而说“急雨战秋荷”,新颖别致。

陈霆

陈霆,明代诗人,生平不详。

西江月　曲院荷风

猎猎[1]青蒲弄水,阴阴[2]绿树生凉。南薰[3]吹到藕花庄,柳下正多游舫[4]。

骤[5]雨打穿翠盖,浮萍放出红妆[6]。画阑十二凭湖光,时有暗香来往。

【注释】

[1]猎猎:风声。

[2]阴阴:幽暗的样子。

[3]南薰:即熏风。东南风。薰,“熏”的异体字。

[4]舫(fǎng):船。一般指小船。

[5]骤(zhòu):快速,急速。

[6]红妆:指女子盛妆。也用以指美好。

【点评】

南风习习，游舫如织，绿树生凉，荷着红妆，暗香袭人，好一派夏日江南风光。

胡汝嘉

胡汝嘉，明代诗人，生平不详。

南柯子 荷

露重胭脂颊，云轻翡翠[1]罗。水晶宫里玉颜[2]酡[3]。斜倚薰风[4]欲[5]语、更婆娑[6]。

日暖红鸳度，秋深白雁过。画船载酒漾[7]清波。记得江南游女、采莲歌。

【注释】

[1]翡翠：即硬玉。因一般呈翠绿色，故有时亦作绿色的代称。此处用来形容荷叶的颜色。

[2]玉颜：即玉容。指女子的容貌。

[3]酡(tuó)：饮酒脸红。此处指红莲。

[4]薰(xūn)风：即熏风。东南风；和风。薰，"熏"的异体字。

[5]欲：想要。

[6]婆娑(suō)：舞蹈。

[7]漾(yàng)：水摇动的样子。

【点评】

上片用比喻和拟人方法生动地描写荷花的婀娜风韵。下片结尾回忆江南游女、莲歌，用意中景扩充了眼前景，拓宽了词的意境。

王慎中

王慎中(1509—1559)，明散文家，字道思，号南江，福建晋江(今泉州)人。嘉靖进士，官至河南参政。最初主张"文必秦汉"，后转而推崇欧阳修、曾巩之文，成为"唐宋派"的作家之一。有《遵岩先生集》。

踏莎行

客有自东湖折得荷花一枝来者因以小瓶贮置书室中终日无事坐对爱而赋之

绿水摇空，东湖岸浅。芙蓉[1]弄色晴霞暖。一枝谁折到空斋[2]，香从十里分来远。

花似多情，于人眷眷。不愁辞藕余丝断。朱颜[4]解自领薰风[5]，疏帘镇[6]日为高卷。

【注释】

[1]芙蓉：荷花的别称。

[2]斋：屋舍。一般指书房、学舍。

[3]眷眷(juàn)：反顾的样子，依恋不舍。

[4]朱颜：指女子美好的容颜。这里指荷花。

[5]薰(xūn)风：东南风；和风。薰，同“熏”。

[6]镇：通“整”。

【点评】

词人总是多情并富于想象的，友人送来一枝荷花便被引得诗情喷涌、浮想联翩。荷花朱颜舒展是因为熏风吹拂，所以词人整日高悬窗帘，引南风入室。

浪淘沙 瓶中一枝莲谢，惜而赋之

一片稍[1]辞[2]枝。陡[3]见离披[4]。凉风入户绕床吹。恰被轻尘相侮得，飞涴[5]红姿。

三嗅独愁思。恨不开迟。开迟也会有凋时。急拾余香三两片，与对金卮[6]。

【注释】

[1]稍：逐渐。

[2]辞：告别。

[3]陡(dǒu)：突然。

[4]离披：分散的样子。

[5]涴(wò)：为泥土所污。

[6]卮(zhī)：古代一种盛酒器。

【点评】

美好事物的逝去,总会激起人们的情感涟漪。一片莲瓣落地,词人便动了愁思,恨瓶莲开得太早,表现出爱美惜花的深情。

蝶恋花　又赋

小院朝[1]来看索寞[2]。瓶水痕消,花谢红妆[3]薄。芳草飘零[4]何处著[5]。香魂撩乱[6]无栖泊。

芳意香魂应不恶[7]。总在东湖,也到今时落。落在空斋犹[8]有托[9]。幽人[10]肯把佳词酢[11]。

【注释】

[1]朝(zhāo):早晨。

[2]索寞:枯寂无生气的样子。

[3]红妆:指女子盛妆。也用以指美女。

[4]飘零:坠落。

[5]著:"着"的本字。附着。

[6]撩乱:纷乱。

[7]恶(wù):憎恨。

[8]犹:还;仍。

[9]托:寄托。

[10]幽人:幽居之人。指隐士。

[11]酢(zuò):本意是客人以酒回敬主人。此处是指写咏荷词来酬答送荷花的友人。

【点评】

瓶中的荷花凋零,清晨的小院里也因此显得有点寂寞、冷清。不论是插在瓶中,还是长在湖里,花开总有花落时。词人写咏荷词,既表现了惜花爱美的心情,也表达了对赠花友人的谢意。

吴敏道

吴敏道,明代词人,生平不详。

偷声木兰花　雨中赋荷花

荷珠滴碎鸳鸯浦[1]。日暮残云收片雨。万斛[2]胭脂[3]，戏写江南绿[4]水词。

宓妃[5]不语湘娥[6]泣。罗袜罗衣俱带湿。金粉池塘，不嫁东风也自香。

【注释】

[1]浦：水边，岸边。

[2]斛(hú)：量器名，亦容量单位。

[3]胭脂：一种红色颜料，妇女用以涂脸颊或嘴唇。也泛指红色。

[4]渌(lù)：清澈。

[5]宓(mì)妃：古代传说中出没洛水的女神。

[6]湘娥：传说中舜之妃。

【点评】

"万斛胭脂"，写雨中荷花艳红欲滴，映在水中。"不嫁东风"句，写荷花虽然不受东风吹拂在春天开放，但还是清香远溢。全词处处紧扣"雨"字来写。

高　濂

高濂，明代词人，生平不详。

荷叶杯　白莲

曾说玉容[1]倾国[2]，堪[3]惜，照水艳毛施，清标[4]原不藉[5]胭脂，为想出尘姿[6]。

占得瑶池[7]玉井，清影，风乱白云低。舞动飘飘白羽衣，鸥鹭逐[8]同飞。

【注释】

[1]玉容：旧指女子的容貌。

[2]倾国：指容貌绝美的女子。

[3]堪：可。

[4]清标：清高的品格。

[5]藉(jiè)："借"的繁体字。

[6]尘姿：尘俗的容貌。
[7]瑶池：古代传说中昆仑山上的池名，西王母所居之地。
[8]逐：追随。

【点评】

赞美白莲不凭借胭脂来妆饰，而风韵脱俗。结尾生动地写出白莲在风中的动态。白莲在风中舞动“白羽衣”，仿佛在飞翔，所以结尾写“鸥鹭逐同飞”。

程可中

程可中，明代词人，生平不详。

浣溪沙　槐荫园藕花池

镜面回风熨越罗。盘心瀼[1]露写[2]湘波。搴[3]芳何处涉江沱[4]。

大华旧丛分玉井。若耶[5]清韵落吴歌。南薰[6]红晕衬微酡[7]。

【注释】

[1]瀼(ráng)：“瀼瀼”，露盛的样子。
[2]写：通“泻”。
[3]搴(qiān)：拔取。
[4]沱(tuó)：水的支流。
[5]若耶：即若耶溪，传说中西施浣纱处，在今浙江省绍兴市东南部。
[6]南薰：东南风。
[7]酡(tuó)：饮酒脸红。

【点评】

上片开头比喻新颖、生动。微风从镜面般的池塘上吹过，仿佛熨斗从越罗上熨过；凝重的露水从荷叶上坠落，好像湘波从高处泻下。

施绍莘

施绍莘(1581—约1640)，明散曲家，字子野，号峰泖浪仙，华亭(今上海市松江)人。屡试不第,生活放荡。通音乐,流连山水。所做散曲多抒写个人情怀,颇有艳曲。有《花影集》。

江城子　秋夜为观荷待月之酌

袜鞋之外即芙蓉[1]。故衣鬆[2]绿裳浓。是谁与语,腼腆[3]面儿红。姊妹并头乔[4]做甚,全不管,恼吾侬[5]。

教人[6]一饮定千锺。忽闻钟。月当空。似将残宴,搬入水晶宫。蓦[7]地一番荷气馥[8],风过了,有无中。

【注释】

[1]芙蓉:荷花的别称。

[2]鬆(sōng):头发散乱。引申为宽松。

[3]腼腆(miǎn tiǎn):害羞。

[4]乔:假装。

[5]吾侬(nóng):我。吴俗自称。

[6]教(jiāo):使;让。

[7]蓦(mò):突然。

[8]馥(fù):香;香气。

【点评】

上片用拟人方法生动地写出了荷花娇媚迷人的风韵;下片通过奇妙的想象,将月光下的宴饮比做是在水晶宫中进行,可谓新颖、贴切。

吴　绡

吴绡,明代词人,生平不详。

卜算子　咏莲

谁种白莲花,秋到花开处。陶令[1]腾腾[2]醉欲归,香满庐山路。
莫笑出青泥,心净还如许[3]。一片琉璃照影空,常向波中住。

【注释】

[1]陶令:即陶渊明。因曾任彭泽令,故称。

[2]腾腾:象声词。

[3]如许:如此;这样。

【点评】

赞美白莲出青泥而心净。“香满庐山路”,是用夸张方法写白莲的清香。白色的琉璃在日光下看不到影子,用来比喻白莲,可谓新奇、巧妙。

吴纯叔

吴纯叔,明代词人,生平不详。

点绛唇

五月十七赏荷花于城西万里桥新野四调

五月荷花,城西别馆[1]花开早。粉浓香饱。红映池中岛。
绿叶相依,无数红妆小[2]。金尊[3]倒、琵琶斜抱。筵[4]上歌声袅[5]。

【注释】

[1]别馆:别墅。

[2]红妆:指女子盛妆。此处指红莲。

[3]尊:古代酒器。

[4]筵(yán):原意为竹席。后专指酒席。

[5]袅(niǎo):“袅袅”,声音婉转悠扬。

【点评】

荷香、花色、酒味、歌声,从听觉、视觉、味觉、嗅觉,营造出浓浓的欢乐气氛。

又

池上闲着,芙蓉[1]出水天然色。烟消露释[2]。妖冶[3]多倾国[4]。
对面相怜[5],总是风流客。挥词笔、碧筒金液。半醉攲[6]乌帻[7]。

【注释】

[1]芙蓉:荷花的别称。

[2]释:消除。

[3]妖冶:艳丽。

[4]倾国:指容貌美丽的女子。此外指荷花。

[5]怜:同情。

[6]攲(qī):倾侧不平。

[7]帻(zé):包头发的巾。

【点评】

审美中常发生移情现象,因而词人与荷花"对面相怜",觉得"总是风流客"。乘着酒兴,挥笔写词,头上的乌巾倾斜着,一副潇洒狂放的骚人神态。

杨宛

杨宛,明代(?)词人,生平不详。

江城子 采莲

月光如水正盈盈[1]。与波平。棹[2]声轻。刚到莲香,深处见郎[3]迎。忍笑佯[4]羞防后伴,无一语,两含情。

【注释】

[1]盈盈:清浅的样子。

[2]棹(zhào):摇船的用具。也指船。

[3]郎:旧时妇女对丈夫或所爱的男子之称。

[4]佯(yáng):假装。

【点评】

在荷花深处,采莲女与自己所爱的男子不期而遇。由于身后有伴,她强忍住笑,装作见到陌生人时的害羞样子。于是,两人只能脉脉相对,擦肩而过。古代青年男女之间复杂微妙的感情被传神地表达出来。

吴 骐

吴骐,明代(?)词人,生平不详。

虞美人 咏并头莲

亭亭[1]碧玉波心里。艳态娇相倚[2]。恰如宜主夜寒深。试呼合德拥双衾[3],恨难禁。

多情花草犹[4]如此。誓拟[5]同生死。画眉[6]楼上正芳年。看花归去镜台前,更嫣然[7]。

【注释】

[1]亭亭:耸立的样子,高的样子。

[2]倚(yǐ):靠着。

[3]衾(qīn):被子。

[4]犹:还;仍。

[5]拟:打算。

[6]画眉:以黛饰眉。后用"画眉"形容夫妻相爱。此处指丽人。

[7]嫣(yān):美好的样子。常指笑容。

【点评】

由咏荷花并蒂,赞伉俪情深。末句写佳人在镜台前看到自己如花的容颜后,心头涌起欢乐,对誓同生死更加自信。

郭 雩

郭雩,明代(?)词人,生平不详。

南乡子 池荷

午院新凉。不卷疏帘拭[1]暗香。意在莲心谁向问,情长。懒将纱扇扑鸳鸯。

雨过秋塘。翠盖[2]深深露半妆。一似低头娇不语,思量。泪浥[3]红腮不记行。

【注释】

[1]拭:擦去。

[2]翠盖:指荷叶。

[3]浥(yì):湿润。

【点评】

用拟人方法描写荷叶深处微露半妆低头不语的荷花娇媚风韵。“泪浥红腮”生动地表现了红藕带雨的情致。

魏学谦

魏学谦,明代(?)词人,生平不详。

阮郎归

去年抛药[1]种池塘,今年坠粉香。几时提藕便丝长,何曾解断肠[2]。

驱燕子,打鸳鸯,摘莲偷卜[3]郎[4]。擘[5]开多半是空房,羞看枕簟[6]双。

【注释】

[1]药(dì):莲子。

[2]断肠:形容悲痛到极点。

[3]卜:估计;猜测。

[4]郎:旧时妇女对丈夫或所爱男子之称。

[5]擘(bò):剖;分开。

[6]簟(diàn):供坐卧用的竹席。

【点评】

这是一阕闺怨词。丈夫出远门,佳人在池塘里种了莲子,期盼着它快快生长;时隔一年后,擘开莲蓬,却多半是空房。这使她羞于看到床头摆着的一双枕席,因为她埋怨莲子多空房,可她不也是住着空房吗?这阕词在表现方法上的一个特点是，巧用"丝长"、"空房"等双关词语。

李雯

李雯，明代（？）词人，生平不详。

月中行　采莲

新丝轻染石榴红。虹挂小窗东。淡烟深柳晚来风。结伴采芙蓉[1]。

縠[2]纹细浪牵花桨。双鹭下、绿水摇空。藕花裙湿鬓[3]云鬆[4]。人在落霞中。

【注释】

[1]芙蓉：荷花的别称。

[2]縠（hú）：绉纱一类的丝织品。

[3]鬓（bìn）：面颊两旁近耳的头发。鬓云，是形容鬓发成云的形状。

[4]鬆：头发散乱。

【点评】

一幅色彩鲜明、动态多样的彩莲夕照图。藕花盛开，飞红滴翠，所以说"人在落霞中"。

尤侗

尤侗，明代（？）词人，生平不详。

水龙吟　咏白莲

谁家渌[1]水银塘，凌波[2]扶出霓裳女[3]。天然素[4]面，冰肌玉骨，暗香销[5]暑。采向吴宫，画船相傍[6]，盈盈[7]解语。看碧天凉夜，风清月晓，长依白鸥为侣。

几处红衣乱舞，翻[8]嫌他、脂匀粉涴[9]。蓬茅綦[10]缟，铅华[11]洗尽，淡妆偏妩[12]。最恨西风,断魂[13]憔悴[14],几番秋雨。叹承受波败叶,飘零[15]祗滴,泪珠如许[16]。

【注释】

[1]渌(lù):清澈。

[2]凌波:形容女子步履轻盈。

[3]霓裳:《霓裳羽衣舞》的简称。唐代宫廷乐舞,著名法曲。

[4]素:本色的。

[5]销:通“消”。消散。

[6]傍:依傍;临近。

[7]盈盈:仪态美好的样子。

[8]翻:副词。反而。

[9]涴(wò):玷污。

[10]綦(qí):青黑色。

[11]铅华:搽脸的粉。

[12]妩:美好的样子。

[13]断魂:形容哀伤,也形容情深。

[14]憔悴(qiáo cuì):脸色黄瘦。

[15]飘零:坠落。

[16]如许:如此;这样。

【点评】

生动地描写白莲冰肌玉骨、淡妆凌波的妩媚风韵,并用常相为伴的白鸥映衬,用不为自已喜欢的红莲对照,表现出独钟白莲的深情。结尾对白莲的憔悴零落深为叹惋,表现了惜花爱美的心情。

申涵光

申涵光,明代诗人,生平不详。

三 台 避暑西岩

小榻[1]凉生细簟[2],遥村雨隔疏钟。怪底[3]香风不断,池塘开满芙蓉[4]。

【注释】

[1]榻(tà):狭长而较矮的床。

[2]簟(diàn):供坐卧用的竹席。

[3]底:什么。

[4]芙蓉:荷花的别称。

【点评】

词中未直接描写荷花,而是通过间接地写随风而来的荷香,让读者联想到池塘里莲叶田田、藕花盛开的美丽景象,从而调动读者再创造的积极性。

毛奇龄

毛奇龄(1623—1713),清经学家、文学家,字大可,号初晴,浙江萧山人。康熙时,任翰林院检讨、明史馆纂修官等职。治经史及音韵学。能散文诗词,并从事诗词的理论批评,有《西河诗话、词话》。又通音律,撰有《竟山乐录》等书。

荷叶杯

双桨红舡[1]欲[2]度,荷路,向前溪。叶摇倾下露珠子,菱刺。又牵衣。

【注释】

[1]舡(xiāng,又读chuán):船。

[2]欲:将要。

【点评】

生动地写出了莲舟穿过荷塘时,露水沾身、菱刺牵衣的情景,表现了寻幽探胜的乐趣。

双带子

红荷短间白荷长。细细风来细细香。浓露滑稿联艇侧,同来到处问家乡。

乡家问处到来同。侧艇联稿滑露浓。香细细来风细细,长荷白间短荷红。

【点评】

这是一阕回文词,即顺读、倒读,词意都是连贯相通的。这可以说是一种文字游戏,因为它并不重在创造出优美的意境。这种写法体现了古代汉语中单音词占优势的词汇特点,也表现出词人驾驭文字的高超技巧。

点绛唇　采莲曲

南浦[1]风微,画桡[2]已到深深处。藕花遮住。不许穿花去。

隔藕丛丛,似有人言语。难寻溯[3]。乱红无主。一望斜阳暮[4]。

【注释】

[1]南浦:南面的水边。后常用以称送别之地。

[2]桡(ráo):桨。

[3]溯(sù):逆流而上。

[4]暮:日落的时候。

【点评】

结尾景语含义朦胧,耐人玩味。“乱红无主”似含蓄地表现了采莲人见不到“伊人”时的惆怅心情;“一望斜阳暮”进一步表现出这种烦乱心情无处寄托。

陆次云

陆次云,清代词人,生平不详。

太常引　芙蓉

轻烟袅袅[1]泠香飘,渌[2]水映清标[3]。醉色满红皋[4]。看日晚、花光更娇。

一枝摘得,所思何在,怅望为劳。欲寄汉江遥,似远隔、银河碧霄[5]。

【注释】

[1]袅袅(niǎo):形容烟的缭绕上升。此处形容荷花亭亭直立。

[2]渌(lù):清澈。

[3]清标:清高的品格。

[4]皋:岸;近水处的高地。

[5]碧霄:青天。

【点评】

夕照中的荷花临水摇曳,分外娇媚,摘下一枝来,想寄给所思念的人,可是路远如隔银河碧霄,难以送达。现实与愿望的矛盾使自己陷入惆怅痛苦之中。

陈维崧

陈维崧(1625—1682),字其年,号迦陵,江苏宜兴人。康熙十八年应博学鸿词科,授翰林院检讨,参与修《明史》。其诗风格以豪放为主,富于才气。多抒写身世和感旧怀古之情,也有少数反映民间疾苦的作品。有《迦陵文集》、《湖海楼诗》、《迦陵词》。

双头莲

夏日过叔岱水墅铺同诸子观荷用放翁词韵

老树空村,借风幔[1]斜张[2],尽堪[3]栖寄。饮如渴骥[4]。碧筒劝领略,野香荷气。讵[5]料苍莽[6]中原,有黏天云水。依稀[7]似。莼[8]脆鲈肥,风兴故园[9]还记。

携手散步林塘,羡无愁鸥鸟,向菱芦睡。江南游子。谁怜我水上、倚阑心事。拟[10]倩[11]系日长绳,奈[12]斜阳贪逝[13]。风飐[14]处十万红衣,乍[15]眠旋起[16]。

【注释】

[1]幔(màn):帐幕。

[2]张:陈设。

[3]堪:能够,可以。

[4]骥(jì):千里马。

[5]讵(jù):副词。相当于现代汉语的"难道"、"哪里"。

[6]苍茫:旷远迷茫的样子。

[7]依稀:仿佛。

[8]莼(chún):"莼菜",蔬菜名。多年生水生草本,嫩叶可供食用。

[9]故园:家园;故乡。

[10]拟:打算。

[11]倩(qìng):请;央求。

[12]奈:无奈

[13]逝:去,离去。

[14]飐(zhǎn):风吹物,使之颤动。

[15]乍:忽然。

[16]旋:随即。

【点评】

拳拳游子意,浓浓故园情。面对中原地区云水连天、荷花飘香的美景,词人还是禁不住想起莼脆鲈肥的江南故园风光。由于古代交通不便、通讯落后,游子的思乡之情显得格外深沉、凝重。结尾"风飐处十万红衣,乍眠旋起",既是景语,也是情语,含蓄地表现出游子思乡的情绪起伏不定。

朱彝尊

朱彝尊(1629—1709),清文学家,字锡鬯,号竹垞,浙江秀水(今嘉兴)人。康熙时举博学鸿词科,授检讨,曾参加纂修明史。通经史,能诗词古文。其词多写琐事,记宴游。诗与王士禛齐名,时称"南朱北王"。有些诗篇对民生疾苦也有所反映。有《经文考》、《日下旧闻》等;编有《词综》。

满江红　西湖荷花

郭[1]外垂杨,直映到、水仙祠屋。爱十里、花明镜面,岸沈[2]沙腹。几阵凉飔[3]翻叶白,连盘骤[4]雨跳珠绿。是谁侬[5]一道拨青蘋,波纹蹙[6]。

红衣褪,开还续。碧筒卷,擎[7]相促。绕菱根荇带,冷香飞逐。偏是风前蝴蝶住,但无人处鸳鸯浴。擘[8]生绡、悔不学丹青[9],描横幅。

【注释】

[1]郭:外城。

[2]沈(chén):同"沉"。

[3]飔(sī):凉风。

[4]骤(zhòu):快速,急速。

[5]谁侬(nóng):即谁。吴地习俗自称我侬,指他人亦曰渠侬、他侬等。

[6]蹙(cù):皱。

[7]擎(qíng):举;向上托住。

[8]擘(bò):剖;分开。

[9]丹青:中国古代绘画中常用之色。也泛指绘画艺术。

【点评】

"风翻叶白、雨跳珠绿",面对西湖十里荷花盛开的美景,词人在赋咏荷词后,意犹未尽,悔恨自己没有学成丹青妙手,不能用绘画来描绘眼前景色。其实,文学艺术和绘画艺术各有所长。诗、词作为文学艺术,其特点在于通过语言作用于人的联想、想象,给读者留下广阔的再创造的空间。这一点是绘画艺术所不能及的。

万锦雯

万锦雯,清代词人,生平不详。

江城子　韩平叔园亭赏荷

空庭雨过暑全收。树阴稠。鸟声幽。四面帘垂,间挂小银钩。门外好山浑[1]似画,看未足,又登楼。

凉飔[2]微度藕花洲。暗香浮。入杯流。向晚泠泠[3],急管[4]促清讴[5]。倚醉不愁归路暝[6],有明月,更相留。

【注释】

[1]浑:简直。

[2]飔(sī):凉风。

[3]泠泠(líng):形容声音清越。

[4]管:乐器名。

[5]讴(ōu):歌唱。

[6]暝(míng):幽暗,昏暗。

【点评】

园亭赏荷直至夜深月明,尚无归意,足见荷花风韵之美、赏花兴致之高。凉风吹送荷香流入杯中,是化虚为实的巧妙写法。

董元恺

董元恺(1635—1687),字舜民,号子康,江苏苏州人。清代顺治十七年举人。有《苍梧词》。

画堂春 荷花蔷薇

东风无力锦屏[1]遮。依稀[2]露软烟斜。繁花满径[3]拂窗纱。翠翦[4]明霞。
高处牵衣欲[5]语,低边弄影交加。一帘月色浸荷花。绿水人家。

【注释】

[1]锦屏:锦绣的屏风。

[2]依稀:仿佛。

[3]径:小路。

[4]翦(jiǎn):"剪"的异体字。

[5]欲:想要。

【点评】

"高处牵衣欲语",是用拟人方法写荷花;"低边弄影交加",写蔷薇在风中舞动。"一帘月色浸荷花",是写荷花影子投在洒满了如水月光的窗帘上,可谓妙句。

查慎行

查慎行(1650—1727),清代诗人,字悔余。号初白,浙江海宁人。康熙时举人,赐进士出身,官编修。其诗多记行旅,善用白描手法。有些诗篇对民间疾苦有所反映。晚年有不少歌功颂德之作。亦能词。有《敬业堂诗集》等。

金缕曲 盆池种藕有叶无花

为爱荷香蚤[1]。傍[2]春分[3],就[4]邻乞藕,埋盆作沼[5]。乍[6]见田田[7]浮镜面,数点青钱[8]圆小。渐翠耸、亭亭[9]羽葆[10]。道是看花吾有分、转辘轳、引水添清晓。费心力,计多少。

等闲[11]长夏多过了。到秋来、云沈[12]露冷,向谁索笑。老子胸无惆怅[13]事,听雨听风也好。只些子[14]、替伊[15]烦恼。直[16]恐天寒罗袖薄,与芭蕉、一例经霜倒。剩清气,耐枯槁。

【注释】

[1]蚤:通"早"。

[2]傍:临近。

[3]春分:二十四节气之一。

[4]就:接近,趋向。

[5]沼:小池。

[6]乍(zhà):忽然。

[7]田田:荷叶相连的样子。

[8]青钱:即青铜钱。此处指新生的荷叶。

[9]亭亭:高耸的样子;直立的样子。

[10]羽葆:即羽盖。古时用鸟羽装成的车盖。此处指高耸的荷叶。

[11]等闲:寻常;随便。

[12]沈:同"沉"。

[13]惆怅(chóu chàng):因失望或失意而哀伤。

[14]些子:即"些子景"。盆景的别名。

[15]伊:他。

[16]直:仅,只是。

【点评】

从春到秋,为爱荷香培育盆藕,付出了辛勤劳动,可是盆藕不解人意,只长叶子,并不开花。词人并不因此烦恼,充分表现出爱花、爱美的兴趣,也表现了风趣、乐观的性格。

陈大成

陈大成,清代词人,生平不详。

菩萨蛮

莲塘雨过花开遍，水亭长日[1]张[2]清宴。曾记有人同，脸霞相向红。

今宵[4]重听雨，藕断莲心苦。盼得花再开，个人[5]来不来。

【注释】

[1]长日：指夏日白昼长。

[2]张：陈设。

[3]宵：夜。

[4]个人：那个人。

【点评】

"脸霞相向红"，指人面与红莲花相映。"藕断莲心苦"，是说与自己思念的人失去联系，内心感到很痛苦。结尾寄托了对"伊人"的深情思念，期盼着花重开、人再来。过片"今宵重听雨"，与上片开头"莲塘雨过"照应，过渡自然。

蔡士麟

蔡士麟，清代词人，生平不详。

踏莎行　七夕咏嘉禾亭并蒂莲

渌[1]水三篙[2]，方塘十亩。凌波[3]微步湘裙绉。还疑亭畔戏鸳鸯，欣[4]看连理[5]池中透。

翠挽双鬟[6]，红翻两袖。正逢乌鹊填桥候。李[7]枝有瑞应双星，咏歌填续元嘉[8]后。

【注释】

[1]渌(lù)：清澈。

[2]篙(gāo)：撑船用的竹竿和木杆。

[3]凌波：形容女子步履轻盈。

[4]欣：喜悦。

[5]连理：不同根的草木，其枝干连生在一起。旧时看做吉祥的征兆。

[6]鬟(huán)：古代妇女的环形发髻。

[7]孪(luán):双生。

[8]元嘉:此处指“元喜体”,即南朝宋文帝年间出现的一种诗风。其特点是注意描绘山水,讲究辞藻和对偶。

【点评】

并蒂莲花开放,正逢传说中喜鹊搭桥、牛郎和织女双星相会的时候,所以说“孪枝有瑞应双星”。在咏并蒂莲的诗词中,这阕词的构思别开生面。

张台柱

张台柱,清代词人,生平不详。

西溪子　荷花

谁把红霞剪碎。零乱[1]秋波[2]影里。倚[3]风前,浑[4]欲[5]语。相认处。又隔轻烟一缕。暗香中。月濛濛[6]。

【注释】

[1]零乱:不整齐。

[2]秋波:旧时比喻美女的眼睛,谓其像秋水一样清澈明亮。此处指秋水清亮。

[3]倚:靠着。

[4]浑:简直。

[5]欲:想要。

[6]濛濛:模糊不清的样子。

【点评】

前半阕写白天,风韵婀娜的荷花如同剪碎了的红霞散落在明净的秋水里。后半阕写夜晚,隔着一缕轻烟,又在濛濛的月光下,因而除了闻到清香,就只能在雾中观花了。这阕词是在创造一种朦胧美。

纳兰性德

纳兰性德(1655—1685),清词人,原名成德,字容若,号楞伽山人,满洲正黄旗人。康熙进士，官一等侍卫。善骑射，好读书。词以小令见长，多感伤情调，间有雄浑之作。也能诗。有《通志堂集》。词集《纳兰词》。

一丛花 咏并蒂莲

阑珊[1]玉佩罢霓裳[2]。相对绾[3]红妆。藕丝风送凌波[4]去，又低头，软语[5]商量。一种情深，十分心苦，脉脉[6]背斜阳。

色香空尽转[7]生香。明月小银塘。桃根桃叶终相守，伴殷勤、双宿鸳鸯。菰米[8]漂残，沈[9]云乍[10]黑，同梦寄潇湘。

【注释】

[1]阑珊：衰落。将尽、将残之意。

[2]霓裳：《霓裳羽衣舞》的简称。唐代宫廷乐舞，著名法曲。

[3]绾(wǎn)：系；盘结。

[4]凌波：形容女子步履轻盈。

[5]软语：温和而委婉的话。

[6]脉脉：凝视的样子。后多用以形容情思，有含情欲吐之意。

[7]转：反而。

[8]菰米：亦称雕胡米。茭白的果实，呈狭圆柱形，可煮食。

[9]沈：同"沉"。

[10]乍(zhà)：忽然。

【点评】

上片用拟人方法，惟妙惟肖地写出了双莲红妆凌波、温情软语的娇媚风韵。"阑珊玉佩罢霓裳"，是联想双莲在"霓裳羽衣舞"之后，又特意卸去盛妆，可谓"妙想天开"。

郑熙绩

郑熙绩，清代词人，生平不详。

隔浦莲近拍 赏荷

朝来梅雨[1]新霁[2]。艇子浮烟水。夹岸垂杨映，竹西胜，饶歌吹。千朵夫容丽[3]。凌波[4]致。一片霞明媚。花如醉。

污泥不染，莲叶亭亭[5]摇翠。银涛忽卷，万斛[6]琼[7]珠揉碎。逸[8]韵幽香宜静对。忘寐[9]。清风明月天际。

【注释】

[1]梅雨：也叫黄梅雨。常指春末夏初，产生在淮河流域雨期较长的阴雨天气。因正值梅子黄熟时期，故名。

[2]霁(jì)：本指雨止，引申为风雪停、云雾散。

[3]夫容：同"芙蓉"，即荷花。

[4]凌波：形容女子步履轻盈。

[5]亭亭：耸立的样子。

[6]斛(hú)：量器名，也做容量单位。

[7]琼(qióng)：赤色玉。亦泛指美玉。

[8]逸：超迈。

[9]寐(mèi)：睡眠。

【点评】

梅雨刚住，清风徐来，荷叶上积聚的雨水银涛般地翻卷过来，水滴坠落像万斛玉珠被甩碎；想象奇妙，比喻形象、生动。

吴锡麒

吴锡麒(1746—1818)，清文学家，字圣征，号榖人，浙江钱塘(今杭州)人。乾隆进士，官祭酒。后主讲扬州、安定等书院。当时以骈文著名。也能诗及词曲。有《正味斋集》。

忆故人　湖上观荷

一片清凉，万荷压水青无缝。白鸥迎出第三桥，去就花间梦。

暗里但[1]怜[2]香重。怕催归、歌声倥偬[3]。闹红单舸[4]，泫[5]碧全湖，夕阳休[6]送。

【注释】

[1]但：只；仅。

[2]怜：爱惜。

[3]倥偬(kǒng zǒng)：繁忙。

[4]舸(gě):大船。也指小船和一般的船。

[5]泫(xuàn):水滴下垂的样子。

[6]休:不要。

【点评】

上片从色彩来写。在一片碧绿的湖面上,飞来点点雪片似的白鸥,一幅生动的画面呈现在眼前。下片写夕阳中的湖面,仿佛一束追光,给荷花添了绚丽的色彩。

雨中花　澄怀园雨中观荷

一霎[1]闹红喧不了。早身被、冷香围绕。几日承薰[2],今番赐沐[3],宠[4]遇花应少。

移动佩环声悄悄。渐万柄、飐[5]风尤[6]好。泼水凉生,浮烟碧极,已有斜阳照。

【注释】

[1]霎(shà):一瞬间。

[2]薰(xūn):气味侵袭。此处指和风吹拂。薰,"熏"的异体字。

[3]沐:洗头发。

[4]宠(chǒng):宠爱。

[5]飐(zhǎn):风吹物,使其颤动。

[6]尤:尤其;更加。

【点评】

雨后万柄荷花迎风颤动,满湖碧绿受着夕阳斜照,仿佛摄影镜头捕捉的两个画面,有声有色,有动有静。

吴翌凤

吴翌凤(1742—1819),字伊仲,号梅庵,江苏吴县(今苏州)人。有《词约》、《曼香词》等。

青房并蒂莲　枯荷

倦凝眸[1]。早楚天[2]秋老，湘渚[3]莲收。绿减红稀，冷落旧芳洲。离披[4]不罩鸳鸯影，伴寒芦、瑟瑟[5]鸣秋。更那堪[6]、水槛宵[7]凉，雨声滴碎梦魂柔。

当时碧筒劝酒，有水佩[8]风裳，挽住兰舟。缥缈[9]凌波[10]，甚[11]处漫[12]忆前游。空令野塘夜月，尚留照、两两旧沙鸥。盼拆处风欹[13]，采菱歌歇水悠悠[14]。

【注释】

[1]眸(móu)：瞳人。

[2]楚天：古时长江中下游一带属楚国，故用以泛指南方的天空。

[3]渚(zhǔ)：水中小块陆地。

[4]离披：分散的样子。

[5]瑟瑟：秋风声。

[6]堪：经得起，忍受。

[7]宵：夜。

[8]佩：身上佩带的饰物。

[9]缥缈(piāo miǎo)：隐隐约约，若有若无。

[10]凌波：形容女子步履轻盈。

[11]甚(shén)：什么。

[12]漫：随意。

[13]欹(qī)：倾斜。

[14]悠悠：悠闲自在。

【点评】

楚天秋老，莲子已收。荷花绿残红稀，一片冷落萧索景象。词人赋词咏荷，显示了一种独特的审美视角，表现了珍惜美好事物的心情。下片回忆荷花盛开时的情景，与上片对照，强化了惜花爱美之情。

虞美人　莲花

寻莲觅藕风波里。本是同根蒂。因缘[1]只赖[2]一丝牵。但[3]愿郎[4]心如藕、妾[5]如莲。

带头绾[6]个成双结。莫与闲鸥说。将[7]家来住水云乡。为道买邻难得、遇鸳鸯。

【注释】

[1]因缘：机缘。

[2]赖：依靠。

[3]但：只；仅。

[4]郎：旧时妇女对丈夫或所爱男子之称。

[5]妾(qiè)：旧时妇女自称的谦词。

[6]绾(wǎn)：系；盘结。

[7]将：带领。

【点评】

这是一首采莲曲，也是一首带有民歌风味的爱情诗。词中的采莲女用双关和比喻方法，巧妙委婉地表达了对真挚爱情的渴望。

凌廷堪

凌廷堪，清代词人，生平不详。

鹧鸪天　磁州道中荷花盛开

六月驱车暑未徂[1]。滏阳风影胜三吴[2]。宜人[3]山似佳图画，称[4]意花如美丈夫。

云擘[5]絮，雨跳珠。红情绿意两相扶。环城野水菰蒲长，曾有鸳鸯作队无[6]。

【注释】

[1]徂(cú)：过去；逝。

[2]三吴：古称苏州为东吴，常州为中吴，湖州为西吴。

[3]宜人：适合人的心意。

[4]称(chèn)：适合。

[5]擘(bò)：剖；分开。

[6]无：用同“否”。

【点评】

上片用比喻方法总写旅途中的愉悦感受；下片以荷花的雨中动态和红、绿色彩具体描写荷花的妩媚风韵。

忆旧游慢　东城看荷花

正凉云蘸碧，碎锦吹香，一望都平。鼓棹[1]中流去，看风鬟雾鬓，旧订深盟。美人已隔天末，谁与共调冰。怪藻荇交横，菰蒲掩映，底[2]事青青。

闲亭。问何处，有玉液流觞[3]，纨[4]扇盈庭。叶叶含凉意，是晓来翠盖，娇露初承。向风舞裙摇动，罗袜涉波行。忍[5]趁晚归来，红香冷落明月汀[6]。

【注释】

[1]棹(zhào)：摇船的用具。也指船。

[2]底事：何事；何故。

[3]觞(shāng)：古代盛酒器。

[4]纨(wán)：细致洁白的薄绸。

[5]忍：容忍；忍耐。此处是"怎忍"的意思。

【点评】

上片写寻旧游之地，忆同乐往事；下片写荷花翠盖承露、迎风摇曳、恍若凌波仙子的娇媚风姿。词人流连忘返，表现了惜花爱美的深情。

陆文蔚

陆文蔚，清代词人，生平不详。

水龙吟　枯荷

霜华点到芳塘，做成一片凄凉意。红衣[1]卸后，绿云何处，茫茫[2]烟水。瘦不禁[3]风，高难擎[4]雨，欲沉还委。伴枯芦败苇，萧萧[5]槭槭[6]。向遥夜、秋声碎。

楚客满襟[7]愁思。问秋衣、可堪[8]重制。捎矶[9]支涕[10]。倦篙空碍，眠鸥难翳[11]。半面犹欹[12]，一茎欲[13]断，可禁憔悴[14]。记江南旧景，田田[15]多少，恣[16]游鱼戏。

【注释】

[1]红衣：此处指红莲花朵。

[2]茫茫：辽阔；深远。

[3]禁：承受。

[4]擎(qíng)：举；向上托住。

[5]萧萧：风声；草木摇落声。

[6]槭槭(sè)：树枝光秃的样子。

[7]襟(jīn)：心怀。

[8]堪：能够，可以。

[9]矶(jī)：水边突出的岩石。

[10]漭(yǎng)："沆(hàng)漭"，犹"汪洋"。水深广的样子。

[11]翳(yì)：遮蔽。

[12]攲(qī)：倾斜。

[13]欲：将要。

[14]憔悴(qiáo cuì)：脸色黄瘦。

[15]田田：荷叶相连的样子。

[16]恣(zì)：听任。

【点评】

上片写秋光已老，荷花红衣落尽，瘦不禁风；翠盖破碎，难以擎雨，一片萧索冷落景象。下片结尾回忆江南荷叶田田、游鱼自得的情景，与前面的枯荷形成鲜明对照。强烈的审美反差使爱美者的心灵受到震撼，也表现了词人对美好事物失去的叹惋。

邵丰成

邵丰成，清代词人，生平不详。

新荷叶

浅碧盆池。乍[1]看几点田田[2]。似卷还舒，孤茎倦倚[3]风前。钩云贴月。渐擎[4]出、小小青盘。休将拈弄，怕他珠碎难圆。

饶[5]有清香，胜如花气堪[6]怜。越女罗裙，乍应输与鲜妍。芳心展尽，戏相问、何日成莲。那禁[7]骤雨[8]，声声打彻中边。

【注释】

[1]乍(zhà)：初；刚。

[2]田田：荷叶相连的样子。

[3]倚(yǐ):靠着。

[4]擎(qíng):举;向上托住。

[5]饶(ráo):多。

[6]堪:能够,可以。

[7]禁(jīn):禁得起,受得住。

[8]骤(zhòu):快速,急速。

【点评】

从看着新荷叶由“几点田田”到“擎出小青盘”,词人小心翼翼,唯恐轻易拈弄会使青盘“珠碎难圆”;夜晚风雨骤至,又担心新荷经不起吹打,期盼它快长成莲。词人精心呵护新荷,怜花爱美的心情表现得淋漓尽致。

刘嗣绾

刘嗣绾,清代词人,生平不详。

天仙子　题莲衣卷

落尽莲衣[1]红十里,鸳鸯梦冷秋烟里。有人天际[2]荡舟来,愁不已[3]。西风起,月明夜弄萧湘水。

【注释】

[1]莲衣:此处指红藕花朵。

[2]际:交界或靠边的地方。

[3]已:停止。

【点评】

这是一阕题画词。词人对荷花的凋零深为叹惋。“落尽莲衣红十里”,荷花迎秋零落,十里莲塘飘浮一层残红,景象极为壮观,也显得十分凄清。“鸳鸯梦冷秋烟里”,鸳鸯常与荷花相伴,而今红衣落尽,翠盖支离,鸳鸯无处栖身,怎能不“梦冷秋烟里”呢! 全词情景交融,意境蕴藉。

张惠言

张惠言(1761—1802),清经学家文、文学家,字皋文,江苏武进(今常州市)人。嘉庆进士,官翰林院编修。经学专治《周易》、《仪礼》。为常州词派创始人。论词强调比兴,所为词颇沉著,而意旨隐晦。散文简洁。兼善篆书。有《茗柯词》等。编有《词选》、《七十家赋钞》。

水龙吟　荷花为子掞赋

西洲一夜温香,随风和梦枝头住。红衣翠袖,何人知道,横塘日暮。一水盈盈[1],千情脉脉[2],回头频[3]误。向天涯远道,相思万里,便采得,遗[4]谁去。

直是寻莲等藕,好三春,过却佳期无数。多少缠绵[5],而今看取,苦心如许[6]。烟学愁容,雨偷泪色,芳尘何处。只月明一片,依然省识[7],凌波[8]微步。

【注释】

[1]盈盈:水清浅的样子。

[2]脉脉:凝视的样子。后多用以形容情思,有含情欲吐之意。

[3]频:屡次。

[4]遗(wèi):给予,赠送。

[5]缠绵:情意深厚。

[6]如许:如此;这样。

[7]省(xǐng)识:认识、

[8]凌波:形容女子步履轻盈。

【点评】

咏荷与怀人并写,情与景交融。意境含蓄朦胧,耐人寻味。

吴廷采

吴廷采,清代词人,生不不详。

齐天乐　七夕红桥看荷花

夕阳明灭[1]红桥外，亭林乍[2]过疏雨。一点秋心，十分凉气，都在荷花深处。清游试数。算几度星期，不同尊俎[3]。莫负[4]良宵[5]，半篙新涨漫容与[6]。

湖天容易作暝[7]，看两三星火，远移前渚[8]。银浦流云，碧筒泻月，消得一襟风露。盈盈[9]笑语。是乞巧[10]人归，采香人去。惊起眠鸥，远钟闻数杵[11]。

【注释】

[1]明灭：忽明忽暗。

[2]乍(zhà)：刚。

[3]尊俎(zǔ)：古代盛酒肉的器皿，亦常用为宴席的代称。

[4]负：辜负，对不起。

[5]宵：夜。

[6]容与：迟缓不前的样子。

[7]暝(míng)：日暮。

[8]渚(zhǔ)：水中的小块陆地。

[9]盈盈：仪态美好的样子。

[10]乞巧：旧时民间风俗，妇女于阴历七月七日夜间向织女星乞求智巧，谓之“乞巧”。

[11]杵(chǔ)：捣物的棒槌。

【点评】

出发去红桥，已是日暮时分。湖上天色晚得快。由于是夜间，不能具体写荷花，而着重从光亮、声音方面去写沿途看到的情景。两三星火在夜幕上游移，是写赏荷的游船，十分生动；“盈盈笑语”，传达出赏荷者的愉快心声；远处传来的几杵钟声，更是韵味无穷。

郭　麟

清代词人，生平不详。

一落索 荷叶

三十六陂[1]烟雾。迷藏无数。采莲人到不惊他,是睡著、鸳鸯处。

等得红衣[2]脱去。无风看舞。西窗窗外有芭蕉,似商略[3]、今宵[4]雨。

【注释】

[1]陂(bēi):池。

[2]红衣:指红藕花朵。

[3]商略:商量讨论。

[4]宵:夜。

【点评】

紧扣题目《荷叶》来写:"是睡著、鸳鸯处",写荷叶下面是鸳鸯栖身之地;"无风自舞",是从荷叶自舞的动态来写;"似商略、今宵雨",是从夜雨的敲击来写荷叶。

严元照

严元照(1773—1817),字修能,号悔庵,浙江归安人。贡生。有《梅家山馆词》。

菩萨蛮

菰蒲[1]雨过红衣卸[2]。荷塘一半秋香谢。翠盖颤亭亭[3]。鸯鸯梦未醒。采莲双玉腕。罗袖黄金钏[4]。画桨怨来迟。渌[5]波风起时。

【注释】

[1]菰(gū)蒲:菰和蒲都是浅水植物。

[2]亭亭:耸立的样子;高的样子。

[3]钏(chuàn):手镯。

[4]渌(lù):清澈。

【点评】

"红衣"、"翠盖"、"玉腕"、"黄金钏",一幅色彩鲜明的秋江采莲图。

又 赋莲衣

凉波昨夜西风起。秋衣一片红随水。三十六陂[1]宽。珮环[2]生暮寒。

鸳鸯清梦稳。疏雨催教[3]醒。何处寄相思。苦心侬[4]自知。

【注释】

[1]陂(bēi):池。

[2]珮(pèi)环:古人衣带上所系的佩玉。

[3]教(jiāo):使;让。

[4]侬(nóng):我。

【点评】

上片从声音、色彩写出了深秋时节荷花落红随水流去的凄丽景象;下片即景抒情,用双关语表达对伊人的思念。

陈文述

陈文述,清代词人,生平不详。

渔歌子

雨后蜻蜓散夕阳,晚来水碧似清湘。明镜里,月华凉。荷花世界柳丝乡。

【点评】

蜻蜓乱飞,是雨后常见的现象。夜晚,湖水平如明镜,月光清凉如水,荷花亭亭,柳丝袅袅,真是美的世界,诗的韵味。语言平易、流畅、清新。

杨 谦

杨谦,清代词人,生平不详。

长相思　题金伯淳藕花图

鸳水流。绣水流。到眼芙蓉[1]一镜秋。如花人倚[2]楼。

是琼[3]楼。是红楼[4]。且断晶帘不上钩。兰桡[5]归去休[6]。

【注释】

[1]芙蓉:荷花的别称。

[2]倚:靠着。

[3]琼(qióng)楼:美玉砌成的高楼。

[4]红楼:华美的楼房。旧时常指富家女子的住处。

[5]桡(ráo):桨。

[6]休:用于语末,作语助。相当于现代语的“罢”、“了”。

【点评】

这是一阕题画词。词人将藕花图的画面景物巧妙地转化为词的优美意境:在荷花盛开时节,佳人倚着红楼,目送着行舟远去后,才将水晶帘放了下来。依依惜别之情被婉转生动地表达出来。

叶申芗

叶申芗(1780—1842),它维彧,号小庚,一字箕园,福建闽县(今福州)人。嘉庆十四年进士。官河南知府。有《小庚词存》、《闽词钞》。

荷叶杯　盆莲

宛[1]尔红情绿意。并蒂。尺许[2]小盆池。双心千瓣斗鲜奇。出水不沾泥。

试问花中何比。君子。风度胜张郎。碧纱窗下晚风凉。花叶两俱[3]香。

【注释】

[1]宛:小的样子。

[2]许:约计的数量。

[3]俱:一样。

【点评】

写出盆池中并蒂莲“双心千瓣斗鲜奇”、“花叶两俱香”的妖娆风韵，赞美双莲“出水不沾泥”，是花卉中的君子。

范 锴

范锴，清代词人，生平不详。

水龙吟 白莲

天孙[1]织罢仙机，银塘十里抛纨[2]素。珊珊[3]弄影，盈盈[4]隔水，凌波[5]乍[6]遇。几朵飘烟，一茎抱月，向人无语。任小娃[7]撑艇，夕阳偷采，歌声起、凉消暑。

谁惜蘋[8]华别浦[9]。系离愁，碧衣吟苦。东林社远，问何人与，重修净土。赢得如今，玉京[10]游倦，霓裳[11]慵[12]舞。怕明波瑟瑟[13]，宵[14]深露冷，倩[15]轻云护。

【注释】

[1]天孙：古星名，即“织女”。织女为民间神话中巧于织造的仙女，为天帝之孙，故亦称天孙。

[2]纨（wán）：细致洁白的薄绸。

[3]珊珊：形容衣裙玉珮的声音。

[4]盈盈：水清浅的样子。

[5]凌波：形容女子步履轻盈。

[6]乍（zhà）：忽然。

[7]娃：美女。

[8]蘋（pín）：“蘋草”，即赖草。植物名。

[9]浦：水边，岸边。

[10]玉京：指帝都。

[11]霓裳：《霓裳羽衣舞》的简称。唐代宫廷乐舞，著名法曲。

[12]慵（yōng）：懒。

[13]瑟瑟：碧色。

[14]宵：夜。

[15]倩（qìng）：请。

【点评】

上片开头两句,想象新奇,比喻生动,“银塘十里抛纨素”,形成独特的审美意象。“珊珊弄影,盈盈隔水”,拟人化地写出了白莲仙子般的动人风韵。下片即景抒情,由白莲的冰清玉洁联想到人间何处有净土。结尾回应上片,表现了对白莲的深爱呵护之情。

周 济

周济(1781—1839),清词人,字保绪,号未斋,江苏荆溪(今宜兴)人。嘉庆进士,官淮安府学教授。论词强调寄托,要求作品以隐约迷离的手法,通过刻画景物,抒写封建士大夫的“身世之感”、“家国之忧”。为常州派重要词论家。其词实践了他的理论。有《味隽斋词》、《词辨》等。另选有《宋四家词选》。

相思儿令 忆荷花

一叶一花教见,零落[1]尽西风。可惜绿波明月,相映小池中。

销[2]夏记泛[3]孤篷。遍青山、难觅吴宫。归来梦绕烟萝,漫[4]愁响屧[5]廊空。

【注释】

[1]零落:凋谢;脱落。

[2]销:通“消”。

[3]泛:浮行。

[4]漫:莫,不要。

[5]屧(xiè):古代鞋中的木底。亦泛指鞋。

【点评】

上片写西风中荷花零落一空,小池中唯有明月与绿波相映;下片由自然界花木的枯荣,发出对历史兴亡的感叹。

相见欢 采莲

湖光不浸[1]山容[2]。翠阴重。许棩[3]桂枝双桨、到花丛。

文鸳睡。游鱼戏。语才通。莫载满船明月、又相逢。

【注释】

[1]浸:泡在水里。

[2]容:容貌;仪容。

[3]搦(nuò):握持。

【点评】

荡舟荷花丛中,采莲女与意中人相逢,话说个没完,完全忘记了采莲,所以词中说“莫载满船明月”归去。词的意境含蓄、朦胧。

劳勋成

劳勋成,清代词人,生平不详。

八声甘州

大名城北莲亭面城枕河,荷塘十余里,
此因水涸,游屐渐稀,仅黄芦髡[1]柳矣。

渺[2]沧[3]波十里绕城隅[4],烟景豁[5]诗眸[6]。看闲亭倚水,陂[7]塘占断,无限清幽。结侣寻秋闲眺,重访旧沙鸥。指点西风里,残照当楼。

莫问闹红一舸[8],叹花香人影,往事都休[9]。剩枯芦衰柳,萧瑟[10]满荒洲。最难堪、塞鸿啼处,触离怀、却忆故园秋。倚[11]阑[12]望、南云千里,空惹闲愁。

【注释】

[1]髡(kūn):剪去树枝。

[2]渺:水远的样子。

[3]沧(cāng):通“蒼”。青绿色。

[4]隅(yú):角落。

[5]豁(huò):开拓。

[6]眸(móu):眼珠。

[7]陂(bēi):池。

[8]舸(gě):大船。也指小船和一般的船。

[9]休:停止。

[10]萧瑟:树木被秋风吹拂所发的声音。

[11]倚:靠着。

[12]阑(lán):栏杆。

【点评】

上片写十里河塘水涸荷枯,黄芦衰柳,满目荒凉;下片通过回忆,用昔日荷塘"闹红一舸,花香人影"的风光和南国故园的秋景同眼前的荒凉景象对照,表现了词人对美好事物失去的无限惋惜之情。

戈载

戈载,清代词人,生平不详。

惜红衣　皇甫墩观荷

鹭浴新凉,鸥盟旧梦,泫[1]红摇碧。载酒寻芳,清香沁[2]瑶[3]席。西风未老,还自媚[4]、歌裙游屐。凝立。斜照晚烟,对一蓑渔笛。

惊鸿[5]瞥[6]影。环佩[7]珊珊[8],凌波[9]素罗湿。吹箫柳外,旧曲采莲识。可惜粉云香露,不是故乡秋色。问九峰螺黛,知否碧城消息。

【注释】

[1]泫(xuàn):水滴下垂的样子。

[2]沁(qìn):渗入。一般指香气。

[3]瑶:光洁美好。用为称美之词。

[4]媚:喜爱。

[5]惊鸿:旧时比喻美人体态轻盈。后亦作美人的代称。此处比喻荷花。

[6]瞥(piē):匆匆一看。

[7]环佩:古人衣带上所系的佩玉。

[8]珊珊:形容衣裾玉佩的声音。

[9]凌波:形容女子步履轻盈。

【点评】

皇甫墩的荷花"泫红摇碧",清香袭人;"环佩珊珊",翩若惊鸿。美景如画,好酒满杯,可总是抵不住阵阵乡愁的来袭。远方游子总是受着深沉的思乡"情结"的困扰。

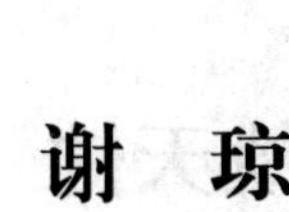

谢琼

谢琼，清代词人，生平不详。

贺新郎 残荷

万叶田田[1]处。记花时、一片歌声，飘来南浦。斗[2]地西风吹袅袅[3]，剩得残葩[4]无数。又不耐、清宵[5]冷露。粉褪香消青盖[6]缺，便枯茎、留得听秋雨。浑[7]不见。越溪女。

风裳水佩[8]南塘路。忆当年、张郎旧面，潘妃纤[9]步。明月扁舟[10]寻旧港，载取余香归去。只赢得、蓬蓬[11]如许。剥取心中多少子，请君尝、风味依然否。秋水上。偏怜汝[12]。

【注释】

[1]田田：荷叶相连的样子。

[2]斗(dǒu)：通"陡"。突然。

[3]袅袅：摇曳的样子。

[4]葩(pā)：花。

[5]宵：夜。

[6]青盖：指荷叶。

[7]浑：全。

[8]佩：身上佩带的饰物。

[9]纤(xiān)：细小。

[10]扁(piān)舟：小船。

[11]蓬蓬：茂盛的样子。

[12]怜：爱惜。

【点评】

对于同一美的事物，由于审美者心境不同，所得的审美感受也因此而异。西风乍紧，荷花红衣褪尽，翠盖凋零，只留得枯茎听雨声，似乎已无美可观，但词人却说"秋水上，偏怜汝"。以残荷为美，表现了一种独特的审美观点和情趣。

姚天健

姚天健,清代词人,生平不详。

祝英台近　白莲

雪衣轻,罗袜净。仿佛浣[1]纱女。照水盈盈[2],香透洛川浦[3]。可怜一片芳心,无多翠袖。那禁得、秋宵[4]风露。

娇如语[5]。怕有弄桨人来,脉脉[6]暗生妒。漫托[7]微波,未便诉情素[8]。销魂[9]最是黄昏,为谁解佩[10]。更疑向、月明深处。

【注释】

[1]浣(huàn):洗濯。

[2]盈盈:仪态美好的样子。

[3]浦:水边,岸边。

[4]宵:夜。

[5]语:说话。

[6]脉脉:凝视的样子。后多用以形容情思,有含情欲吐之意。

[7]托:请托;委托。

[8]情素:本心;真情实意。

[9]销魂:形容悲伤愁苦的情状。

[10]解佩:解下佩带物。

【点评】

用拟人手法惟妙惟肖地描写白莲风韵:像浣纱女,盈盈娇态,欲与人语,以致词人怕她给舟子解佩,而心生嫉妒,还想请托微波,向她倾诉情愫。全词委婉、细致、生动地表达了对白莲的钟爱之情。

赵庆熺

赵庆熺,清代词人,生平不详。

鹊桥仙 秋荷

一宵[1]儿雨，一宵儿露，不管红衣[2]凉死。晓来秋水照明妆，已换了、当时梳洗。

丝还相结，心还带苦，到老依然并蒂。累[3]他扶病[4]立西风，多分[5]那、鸳鸯不是。

【注释】

[1]宵：夜。

[2]红衣：指红藕花朵。

[3]累(lèi)：烦劳。

[4]扶病：带病勉强行动或做事。

[5]分(fèn)：料想。

【点评】

“累他扶病立西风”，用拟人方法生动地写出秋光已老，在雨打露浸中荷花已是一副憔悴不堪的形象，但仍顽强地立在西风中，给了鸳鸯栖身之处。爱荷之情，浸透字里行间。

项廷纪

项廷纪，清代词人，生平不详。

水龙吟 白莲

蕊仙群按霓裳[1]，冰肌不染人间暑。宿酲[2]初解，秾[3]妆净洗，嫣[4]然笑语。抱月生香，凌波[5]弄影，晚凉微步。自移根玉井，芳心更澹[6]，只合向、瑶台[7]住。

十里明珰[8]翠羽[9]。最难分、野塘鸥鹭。棹歌[10]声里，云鬟[11]荡桨，烟笼似雾。莫遣[12]西风，片时吹作，碎琼[13]飞舞。爱秋容艳艳，一枝开近蓼[14]花红处。

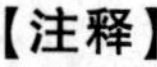

【注释】

[1]霓裳:《霓裳羽衣舞》的简称。唐朝宫廷乐舞,著名舞曲。

[2]宿酲(chéng):隔宿(xiǔ)酒醉未醒。

[3]秾(nóng):花木繁盛的样子。

[4]嫣(yān):美好的样子,常指笑容。

[5]凌波:形容女子步履轻盈。

[6]澹:"淡"的异体字。

[7]瑶台:古人想象中的神仙居处。

[8]珰(dāng):古时女子的耳饰。

[9]翠羽:翡翠鸟的羽毛。此处指头饰。

[10]棹歌:划船时唱的歌。

[11]鬟(huán):古代妇女的环形发髻。

[12]遣(qiǎn):使。

[13]琼(qióng):赤色玉。也泛指美玉。

[14]蓼(liǎo):植物名,种类很多,味辛辣。

【点评】

上片赞美白莲冰肌玉骨、淡妆芳心,只应该住在瑶台仙境;下片愿西风留情,不要将白莲花瓣吹落,表现了钟爱白莲的一片深情。结尾写了一枝白莲在红色蓼花的映衬下傲立西风之中,回应上片,更显出白莲的妩媚风韵。

姚燮

姚燮(1805—1864),清文学家,字梅伯,号复庄,浙江镇海人。道光举人。善诗、词、曲、骈文,又长于绘画。其不少反映鸦片战争的诗篇,歌颂反侵略斗争,揭露敌人罪行,谴责清朝投降派官僚和将领,情词悲愤激昂。有《复庄诗问》、《疏影楼词》等。

点绛唇　青藕水榭观荷

罢按琼[1]筝,碧阑[2]夜悄人微醉。露天如水。月贮香心媚。

粉靥[3]回波,掩扇羞难避。风裳碎。只巢[4]双翠[5]。没个鸳鸯睡。

【注释】

[1]琼(qióng):本为美玉。比喻精美的事物。

[2]阑:栏杆。

[3]靥(yè):脸颊上的微涡。

[4]巢:鸟窠。此处作动词。筑巢。

[5]翠:翡翠鸟。

【点评】

荷叶已残破,不能为鸳鸯遮风挡雨,因此,只有一双翡翠鸟在上面筑了巢。词人感叹"没个鸳鸯睡",这是从绘画艺术的角度来说的,也表现了词人的独特审美眼光。

黄燮清

黄燮清(1805—1864),原名宪清,字韵珊,浙江海盐人。道光十五年举人。长期家居,筑拙宜园、砚园,又修葺倚晴楼,以诗书自娱。工诗词。有《倚晴楼诗集》、《倚晴楼诗余》等四卷。

昼夜乐 金沙港赏荷

游人合[1]是风吹聚。共领略、林泉[2]趣。四围山色飞来,都被酒杯承去。水外烟痕烟外树。衬数点、画中楼宇。随意放中流,好寻他鸥鹭。

木兰船系[3]垂杨渡。正红衣[4]、隔秋浦[5]。两股酒气花香,别有醉人心处。古岸日斜蝉自语,被一片、绿阴遮住。载得晚凉归,响几声柔橹。

【注释】

[1]合:应当。

[2]林泉:山林泉石胜境。

[3]系(xì):拴。

[4]红衣:指红藕花朵。

[5]浦:水边,岸边。

【点评】

"四围山色飞来",是化静景为动景的巧妙写法。山色是不动的,是用眼睛看到的,用了"飞来"一词,便动了起来,给人以别致的感受。"都被酒杯承去",是化虚为实的写法,山色并不是很具体的,用"酒杯承去",便成了可触可量的东西,显得生动有趣。"载得晚凉归",是同样的写法。

杨廷钺

杨廷钺，清代词人，生平不详。

扬州慢

菱角井观荷，复登贞元阁，偕许克孳表丈联句

山翠凝烟，水阴留暝[1]，绕城一道青青。克孳。正凉飙[2]过处，又古树蝉鸣。廷钺。问谁是、溪山旧主，废荷衰柳，都怨飘零[3]。克孳。只芦边鸥鹭，惊飞渔唱遥汀[4]。廷钺。

冶[5]游暮矣，更危[6]阑[7]、杰[8]阁闲凭[9]。克孳。好共折荷筒，井华[10]细吸，聊解余酲[11]。廷钺。看取年时残墨，重牵我、梦逐浮萍。克孳。怅[12]疏钟烟外，声声敲敲破松扃[13]。廷钺。

【注释】

[1]暝(míng)：幽暗，昏暗。

[2]飙(biāo)：疾风；暴风。

[3]飘零：坠落。

[4]汀(tīng)：水中或水边的平地。

[5]冶游：野游。

[6]危：高。

[7]阑：栏杆。

[8]杰：特出的。

[9]凭：靠着。

[10]井华：平旦(天大亮时)初所汲之井水，古人认为可以疗病。

[11]酲(chéng)：酒醒后所感觉的困惫如病状态。

[12]怅(chàng)：失意；懊恼。

[13]扃(jiōng)：门户。

【点评】

用联句形式，情景交融地叙写了观荷盛事。虽是两人联写，但语意连贯，意境完整，表现了联句者的横溢才华。

薛时雨

薛时雨，清代词人，生平不详。

新雁过妆楼

同人湖上赏荷座客有谈秦淮风景者感赋

绕郭[1]红芳[2]。谁比拟、西湖六月风光。水天无暑，柔橹荡处悠扬[3]。三竺浮岚[4]笼竹树，六桥软涨狎[5]鸳鸯。尽徜徉[6]。绿荷四面，人在中央。

秦淮那便让[7]此，有山温水腻，粉艳脂香。十里珠帘，而今一片沧桑[8]。少年游迹寄处，猛回首、烟云劫[9]一场。休惆怅[10]，趁花间酒熟，沉醉鸥乡。

【注释】

[1]郭：外城。

[2]红芳：指红莲。

[3]悠扬：形容乐声曼长而和谐。此处指橹声。

[4]岚(lán)：山林中的雾气。

[5]狎(xiá)：亲近。

[6]徜徉(cháng yáng)：徘徊；自由自在地往来。

[7]让：退让，谦让。

[8]沧桑："沧海桑田"的略语。比喻世事变迁很大。

[9]劫："厄运"的意思。旧时也把天灾人祸通称之为"劫"。

[10]惆怅(chóu chàng)：因失望或失意而哀伤。

【点评】

徜徉在绿荷四面的美景中，对更胜一筹的秦淮美景成为一片沧桑而深感惋惜，为世事无常、人生无定发出感叹。

金泰

金泰，清代词人，生平不详。

唐多令　莲亭晚坐

鸥雨湿苔矶[1]，鱼霞蘸碧漪[2]。转清商[3]、蘋末轻飔[4]。叶叶花花香不已[5]，尽吹上、洒人衣。

画槛[6]压波低，微凉袅鬓丝。暮蝉声、柳外频[7]嘶。最好水天闲话处，人去早，月来迟。

【注释】

[1]矶(jī)：水边突出的岩石。

[2]漪(yī)："涟漪"，细小的水波。

[3]清商：即"清商乐"的简称。古代汉族民间音乐。

[4]飔(sī)：凉风。

[5]已：停止。

[6]槛(jiàn)：窗户下或长廊旁的栏杆。

[7]频：屡次。

【点评】

从色彩、声音、气味方面描绘傍晚莲亭周围的美好景色；从对良辰美景的依恋中，表现出一种雅致的生活情趣。

严廷中

严廷中，清代词人，生平不详。

百字令　残荷

潘妃步后，谁留下、一朵断肠[1]颜色。昨夜轻雷今夜雨，无复旧时明月。粉脸翻红，新衣褪绿，憔悴[2]真难必。芳魂何处，归来应感畴昔[3]。

徘徊池上阑干[4]，爱花心事，心事花应迟[5]。颜太娇红都薄命，谁为红颜怜惜。如此韶华[6]也能结子，苦味偏堆积。埋香人去，澹[7]烟一缕凝碧。

【注释】

[1]断肠：谓使人荡气回肠。

[2]憔悴：脸色黄瘦。

[3]畴昔：日前；往昔。

[4]阑干：即栏杆。

[5]识：知道。

[6]韶华：美好时光。常指春光。

[7]澹："淡"的异体字。

【点评】

西风中池边残留的一朵荷花，禁不住连夜雨的打击，显得憔悴不堪。词人徘徊池边，不忍离去，觉得自己爱花的心情荷花应该知道，感叹它红颜薄命。词人怜惜美好事物的心情表现得淋漓尽致。

沈曰富

沈曰富，清代词人，生平不详。

买陂塘　白莲花

忒[1]微茫[2]、溶溶[3]月色，美人家在湖浦[4]。红情绿意都消歇，冷抱一重幽素[5]。天欲[6]暮。似织罢、机丝吹化凉烟去。为伊[7]小住。只倚[8]玉无痕，偎[9]香有梦，自恨不如鹭。

田田[10]外，一段相思最苦。夜深多少风露。铅华[11]洗尽天姿见[12]，相对何须解[13]语。愁几许[14]。看一片、秋阴似縠[15]还如雾。持杯问取。纵雪貌难酡[16]，风裳耐冷，独立甚情绪。

【注释】

[1]忒(tè)：太；过甚。

[2]微茫：隐约。

[3]溶溶：形容月光荡漾。

[4]浦：水边，岸边。

[5]素：通"愫"。本心；真情。

[6]欲：将要。

[7]伊：彼；他。

[8]倚(yǐ)：靠着。

[9]偎(wēi)：紧贴；挨着。

[10]田田：荷叶相连的样子。

[11]铅华：搽脸的粉。

[12]见(xiàn)：同“现”。显现。

[13]解：明白；知道。

[14]几许：多少；几何。

[15]縠(hú)：有皱纹的纱。

[16]酡(tuó)：饮酒脸红。

【点评】

对白莲的热爱一层深似一层：先是恨自己不如白鹭那样“倚玉无痕，偎香有梦”，亲近白莲；接着，觉得自己和洗尽铅华、天姿无双的白莲相对，不必在语言上能够互相沟通；最后关切地想着在溶溶月色下，白莲临风独立时怀着怎样的情绪。情景交融，引人入胜。

边浴礼

边浴礼，清代词人，生平不详。

八声甘州

清晖书院面城枕河荷塘十余亩红香冶丽擅一郡之胜顷因岁旱塘涸亭台未改游屐渐稀余以戊戌九秋来访之天空沙阔四顾萧然黄芦有声髡柳余碧因填此调以酬寂寞并志游踪

渺[1]空苍、望极悄无人，高楼与云平。正烟霾[2]敛尽[3]，残阳倒射，绀[4]瓦朱甍[5]。曲径霜芜晕绿，湿叶糁[6]渔汀。便有江湖思，画舫[7]低横[8]。

一自凌波[9]佩解[10]，怅[11]重寻胜引[12]，难赋[13]红情。任[14]泉枯石瘦，台榭[15]锁幽清。剩愁人、衰杨几树，袅[16]长堤、吹老旧秋声。西风紧，一绳凉雁，瞥[17]过荒城。

【注释】

[1]渺：遥远，深远。

[2]霾(mái)：大气混浊呈浅蓝色(以物体为背景)或微黄色(以天空为背景)的天气现象。

[3]敛(liǎn)：收缩。

[4]绀(gàn)：深青带红的颜色。

[5]甍(méng):屋脊。
[6]糁(sǎn):散布的粒状物。此处作动词。
[7]舫(fǎng):船。一般指小船。
[8]横:横放着。
[9]凌波:形容女子步履轻盈。
[10]佩解:即"解佩"。解下佩戴物。
[11]怅(chàng):失意;懊恼。
[12]胜引:胜友。
[13]赋:不歌而诵。
[14]任:听凭。
[15]榭(xiè):建在高土台上的敞屋。
[16]袅(niǎo):纤长柔美的样子。
[17]瞥(piē):匆匆一看。

【点评】

十余亩荷塘因天旱干涸,一改往日"红香冶丽"的景象,唯有黄芦枯柳摇曳着恼人的寂寞,以荷为友的词人对此深表叹惋,惜荷爱美之情溢于字里行间。结尾写北征的秋雁飞过荷塘上空时,也只是投下轻轻的一瞥,更显出荷塘的荒凉和美的失去后所留下的遗憾。

周星誉

周星誉,清代词人,生平不详。

齐天乐　秋日曲池看芙蓉

断桥衰柳荒寒外,来寻旧家池馆。粉堞[1]欹苔[2],文窗锁荔[3],寂寞无人寻玩。芙蓉[4]开遍。看影写[5]银塘,香支珊槛。凝立西风,重提往事更肠断[6]。

当年花底高会,有锦袍银烛,翠裙罗扇。绿野琴尊,乌衣[7]门第[8],都是此花曾见。如今谁管,任[9]冷月疏烟,做伊[10]秋怨。独客青衫,落红和泪满[11]。

【注释】

[1]堞(dié):城上的矮墙。亦称女墙。

[2]攲(qī):倾斜。

[3]荔(lì):草名,即"荔挺"。

[4]芙蓉:荷花的别称。

[5]写:通作"泻"。

[6]肠断:形容极度悲痛。

[7]乌衣:即"乌衣巷",旧址在今南京市东南,秦淮河的南边。东晋时,宰相王导、谢安等豪门贵族都住在这里。

[8]门第:指整个家庭的社会地位和家庭成员的文化程度等。

[9]任:听凭。

[10]伊:此。

[11]和(hé):带。

【点评】

漫漫人生,聚少离多,鸿爪雪泥,辄引回忆。曲池畔有过一次胜友的聚会,眼前盛开的荷花就是见证。独来重寻旧地,荷花依旧开着,胜友却难再聚,词人不禁感慨万千,"落红和泪满"了。全词表达了对物是人非的感叹,对友人的怀念、对友情的珍惜。

赵彦俞

赵彦俞,清代词人,生平不详。

三姝媚

昭阳城北,荷花最盛,自经潦水,一望凄然。回首旧游,倚舷成咏。

扁舟[1]呼野渡。托[2]微波通词,花偏无语。隔水娟娟[3],折一枝争[4]奈[5],玉环迟暮[6]。但[7]见沙鸥,还恋定、荷湾风露。只是当时,潮去潮来,旧愁谁诉。

秋色依然前度[8]。记小艇瓜皮,两三游侣。梦到横塘,问昔年人面,六郎何处。莫[9]唱伶侬[10],空望断、江南烟雨。倘过黄公[11]垆[12]畔,思量更苦[13]。

【注释】

[1]扁(piān)舟:小船。

[2]托:委托;请托。

[3]娟娟:美好的样子。

[4]争:通"怎"。怎么。

[5]奈:无奈。无可奈何。

[6]迟暮:比喻衰老、晚年。

[7]但:仅;只。

[8]度:次;回。

[9]莫:不要。

[10]侬(nóng):我。

[11]黄公:晋王戎曾与嵇康、阮籍饮酒于黄公酒垆,后因以"黄公"为酒店之称。

[12]垆(lú):酒店安置酒瓮的土墩子,因亦以为酒店的代称。

[13]思量:想念。

【点评】

昭阳城北的荷花曾给词人留下美好的印象,"自经潦(lǎo)水,一望悽然"。回忆中的美好印象与眼前的萧索情景形成强烈的反差,引起词人无限的惆怅之情。由此可见,美好事物在人们的情感世界里占有何等重要的位置。

高望曾

高望曾,清代词人,生平不详。

百字令　听水亭观荷,有怀吴中旧游

凉蝉噪晚,正披襟[1]、人在水边窗户。一片冷红摇曳[2]处,时有清芬[3]飞度。步袜亭亭[4],舞衣瑟瑟[5],斜照西冷渡。含颦[6]欲[7]语,问伊[8]心为谁苦。

争[9]似倩女凌波[10],相思不见,望断江南路。如此玉容消瘦甚[11],禁[12]得夜来风露。别后年华,梦中身世,都把芳情误。抱香栖稳,等闲[13]输与鸥鹭。

【注释】

[1]披襟:敞开衣襟。

[2]摇曳:摆荡。

[3]清芬:旧时比喻高洁的德行。此处指荷花香气。芬:香;香气。

[4]亭亭:耸立的样子;高的样子。

[5]瑟瑟:形容细碎的声音。

[6]颦(pín):皱眉。

[7]欲:想要。

[8]伊:他。

[9]争:通“怎”。怎么。

[10]凌波:形容女子步履轻盈。

[11]甚(shèn):很;极。

[12]禁(jīn):承受。

[13]等闲:无端。

【点评】

“含颦欲语,问伊心为谁苦”,摇曳着一片冷红的秋荷,仿佛一位丽人愁眉未展,她似乎有什么话想要对人说;问她究竟为了谁而内心这样痛苦呢?拟人方法与双关语运用得巧妙,生动地写出了在风露中渐渐老去的荷花的情态,也暗暗表达了词人对吴中同游者的怀念。莲子的心是苦的,词中的“心苦”与“内心痛苦”谐音。

萧承萼

萧承萼,清代词人,生平不详。

江神子

早过藕花池上,清香浥[1]衣,凉露沁骨,余怀渺渺。

美人不来,惟见翠鸟翩跹[2],飞鸣上下而已。

芙蓉[3]依旧十分妍[4]。对婵娟[5]。忆婵娟。曾记相逢,一舸笑嫣[6]然。双桨不来潮又急,风乍[7]起,渡江难。昨宵[8]写尽衍波笺,尽缠绵[9],奈缠绵。空寄相思,一寸恨无边。采采[10]芳馨终莫赠,花便好,好谁看。

【注释】

[1]浥(yì):湿润。

[2]翩跹(piān xiān):轻扬飘逸的样子。

[3]芙蓉:荷花的别称。

[4]妍(yán):美。

[5]婵(chán)娟:美好的样子。也指美女。

[6]嫣(yān):美好的样子。常指笑容。

[7]乍(zhà):忽然。

[8]宵:夜。

[9]缠绵:萦绕。心绪郁结。

[10]采采:众多。

【点评】

这也是一首爱情诗。昨夜写好了一封长信,准备寄给所思念的人;今晨走过藕花池,看到荷花飞红滴翠,十分娇媚,便想起了和心中的美人相逢时那嫣然一笑的情景;想摘一朵芬芳的荷花,可是给谁去看呢?全词的表达委婉曲折,耐人寻味;眼前的荷花与回忆中的美人两相辉映,意境优美、生动。

陈宝琛

陈宝琛,清代词人,生平不详。

点绛唇　泛舟八里台观荷次子有韵

一舸[1]清渠,曙[2]风障[3]断尘寰[4]暑。过云行处,不带些儿雨。
本是浮家[5],花欲[6]留人住。无多路,便随香去,收取荷盘露。

【注释】

[1]舸(gě):大船。也指小船和一般的船。

[2]曙(shǔ):破晓的时候。

[3]障:遮隔。

[4]尘寰:即人世。

[5]浮家:"浮家泛宅",以船为家,浪迹江湖。

[6]欲:想要。

【点评】

本是去看花,却用拟人的方法说"花欲留人住";本是观荷,却说"收取荷盘露"。看花的过程写得生动、风趣。语言平易、流畅、清新。

黄 筌

黄筌，清代词人，生平不详。

瑶 华 咏并头莲

日分蒂影，风合花香，记双栖无力。临波微步，最羡是、婀娜[1]一般顷国[2]。玉容[3]相对，任两两、苦心同识。试丁宁、水佩风裳，休教共争颜色[4]。

还是旧日深宫，笑并浴温泉，露薇堪[5]惜，冷香飞处，料不似、铜雀[6]二乔[7]游历。西风来也，怕吹动、碎云狼藉[8]。谁耐[9]见、花底鸳鸯，也学并头溪侧。

【注释】

[1]婀娜(ē nuó)：轻盈柔美的样子。

[2]倾国：指容貌绝美的样子。

[3]玉容：旧指女子的容貌。

[4]颜色：容貌。

[5]堪：能够，可以。

[6]铜雀：即铜雀台，曹操在邺城所建(今河北临漳县)。

[7]二乔：汉太尉桥玄的两个女儿大乔、小乔，皆为国色。

[8]狼藉(jí)：纵横散乱。

[9]耐(néng)：通"能"。

【点评】

词人独出心裁，用二乔国色和鸳鸯并头来映衬双莲，使之更显出倾国的娇媚风韵。

汪 价

汪价，清代词人，生平不详。

卜算子　荷花

嫋嫋[1]立清波，巫女[2]行云过。日暖风柔浅溆[3]香，睡得鸳鸯妥[4]。含露晓妆凝，本色娇无那[5]。何事鲜花却并头，欺负单衾[6]我。

【注释】

[1]嫋嫋(niǎo)：纤长柔美的样子。嫋，"袅"的异体字。

[2]巫女：此处指传说中的巫山神女。

[3]溆(xù)：水边。

[4]妥：安。

[5]无那(nuò)：无奈，无可奈何。

[6]衾(qīn)：被子。

【点评】

袅袅双莲，并立清波，娇媚风韵逗得还是"单衾"的"我"起了妒心。全词构思巧妙，写得生动、风趣。

周天麟

周天麟，清代词人，生平不详。

梦横塘

藕花多处别开门，白石句也。
因念勺湖荷花盛时，旧游如昨，写寄遐思。

露盘擎[1]艳，水佩[2]含香，碧云[3]飞满湖上。一舸[4]轻携，抵[5]多少、闹红双桨。倚[6]笛邀凉，折筒消酒，那时吟赏。怕凌波[7]不见，月堕[8]银塘，闲鸥鹭、成惆怅[9]。

谁营[10]水阁三楹[11]，有朱阑[12]压水，罗袂[13]曾傍[14]。雨过留香，料未许、夕阳吹荡。看蘸影、青奁摇梦，恰称风漪[15]荐[16]秋爽。待约词仙，藕花多处，别开门相向。

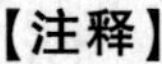

【注释】

[1]擎(qíng):举;向上托住。

[2]佩:身上佩带的饰物。

[3]碧云:此处指田田荷叶。

[4]舸(gě):大船。也指小船和一般的船。

[5]抵:相当;能代替。

[6]倚(yǐ):依赖。

[7]凌波:形容女子步履轻盈。

[8]堕(duò):落下。

[9]惆怅(chóu chàng):因失意而哀伤。

[10]营:建设。

[11]楹(yíng):厅堂前部的柱子。

[12]阑:栏杆。

[13]袂(mèi):衣袖。

[14]傍:依傍。

[15]漪(yī):"涟漪",细小的水波。

[16]荐:献;进。

【点评】

"藕花多处别开门",可谓词仙神来之笔。藕花开时,溢红滴翠,风姿迷人;若在藕花多处开门相向,必然引人驻足观赏,流连忘返,不知归路。其实,这也是正话反说,恰好表明荷花魅力无穷。

附录

柳亚子

柳亚子(1887—1958),江苏吴县人,名弃疾,号亚子。早年积极参加旧民主主义革命。后又参加新民主主义革命,奔走颇力。新中国成立后,当选为中央人民政府委员。一生致力于诗词创作。早年所作,声情激越,富有爱国精神。后期颇多反对旧统治,歌颂新社会的作品。有《柳亚子诗词选》。

题画　莲花鸭子　1943年

不受污泥涴[1],花开有独清。怜[2]他新鸭子,睡起自呼名。

【注释】

[1]涴(wò):为泥土所玷污。

[2]怜:怜爱,爱惜。

【点评】

鸭子的叫声和"鸭"的读音相近,故曰"睡起自呼名"。题画诗写得风趣、生动。

题枯荷翠鸟　1940年

秋老荷枯翠盖[1]倾,珍禽啁哳[2]不胜情。难忘玄武湖头夜,曾倚红阑看月明。

【注释】

[1]翠盖:指荷叶。

[2]啁哳(zhāo zhā):形容声音繁杂而细碎。

【点评】

写诗题画,犹忆玄武湖畔依阑望月的情景。时诗人身在国外,赤子之情真切感人。

张大千

张大千(1899—1983),中国现代著名画家,四川内江人。1940年西去嘉峪关,投身于敦煌石窟艺术,成为著名敦煌学家,绘画艺术更焕新采,蔚然成为一代大师。他擅长山水、人物、花鸟、花卉、虫鱼;工笔白描,泼墨写意无所不能。国内外多次出版他的画册,流传广泛。1949年去台湾,1955年起,先后迁居巴西、英国,1979年定居台北,1983年病逝。

清池皓月

开花浊水中,抱[1]性一何[2]洁。朱槛[3]月明时,清香为谁发。

【注释】

[1]抱:存在心里;守住不放松。

[2]一何:相当于现代汉语的"多么"。

[3]槛(jiàn):栏杆。

【点评】

热情赞美荷花不为浊水污染,抱定不同流俗的高洁品格。

荷花

疏池种芙蕖[1],当轩[2]开一萼[3],暗香襟里闻,凉月吹灯坐。

【注释】

[1]芙蕖(qú):即荷花。

[2]轩:有窗槛的长廊或小室。

[3]萼(è):花萼。此处指花朵。

【点评】

亲手种植的荷花,领先开放一朵。暗香入怀,诗人喜不自禁,在月光下对荷独坐。爱花之心,溢于言表。

题红荷图

1945年8月10日于成都昭觉寺

乙酉八月十日，倭寇归降，举国狂欢，祉布道兄见访昭觉寺，特为写此留念。不忍池在东京，为赏荷最胜处也。

大喜收京杜老[1]狂，笑嗤[2]胡虏[3]漫披猖[4]。眼前不忍池头水，看洗红妆[5]解珮裳[6]。

【注释】

[1]杜老：指杜甫。杜甫闻官军收河南河北后，喜极赋诗。此处诗人自喻。

[2]嗤(chī)：讥笑。

[3]胡虏：指日本侵略者。

[4]披猖：嚣张；猖獗。

[5]红妆：指女子盛妆。此处指红藕。

[6]解珮：解下佩带物。

【点评】

由于抗战胜利，自然会联想到日本；又因为写诗题红荷图，自然会想到东京的不忍池。在诗人的想象中，眼前图上的红荷就是不忍池盛开的荷花，她濯洗红妆，解下佩饰，和中国人民一同欢乐。"解珮"是借用古代神话故事，有表示亲近、友好之意。全诗浮想联翩，意境深远。

绿盘擎碧

1978年于台湾

雨余无事倚[1]阑干[2]，媚水荷花粉未干。十万琼珠天不惜，绿盘[3]擎[4]出与人看。

【注释】

[1]倚(yǐ)：靠着。

[2]阑干：即栏杆。

[3]绿盘：指荷叶。

[4]擎(qíng)：举；向上托住。

【点评】

"十万琼珠"句,想象奇妙,比喻生动,诗意盎然。

玉井莲

玉井开花十丈长,仙人游戏费平章[1]。若为藕大如船样,万斛[2]愁思不可量。

原注:此系根据华山莲花峰美丽风光与古代传说而作。

【注释】

[1]平章:品评。

[2]斛(hú):古代量器名,亦是容量单位。

【点评】

诗人展开联想,玉井十丈长的莲花花瓣应该有船那样大;用这样的藕船作量器,也量不尽自己胸中的万斛愁思。这愁是乡愁,是祖国情。诗中巧妙地运用了神话故事和艺术夸张的方法。

北海残荷

红衣[1]褪尽有余香,翠盖[2]清波十里凉。偏是秋风先我到,空留绮[3]梦绕荷塘。

【注释】

[1]红衣:指红藕花朵。

[2]翠盖:指荷叶。

[3]绮(qǐ):美丽。

【点评】

带着美好的记忆来北海看荷花,没想到西风抢先一步,凋了碧荷。昔日北海荷花溢红滴翠的动人景象,只能作为一个"绮梦"留在记忆中。"绮梦绕荷塘"是化虚为实的别致写法。短诗构思巧妙,给人以新颖的感受。

余元钱

余元钱,现代人,生平不详。

残　荷

六月风华[1]别样娇[2],秋来时异向萧条[3]。犹[4]怜昔日清香溢,却怨今朝残叶凋。鸥鹭寻新离已杳[5],鸳鸯借故避何遥。荣[6]枯舒卷堪[7]回首,独对寒塘诉寂寥[8]。

【注释】

[1]风华:风采才华。此处形容荷花娇媚。

[2]娇:妩媚可爱。

[3]萧条:寂寞;冷落。

[4]犹:还;仍。

[5]杳(yǎo):深远,见不到踪影。

[6]荣:茂盛。

[7]堪:能够,可以。此处是"哪堪"的意思。

[8]寂寥:寂静的意思。

【点评】

荷花夏日娇媚可人,秋来逐渐萧条。由荷花的荣枯舒卷和鸥鹭、鸳鸯的趋荣避枯,联想到世态人情的冷暖,诗人不禁感慨系之。

杨国凡

杨国凡,现代人,生平不详。

赏周敦颐莲池莲花

冰清玉洁[1]久尘埋,风雪凄凄[2]历几回,谁挽[3]天河施[4]雨露,一池新绿香重来。

原注：爱莲池在江西星子县(旧属南康军)，为周敦颐所辟。几经沧桑，池涸花谢。1985年重修开放，供中外游人观赏。

【注释】

[1]冰清玉洁：像冰一样清明，像玉一样纯洁。

[2]凄凄：寒凉的样子。

[3]挽：牵引。

[4]施：加；给予。

【点评】

宋代学者周敦颐写了著名的《爱莲说》，历代至今为人们所传颂。其所辟爱莲池也成为文化古迹。"谁挽天河"句想象奇妙、气势雄伟，盛赞只有在新时代，优秀传统文化才能得到发扬光大。

王期辰

王期辰，现代人，生平不详。

忆故里[1]西滩夏荷

不逐[2]东风舞，偏朝烈日红。连天新叶绿，十里暗香浓。

【注释】

[1]故里：故乡。

[2]逐：追随。

【点评】

春回大地，百花齐放，争奇斗妍，荷花偏不嫁予东风。当春花既谢时，荷花不畏烈日酷暑，独领花坛风骚，泫红摇绿，清香四溢。这一特点与它出淤泥而不染的高洁品格恰相一致。

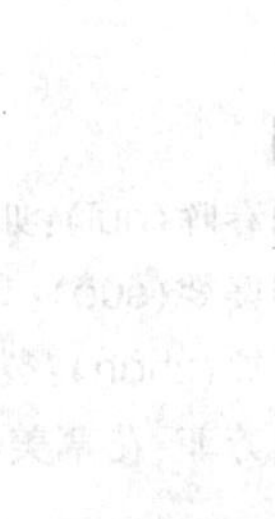

熊承涤

熊承涤，现代人，生平不详。

赏　荷

翠盖[1]红妆浥[2]露妍[3]，花中君子水中仙。共夸不受污泥染，不[4]有污泥哪有莲。

【注释】

[1]翠盖：指荷叶。

[2]浥(yì)：湿润。

[3]妍(yán)：美。

[4]不：未。

【点评】

突破惯常思维的局限，既从相互对立，也从相互依存的角度来看荷花与污泥的关系，赋予咏荷诗以新的意义。诗中形象与议论有机结合。

何时中

何时中，现代人，生平不详。

莲花湖

黑龙江肇源县二站乡莲花湖之莲花，已绝迹数十年，今突然花满湖面，世人奇之，争相观看。诗以记之。

隐居泥沼待春晖[1]，忽觉人间暖气吹。仙影婆娑[2]争出水，一湖佳丽绽[3]芳菲[4]。

【注释】

[1]春晖(huī):如同春光、春阳。

[2]婆娑(suō):盘旋(多指舞蹈)。

[3]绽(zhàn):裂开。

[4]芳菲:花草美盛芬芳。

【点评】

改革开放的春风吹遍神州大地时,绝迹数十年的荷花忽然开放,可谓盛世奇观。热情赞美荷花,也是讴歌新的时代。

赖　强(台湾)

莲

忆曾池畔驻[1]吟鞭,解语怜[2]渠[3]出水鲜。可笑双凫[4]真俗客,远香何用旁[5]花眠。

【注释】

[1]驻:停留。

[2]怜:爱惜。

[3]渠:他。

[4]凫(fú):泛指野鸭。

[5]旁(bàng):同“傍”。依傍。

【点评】

荷花香远益清。双凫傍着花眠,不是为了荷香,而是依靠荷叶遮风挡雨。艺术并不一味地追求生活的真实。这样以虚为实,有疑不疑,写来反而妙趣横生,也表现出构思角度的新颖。

后 记

上个世纪50年代末期，我进入师范大学中语系学习汉语言文学。那些年全国性的美学大讨论激起了我学习美学理论的浓厚兴趣，于是，我开始如饥似渴地阅读美学理论著作，这为我以后阅读、鉴赏古典诗词打下了一个很好的基础。

这次编写《历代咏荷诗词选评》时，我在炳午那里看到了他所收集的大量的古人吟咏花卉的诗词。其中咏荷诗词就有六千余首(这还不是全部)，还有咏菊花、桃花、杜鹃等花卉的诗词不计其数。我惊叹古代诗人、词人有如此旺盛的创作力，他们为后代留下了如此丰富、灿烂的艺术珍品。我为他们咏物抒怀的表现手法所折服，也对此感到十分新奇。于是，我特意翻阅了19世纪俄罗斯伟大诗人普希金的抒情诗集。从他数百首的抒情诗中，没有发现类似中国古代诗歌中咏物抒怀的写法。由此我明白吟咏花卉、托物言志是中国古代诗词中特有的一种现象，是古代诗人、词人独特的审美体验。究其实质，这是在社会实践的基础上发生的一种自然的"人化"现象(黑格尔语)。

当前，我国正在全面建设小康社会，这包括物质文明建设和精神文明建设两个方面。众所周知，物质文明建设已经有了长足的发展，但从公共道德水平下降、传统道德底线受到挑战、社会出现诚信危机等方面来看，精神文明建设显然没有到位。加强这方面的建设，需要做很多工作，其中通过鉴赏各种艺术，提高人们的审美素养，唤起人们心中求真、向善、爱美的良知，就是不可忽视的一个内容。阅读、品评古代咏荷诗词，怡情悦性，对于克服当前社会上普遍存在的浮躁现象，也许是很有裨益的一副清凉剂。

本书所收的古典诗词，全部由刘炳午同志辑录，这对本书的编写成文起了重要作用；于慧敏同志在编写资料的整理、打印、保管工作中付出了辛勤劳动。在此向他们谨致谢意。

在本书的编写和出版过程中，我的妻子和儿女们从精神和物质上给予我大力支持。

本书中的少数词语在不同的诗词中反复出现，为了读者翻检方便，均加以注解。

本书的注评难免有疏漏之处，谨请方家不吝指正。

李志宏
庚寅仲春